国家社科基金
GUOJIA SHEKE JIJIN HOUQI ZIZHU XIANGMU
后期资助项目

多维视野中的《野草》研究概论

Overview of *Wild Grass* Research: A Multidimensional Perspective

崔绍怀　著

中国社会科学出版社

图书在版编目(CIP)数据

多维视野中的《野草》研究概论 / 崔绍怀著 .—北京：中国社会科学出版社，2018. 4

ISBN 978-7-5203-2159-4

Ⅰ. ①多… Ⅱ. ①崔… Ⅲ. ①鲁迅诗歌-诗歌研究 Ⅳ. ①I210. 97

中国版本图书馆 CIP 数据核字(2018)第 043105 号

出 版 人 赵剑英
责任编辑 曲弘梅
责任校对 闫 萃
责任印制 王 超

出 版 中国社会科学出版社
社 址 北京鼓楼西大街甲 158 号
邮 编 100720
网 址 http：//www. csspw. cn
发 行 部 010-84083685
门 市 部 010-84029450
经 销 新华书店及其他书店

印 刷 北京君升印刷有限公司
装 订 廊坊市广阳区广增装订厂
版 次 2018 年 4 月第 1 版
印 次 2018 年 4 月第 1 次印刷

开 本 710×1000 1/16
印 张 18. 5
插 页 2
字 数 332 千字
定 价 78. 00 元

国家社科基金后期资助项目

出 版 说 明

后期资助项目是国家社科基金设立的一类重要项目，旨在鼓励广大社科研究者潜心治学，支持基础研究多出优秀成果。它是经过严格评审，从接近完成的科研成果中遴选立项的。为扩大后期资助项目的影响，更好地推动学术发展，促进成果转化，全国哲学社会科学规划办公室按照“统一设计、统一标识、统一版式、形成系列”的总体要求，组织出版国家社科基金后期资助项目成果。

全国哲学社会科学规划办公室

序

国家社会科学基金后期资助项目“多维视野中的《野草》研究概论”即将以同名出版物出版，作者嘱我写一小序。从全书的内容看，读者不难发现：作者的整个研究过程确实花费了大量的心血。

研究《野草》，是对于心智结构的一次挑战，如果仅仅在文学文本中寻找精神的入口，可能会遗漏些什么。《野草》背后隐含的哲思和诗意的存在，纠缠着存在的要义和精神的突围的渴望。而在智慧表达上一反文章学的理念，在“非文”“非诗”中流动着文之魅力与诗之趣味。这种前所未有的自我寻觅带来的精神盘旋，抵达了士大夫者流未曾有的精神之巅，像尼采一般给我们带来思想的惊异和阅读的快感。多少年来，许多读者驻足于此，一唱三叹之余，对于汉语的魅力被再次激活而深感欣慰。

在鲁迅的作品中，《野草》是最有魅力的文本。从整部散文诗集看，开篇的《秋夜》蕴含着“铁马冰河入梦来”的味道，末篇《一觉》带着起然烟卷觉新暖的情怀，显然已经走出了“凉”的、冷的、灰色的梦境，是觉醒、反思，还是看到了希望？这里流露着从梦到醒的轨迹，抑或是从死灭中崛起，实现了新生。看似 24 篇单篇作品，实则各篇之间是有内在联系的，是有作者思路在的。语言方面时时吸引着读者的是，用字用词造句都十分稀奇古怪，不同寻常。如“蛊惑”“恶鸟”“被这笑声所驱逐”“那冷气已使我的指头焦灼”“而死尸已在坟中坐起”“颓败的身躯的全面都颤动了”，等等。如此新奇的造语，无疑增加了读者的好奇心，吸引读者去思考、探索文本的世界。然而，比结构、语言更重要的，则是晦涩玄奥的内容，这是更吸引人的。就《野草》的内容、意蕴看，已有的诠释多种多样，可谓是五花八门。说其生命探索者有之，说其存在主义者有之，说其苦闷忧郁者有之，说其婚恋道德者有之，等等。无论是“探秘”说，还是“解码”说，都意图揭开鲁迅蒙在《野草》上面的面纱，打开通向《野草》世界的大门。然而，研究者所做的这一切，其实都是以意为之。在《野草》的世界里，鲁迅在和自己对话，在自言自语，外人是听不懂的。鲁迅说过《野草》是写给他自己看的，不希望青年人看之类的话。实际上《野草》中有消极的情绪，鲁迅不想由此而给他人带来不良影响。有人说，仅凭一部《野草》，就能映射出鲁迅的伟大，这话是对的。

正因为《野草》有无穷的魅力，所以一直吸引着众多研究者。研究者孜孜不倦地解读、诠释，而且不会有下限。崔绍怀就是其中的一位执着的研究者，十年来一直在思考着、探索着。在搜集资料方面，他是很用心的，下了很大的功夫。他并不完全依赖互联网，还到一些图书馆查阅纸质本的书报杂志等。因为有些材料，或由于技术原因，或由于作者的意愿，或由于版权、保密等各种原因，是不上传到互联网上的。互联网上显示的、实有的《野草》研究资料，他都找来了。互联网上没有的，他也找到了较为令他惊喜的相关材料。还有这样一部分《野草》研究资料：有作者，有题目，有出处，但没有具体的文献内容。他通过馆际互借的方式，也搜集到了这些材料。在梳理、分析《野草》研究发展历程时，占有丰富的文献资料，显然是十分必要的。大而言之，从事科学研究，以大量的材料作为研究基础，由此而凝练成的观点、论据、结论，其效度就越可靠，可信度就越高。所以，掌握丰富的文献资料是研究的基础，是研究中至关重要的环节。

很早就有人提出了"《野草》学"的概念，研究者们为之不断添砖加瓦，贡献自己的智慧。作为一门学科，需要具备作品、作品研究、作品研究史、作品研究史论等关键要素。在"《野草》学"学科建设中，前三个要素是具备的。从国内外研究现状看，目前还没有人出版《野草》研究史论方面的专著。因此，就作品研究史论而言，《多维视野中的〈野草〉研究概论》这一成果的出版，显然拓展了"《野草》学"的研究空间，会被更多的学人所关注。从目前的相关研究成果看，孙玉石、张梦阳、王吉鹏、张娟等的《野草》研究史是具有很大的启发意义的。即便如此，构建多维视野中的《野草》研究概论仍然是一项庞大的工程，这从该著的论证、分析过程中是能看得出来的。从该著在把握诗学、美学、哲学、文化学、社会学、心理学等视野中的《野草》研究发展历程方面看，该著作一方面观照了"多维视野"，一方面又在"概"字上面狠下功夫。在"概论"这一类的著作中，不可能将所有有关的成果都纳入进来，也不必观照所有的视野，但是有代表性的、产生过较大影响的研究成果也是不能漏掉的。从全书所使用的文献史料看，作者是有这方面的考量的。在"《野草》学"学科建设过程中，该著作具有开创意义，显然促进了

"《野草》学"学科的发展。应该说，该著作在撰写过程中遇到的困难是可想而知的，毕竟没有参照，但从其对《野草》研究历程多维视角、综合性、客观性方面的分析看，还是妥当的。当然，只就"概论"方面的著作而言，仅有这一部著作显然是不够的，仍然需要更多的学者在更高层次、更广视野中予以关注，并持续探讨。

在研究方法上，该著作所使用的史论融通、文献研究等方法是有启发的，更契合实际需要。因为撰写研究史论，既需要史实，也需要史述，更需要做到有史有论、论从史出、史论融通。在具体的论证、分析过程中，该著作或按照从研究论著到研究论文的逻辑思路，或按照时间先后顺序进行研究。如分析、梳理哲学视野中《野草》研究发展历程时，该著作从最初的《野草》哲学探索，中经《野草》哲学研究的曲折发展，一直写到当下《野草》哲学研究的继承与创新，并总结出《野草》哲学研究的启示等，在史述中展示了论证过程、哲学思考等。如在分析婚恋说视野中的《野草》研究时，作者先逐一讨论的《野草》爱情主题著作研究的内容，然后梳理、归纳的这一主题的研究论文的内容，不仅尊重史实，而且极为严肃、认真。因为人们对鲁迅家庭生活、个人情感的话题是敏感的，也是谨慎的。再如，该著作在分析比较视野中的《野草》研究、《野草》争鸣的辨析研究时，是需要花大力气才能完成的。这里，绝不是表面化的辨析、比较，而是思维的比较。实际上还有很多富于鲁迅及其《野草》，以及相关史料的内涵的东西在论述中的。像尼采、厨川白村、波特莱尔对鲁迅的思想意识方面的影响，像东欧弱小民族的作家作品的精神实质对鲁迅的影响，像《彷徨》和《野草》之间潜在的精神联系等，该著作都是注意到了的。其实，该著作的文献研究法是与史论融通法交织在一起的。

当然，该著作也是有提升空间的。佛教语境、基督教语境与尼采语境如何被鲁迅所自由运用，小说家感觉与诗人体验怎样被调适在空间里，几代研究者面对鲁迅文本时的知识结构的差异导致的误读何在，都值得深入探讨。相信作者在今后的研究中，会克服诸多困难，为鲁迅研究的推进而做出更多的尝试。

孙　郁*

2017 年 11 月 4 日

---

* 孙郁为教育部长江学者特聘教授，中国人民大学文学院院长。

目　　录

绪　　论

《多维视野中的〈野草〉研究概论》不仅受制于鲁迅及其《野草》的情感、意蕴，而且来自众多的《野草》研究文献资料，更是方法论研究的结晶。

一　研究的问题与意义

（一）研究的问题

本书主要探讨多维视野中的《野草》研究概论的问题。不仅探讨鲁迅、《野草》《野草》研究文献资料，而且也探讨在研究过程中涉及的中国文学、外国文学、美学、哲学、心理学、社会学、文化学等相关学科的基本知识，并将这些基本知识与《野草》文献史料有机地融合在一起，从而形成多维视野中《野草》研究概论的基本体系。

《野草》研究著述的数量。据不完全统计，从1924年至2016年这92年间，《野草》研究论文4000多篇，《野草》研究论著50多部。进入21世纪以来，研究者更加活跃。以往的大量《野草》研究著述，不仅大大拓展了研究者的学术视野，而且为他们的进一步思考奠定了坚实的史料基础。事实证明：文献史料的多少、研究者占有文献史料的多少，决定着研究者能不能写出研究史、研究史论，决定着研究史、研究史论质量的高低。自改革开放以来，随着我国学术思想、社会生产力的大解放，鲁迅、《野草》《野草》研究史等，受到了越来越多研究者的关注。这方面的研究成果显著增加。仅从研究史来说，孙玉石、张梦阳、王吉鹏、张娟等研究者的相关成果陆续问世。从2011年到2016年6月，仅《野草》研究著作，就有王姝懿的《〈野草〉的哲学》、余放成的《“难于直说”的爱情——〈野草〉主题探微》、范美忠的《民间野草》、张枣的《张枣随笔选》、李玉明的《“人之子”的绝叫：〈野草〉与鲁迅意识特征研究》、张洁宇的《独醒者与他的灯——鲁迅〈野草〉细读与研究》、陈安湖的《〈野草〉释义》、汪卫东的《探寻“诗心”：〈野草〉整体研究》、田建民的《鲁迅、钱钟书论稿》、朱崇科的《〈野草〉文本心诠》、孙宝灵的《隐藏于语言迷阵中的旷世孤独——〈野草〉研究》等10余部《野草》研究专著相继面世。而支撑“《野草》学”学科得以成立的，且较为系统的《野草》研究史论方面的著作尚不见有人出版。可见，《野草》研究史论，或多维视野中的《野草》研究概论等这一类的研究，确实是一个亟须解决的新问题。

（二）研究的意义

理论意义。一是丰富鲁迅学的内容。有人言，鲁迅仅凭一部《野草》就可以不朽。这看起来似乎荒诞不经，不就是一本3万字左右的散文诗集吗？实际上此言不虚。从具体研究看，鲁迅、鲁迅作品、《野草》研究文献史料等，都得到了较多的关注，而《野草》研究史论却没有得到应有的关注。因此，把《野草》研究史论或《野草》研究概论作为“《野草》学”的一个重要的组成部分提出来，对“《野草》学”本身来说也是一种发展和创新。二是本书区别于年代史论。多维视角中的研究概论的特点在于：每一个视角都统帅整个研究史从初始到现在，乃至当下所有相关的文献资料，同一领域的每一论文、著作、论者等都纳入同一个视角下予以研究。

现实意义。一是影响当下的研究。在弄明白了这一研究有益于“《野草》学”的拓展与深化的同时，本书将会给当下的研究者以有益的启示。据已有的《野草》研究成果而建构起的多维视角下的《野草》研究概论，是90多年来《野草》研究发展历程的再现。知道了已有《野草》研究的观点和角度，就会更好地谋划当下及未来的《野草》研究发展。不去重复已有的研究观点与研究角度，自然会诞生新的研究观点与新的研究角度。从而减少无效研究，提高研究的效率。二是活跃后续研究者的思维。众多的《野草》研究著述，实则是不同的研究视角与研究者思维结合的产物。解读得比较好的，其实是这二者结合得比较好。这至少启发后人：只有选择一个恰当的“点”来切入《野草》文本，才能取得令人信服的解读效果。后来人便积极思考，寻找他理想中的解读视角。三是有助于理解《野草》的多维内涵。因为《野草》的内容晦涩难解，站在不同立场的解读者能解读出来，而且是成立的，就能被读者接受、认可。这也如鲁迅所说：“《红楼梦》是中国许多人所知道，至少，是知道这名目的书。谁是作者和续者姑且勿论，单是命意，就因读者的眼光而有种种：经学家看见《易》，道学家看见淫，才子看见缠绵，革命家看见排满，流言家看见宫闱秘事……”[①] 即便站在不同角度，能作出多种解读，虽然说明研究者的眼光各异，但也深刻地反映了文本内涵的丰富。

二　研究现状与研究内容

（一）研究现状

国外《野草》研究史的研究现状。如加拿大籍华人李天明的《难以直说的苦衷——鲁迅〈野草〉探秘》一书后面附录的《英语世界的〈野草〉研究》[②]，向中国读者介绍英语世界《野草》研究的概况，是我们了解西方英语世界《野草》研究的有价值的文献资料。美国弗吉尼亚大学罗福林《永久的对立：鲁迅〈野草〉的接受史及其修正》一文，认为："聚焦20世纪20年代到50年代中期这段时间，探讨该时期中国学者在《野草》接受过程中大相径庭的多种解读，并将冯雪峰的文章视作一个重要的转折点。"[③] 从罗福林的具体论述看，他从1928年的钱杏邨的《死去了的阿Q时代》开始论述，一直论述到2001年孙玉石的《〈野草〉重释》为止，远远超出了他所认定的"20世纪20年代到50年代中期"这一论述范围。就写作目的看，罗福林提出的左翼批评家批评《野草》的具体路径、历史意义等问题，就今天看来，依然是很有意义的研究课题。对肢解式的《野草》研究现状，罗福林的批评是中肯的，是有道理的。能做到整体性的研究，是需要功力的。而在实际研究中，这种人为、主观、只见树木不见森林的割裂的研究，并不少见。这自然与研究者自身素质、理解能力、驾驭文本的能力有关。

国外的《野草》研究史论方面的著述，截至目前，笔者尚未见到。

国内的《野草》研究史的研究现状。一是有的刊物论文从年代史、主题学等角度梳理了《野草》研究史。如年代史的相关研究：20世纪60年代秦德林的长篇论文《革命风云和艺术家的苦闷——论二十年代的鲁迅和他的〈野草〉》[④]，扬州师院中文系科委分会通讯组的《中文系关于

---

① 鲁迅：《鲁迅全集》第8卷，人民文学出版社2005年版，第179页。

② 李天明：《英语世界的〈野草〉研究》，《中州学刊》2000年第5期。

③ ［美］罗福林：《永久的对立：鲁迅〈野草〉的接受史及其修正》，孙静译，《中国图书评论》2015年第4期。

④ 秦德林：《革命风云和艺术家的苦闷——论二十年代的鲁迅和他的〈野草〉》，《南京大学学报》（人文科学）1963年第1期。

鲁迅〈野草〉的讨论情况》[①]。如姜洪的《新时期〈野草〉研究述评》[②]，如彭小燕的《“虚无”的意味——一份具有特定倾向的〈野草〉解读报告》[③]，田建民、李美琼的《〈野草〉研究史略》[④]，笔者的《“褒贬所加，辄不一致”——论20世纪30年代的〈野草〉研究》[⑤]、《世纪转型时期〈野草〉研究综论》[⑥]。而主题学的相关研究：如田建民、贺莹的《新世纪〈野草〉研究综论》[⑦]，笔者的《“猩红的栀子花开时”——鲁迅〈野草〉爱情主题研究述论》[⑧] 等。年代史折射着各个不同年代鲜明的时代意识、时代精神，主题学研究展示了不同主题研究之间的质与量。二是学术著作中设专门章节讨论《野草》研究史。如孙玉石、张梦阳、王吉鹏、张娟等对此进行了梳理和分析。在20世纪80年代初期，孙玉石《〈野草〉研究》中的《〈野草〉研究五十年》分为上、下两章，以时间为经，以《野草》著述为纬，纵横交错，梳理了《野草》研究史。这两章内容，史学线索极为分明。如对卫俊秀《鲁迅〈野草〉探索》一分为二的分析，对冯雪峰《论〈野草〉》“里程碑”的定位，对李何林《鲁迅〈野草〉注解》在特殊时期“凤毛麟角”的评价等，都表现了孙玉石的独特认识。以简洁扼要的史家笔法，在这两章中用5万字的篇幅，勾勒了《野草》研究50年的主要轮廓，给后来的研究者梳理了这期间《野草》研究的基本脉络。虽为两章，但将其作为第一部《野草》研究史，当之无愧。2002年，张梦阳《中国鲁迅学通史》下卷一开篇的《“野草”丛中探哲学——〈野草〉学史》专章，基本反映了《野草》研究史的概貌。就《野草》研究而言，这虽为一章，但贡献不小，阐明了诸多重要的《野

---

① 扬州师院中文系科委分会通讯组：《中文系关于鲁迅〈野草〉的讨论情况》，《扬州师院学报》1961年第11期。

② 姜洪：《新时期〈野草〉研究述评》，《辽宁师范大学学报》（社会科学版）1988年第2期。

③ 彭小燕：《“虚无”的意味——一份具有特定倾向的〈野草〉解读报告》，《天津师范大学学报》（社会科学版）2015年第1期。

④ 田建民、李美琼：《〈野草〉研究史略》，《河北大学学报》（哲学社会科学版）2015年第2期。

⑤ 崔绍怀：《“褒贬所加，辄不一致”——论20世纪30年代的〈野草〉研究》，《兴义民族师范学院学报》2014年第2期。

⑥ 崔绍怀：《世纪转型时期〈野草〉研究综论》，《齐鲁学刊》2015年第2期。

⑦ 田建民、贺莹：《新世纪〈野草〉研究综论》，《言说不尽的鲁迅与五四——鲁迅与五四新文化运动学术研讨会论文集》，中国社会科学出版社2009年版，第338—369页。

⑧ 崔绍怀：《“猩红的栀子花开时”——鲁迅〈野草〉爱情主题研究述论》，《鲁迅研究月刊》2013年第12期。

草》著述的得失，其反思有确定未来研究基调的指导作用。其贡献在于：择取典型，进行“微观透视”；表现“史的眼光”；突出“理性反思”；勾勒“知识分子”的精神面貌。2002年王吉鹏等编著的《穿越伟大灵魂的隧道——鲁迅〈野草〉〈朝花夕拾〉研究史》一书，不仅资料翔实，而且反映了《野草》研究的发展历程及其学理精神等特点，具有切实的启发性。

国内《野草》研究史论的研究现状。一次学术研讨会上所展示的“史论”局面：有对《野草》研究论文的评议，也有对“评议”的再评议。2002年在香港大学举行的“华文文学国际学术研讨会”上，朱崇科、叶瑞莲、司徒国健、向明四位教授对梁敏儿教授的论文《散文诗的艺术形式：鲁迅的〈野草〉与佩特的〈文艺复兴〉》作出有针对性的中肯评议后，梁敏儿适时在论据并不充足的情况下作出了“艰难”的应辩。陈思和对这一“评议”再次进行了评议，即总结和综述了《野草》与《文艺复兴》的关系、《文艺复兴》对《野草》的影响、《野草》的体裁、梁敏儿教授论文的论证方法等问题。[①] 这里的再评议，实际上是一种既尊重史实又加以客观判断具有史论性质风格的研究。在学术研究中，我们无法回避那种主观臆断式的论述，这样的论断也常常是捉襟见肘的。但坚持客观公正从事学术研究的方法和态度无疑是正确的指针，这显示客观准则难能可贵的价值。

（二）研究内容

绪论：多维视野中的《野草》研究体系及特点。根据众多的《野草》研究文献资料，选择更多研究者集中关注的研究视角，可以把多维视野中的《野草》研究概论的内容体系划分为如下各方面：从哲学、社会学、文学、美学、心理学视角出发，以相关的研究史料为基础，通过对各个视角不同历史时期文献资料的集中考察，进而梳理和分析相应视角下的研究概貌，以此形成不同视角下《野草》研究概论的内容体系。之所以能形成不同视角下《野草》研究概论的内容体系，这既与众多的《野草》研究著述资料相关，也与多维视角中的《野草》研究概论自身特点密切相关。其特点在于：一是描述了鲁迅及其《野草》自身蕴含的多维视角逐渐被发掘的过程；二是中外文学理论和文学批评理论与《野草》研究相结合的产物；三是在辨别与比较“难于直说”的《野草》的过程中逐渐明辨是非而形成的结晶；四是研究者自觉和主动思考鲁迅及其《野草》

① 陈思和：《草心集》，广东教育出版社2004年版，第290—295页。

的理性收获。

第一章，《野草》具有丰富的诗性内涵——诗学视野中的《野草》研究概论。自从20世纪30年代出现的《野草》文体争鸣，研究者便探讨了这部书究竟是“诗”还是“文”的归属问题。在新中国成立后的《野草》研究史上，吴奔星、王瑶、许杰、孙玉石、张闳、郑家建、汪卫东等研究者都不同程度地论及了《野草》的诗学问题。首次以专著形式，从宏观角度研究《野草》诗学问题的，是张闳的《黑暗中的声音——鲁迅〈野草〉的诗学与精神密码》一书。张枣从中国新诗起源的角度为《野草》研究注入了新的元素。“客观性”与“整体性”是汪卫东《探寻“诗心”：〈野草〉整体研究》试图推进《野草》研究的突破点，是其《野草》诗学表现的重要特点。从诗学的角度，对《野草》全书各篇进行微观阐释的第一部专著，是朱崇科的《〈野草〉文本心诠》。

第二章，《野草》文质兼美——美学视野中的《野草》研究概论。发表之初的《野草》，鲁迅的学生章川岛“觉得写得很漂亮，很美”，以及80年代许杰的《〈野草〉诠释》、李国涛的《〈野草〉艺术谈》等，属于艺术美感认识。而60年代吴小美强调其美学内涵，80年代孙玉石提出“战斗的美学”理论说，陈学超、程凯华等意境美的研究，张颂南、殷国明等的美学研究，庆余、李亮等的美术学研究，90年代孟瑞君的专著，即《〈野草〉的艺术世界》，王吉鹏、白建西、任国权等的朦胧美、艺术形式美等的研究，则具有一种理性认识。

第三章，鲁迅的哲学都包括在《野草》里——哲学视野中的《野草》研究概论。鲁迅学习和研究哲学的时间可以追溯到他早年日本留学时期。研究哲学的重要意义，是为了变得智慧，这有助于鲁迅找到思维上、工作上和生活上的出路。摆脱生存危机，对自由意志的追求，这是鲁迅哲学的精髓。鲁迅说他的哲学都在《野草》里，其用意一在于说明其自身作为一个个体生存的境遇，另一用意在于指涉无形的文化带给他的影响。就哲学视角下《野草》研究现状的描述，张蓓和王颖仅从“反抗绝望”的人生哲学、“怒其不争”的“立人”哲学、深藏不露的“爱”的哲学三方面着眼于20世纪80年代中期以来近30年的鲁迅《野草》的哲学研究，做了简略的梳理和论述，尚未将更多的重要著述纳入这一研究视野中。因此本章试图围绕最初的《野草》哲学探索、《野草》哲学研究的曲折发展、《野草》哲学研究的继承与创新三方面予以论述，以期较为完整地反映其概貌。

第四章，鲁迅的心性展示在《野草》里——心理学视野中的《野草》

研究概论。就心理学视角下的《野草》研究而言：20 世纪 20 年代高长虹提出“入于心的历史”说；40 年代雪苇和孙机关注鲁迅内心情感的争鸣，胡风、肖军等较多的研究者开始重视的沉郁风格和悲苦内涵；50 年代冯雪峰反映鲁迅的心理印痕；60 年代许钦文、胡炳光、李何林就消极情绪、消极的悲观失望和空虚之感进行的讨论；80 年代李希凡、钱理群、王吉鹏、张俊山、陈佳民、诸孝正等进行的心理学研究；90 年代李玉明、彭定安、阎庆生、刘彦荣、谭玉良、刘福勤、肖同庆、皇甫积庆等关注的意识及心理；21 世纪初王景山、刘彦荣、龙子仲、黎活仁、汪卫东等，就意识、想象力、精神世界展开的深入研究，都探讨了《野草》文本中丰富的心理学蕴含。

第五章，《野草》表达文化批评的意蕴——文化学视野中的《野草》研究概论。从鲁迅的成长经历看，中外文化对他的影响是巨大的。王雨海的《生命的呐喊与个性的张扬——鲁迅〈野草〉的文化解读》一书，抓住《野草》意象的文化意蕴，围绕空中意象、地面意象、地下意象的文化解读，让《野草》的文化解读变得具体可感。田建民围绕鲁迅在中国文化发展历程当中，不仅起着承前启后的桥梁的作用，而且还要承载着过往的、当下的、未来的诸多的文化信息这一点，确认鲁迅在中国文化史上的地位，意在给《野草》研究的文化观提供一个大的历史背景、鲁迅的角色定位，从而增进读者的理解。同时，田建民也强调五四启蒙文化观在《野草》研究中的重要作用。邹范平在《新发现的鲁迅：读几本鲁迅著作的札记》一书论述《野草》的文化学内涵时，较为注意“鲁迅对中国文化的态度的潜意识”[①] 方面问题。该书是继王雨海之后的从文化学视角解读《野草》的又一力作。张闳从文化学的角度解读《野草》时指出，文化味道最浓，诗意朦胧的《野草》浸淫在中国文化背景之下，《野草》的诗学色彩也随之加浓加香。张枣的文化学解读，体现了一种国际视野，于字里行间流露出“开阔的文化眼界”。尤其是他从语言文化视角下研究《野草》，给人诸多启发。

第六章，《野草》再现社会批评的图景——政治伦理学视野中的《野草》研究概论。(一) 社会学研究方法占统治地位的时期，一直持续到新时期之初的相关研究。《野草》的反抗精神、战斗精神、革命精神、政治热情等受到了强调，甚至是极端的强调。而高长虹、章衣萍、茅盾、钱杏

① 邹范平：《新发现的鲁迅：读几本鲁迅著作的札记》，黑龙江人民出版社 2005 年版，第 373 页。

郇、胡风、卫俊秀、张禹、冯雪峰、吴敏之、毕奂午、吴奔星、李何林、杜一白、闵抗生等研究者是这种观点的代表。（二）社会学研究方法受到质疑，是新时期以来出现的。随着改革开放的开始和发展，多种研究视角介入《野草》研究中，通过对比，研究者看到了社会学研究方法的不足之处，因而予以猛烈抨击。这种抨击过分夸大了社会学研究方法的弊端。实际上，《野草》文本有社会学思想的成分，因而用社会学研究方法解读无不可，只不过解读方法并不只这一种。但爱情视角下的《野草》研究备受质疑。20 世纪 20 年代后期，孙伏园和高长虹便简略地开启了《野草》爱情视角研究序幕。改革开放之初，人们的认识变得日益理性化，对鲁迅及其爱情生活的探索也逐渐增多。因为这样，我们更容易认识到血肉丰满的鲁迅。研究鲁迅的爱情生活，离不开对其相关作品的探索。李德友、范庆林、王吉鹏、蒋锡金等研究者对《野草》文本蕴藏的爱情因素进行了初步探索。实际上，《野草》中的《我的失恋》和《腊叶》确实是反映爱情主题的散文诗。研究者将《我的失恋》与《腊叶》中完全相反的恋爱态度进行对比，从而突出了鲁迅高尚的爱情观，是有其深刻道理的。这样对比，容易表现鲁迅的人性和人情色彩。但这样的声音十分微弱。直至 21 世纪初以来，这一声音突然变得强大。如李天明、胡尹强、邹范平、余放成、刘彦荣、梁锦瑛、王莹等研究者著书立说，专门挖掘和论述《野草》的爱情因素，既引起轰动，又受到质疑。

第七章，比较研究是认识《野草》的重要途径之一——比较方式视野中的《野草》研究概论。《野草》自诞生以来，直至当下，其研究著述不可谓不多。在众多的研究著述中，东西方文学比较视角下的《野草》研究，显示了对各族、中外文学作品和文化内涵的触及、认同和接受。而梳理和分析这一视角下的《野草》研究成果，既有利于寻找到《野草》研究的规律、发现研究中存在的问题，也可为国内外《野草》研究者提供有参考和借鉴价值的基本判断。从史学研究发展历程看，孙玉石、张梦阳、王吉鹏、张娟、田建民等的研究成果，都是有代表性的《野草》研究史，但较为全面系统论述比较方式视角下的《野草》研究发展历程的工作仍需进一步细化、比较、对照和甄辨。本章对《野草》发轫期、新中国成立初期、新时期和新世纪这样几个阶段的相关成果进行研究的目的，是知史实、识真伪、探规律、究根源。

结论：多维视野中的《野草》研究规律及启示。《野草》研究的规律：一是多维视野中的《野草》研究概论来自众多的《野草》研究文献史料，二是多维视野中的《野草》研究概论受制于鲁迅及其《野草》文本的情感、意蕴，三是研究者自身学养以及意识形态的合力作用，共同促成了众多的《野草》研究成果。《野草》研究的启示：一是由感性认识逐渐上升到理性认识，研究成果由数量众多逐渐向研究质量不断提高发展，二是研究角度日益增多，三是自然而然地融入激变的时代是《野草》研究的主动选择。

三　研究思路与研究方法

（一）研究思路

从《野草》研究发表至今，90 多年的研究发展历程，出现了众多研究者，积累了丰富的文献资料，提出了“《野草》学”的概念，具备了多角度阐释的可能空间，形成了一个既有静态又有动态，既有历史定型文献也有未来可持续发展的动态的研究场域，循此研究场域，来分类、整理和爬梳多维视野中的《野草》研究发展历程，确是一条可行的研究路径。

在广泛爬梳文献资料的基础上，以不同的主题为研究视角，先综观各主题视角下《野草》研究的概貌，然后选择有代表性的研究文献进行分析，同时探讨不同历史时期国家意识形态对《野草》研究发展历程的影响，从而深入思考多维视野中的《野草》研究发展的演变轨迹，并在此基础上构建本研究的基本体系。

借助多维视野及年代史的撰写要求，将与多种维度的相关理论知识和《野草》研究发展历程联系起来。在联系过程中，坚持摒除主观因素，力求客观公正的研究原则，一方面对发展历程进行梳理和分析，另一方面探讨相关视角下的文献资料的研究者们在相关资料中都写了什么、怎么写的、为什么这样写，以及带给我们的影响等问题。再从这样的探讨、讨论中，概括出多维视野中的《野草》研究的规律、启示等。

就《多维视野中的〈野草〉研究概论》的整体框架、思路而言，先谈诗学和美学视野中的《野草》研究，既有对众多《野草》研究者关注《野草》内在的核心价值的考量，也有从《野草》诗美内涵的考量。因为散文诗在内容与形式方面的诗美的特点，是显而易见的，是不容回避的。再谈哲学和心理学视野中的《野草》研究，是为了阐释《野草》是鲁迅的哲学、是鲁迅的“心的探险”的结晶。后谈文化学、社会学、比较研究视野中的《野草》研究，有将《野草》、鲁迅放置在中外文化社会生活的大背景中进行阐述的考量，目的在于研究与《野草》密切相关的外部环境。因此，本书力图形成由《野草》到鲁迅，再到更广阔的文化社会生活，即由内到外的逻辑思路。

（二）研究方法

史论融通法。本书在使用各种文献史料的同时，坚持论从史出，有史有论，史论融通的方法，在史述中论其优劣得失。“史论”中的“论”，表现在对《野草》研究著述、文献资料的引证、解读、分析、辨析、思考、讨论中。本书的基本构成体系（具体表现为本书的研究框架），是从众多的《野草》研究文献资料中凝练出来的。

文献研究法。1. 本书涉及文学史、社会学、心理学、文化学、哲学、美学、诗学、中外作品比较等多种研究视域，可供研究的诸多视角都蕴含在丰富的文献资料中，只有对“全部”文献资料进行发掘、整理、归纳、分析、研究、比较，才能权衡出孰轻孰重。基于此，本书拟将文献法作为最主要的研究方法。首先是搜集尽可能“全部”的相关文献资料，其次是通过文献了解鲁迅写作《野草》时所处的历史环境，最后是运用历史文献，了解多维视野中研究者的思想意识、情感、态度与价值观等。后人想了解前人的研究，通过历史文献资料去了解它不失为一条好途径。2. 粗略一翻本书，给人的感觉是，貌似文献综述，甚至是文献资料的堆积。但本研究决不是文献资料的堆积，而是笔者不断思考、融合的结晶。在细读过程中，读者自能体会到著者意图抓住材料的“神”，从文献史料中提炼出来的“气”，从而凝结成这个文本。

四 创新之处与存在问题

（一）创新之处

理论建构的创新。本研究不同于已有的按照年代先后为序展开论述的（如孙玉石的《〈野草〉研究五十年》，张梦阳的《〈野草〉学史》，王吉鹏、张娟的《鲁迅〈野草〉研究史》，笔者的《中国鲁迅〈野草〉研究史论》等）相关研究成果，而是试图从多维视角下梳理和分析《野草》研究成果，探索全新的《野草》研究概貌，从而体现多维主题学的建构。

任何一门学科的建立，都必须具备作品、研究著述、研究史、研究史论等关键要素。而完成建构“《野草》学”这门学科的建构，已经具备了鲁迅的《野草》、众多的《野草》研究著述，以及孙玉石、张梦阳、王吉鹏等的《野草》研究史等关键要素，但还不具备《野草》研究史论这一方面的内容。所以，本研究拟完成“《野草》学”学科史论要素的建设任务。从“《野草》学”学科的建设方面看，本书是作为其中的必不可少的理论支撑要素——《野草》研究史论——而呈现出来的。

方法论研究的创新。多维视角即多个角度，就是多个主题。不同年代，众多研究者围绕《野草》展开的多主题研究。每个主题的研究，都代表了那个时代《野草》研究的创新和发展。梳理和分析多角度的《野草》研究，就会发现《野草》研究是方法论研究的结晶。

（二）存在问题

本书不能将更多的非常有价值的研究视角与研究资料纳入进来，令笔者十分不安。因为在《野草》研究发展历程中，还有语言学、文化学、文体学、文字学、美术学、色彩学、教育学、佛学、宗教学、写作学、教材分析等多种研究视角，尚需给予关注，都是本书所无法完成的。当然，这些研究视角、研究资料对《野草》研究的发展，都具有不可忽视的重要作用，但本书也要尊重研究视角较为突出、研究材料相对集中的事实，因而做了相应的取舍。同时，也由于笔者的研究能力、学术水平、见识、视野等的局限，本研究对多维视野中的《野草》研究概论的理解可能还不够深刻，对鲁迅、《野草》《野草》研究文献的阐述可能还存在这样或那样的不足之处，这也是笔者今后需要改进的地方。

第一章 《野草》具有丰富的诗性内涵
——诗学视野中的《野草》研究概论

自从20世纪30年代出现的《野草》文体争鸣，研究者便探讨了这部书究竟是“诗”还是“文”的归属问题。在新中国成立后的《野草》研究史上，吴奔星、王瑶、许杰、孙玉石、张闳、郑家建、汪卫东等研究者都不同程度地论及了《野草》的诗学问题，并进一步丰富了中国现代文学理论的内涵。

第一节 《野草》诗性色彩的学理探索
——20世纪的《野草》诗学研究

从《野草》散文诗自身所具有的诗性出发，一些研究者对《野草》进行了诗学探索。

一 王瑶的《野草》诗学研究

诗学研究是《野草》研究固有的一个特点，王瑶在《论〈野草〉》中多次提及，在他的另外一些论文中也有相关的表述。“人们都有这种感觉，在鲁迅的作品中《野草》是相当难懂的。这因为：第一，《野草》是诗；诗的语言总是要求更其集中、隽永、意致深远的；一般说来，诗总比普通散文要难懂一些。一首诗的主要特点并不在它所用的文字有韵或无韵，而在它是否包含诗意，诗的内容和表现方式。第二，《野草》主要是抒情诗，他不仅属于如古典诗歌中之‘咏怀’、‘言志’一类，而且作者一方面以充分的自我批评精神，解剖自己思想感触中的矛盾；一方面又‘并不愿将自以为苦的寂寞’，再来传染给‘正做着好梦的青年’，而作者当时又正处于‘路漫漫其修远兮，吾将上下而求索’的对新的道路的探索过程，因之这种‘言志’就往往采取了比较隐晦的寓意的表现方式。”①上述文字表明，王瑶对《野草》进行诗学研究，是抓住并切合了《野草》文本自身所拥有的诗学特征的。这些特征如：一是《野草》的体裁，它是诗，是抒情诗。二是《野草》的诗性语言符合诗的语言要求，即“集中、隽永、意致深远”，也即是人们常说的凝练、韵味、深刻。三是《野草》具备诗的特点，即这部散文诗“含有诗意，诗的内容和表现方式”等，散文诗文本运用象征、隐喻、暗示等表现手法来表达鲁迅内心的某些美好理想、爱恨情仇、矛盾思想、生命意义、战斗精神、自我解剖、自我批判等。四是《野草》的抒情性，诗是抒情的，散文诗的抒情性更浓烈，鲁迅于此创造多种多样的抒情形象，来抒发相应的情感，即该散文诗集抒发了鲁迅某些“难于直说”的隐秘情感，抒发了他“碰了许多钉子”后的痛苦情感，抒发了他“咏怀”和“言志”的真实情感，抒发了他不断探索的奋进情感，等等。《〈过客〉略说》的开头也如此：“像《野草》中的其他各篇一样，《过客》也充满了抒情诗的气氛。”② 也就是说，不仅《过客》，《野草》中的各篇都有浓郁的抒情诗的氛围。在《爱的大纛和憎的丰碑——英译本〈鲁迅诗选〉前言》中，王瑶说：“正因为他支持新诗的发展，‘五四’以后鲁迅有十年左右没有写过旧诗，他把一些诗的感受写成了像《野草》那样的散文诗。”③ 翻看鲁迅的创作情况，王瑶发现了鲁迅有“十年左右”的时间未写旧诗，代之以写新鲜的散文诗，无论散文诗的形式和内容如何新颖，都少不了“诗的感受”。这是王瑶对鲁迅《野草》进行诗学研究的一个发现。

二 孙玉石的《野草》诗学研究

《〈野草〉研究》折射浓郁的诗学理论光彩。不论是从形式还是从内容上看，全书自始至终都反映了孙玉石本人对中国现代诗学研究的思考。如《野草》的产生、《野草》的语言美等章节，都论述了这方面的内容。特别是该书的第八章，孙玉石从诗学理论高度论述了《野草》与中国现代散文诗之间的历史渊源、鲁迅创作散文诗的足迹、《野草》的地位和影响等内容。在使用诗情、意境、抒情写意、象征主义等诗歌理论解读《野草》方面，该书既表达了战斗的激情也抒泻了苦闷的情绪。从诗学角

---

① 王瑶：《鲁迅作品论集》，人民文学出版社 1984 年版，第 118—119 页。

② 同上书，第 270 页。

③ 同上书，第 241 页。

度研究《野草》，这与孙玉石的研究课题密切相关。先于《〈野草〉研究》，“孙玉石学术生涯中发表的第一篇论文是《鲁迅对中国新诗运动的贡献》”①。《〈野草〉研究》之后的《中国初期象征派诗歌研究》《中国现代诗歌艺术》《中国现代主义诗潮史论》以及与人合著的《中国现代诗导读（1917—1938）》等，均与诗学密切相关。因此孙玉石将诗学与《野草》研究结合在一起是理所当然的。

三　石尚文、邓忠强的《野草》诗学研究

在阐释《野草》时，《〈野草〉浅析》与同一时间出版的孙玉石的《〈野草〉研究》有某些共鸣之处。如关于理性意识和诗学色彩的共鸣。《秋夜》的浅析，即《执着的战斗　热烈的追求》一文写道：“鲁迅笔下的这些景物，虽然是秋夜实际生活的真实写照，然而又是渗透着作者丰富的想象并加以着意渲染的理性化了的形象，因而各自具有独特的象征意义。这种现实与幻想的结合，构成了一种浓郁的诗的境界。”②《〈野草〉浅析》流露了“理性化”的研究倾向和“浓郁”的诗学思考，这体现了《野草》研究者认识的跃进，由感性认识层面上升到理性认识层面，相对深入一步地研究《野草》。比较而言，《〈野草〉研究》中的理性意识和诗学色彩更多一些。再如关于对旧思想认识的共鸣。《墓碣文》的浅析，《心灵深处的剧烈搏战》一文写道：“以‘墓碣文’这个标题来象征对旧思想的埋葬，以‘我’的凭吊孤坟荒冢、阅读墓碣文字来象征作者对旧思想的否定和决裂。”③ 这说明了鲁迅与旧思想之间有明显的敌对关系以及他想彻底摆脱旧思想的影响。《〈野草〉研究》说：“《墓碣文》讲的却是埋葬旧思想的坟墓。在这块充满象征意味的墓碣文字里，包含了鲁迅对自己灵魂中的‘毒气和鬼气’自我解剖的总结，也体现了他同个性主义等旧思想情绪努力决裂的心情。”④《〈野草〉浅析》笼统地批判了旧思想，而《〈野草〉研究》则对“个性主义等”进行了较为明确的有针对性的批判，从而增强了批判的力度。孙玉石、石尚文、邓忠强等研究者同鲁迅一样，都无情地批判并埋葬了虚无主义。还有，两书都涉及了“战斗的美学”这样的思想观念。之所以对《野草》产生共鸣，在于研究者

---

① 刘继业：《论孙玉石先生的〈《野草》研究〉》，《鲁迅研究月刊》2007 年第 8 期。

② 石尚文、邓忠强：《〈野草〉浅析》，长江文艺出版社 1982 年版，第 14 页。

③ 同上书，第 119 页。

④ 孙玉石：《〈野草〉研究》，中国社会科学出版社 1982 年版，第 62 页。

激活了可以沟通的艺术欣赏渠道，并进入了相通的艺术领域。

第二节 《野草》诗性色彩的系统梳理
——21 世纪的《野草》诗学研究

自 21 世纪初期以来，截至目前，《野草》的诗学研究，不论是从宏观层面看还是从微观层面看，均呈现出快速发展的趋势。其标志是：有的研究者出版了《野草》诗学研究的著作。

一 张闳的《野草》诗学研究

张闳的《黑暗中的声音——鲁迅〈野草〉的诗学与精神密码》一书，2007 年 4 月由上海文艺出版社出版。在该书中，张闳体现了自己的《野草》诗学的研究立场。

首次以专著形式，从宏观角度研究《野草》诗学问题的，是张闳的《黑暗中的声音》一书。该书认为："《野草》是诗，但迄今为止却还没有被真正当作诗来阅读。诗学无止境，无疑应成为《野草》研究中不可或缺的一维。而严格意义上的诗学解读，应服从作品的诗学本质及诗学研究本身的规定性。"① 对已有的《野草》研究论述，研究者常坚持社会学、心理学、哲学、美学、色彩学等研究视角。选取何种角度，这是研究者的自由和权力。而这样的事实应该得到重视：鲁迅是文学家、思想家，《野草》是散文诗。从解读中，我们看到张闳是关注了这一点的。

从诗学角度解读《野草》是该书最显著的特色。

因为以往的社会学、心理学等研究角度并不能反映《野草》的诗学本质，足见诗学解读的必要性。而对《野草》解读的困难，主要在于这部作品诗意灵性的难以把捉，以及诗学符号所具有的抽象难解的意义。该书导言明确了诗学研究的符号系统、诗学研究的任务、诗学形态等，是《野草》诗学研究的主要内容。对于读者研阅这部专著，指出基本的诗学立场，有助于读者强化思考《野草》文本的诗学性质的这一目的。

诗学研究的符号系统包含的基本范畴是：意象、主题、修辞手段、本

---

① 张闳：《黑暗中的声音——鲁迅〈野草〉的诗学与精神密码》，上海文艺出版社 2007 年版，第 12 页。

文结构和话语方式等。① 实际上这也是诗歌研究的主要内容。

值得注意的是，张闳对空间意象和声音意象的研究，在《野草》研究史上是具有创新价值的。该书提出：废墟、荒原、小土屋、坟四个意象构成《野草》的基本空间意象系列，在这幅可怖的“地狱变”中得到了最为集中而又极端的体现。② 上述四个意象蕴含着弃旧迎新，或者从一个结局走向另一个新的开始的味道。只要辩证地分析，我们不难看出这样的意思。这也启发我们新的思考：《野草》的空间意象仅仅只有这样的面貌吗？还有没有其他的表现形式？声音意象在《野草》中是实际存在的。如《秋夜》中的笑声，《死后》中的——“死了？……”“嗡。——这……”“哼！……”“啧。……唉！……”等，都是“大有深意”的。对《野草》中声音意象的提取，让我们在各种声调中，能感受到世人的面目，能体察到鲁迅的心情。抓住不同的声音承载不同的意义这一点，笔者认为张闳对声音意象的研究是有创新价值的。

关于《野草》主题的研究。对启蒙主义、民族历史的重复性特征、“记忆/遗忘”的二项对立的矛盾、家庭伦理结构、逃亡、独立、反叛、复仇、“梦魇”、“过客”的命运等，都是张闳在《野草》诗学研究过程中涉猎到的关于诗学“主题”的研究。“我们可以从鲁迅早年的论著当中看出，复仇精神形成了鲁迅对社会的观点的基本部分，同时也是鲁迅的诗学观点的主要组成。”③ 鲁迅不仅认识到了看客的空虚无聊，也看到了世人身上存在的诸多劣根性，让他们清醒是当务之急，目前要做的就是向他们复仇：让他们得不到满足。张闳对鲁迅这种独特复仇方式的认识是准确的。就复仇主题来说，有的学者对古今中外复仇文学作品中这一主题的挖掘、整理、研究是卓有成效的，如王立教授等。

关于《野草》文本结构的研究。从宏观结构看，张闳将空间经验与时间经验结合起来，构成《野草》世界的时空结构。④ 如钱理群一样，把《野草》分为经纬两个维度，从横向看从纵向看，散文诗的整体结构一目了然。这种驾驭文本的能力正是《野草》研究深厚功力的表现。从微观结构看，如鲁迅小说《铸剑》关于仇的结构：复仇者——复仇对象——

---

① 张闳：《黑暗中的声音——鲁迅〈野草〉的诗学与精神密码》，上海文艺出版社 2007 年版，第 12 页。

② 同上书，第 145 页。

③ 同上书，第 192 页。

④ 同上书，第 145 页。

复仇手段的“三位一体”的结构，在《野草》的《过客》中也曾出现过；老翁、过客、女孩这三个角色分别表示人生三个不同时期，或人生三种状态，他们身上不同程度地存在着鲁迅的影子。[①] 就美学角度研究文本来说，文学作品都讲究组织结构的高下。不同的文体，对组织结构的要求是不一样的。《野草》各篇散文诗的结构或依人物划分，或依片断划分，或依场景划分，各不相同。而张闳将《过客》中的三个人物集于一体，看作鲁迅的人生历程发展的各个阶段，这未尝不可。但笔者认为将老翁、过客、女孩看作一个群体或人类社会中男女老少不同人等的典型代表更为合适。

诗学研究的主要任务。结合《野草》文本而言，即是在诗学研究的符号系统中，指出《野草》中某些独特的经验内容是如何被说出，并以何种方式保持了其独立性。[②] 在《野草》写作的初期，鲁迅曾翻译过厨川白村的《苦闷的象征》一书，领会到的象征、隐喻、暗示等，就是写作《野草》的一种方式，因此散文诗的难以理解或许与这有一定关系。且《〈野草〉英文译本序》又说：“大抵仅仅是随时的小感想。因为那时难于直说，所以有时措辞就很含糊了。”这就表明：这部散文诗集艺术手法抽象，思想内涵丰富，是有特殊原因的。所以，“在《野草》本文结构的深层，隐含着更为丰富的意识内容”[③] 的认识，是符合《野草》思想与艺术实际的。

诗学形态的分析。张闳说：“《野草》本文的诗学形态，它直接来源于作为写作者的鲁迅的独特的写作‘姿态’。”[④] 这也可以说是对其独语风格的强调。“《野草》在文体和话语方式方面的独特性是显而易见的，在诸多的现代汉语写作中，鲁迅一贯以明快、犀利、雄辩和强烈的战斗性风格而卓然独立。”[⑤] 张闳确实捕捉到了鲁迅散文诗集形式方面的关键特征，表现了关于艺术形式方面的真知灼见，沿着这种思路解读《野草》，是不会偏离鲁迅的写作立场和写作方式的。

总之，作为第一部《野草》诗学研究专著，该书的论述是深入细致

---

① 张闳：《黑暗中的声音——鲁迅〈野草〉的诗学与精神密码》，上海文艺出版社 2007 年版，第 204 页。

② 同上书，第 13 页。

③ 同上书，第 89 页。

④ 同上书，第 14 页。

⑤ 同上书，第 84 页。

的，语言通畅自然，文笔清新得体，论证过程有理有据，实现了张闳自己提出的“写作的最高的梦想”①。这也就是用诗歌理论的特性研究散文诗《野草》，用其内在联系来反映具体作品的诗性。这样研究的结果，确实做到了用理论指导研究实践，实际反过来又验证诗学理论逻辑的严密性等，进而加强了二者之间的联系。

二 张枣的《野草》诗学研究

《野草》是中国新诗的起源。从《张枣随笔选》看，张枣通过讲评《野草》的方式，走进了《野草》的世界，走进了鲁迅的精神世界。更为重要的是，张枣从中国新诗起源的角度为《野草》研究注入了新的元素。

创新的：“现代汉语新诗的真正源头。”近现代以来的文学革命，尤其是诗界革命，成为中国新诗发展的不可缺少的背景。更多人认为胡适的《尝试集》、郭沫若的《女神》是中国新诗的开始。长期以来，人们对汉语白话新诗起源的关注，更多地落在了胡适、郭沫若的诗集上，尤其是对胡适的《尝试集》推崇备至。因为初从分行的文字看，他们的诗作表面上确实能称得上是中国新诗的源头。但从其新诗对后来影响的角度看，张枣认为胡适的没产生什么影响，而鲁迅的影响较大。“最关键的，是胡适在中国现代诗歌写作中间，从后来的闻一多、李金发、戴望舒、九叶派……到我们今天的写作，没有产生任何影响。考察文学的影响，不是从前往后考察，应该从后往前考察。如果这个源头是胡适，如果他正确的话，就会从源头流到现在；但胡适的写作不正确，不重要，没有流传。而在另一个源流中，我们发现了很多其他的人，比如鲁迅、闻一多……”②反推溯源的思考方法，虽不新颖，但用在这里来检验究竟是胡适对未来产生了影响还是鲁迅对未来产生了影响却很管用。毕竟实践是检验真理的唯一标准。通过实践来判断他们对后世有没有影响，这实质上是在审查他们的创作观念有没有人愿意继承的问题，也审查他们当初的写作的意图、立论的前提有没有可操作的可能的问题，以及有没有实践的价值等问题。经过较长一段时间检验后，张枣看到了胡适与鲁迅之间在新诗创作方面的巨大差别，《尝试集》确实具有浓郁的“白话”色彩，而《野草》的艺术价值的确被更多人认识到并予以吸收。因此张枣说：“中国现代诗之父其

---

① 张闳：《黑暗中的声音——鲁迅〈野草〉的诗学与精神密码》，上海文艺出版社 2007 年版，第 14 页。

② 张枣：《张枣随笔选》，颜炼军编选，人民文学出版社 2012 年版，第 148 页。

实是鲁迅，而不是胡适。”[①] 之所以这样说，就在于鲁迅的现代诗有传人有后续影响，而胡适的现代诗在张枣看来是没有传人也没有产生相关的影响。“我们新诗的第一个伟大诗人，我们诗歌现代性的源头的奠基人，是鲁迅。鲁迅以他无与伦比的象征主义的小册子《野草》奠定了现代汉语诗的开始。”[②] 在当时，更多的当事人仍然处于局中，尚不能看清楚《尝试集》与《野草》到底孰是孰非。而处于旁观者立场的张枣，虽不是当局者的角色之一，也根本不可能是与鲁迅的直接接触者的角色，但以研究者的视角认识这两部诗集，总要以一种客观、公正的历史态度对它们进行分析，由此得出的判断也才能较为可靠、令人信服。

诗学的：“你至少会获得感性的体悟。”首先是作为一名诗人的张枣。作为一名精通德语、英语、汉语等多门语言的语言学家，诗人张枣从不同的语言中感受到了诗歌无处不在，诗人在哪里诗歌就在哪里。不论在哪里，诗人都可以发出自己的豪情壮志，都可以因地制宜、就地取材。在家乡读书时，因老师写诗讽刺学生，张枣以自己独创的诗歌回应了老师的讽刺诗，维护了自己同学的尊严。到国外留学期间，张枣把汉语留给自己的新诗创作，不随意写诗，只要写诗，便力求是精品的。读张枣的诗，句句凝练深邃，首首经典优雅。其次是诗歌的调式。如“《野草》中，鲁迅的主调式是忧郁的，如果谁说诗意的忧郁不好定义，确实，不过只要细细品味《野草》，你至少会获得感性的体悟，你至少还可以将这忧郁细化”[③]，张枣分析了《雪》《希望》《颓败线的颤动》《腊叶》《好的故事》中的忧郁，且各个不同。这意味着，即使《野草》的主调式大体相同，但每一篇和每一篇之间的调式仍有细微的差别。为此，张枣进行了细微的发掘，客观地分析了《野草》中调式各不相同的具体表现。产生这种差别的原因，主要在于鲁迅在不同的散文诗中所要表达的思想感情是各不相同的。从音乐理论看，诗歌调式的变化，是为了传情达意、表达诗意人生等。再次，出于不同语义的表达的需要，《野草》中不同人物发声的目的反映了不同的生存境遇。从发声的角度看，人的言说是为了维护自己生存的安全。不利于自己的生存时，就要言说，以挽救自己的生存安全的缺失。在讲析《秋夜》时张枣说：“花、草、小虫等，基本上都被霜、严冬和天空

---

① 张枣：《张枣随笔选》，颜炼军编选，人民文学出版社 2012 年版，第 120 页。

② 同上书，第 196 页。

③ 同上书，第 117 页。

的强大力量压倒了，基本上都是微弱的发声者，但它们身上有一种发声的希望。”[①] 受到压迫了，自己不希望遭遇灭亡，还希望能顽强地生存下去，并且与那些不良现象继续做斗争，所以就表达自己生的欲望。哪怕是一线希望，也不能放过。这就是言说的意义。如讲评《立论》时张枣明确提出的“发声的危机就是生存的危机”[②]，如讲评《火的冰》时认为“他不能言说自己的生存，自己身上的创造力就变成了冰，说不出话，就是生存被压抑，说出话生存才得以飞扬”[③] 等。就每一个个体而言，连言说的机会都已经没有了，这意味着说话权利的缺失或者被剥夺。实际上这就是个体的生存境遇受到了威胁和挑战。就施压者而言，掌权者不允许其麾下的个人表达自己的愿望、自己的处境，只希望你沉默、失声，甚至希望处于弱势地位者永远臣服于强势者，永远遵守所谓的规矩。最后，表达一种美的缺失。在讲评《野草》的诗篇中，如“生存的缺在是通过文本来弥补的，而通过这种弥补，又会让我们向往一种实在的生活场景，这就是《好的故事》的意义”[④]，就意味着现实生活的不美好，但盼望美好。这里的写法是一种衬托，用想象中的美好生活来反衬现实生活的不美好，表达对现实生活的不满，表达自己在现实生活中受到了压抑乃至生命的威胁等。可见，张枣对鲁迅通过散文诗的艺术形式表达的生命感受进行的分析、讲评是得体的，是合理的，是深入浅出的，是明白易懂的，体现了他的诗学追求。

三　汪卫东的《野草》诗学研究

将《野草》放在鲁迅的一生及其全部作品中看，这本身就是一种尊重客观现实、尊重整体感悟的态度。“客观性”与“整体性”是汪卫东的《探寻“诗心”：〈野草〉整体研究》试图推进《野草》研究的突破点，同时体现其诗学倾向。在汪卫东看来，“诗心”既是《野草》整体性的内核，也是《野草》客观性的组成部分。在《野草》研究史上，作为一部著作，该书是第一部从整体研究的角度解读《野草》的专著。从书名看，读者能感受到该书著者整体研究、客观研究的深刻意图。

汪卫东对《野草》整体性的论述，是基于对鲁迅生平与思想历程的

---

① 张枣：《张枣随笔选》，颜炼军编选，人民文学出版社 2012 年版，第 126 页。

② 同上书，第 152 页。

③ 同上书，第 159—160 页。

④ 同上书，第 157 页。

一个重要发现，即对以1923年的沉默为标志的鲁迅“第二次绝望”的发现。在该书的第一章“一九二三年的鲁迅”中，汪卫东通过对鲁迅日记、文本和生平细节的翔实考察尤其是对其心路历程的深入梳理，充分揭示了1923年的沉默对于鲁迅的意义，将其视为“第二次绝望”的标志。这一发现的意义是重大的，它涉及对于鲁迅生平与思想的重新划分与评价。我们知道，1924年2月，鲁迅开始写《彷徨》，9月，又开始《野草》的写作。汪卫东认为：“《彷徨》和《野草》既标志着他打破了一年的沉默，又记录了他走出绝望的心路历程。《彷徨》是一次梦魇式的写作，将作者自我人生悲剧的可能性写了下来，……《野草》作为一种更为内在的写作，是鲁迅冲决其第二次绝望的过程，是一次生命的行动，可以说，正是借《野草》的写作，鲁迅走出了第二次绝望。经过《野草》中的生命历险，鲁迅终于确证了‘反抗绝望’——‘绝望的抗战’的人生哲学，从而解决了自我的危机。”① 这无疑为《野草》整体性的确立寻找到一个坚实的基座。由此，《野草》的性质就得以确立：“《野草》，与其说是一个写作的文本，不如说是20年代中期鲁迅陷入第二次绝望时生命追问的一个过程，一次穿越致命绝望的生命行动。”② 并同时指出：《野草》中存在一个自成系统的精神世界和艺术世界。该书系统扎实地解读和梳理出《野草》中“向死”——“生死挣扎”——“新生”等有机组成部分，展现了《野草》反抗绝望的不可逆时间过程。

第一章写1923年的鲁迅，就是将《野草》视为冲决“第二次绝望”的行动，最后一章写“《野草》之后”，讨论《野草》的生成与杂文的产生。这样，就将所研究的《野草》时期（1924—1927年）与其早期（1881—1922年）、转折期（1923年）、后期（1928—1936年），完全贯通起来，从而至少显示出时间上的整体性。这样，不仅《野草》获得了一个全新的整体观，而且通过《野草》，鲁迅的整个精神世界与生命历程也豁然贯通，形成一个新的整体观。作为文学体裁之一的散文诗，需要的是整体感悟，而不是支离破碎的文本解读。而且，整体感悟是诗学的重要特征之一。该书将《野草》置于鲁迅的作品中、鲁迅的一生中进行整体认知、整体感悟、注重领悟等，自然体现了一种鲜明的诗学倾向。

正是在上述“整体性”基础上，汪著建立了自己的对《野草》研究的客观性的理解。汪卫东说，厚重的《野草》研究史可谓是硕果累累，

---

① 汪卫东：《探寻“诗心”：〈野草〉整体研究》，北京大学出版社2014年版，第16页。

② 同上书，第20页。

但也存在需要反思的问题。他对《野草》中随意性的主观研究提出批评："更多的思想阐释、诗学解读和文化比较研究，常常随意将《野草》拆散开来，随机地撒入漫无涯际的中西文化、思想及鲁迅思想与文学世界，以相互参证、相互说明的方式来言说对《野草》的想象，而无视《野草》作为研究对象的整体存在，在这样宏观而自由的阐释中，我们看到的是研究者的块垒与才情，却看不到《野草》。"① 汪卫东也肯定了《野草》研究中客观性实证研究的可贵贡献："与《野草》研究中大量主观阐释性研究相比，以孙玉石先生《〈野草〉研究》为代表的以实证为基础的本体性研究，是弥足珍贵并值得发扬的。"此外，值得关注的是该书对《野草》研究"诗心"目标的设置："我将看似极为主观的'诗心'，作为《野草》研究客观性追问的对象和终点，这一'诗心'，是作为'诗'的《野草》的内核，它起于实证，但最后必须进入自成系统的精神世界与艺术世界的《野草》整体，在这一整体中精确把握其'诗'与'思'的内核。"② 这样，看似主观性的"诗"，也成了客观的必要组成部分和客观追问的对象。"诗心"的辩证设定，超越了我们对主、客观的片面认识，既尊重了研究的客观性，又兼顾《野草》的"诗"的特质，为《野草》诗学研究打开了新的研究空间。

至此，我们可以看到该书《野草》研究的客观性所在：1.《野草》的起点，即以 1923 年的沉默为标志的"第二次绝望"；2. 对走进《野草》前的鲁迅的生存状态与精神状态的深入了解；3.《野草》自成系统的精神世界、文本世界和艺术世界。而看似幽玄的"诗心"，也就在其中。也就是说，客观地再现《野草》的"诗心"也是该书所讨论的内容之一。而再现说的本质，强调以现实生活为蓝本，是对现实生活的模仿与再现。该书的"诗心"说是建立在新的整体观的基础上。在这一整体观的观照下，对《野草》进行的客观再现或模仿研究就显示了可靠、可信的诗学特点。

总之，能将《野草》的 24 篇散文诗融为一个"整体"，予以"客观性"研究，并突出"诗心"这一内核，这不仅是一次勇敢的行动，一种驾驭能力的表现，更表明了论者的智慧与识见。汪卫东说："与《野草》'诗心'对话，严谨的考证、精密的推理、丰富的体验、深厚的知识积

---

① 汪卫东：《探寻"诗心"：〈野草〉整体研究》，北京大学出版社 2014 年版，代前言第 5 页。

② 同上书，代前言第 12 页。

累、敏锐的文字感悟、宽博的艺术修养，都缺一不可。”[①] 就该书从《野草》与佛教、语言、节奏、音乐、尼采作品、夏目漱石作品等关系的考察而言，我们都能看出汪卫东以一种深厚的学术功底、广阔的学术视野努力拓展着《野草》的研究空间。在众多的《野草》研究著述中，尤其是在探索“诗心”方面，汪卫东仍然“探寻”出诸多新意，令人耳目一新，为《野草》研究，特别是为《野草》的诗学研究开辟了新的空间，对未来《野草》研究的发展，具有启发和借鉴的重要意义。

四 朱崇科的《野草》诗学研究

微观视角下《野草》诗学研究的第一部专著。张闳的《黑暗中的声音——鲁迅〈野草〉的诗学与精神密码》一书分为八章，宏观地分析了《野草》的诗学及其解读《野草》诗学的精神密码。说其是《野草》研究史上第一部从宏观角度解读《野草》诗学的专著，是没有什么疑义的。而从诗学的角度，对《野草》全书各篇进行微观阐释的第一部专著，则是朱崇科的《〈野草〉文本心诠》。可见，在如何写出自己的特色，表现与众不同，乃至创新方面，朱崇科还是花费了很多的心思的。他在绪论中说：“和前人有些过于拘谨或随意的单篇解读方式不同，本书的解读有几个不同点：（1）立足于扎实的文献综述，文献的匮乏往往是很多信口开河地重读的失败要因——要么是闭门造车、了无新意，要么是自以为是、离题万里；（2）每篇解读呈现出相对独特的新意，且能够自圆其说。”[②] 从该书每篇解读文字看，他确实显示了独特、创新之处，并实现了这样的研究目标。

鲁迅说，《野草》是写给他自己看的，不希望他人看。这里有纪念的意义，当然鲁迅也考虑到了文本灰色的内涵可能产生不良影响。因为最具个人化的文字，在情感方面可能是毫无遮拦的，或是遮拦少一些，所以文字内里流淌着的悲哀、寂寞、孤独、绝望等的情绪就会传染人，令一些人深陷其中，难以自拔。这意味着《野草》文本是独特的，读者凭借阅读经验是应该能看得出来的。从体裁看，作为散文诗的《野草》，自然具有散文诗的独特之处。而如何表现《野草》从体裁到内容的独特性，研究者本人所具有的驾驭文本的知识、能力、相关信息储备等方面就显得极为

---

① 汪卫东：《探寻“诗心”：〈野草〉整体研究》，北京大学出版社 2014 年版，代前言第 12 页。

② 朱崇科：《〈野草〉文本心诠》，人民出版社 2016 年版，第 5—6 页。

重要。孙郁在该书中序中说："朱崇科在这本《〈野草〉文本心诠》表达了什么？他在书中提供了怎样的新精神和别于他人的心解？我阅读此书，觉得作者有一个大的雄心，即寻找跨时空性和文体跨越性的根由，在复杂性、立体性、和否定性里，形成寻找《野草》独特性的诗学结构。这是一种试图与前人不同的尝试，但又不能不在前人的基础上慢慢摸索。我在这里看到了他对前人研究的一种借鉴和扬弃，一些地方试图摆脱旧影的努力。研究鲁迅的有魅力的地方，也有这样的因素的。他的苦苦的努力，也看出新一代学者的知识结构与前几代人的差异。"① 前人的相关研究成果、学术贡献，在拓展《野草》研究领域方面，是有目共睹的，同时也给后续的研究者带来诸多有益的启示。而在这样的基础上，如何借鉴、吸收、创新、发展、超越，朱崇科在细读、诠释《野草》各篇散文诗诗学内涵的过程中，从整体的诗学建构到局部的细节表述，都进行了令人耳目一新的成功的探索。而且，这样的探索给人留下了深刻的印象。

从鲁迅作品的思想、风格取法于古今中外的大家这一点看，"托尼学说，魏晋文章"的评价是有道理的。毕竟他们之间有诸多相通之处，虽然身处不同的时空中，但文与质方面的共鸣还是存在的。从他们的创作实践中，读者有时会发现这一点。在接受托尔斯泰、尼采的影响方面，《野草》文本显示了鲁迅的悲悯情怀、陌生化的表述。在《复仇（其二）》中，被钉在十字架上的耶稣，虽然完成了对自己、对庸众的复仇，但苦难与救赎的主题仍然是其要表达的重点，因为耶稣的身上有鲁迅的影子。在《墓碣文》中，如"于浩歌狂热之际中寒；于天上看见深渊。于一切眼中看见无所有；于无所希望中得救"、"待我成尘时，你将见我的微笑！"等，诸多矛盾表述同时呈现在读者面前，形成悖论。而矛盾的一方单拿出来时，读者则是熟悉的，并不难解。当矛盾的双方融合在一起时，读者的视觉受到了陌生化图景的冲击，一幅幅不协调的场景迅速映入眼帘，甚至目不暇接，进而形成新的感受。鲁迅如此表达的目的，既显示了拒绝平庸、庸常的叙述，同时也反映了人的生存的困境。从《野草》的内里走向外在，而不是从外在的理论走向《野草》的内里。这实际上反映了研究者是从理论走向文本，还是从文本出发选择适合于文本的理论的研究路向的问题。从朱崇科对《野草》全书的诗学建构看，他显然从《野草》文本出发，在开阖有度中选择适合于《野草》文体的诗学理论，进而建构自己的诗学诠释框架。如果从《主体的背面与断续》《"失恋"的三重

---

① 朱崇科：《〈野草〉文本心诠》，人民出版社 2016 年版，序第 6 页。

境界与诗学》《复仇的无聊与无聊的复仇》《层进、回环与对峙的张力》《“立人”的姿态和立场：“蓬勃地奋飞”》《奴化/物质“文明”的双重反讽》《解/构“国民性”》《家国同构中的个体突围》《“立人”的繁复性及互文性诗学》等24篇诠释文的正标题及各篇具体论述内容看，朱崇科精心营构《野草》微观诗学的逻辑框架、写作脉络、行文思路的目标，不仅较好地完成了，而且流露了《野草》诗学凝练、含蓄、自然、流动的理论色彩。

这种诗学建构的意识，也萦绕在每一篇富于新意的诠释文字的具体论述当中。对两性关系的新颖解读。如在诠释《好的故事》时，论者指出：不妨从弗洛伊德那里找寻新的可能性①。在朦胧中所看见的好的故事，其实是梦境中的故事。弗洛伊德写梦、写欲望、写冲动、写非理性、写潜意识，实际上是为了表达人性的本真面貌：人的本能或欲望受到压抑后要通过梦或无意识而得到补偿，这种情况下的人自然会达到心理平衡的状态，否则容易导致精神分裂。所以，论者在分析美好的春梦时，细致地考察了由众多意象融合而成的春梦、梦中的女子及其姿采等内容，所依据的是“好”的背后的文化意蕴。也就是说，从《周易》《诗经》《说文解字》中的相关内容看，“好”的意思与两性关系密切。而无论梦还是性，都与弗洛伊德的精神分析学紧密相连。本我在展现自己的本能及欲望时，是真诚的，是实事求是的，是毫无掩盖的，甚至是野蛮的。这种野蛮是为了达到生命的极致的大飞扬，是为了达到“好”的状态。论者对意象融合、两性关系的分析，落脚点也在“好”上面，这其实是他们之间的共鸣，也是论者的认同，而绝不是附会。因此，这种诗学建构的意识得到了很好的表现。

五 其他研究者的《野草》诗学研究

21世纪《野草》研究的新气象。从《野草》的诗学研究看，研究者在承续已有研究成果的基础上，也独辟蹊径，独抒新见。如围绕着语言节奏方面，马军英在“从审美活动的节奏及其特点来探索《秋夜》这一诗篇的形式建构与其思想含义”② 时，概括了文本中的审美节奏，指出这一审美节奏是由小粉红花、枣树、小青虫、栀子花等节拍构成的，并详细勾

---

① 朱崇科：《〈野草〉文本心诠》，人民出版社2016年版，第149页。

② 马军英：《表现的深切，格式的特别——鲁迅〈秋夜〉的内在节奏及其相关的诗学问题》，《重庆邮电大学学报》（社会科学版）2011年第2期。

勒了每个节拍都是由物→心→物→心→物组合而成的。从形成的“物”与“我”之间的关系看，这样的审美节奏在发挥自审与他审的功能方面，显然是有效用的，值得肯定。张鑫在《论〈野草〉的语言节奏与“意蕴节奏”》一文里，从音乐中的韵律切入，详细分析了“意蕴节奏”。列举了《影的告别》《求乞者》《复仇（其二）》《颓败线的颤动》等文中的主题变奏，条分缕析地论述了《希望》中的“意蕴节奏”。认为：《希望》的主题有四：A. “寻找‘身外的青春’”；B. “发现‘身外的青春’并不存在”；C. “选择‘肉薄’”和 D. “绝望之为虚妄，正与希望相同”。而“《希望》的核心主题，是通过诸多副主题的变奏、反复，以及这些变奏、反复的副主题的交叉否定、相互超越而推动的，并通过一个异质主题的突然切入，最终促成的”。[①] 对“意蕴节奏”的把握，实际上是对鲁迅在《希望》中所流淌的情绪、情感的把握，是对文本思路、作者思维的把握，在把握作者的情感变化方面显然是有意义的。

运用转折连词，呈现《野草》诗学的色彩和面貌。王本朝认为鲁迅在《野草》中对转折连词“然而”有着恰当而巧妙的运用，无论是对情感和寓意的表达，还是形成语气节奏的转换与跌宕，都使语意表达多了一份意味深长的气势神韵。[②] 同王本朝对“然而”的分析类似，周江平对《秋夜》中的“秋”所做的文字学解构、诠释，独辟蹊径，给人印象深刻。他说：“正是基于德里达综合逻辑思维和形象空间思维的解构方式，笔者从甲骨文等古文字的形象意蕴对鲁迅的散文《秋夜》尝试探索一种新的诠释方法，这种方法从字形的变体中展开空间形象想象，并和文本中的形象描述相关联，直观地把握了文本旨意，并产生文本阅读的审美意趣。”[③] 结合德里达的解构主义，仅从一个“秋”字的字形演变，就细腻地解读了文本，这种解读方式对深入分析文本显然是有帮助的，值得推广。同样是写夜，王彬彬在《月夜里的鲁迅》一文中说：“月夜里的鲁迅是伤感的。当我们想象着月夜里的鲁迅，当我们看到鲁迅举头凝视着那或大或小，或圆或缺的月亮，我们更多地感受到了鲁迅性格中温软的一面，更深地体味到了鲁迅精神上阴润的一面，更强烈地意识到了鲁迅心理上柔弱的一面。我们对鲁迅性格中坚硬的一面、对鲁迅精神上阳刚的一面、对

---

① 张鑫：《论〈野草〉的语言节奏与“意蕴节奏”》，《鲁迅研究月刊》2011 年第 1 期。

② 王本朝：《“然而”与〈野草〉的话语方式》，《贵州社会科学》2012 年第 1 期。

③ 周江平：《德里达解构主义视域内鲁迅〈秋夜〉的文字学诠释》，《南昌大学学报》（人文社会科学版）2013 年第 3 期。

鲁迅心理上强大的一面，已经说了很多。当然不能说已有的这种言说是在歪曲鲁迅，但如果仅仅只看到鲁迅的坚硬、阳刚、强大，却感受不到鲁迅的伤感，体味不到鲁迅的温软、阴润、柔弱，那呈现在我们面前的，就不能说是很真实的鲁迅。”[1] 结合鲁迅性格的研究现状，过于强调阳刚的一面，而忽略温软的一面，这是片面的表现。为此，王彬彬进行了质疑和批评。当然，能一分为二地分析鲁迅的性格、形象自然是可取的，得出的结论自然是令人信服的。王彬彬的批评，就是为了达到这一个目标。此外，赵志认为矛盾修辞是阅读《野草》的金钥匙[2]，也具有诗学研读意义方面的参考价值。

总之，对《野草》的语言风格、修辞手法、文本结构、主题意蕴等诗学内涵的研究，在一定意义上可以说是对文学理论内涵的探索。

① 王彬彬：《月夜里的鲁迅》，《文艺研究》2013 年第 11 期。

② 赵志：《以矛盾修辞法解读鲁迅的〈野草〉》，《现代语文》（学术综合版）2013 年第 9 期。

第二章　《野草》文质兼美
——美学视野中的《野草》研究概论

发表之初的《野草》，鲁迅的学生章川岛“觉得写得很漂亮，很美”，以及20世纪80年代许杰的《〈野草〉诠释》、李国涛的《〈野草〉艺术谈》等，属于艺术美感认识。而20世纪60年代吴小美强调其美学内涵，80年代孙玉石提出“战斗的美学”理论说，陈学超、程凯华等意境美的研究，张颂南、殷国明等的美学研究，庆余、李亮等的美术学研究，90年代孟瑞君的《〈野草〉的艺术世界》，王吉鹏、白建西、任国权等的朦胧美、艺术形式美的研究，则具有一种理性认识。很显然，他们是从审美的角度研究《野草》的。

第一节　《野草》艺术形式的初步探索
——1925—1949年的《野草》美学研究

鲁迅在《野草》中文体意识的张扬，标题的创新，排比、比喻、拟人、讽刺、夸张、反复等修辞手法的运用，写景状物、借景抒情、象征主义等表现手法的使用，都体现了形式美的美学特点。

一　《野草》是“一种写意的象征主义的散文诗”

《野草》问世初期，高长虹首次提出了《野草》是散文诗的体裁。大家都知道，《野草》是中国现代散文诗中最重要的作品之一。它直接影响着当时和后来的散文诗的创作。当时，散文诗这种文体刚刚兴起，创作者的才能各不相同。而能否创作出有深远影响的散文诗作品，在很大程度上取决于创作者对这种文体有没有深刻的认识，以及有没有突出的创作才能。创作《野草》之前，鲁迅就认识到了散文诗的重要性，于是写了《自言自语》这一组散文诗，它们便是《野草》中某些散文诗的雏形，为日后创作《野草》奠定了基础。高长虹曾十分明确地说，《野草》是“一种写意的象征主义的散文诗”。“因此，他的文艺财产除了一集散文诗”[①]《野草》外，还有三本小说集和一本散文集，但五种创作中，《野草》最深奥难懂。

二 《野草》的艺术探索

在20世纪30年代，一些研究者已开始注意《野草》的艺术性问题。他们研究《野草》的标题形式，探索《野草》文本中蕴藏的艺术经验，突出了《野草》讽刺与修辞的艺术手段等。

（一）《野草》标题的创新

本时期研究者开始关注《野草》的艺术形式，在这方面出现了不少新颖的观点。石苇在《小品文讲话》中说：“我国历来所谓小品，其标题大都有一定体式，例如‘说’‘记’‘序’‘跋’等等，陈陈相因，毫无新的表现。自目前新文艺运动以来，总算是已经顿开旧观。例如鲁迅的《野草》一集中，就有很多新颖的标题出现，《颓败线的颤动》《失掉的好地狱》《狗的驳诘》《死火》等，真是举不胜举。”[②] 这里，研究者并不赞成前人流传下来的小品文题目的固定模式，便运用比较的方式，进而肯定了“新文艺运动以来”在书刊中出现的吸人眼球的新标题。这些新标题，是作者接受新文艺思想影响的表现，是众多作者长期艰辛探寻文艺新领域，努力展示个人新思考的反映。《野草》中许多新鲜的标题，是鲁迅悠游涵泳于古今中外文学典籍、亲自践行五四新文化运动的硕果，凝聚着作者的深沉思索和举重若轻的细心玩味。

（二）《野草》艺术经验的探索

关于艺术经验的理解，刘雨先生指出：“艺术家的生命体验，是心灵向大地的敞开，也是精神接受苦难的洗礼过程。”[③]

经历是经验或艺术经验的基础。鲁迅少年时期经历的私塾教育，家庭变故后在舅舅家不忘读书学习，给父亲买药治病期间经历的冷嘲与白眼，南京求学经历，日本求学经历，回国后的教育教学经历，兄弟失和的经历等，这都为鲁迅积累了丰富的人生体验和艺术经验，为日后的创作奠定了坚实的物质基础和精神储备。《野草》是中国散文诗艺术的巅峰，是鲁迅

---

① 高长虹：《高长虹文集》下卷，中国社会科学出版社1989年版，第512页。

② 石苇：《小品文讲话》，上海光明书局1933年版，第78页。

③ 刘雨：《艺术经验论》，东北师范大学出版社1998年版，第109页。

创作艺术经验的结晶，是其生命历程的展示、人生体验的反映、心灵世界的外化。不少研究者对鲁迅的种种经历作了细致的研究，剖析了其作品中的艺术经验。由夏丏尊、叶圣陶合著的《文心》一书从艺术经验角度谈《秋夜》中的两株枣树，其中内部经验与外部经验等写作方法成为该书鲜明特点。他们写道："我方才曾把经验分为两种，一种是外面的经验，一种是内部的经验。外面的经验是景物的状况，内部的经验是作文说话的人对于景物的感想。譬如说天上的星在闪烁，这是景物，是外面的经验。说星的映冷眼，这是作文说话的人对于星的感想，是内部的经验。外面的经验是差不多人人共同的，最容易明白。内部的经验却各人不同。如果和外面的经验合在一处的时候，比较还容易懂得。像这一节，全然是写作者那时个人的心境的，是纯粹的内部的经验。我们除了说作者自己觉得如此以外，别无什么可解释的了。"① 客观地描摹自然景物，即外部经验。主观上表明自己对外界自然景物的认识与感受，即内部经验。当内外经验交合于一体时，读者或研究者便易于理解所阅读的文本。而鲁迅写《秋夜》时的心情，唯有他自己最清楚。如果不借助相关资料，后人是难以理解鲁迅当时的心境的。就是借助相关资料，后人也很难完全理解鲁迅那时心里所想。因此，只有鲁迅自己能确切地解开自己当时的心境。而年龄和经验对理解文章异常重要。年龄和经历与作家越接近，就越容易理解作品的核心思想，容易理解作家的心境。推而广之，古今中外所有作家创作自己的作品时，当时都有自己相应的心境。但这些心境，只有他们自己懂得。后人阅读他们的这些作品，有的人不懂，有的人懂得个大概，有的人在细致研究后懂得的更多一些，能完全懂的人太少了。这就是作家和读者、研究者之间的距离。所以，读者、研究者能"从字缝里看出字来"，能从字里行间看出作家的创作意图，就显得难能可贵了。

夏丏尊、叶圣陶除对艺术经验进行了积极的探索外，也对《野草》艺术化开头的方式进行了探索。他们认为："文章的开头犹如一幕戏剧刚开幕的一刹那的情景，选择得适当，足以奠定全幕的情调，笼罩全幕的空气，使人家立刻把纷乱的杂念放下，专心一志看那下文的发展。如鲁迅的《秋夜》描写秋夜对景的一些奇幻峭拔的心情……'还有一株树也是枣树'是并不寻常的说法，拗强而特异，足以引起人家的注意，而以下文章的情调，差不多都和这一句一致。"② 对两株枣树的解读，这里有了明

① 夏丏尊、叶圣陶：《文心》，开明书店 1949 年版，第 8—9 页。

② 夏丏尊、叶圣陶：《文章讲话》，开明书店 1938 年版，第 22—23 页。

确的交代。研究者们体察到了鲁迅的这种写法：新颖别致，不同寻常。只有这样，才会引起读者关注，一心阅读文本。而深层次的内涵，笔者认为是：鲁迅除追求艺术形式的创新外，也反映其思维独异。因为鲁迅关于枣树的艺术经验，源于对存在于自身周围的自然环境与社会环境的细心观察，为了突出枣树的独立，为了表达自己对熟视常睹的枣树的个体内心认识，才有了“一株是……还有一株也是……”的看似无用实则有意为之的反复写法。在《野草》中，鲁迅表达了自己在人生道路上多年积累的丰富的艺术经验，即上文所说的“外面的经验”和“内部的经验”。两位研究者论文的语言朴实无华，娓娓道来，反映了他们在中国语文写作教学中对艺术美敏锐领悟的细腻感受。

（三）《野草》讽刺、修辞等艺术手段的突出

在《野草》中，鲁迅较多地运用了讽刺与修辞手段。与20世纪20年代相比，在其后十年间的《野草》研究中，讽刺与修辞的艺术手段得到了重视。赵真在《零金碎玉的〈朝花夕拾〉》中说：“不满意一般挂羊头卖狗肉的假道德家：这种思想，想一般天真的青年都是有的。鲁迅更讨厌这种假面具，所以他在《野草》上的《狗的驳诘》里，假设狗会说话；并且反骂人：‘愧不如人呢！’这种讥讽的巧的笔调，我想，只有他老先生写的出。骂得真痛快呵！这本《野草》固然字字珠玑。”[①] 研究者在肯定《野草》批判性，认为《野草》是批判封建道德的好文本的同时，将讽刺手法的特殊功效展示出来，以达其作用。此外，杨昌溪写的《鲁迅讽刺徐志摩》、赵艳如的《讽刺性十足的〈野草〉》、王哲甫的《中国新文学运动史》，[②] 上遂的《怀旧》、鲜予昧的《纪念鲁迅先生》等[③]著述，都谈及了《野草》运用的讽刺手段。实际上，这能看出鲁迅先生善用讽刺手段，来揭露黑暗社会的弊端，来与论敌战斗。因此锦明在《鲁迅先生》中说：“在中国文坛的地位看来，我们可以分别有两种倾向：旁观的，冷静的，讽刺的——这个代表就是鲁迅先生。……鲁迅先生的便使我

---

① 赵真：《零金碎玉的〈朝花夕拾〉》，《中国新书月报》1932年第8期。

② 中国社会科学院文学研究所鲁迅研究室：《1913—1983鲁迅研究学术论著资料汇编第一卷》，中国文联出版公司1985年版，第671页。赵艳如：《讽刺性十足的〈野草〉》，《中国新书月报》1932年第6号。王哲甫：《中国新文学运动史》，傑成印书局1933年版，第176页。

③ 上遂：《怀旧》，《新苗》1937年第13期。鲜予昧：《纪念鲁迅先生》，《中国日报》1936年10月24日。

们能够看到许多中国的人性，社会的缺点。”① 鲁迅的讽刺，撕开了虚伪的光环，撕破了虚伪的面具，满目尘灰。但鲁迅并不止于此，而是反抗“灰土”。其实，他的伟大就在这里。

《野草》中的修辞手段更是多见，每篇散文诗中都运用了很多修辞手法。研究者们发现了这一点，据此展开研究。夏丏尊、叶圣陶的《方块字》② 一文认为《秋夜》的写法有：写景状物，想象丰富，重复法，拟人法。该文在论述姚鼐的《登泰山记》时，以比较的方式重点论述了《秋夜》的写法及内容。

曾朴、刘大杰等人也较早地论及了《野草》中的象征、象征主义。曾朴说：“我现在在文学上表现的，都是些生活上的零星回忆，觉得除了回忆，没有生活；除了回忆，也没有文学；从前觉得希望是美丽的，现在经历的多，竟不觉它美丽了；倒觉得回忆是美丽了。这大概是年龄的关系吧！……读鲁迅的《野草》；鲁迅有了进步了，《呐喊》，《彷徨》不过是新式的《儒林外史》。这一篇却别有风味，《过客》和《腊叶》两篇，尤凄婉可颂，我说：是象征的影像主义。”③ 这里，曾朴将《野草》与《呐喊》《彷徨》放在一起进行了比较。研究者肯定了《野草》的价值。鲁迅在《中国小说史略》中曾批评过清末的谴责小说，并不肯定这些小说的“技术”含量与文本质量等。“虽命意在于匡世，似与讽刺小说同伦，而辞气浮露，笔无藏锋，甚且过甚其辞，以合时人嗜好，则其度量技术之相去亦远矣，故别谓之谴责小说。”④ 因此，曾朴借评价《野草》的同时，也批评了鲁迅的小说，并认为其小说“《呐喊》，《彷徨》不过是新式的《儒林外史》”，含有不过如此的意味。而对《野草》的评述，根据东亚病夫（即曾朴）所写的意思，很明显，“这一篇”是专指《希望》而言的，而不是指《野草》全部。事实上，《野草》诗篇虽然确实是别有风味的，但曾朴意在专论《希望》而非《野草》。刘大杰认为《野草》“稍稍带了一点象征主义与神秘主义的倾向”⑤。在20世纪二三十年代，对《野草》象征主义研究尚少的情况下，曾朴、刘大杰等人的相关研究自然显示了可贵的探索价值。

---

① 李何林：《鲁迅论》，北新书局，1935年版，第162页。

② 夏丏尊、叶圣陶：《文心》，开明书店1949年版，第9页。

③ 东亚病夫：《病夫日记》，《宇宙风》1935年第1期。

④ 鲁迅：《鲁迅全集》第9卷，人民文学出版社2005年版，第291页。

⑤ 刘大杰：《鲁迅与写实主义》，《宇宙风》1936年第30期。

这一时期，研究者们评论了《野草》的思想内容和艺术形式方面的得与失，不管论其战斗精神、文体形式、艺术经验还是写作方法，都力求贴近文本贴近鲁迅，这是足取的。一些研究者较为关注《野草》的战斗精神，且肯定《野草》文本思想价值和艺术价值的声音在逐渐加强，在论争中肯定的声音渐趋清晰。其中，对于《野草》艺术形式的争论及其文本中蕴藏艺术经验的阐释，成为此时《野草》研究的重要现象。有了争论的问题，才容易触其实质，因为真理越辩越明。研究者对《野草》中诸如体裁的争鸣，可以有自己的理解，但鲁迅、许广平的定论是至关重要的，这能让争鸣各方得到一个较为合理的结论。对《秋夜》文本艺术经验的挖掘，需要研究者长期的探索和实践。实践出真知，这是研究者真正有眼力的表现。如此方式，有助于进一步研究《野草》文本的思想内容和艺术形式。

三 《野草》的沉郁风格

形成沉郁风格的多种因素。1940 年代是《野草》研究理性日益凸显的时期，如荆有鳞等进行了相关研究。

鲁迅在《我的失恋》中流露的浓厚的沉郁气息，不仅与其所处的社会环境，而且与其自身个性、包办婚姻、家庭生活、写作风格等都有密切联系。荆有麟在《鲁迅先生的婚姻同家庭》中说："在《野草》上虽有《我的失恋》，在《彷徨》上虽有《幸福的家庭》，但那'恋'与'家'，是充满了怎样失望与狼狈的气氛，便不难想象鲁迅先生的婚姻同家庭生活了。"① 在母亲之命、媒妁之言的规约下，鲁迅与朱安开始了一生的不幸婚姻。这在鲁迅的心理上自然是一个巨大打击，而让其沉闷。比这沉闷更深处的东西，那就是这沉郁给人们带来的思考。许寿裳在《鲁迅的游戏文章》中谈及《我的失恋》，认为鲁迅"偶尔弄点游戏笔墨，似乎是随便胡诌，其实含义还是一本正经，也足以发人猛醒的"②。包办婚姻带给鲁迅的伤害是不争的事实，这伤害也足以警诫后人。鲁迅采用打油诗的形式似乎是"随便胡诌"的，而诗中的猫头鹰、冰糖葫芦、发汗药、赤练蛇虽非恋人的挚爱，但都是鲁迅的挚爱，可见鲁迅对待爱情严肃之至。这种严肃的爱情态度对于今天朝晖夕阴的泡沫

---

① 荆有麟：《鲁迅先生的婚姻同家庭——研究鲁迅资料断片》，《大公报》1942 年 3 月 7 日第 4 版。

② 许寿裳：《鲁迅的游戏文章》，《台湾文化》1947 年第 8 期。

爱情，是值得借鉴的。此外，胡风的《鲁迅的白话诗》[①]、林林的《鲁迅先生与诗歌》[②]、王亚平的《鲁迅先生的诗及其诗论》[③]等，也论及了《我的失恋》或沉郁或讽刺的风格。

《野草》的每一诗篇中，不仅仅是沉郁，还有沉郁的外显表征。“沉默呵，沉默呵！不在沉默中爆发，就在沉默中灭亡。”[④]沉郁过后，鲁迅选择的是表现于外的“爆发”，即投入火热的实生活中，与自己矛盾的灵魂作战，与论敌的含沙射影作战，与庸人的无聊无为作战。朱自清在《鲁迅先生的杂感》中评价散文诗《野草》的《题辞》时说：“这写在一九二七年，正是大革命的时代。他彻底的否定，‘过去的生命’，连自己的《野草》，连着这《题辞》也否定了，但是并不否定他自己，他‘希望’地下的火速喷出，烧尽过去的一切；他‘希望’的是中国的新生，在《野草》里比在《狂人日记》里更多的用了象征，用了重叠，来‘凝结’，来强调他的声音，这是诗。”[⑤]《野草》自然是诗，《野草》自然是沉郁的，并且沉郁的地火在地下正在积聚力量，创造新生。朱自清认为《野草》既是诗性的，是战斗的，其间必然充满了情感；也是抒情的，《野草》抒发的是沉闷之情，是沉郁之情。而沈从文在《从周作人鲁迅作品学习抒情》中则认为：“从鲁迅取名《野草》的小品文集看看，便可证明这个作者另一面的长处，即纯抒情作风的长处，也正浸透了一种朴素的田园风味。”[⑥]就《野草》所抒之情来说，沈从文与朱自清相反，这也与沈从文笔下所描绘的田园牧歌式的湘西风情有着天然的相似之处；然而湘西风情与《野草》抒情也有着天渊之别。

---

① 胡风、萧军等：《如果现在他还活着——后期弟子忆鲁迅》，河北教育出版社 2000 年版，第 21 页。

② 中国社会科学院文学研究所鲁迅研究室：《1913—1983 鲁迅研究学术论著资料汇编第四卷》，中国文联出版公司 1987 年版，第 875 页。

③ 王亚平：《鲁迅先生的诗及其诗论》，《文学批评》1943 年第 2 号。

④ 鲁迅：《鲁迅全集》第 3 卷，人民文学出版社 2005 年版，第 292 页。

⑤ 朱自清：《鲁迅先生的杂感》，《创世》1948 年第 18—19 期。

⑥ 沈从文：《从周作人鲁迅作品学习抒情——习作举例之二》，《国文月刊》1940 年第 2 期。

第二节 《野草》艺术美的感受
——1949—1978 年的《野草》美学研究

一 1950 年代的《野草》艺术美研究

重视艺术技巧的研究。此时，不少研究者重视鲁迅作品思想内容的研究，这方面的成果也是较为丰富的，而对其作品艺术技巧的研究是不够的。因此，我们有必要关注《野草》的艺术价值，梳理和分析这方面的研究成果。

（一）《野草》借景抒情艺术的研究

借景抒情。在《野草》中，有一些诗篇是较为典型的写景抒情文，有描绘优美景色的，也有描绘可怖景象的。如《秋夜》《雪》《风筝》《好的故事》《墓碣文》等。

直抒胸臆。这一时期，有研究者对《秋夜》《好的故事》等文中的景物描写展开研究，借此表达某种情感。肖生在《秋夜读〈秋夜〉》中，由回忆曾经的社会生活环境，即“十四年前的生活，是在日本帝国主义的铁蹄下面，我的幼稚的心灵，被先生笔下‘梦见春的到来’的‘极细小的粉红花’激动了”[①]，到现实眼前模拟鲁迅先生居室的情景，表达了研究者如今的心情——既有对鲁迅先生的怀念与留恋，也有对我国社会主义建设初期的无限热爱之情。而在荒烟的《〈秋夜〉插图（套色木刻）》一文中，研究者触及《秋夜》插图这幅木刻后而生发了某种情感，“鲁迅在这篇作品中，用深刻、含蓄、优美的笔调，抒写了一种诗的意境和情景”[②]。这里，研究者发现了《秋夜》插图套色木刻与《秋夜》文本之间的某种内在联系，都刻画了秋夜中的景物，借以表达《秋夜》时期鲁迅如飞蛾扑火的迷茫及满腔的战斗豪情等。思基研究《野草》时说：“作者描写景物或事件时，常用名词的排列和名词的重复来构成一种特殊的意境，以此加深他的希望、谴责、批判和自我解剖的意义。”[③] 研究者明确了《野草》中意境的构成方式，这种方式也是《野草》“描写景物或事

---

① 肖生：《秋夜读〈秋夜〉》，《辽宁文艺》1956 年第 18 期。

② 荒烟：《〈秋夜〉插图（套色木刻）》，《光明日报》1956 年 10 月 13 日第 3 版。

③ 张泗洋、思基、张芬：《论鲁迅的创作》，吉林人民出版社 1956 年版，第 128 页。

件”所常采用的方式。《五四散文选讲》一书选讲了《好的故事》一文，在讲解中，研究者描绘了两个视角所见的故乡景物，一是先写荡船所见，二是岸上观水所见，抒发了“与黑暗势力英勇作战的鲁迅，向往着光明美好的未来”① 之情。而早在1957年，朱彤评论《好的故事》中故乡景色时，就已有此感，“鲁迅是把自己放在河岸上，并从这个位置来谛视小河景色的变化的”②。可见，艺术是相通的，读者处在不同时刻，也常有类同的感受。朦胧中面对这样美好的故乡景色，实是抒发鲁迅对黑暗现实的不满与痛恨，对美好前途的渴望与希求之情。

（二）《野草》语言艺术技巧的研究

一些研究者都很重视《野草》文本的形象性或《野草》语言的形象性。关于《野草》的形象性，吴奔星评论这部散文诗集时说，“《野草》则往往把他对客观现实的深刻感受，概括为一定的情节，一定的形象，让读者从情节和形象中感受到他的思想的说服力和感情的煽动力”，同时，鲁迅也很重视《野草》“语言的声音和色彩”。③ 为了便于理解，鲁迅将抽象的思想和感情融入具体的情节和形象中。研究者抓住了有关具体的情节和形象，自然对《野草》认识和感受更加深了一层，如声音和色彩是具体可感的，用它们描绘语言，语言自然就形象丰满起来了。思基认为鲁迅在《野草》中“经常把生活的哲理或自己的嘲讽和攻击予以形象化并以格言的句式表现出来”④，即用形象化的语言或格言表达《野草》文本的思想内容。而吴奔星对此提出不同意见：“野草象征着被侮辱被损害的人民大众‘各各夺取它的生存’，而且迫切地期待着革命的爆发。既然如此，那我们研究《野草》就不能停顿在把它看作‘格言’的阶段上，满足于片言只字的引用。”⑤ 吴奔星在批评他人的《野草》研究时，认为思基有抽取《野草》某些文句、断章取义的嫌疑。《野草》中的文句，如果单独提取出来，没有任何上下文联系，既难理解不知所云，即使有所理解，也极容易曲解文义。因此，“格言”放在文中，有具体的语言环境，有利于保持语意连贯，而不至于出现孤立、片面、甚至歧义的理解。面对

① 北京大学中文系56级4班：《五四散文选讲》，中国青年出版社1959年版，第84—85页。

② 江苏省文联：《鲁迅作品研究》，江苏人民出版社1957年版，第66页。

③ 同上书，第49—50、51页。

④ 张泗洋、思基、张芬：《论鲁迅的创作》，吉林人民出版社1956年版，第127页。

⑤ 江苏省文联：《鲁迅作品研究》，江苏人民出版社1957年版，第40页。

《秋夜》的开头，“在我的后园，可以看见墙外有两株树，一株是枣树，还有一株也是枣树”①，研究者们各执己见，争论不停。宋云彬在《文章繁简》中认为：“这样写才生动，才显出他的独特风格。这样的文句是精简不得的。”② 这是研究《秋夜》写法的典型论文。研究者认识到了当繁则繁，当简则简的好处。人们公认鲁迅写文章绝不拖泥带水，繁简有度。《秋夜》开头两株枣树的写法，完全体现了这一原则，易让人感觉到生动形象。在散文诗《雪》中，“孩子们呵着冻得通红，像紫芽姜一般的小手”一句就极为形象。朱彤论及塑雪罗汉的孩子们时说：“小手冻得红通通的，免不了有些皴僵，但毕竟不失其细嫩的状态。——紫芽姜是多么贴切的比喻呵！”③ 研究者议论了鲁迅的语言艺术功力，阐明了这是鲁迅恰当运用语言的显例。所以，形象性的语言便于读者理解、接受和吸收。

新中国成立后，思基和吴奔星较早地提出《野草》运用了象征的手法，并做了一些初步的探索。这为后人研究《野草》的象征或象征主义作了很好的铺垫。

在研究《野草》中所运用的多种艺术技巧时，除上述共同之处外，也表现出极大的不同。思基认为《野草》的艺术特点有：鲁迅描写和表现事物的方法是多样的，有抒情诗、叙事诗、剧诗和简短的对白等；暗喻；丰富的想象力和现实主义的描写等。④ 而吴奔星认为：“《野草》具有幽默感、讽刺性和政论的因素。”思基和吴奔星的论文，都较早地较为集中地论述了《野草》的艺术特色，而且研究了《野草》若干方面的艺术特点。这在新中国成立初期的《野草》研究史上，是不多见的。虽未单独成篇，但极具特殊意义，这有助于研究者们渐渐地扩大研究视野，开拓《野草》的研究疆界。

二　1960年代前期的《野草》美学研究

（一）“给人以很高的美的享受”的思想分析

吴小美的《论鲁迅〈野草〉的思想》，在众多研究《野草》思想的论文中，是颇具心得之论。研究者从鲁迅思想切入，深入挖掘《野草》文本思想，透视《野草》中鲁迅思想的发展与变化。

---

① 鲁迅：《鲁迅全集》第2卷，人民文学出版社2005年版，第166页。

② 宋云彬：《文章繁简》，《人民日报》1957年3月27日第8版。

③ 江苏省文联：《鲁迅作品研究》，江苏人民出版社1957年版，第65页。

④ 张泗洋、思基、张芬：《论鲁迅的创作》，吉林人民出版社1956年版，第127—128页。

同论《野草》，王瑶论《野草》突出其诗学色彩，而吴小美在受王瑶影响的基础上又有所不同，强调了《野草》的美学内涵。

首先是较早地对《野草》美学的涉足。在论述《野草》研究现存问题时，吴小美说："我们有的研究者，离开了《野草》思想内容的特点，离开了当时时代和社会环境的特点，也离开了《野草》的具体的表现方式是为特定的内容服务的美学特点，孤立地研究《野草》的艺术美和艺术技巧。"① 我们知道：研究作家作品，离不开其所处的时代、社会生活环境、政治、经济、文化、历史背景等。而20世纪60年代，研究《野草》美学的人并不多。但吴小美对此有所涉及，这源于她有这方面问题的意识，足见其先见之明。而谈及《野草》难懂的原因时，吴小美便作出了美学的回答。"《野草》的难懂，一方面是由于它使用的是诗的语言，而诗的语言一般是比散文的语言集中、精练、含蓄，自然是要费解一些的。另一方面，鲁迅是用诗的语言表达自己在和无产阶级革命事业完全融合以前的曲折复杂的思想历程，其中甚至有一些在他自己看来是难言的苦衷，所以它较之一般的抒情诗更为隐晦了。"② 这表明，诗的语言是理解《野草》的一个障碍。而这里明确提示诗的语言具有"集中、精练、含蓄"的特点，自然抽象难懂不易理解。诗的语言，属于语言艺术范畴的内容，而语言艺术又包含于艺术美之中。鲁迅写作诗歌的语言，自然属于审美实践活动范畴，当然也是美学活动范畴。《野草》是鲁迅美学活动的产物，不同的诗篇表达了鲁迅不同的美学理想。"《雪》《风筝》《好的故事》《腊叶》是几篇优美的、精粹的抒情散文。……这几篇抒情散文，虽然也夹杂着一种淡淡的哀愁，反映了鲁迅当时的矛盾心情，但更多的是表现了鲁迅健康的、明朗的生活情趣，给人以很高的美的享受。"③ 读过这四篇散文诗，读者自会产生各种不同的情绪。读者如果有过相应经历，定会对之产生某种相对应的情感共鸣。而这里的趋同情感便是：留恋的时光，隽永的回味。这很容易让人勾起旧日堆雪人、打雪仗、放风筝、荡舟荷塘、美好情谊等。其中免不了有消极的情绪，但更多的还是积极的健康的情绪。吴小美的有意点染，增强了这种美感效果。

更需要说的是，吴小美论及了《野草》的美学范畴。因为美学视角在很少有人使用之际，吴小美对此问题的涉及便能给人以有益的提示：这

① 吴小美：《论鲁迅〈野草〉的思想》，《兰州大学学报》1963年第1期。

② 同上。

③ 同上。

是《野草》研究的一片新领域。在《野草》美学研究过程中，美的成分和美的因素能从多方面转换成研究的动力，以此丰富和提高美感表现力，使得论述的内容富于美学色彩。但令人遗憾的是，她未能展开论述，实际上当时的社会环境也不允许大谈美学。此外，力避绝对化分类标准的做法，显示了吴小美为《野草》各篇散文诗分类趋向合理化所做出的努力。这也是值得一提的。

（二）《野草》艺术方法研究

1. 关于《野草》艺术方法的宏观研究

这一时期，就《野草》文本艺术方法的宏观研究最值得注意的有两个方面：一是章石承的《试论〈野草〉的艺术特色及其渊源》；二是研究者们或多或少都具有普泛性关注的象征手法问题。

章石承的长篇研究论文洋洋洒洒，是《野草》研究有史以来关于《野草》艺术方面较具分量的一篇论文。该论文呈现以下三方面特点，也充满了新意。首先体现了研究者的系统研究。从研究者所写的四部分内容即可看出这一点。这四部分围绕《野草》的总体风格、具体特色、艺术渊源、艺术纠偏这样的体系组织起来，旁征博引，视野较为开阔。其次体现了自发地进行美学研究。但与吴小美从思想内容角度研究《野草》美学问题完全不同的是，章石承是从艺术手法的角度研究《野草》美学问题的。研究者论述《野草》“运用诗情画意相结合的画笔描绘绚烂的自然画卷”时，赏析了《好的故事》和《雪》中的美丽的风景画面。《雪》中的江南雪景，令人忆念，回味不已。《好的故事》则有动人的美景。尽管研究者没有点明或尚未有这种美学研究意识，但这已经涉足了《野草》的美学研究领域。笔者认为这是一种自发的美学研究。在当时，人们对《野草》美学问题的研究是不多见的。最后是表现了研究者在中国古代文学方面具有较为深厚的学术功底。在探索《野草》的艺术渊源时，研究者确证了《野草》中部分诗篇有关内容的来龙去脉。如果没有较为深厚的中国古典文学的学养，是不可能作出如此确切比较的。如《影的告别》和《逍遥游》的艺术渊源关系等。论文不止一次引用这样的例子，足见研究者娴熟于中国古代文学知识。

发表于《北京文艺》1961年第10期的洁泯的《略谈鲁迅散文诗的艺术特色》[①] 一文，也论及了鲁迅散文诗以所具有的鲜明的抒情、诗的意趣、诗的形象、诗的语言等艺术特色，来表达战斗精神。

---

① 洁泯：《人生的道路》，上海文艺出版社1982年版，第14—24页。

对《野草》中象征等艺术手法的研究。这一时期，许钦文、绿漪、木将、何家槐等较多的研究者均论及了《野草》的象征手法，而其中以孙龙父、章石承、李何林的成就为大。研究《野草》中的象征时，关于对象征的理解，部分研究者表达了共同的看法。孙龙父认为："用象征手法所描写出来的象征对象也应包括抽象的东西，希望、慰安等等都是完全可以给予形象的。"① 这是从抽象角度理解象征，接受象征。章石承也说："《秋夜》里的每一种的自然界的景物和景象，都是某一种社会生活或社会关系的象征。"② 社会关系就是一种抽象思考。虽然说象征原本可以用具体的个别的事物代替抽象概念或思想感情，但用一个抽象代替另外一个抽象来表达象征含义也无不可，甚至可以说这在理解象征问题方面也是行之有效的措施。他们都以《秋夜》为例，对天空、枣树、小飞虫等形象赋予相应的象征含义，这样做是便于读者阅读和研究《野草》文本内容的。二人既看到了不同，也看到了持见各异的联系点。章石承认为"细小的粉红花"象征着被黑暗反动势力和思想所迫害着的青年③，而孙龙父则认为："把小红花说成是受迫害的青年或者民众，看来似乎还是不恰当的比附。从整篇《秋夜》的情调来看，把这个描写面划得小一点倒是更为适当的。"④ 也就是说，象征的范围越小越具体才越是恰当的。李何林也坚持从形象、比喻、象征等角度来理解《野草》。他说："在全部23篇中，都非常富于形象和比喻：有的整篇是象征写法，如《秋夜》《影的告别》《求乞者》《好的故事》《过客》《死火》《失掉的好地狱》《腊叶》等。"⑤ 此外，一方面集纳了鲁迅自己对《野草》的说明文字，并提出多种分类方式研究《野草》，对后人的研究大有益处；另一方面从外部形态到内容实质，呈现递进的方式研究《野草》，这都是李何林研究的艺术特色。李何林等研究者对《野草》艺术手法的研究，不仅扩大了《野草》读者的艺术视野，而且也大大显示了该散文诗集的艺术价值，散发着特殊的艺术魅力。

---

① 孙龙父：《如何理解鲁迅〈野草〉的思想性、战斗性》，《扬州师院学报》1961年第11期。

② 章石承：《试论〈野草〉的艺术特色及其渊源》，《扬州师院学报》1961年第11期。

③ 同上。

④ 孙龙父：《如何理解鲁迅〈野草〉的思想性、战斗性》，《扬州师院学报》1961年第11期。

⑤ 李何林：《略论〈野草〉的思想和艺术》，《新港》1963年第10期。

2. 关于《野草》艺术方法的微观研究

这里以《好的故事》为例。大体看来，研究者都先分析《好的故事》的内容，后赏析艺术特色。有的逐段讲解，有的对照比较，有的政治气息浓厚。但绿漪对《好的故事》艺术特色的简析，是较切合散文诗特点的；他尤其突出了《好的故事》的诗的优美意境的创造①，这是少有人注意的。研究者们也看到《好的故事》中运用了象征手法，但绿漪深入一步地分析了使用这一手法的原因。此外，木将较早地提出了《好的故事》——我仿佛记得曾坐小船经过山阴道——这一段文字运用了“插叙”或“倒叙”的写作手法。实际上，《好的故事》中，还有更广阔的艺术空间可以开拓，如这篇散文诗的语言、修辞、意象、表达方式等，都是可以做进一步研究的。

三 “文化大革命”期间《野草》艺术性的研究

一白的《〈野草〉讲析》，是在狂热“革命”气氛中艰难前进中诞生的《野草》研究成果。研究者对《野草》的讲析，是以解读《野草》的思想内容为主的，但对《野草》的艺术特色也有所涉及。

（一）提炼出故事笔法

在讲析《失掉的好地狱》时，研究者总结道：“这篇散文诗写得比较含蓄。如此深刻的主题，乃是通过一个神话似的故事表达出来的。”② 该散文诗的开头，鲁迅这样写道，“‘一切都已完结，一切都已完结！可怜的鬼魂们将那好的地狱失掉了！’他悲愤地说，于是坐下，讲给我一个他所知道的故事——”③。从这则“故事”中，我们了解了魔鬼战胜天神，人类又战胜魔鬼这些曾经发生和正在发生的事情。一白这样讲析《野草》，容易吸引听众，容易使听众理解。从接受角度看，《野草》与听众之间便建立了可以沟通和交流的有效渠道。因此，这样的讲析法是符合散文诗作品实际的，也是一种有益的发掘。

（二）论及了散文诗作品的象征手法

研究者说：“《秋夜》通篇运用了象征手法。作者所揭露、所歌颂、所否定、所赞同的东西，都是通过自然景物的拟人化表现出来的。这样就

---

① 绿漪：《〈好的故事〉简析》，《语文教学》1960年第3期。

② 一白：《〈野草〉讲析》（选载），《辽宁大学学报》1973年第2期。

③ 鲁迅：《鲁迅全集》第2卷，人民文学出版社2005年版，第204页。

给作品增添了诗意，使它显得委婉含蓄，耐人寻味，别有一种深长的韵味。”[①] 一白虽未论及，但在《〈野草〉讲析（选载）》涉及的八篇之外，《野草》中还有运用象征手法的作品。如《雪》中的江南的雪象征美好的理想、朔方的雪象征战斗精神，《复仇（其二）》中的耶稣、《颓败线的颤动》中的老妇人、《聪明人和傻子和奴才》中的傻子等艺术形象象征先驱者，《立论》中的师生象征中庸者等。这是研究者不应该忽视的。

（三）关注散文诗的结构

研究者在讲析《好的故事》时，用了三分之一还多的篇幅赏析这篇散文诗优美的结构。“由此可见，层次严密、清晰，重点突出，首尾浑然一体，正是这篇散文诗在艺术结构上的主要特点。”[②] 细读《野草》中的每一篇散文诗，在品味中还会发现其他诗篇在结构上也有这些特点。如《求乞者》中的“微风起来，四面都是灰土”，《复仇》（其二）中的“四面都是敌意，可悲悯的，可咒诅的”，《希望》中的“悲凉漂渺的青春”，《这样的战士》中的“但他举起了投枪”，等等，都在不同位置反复出现，体现了结构上浑然天成的特点。我们对《野草》各篇散文诗结构的分析，不仅可以厘清文章的线索与思路，也能把握鲁迅情感的发展和走向。一白以点带面，对《野草》部分篇章脉络的艺术分析，笔者认为是有上述原因的。

第三节　《野草》艺术美的学理追求
——改革开放以来的《野草》美学研究

1978年以来，直至20世纪末，一些《野草》研究者多围绕朦胧美、艺术美、语言美等审美、美学的表现形式，广泛而深入地探索《野草》的美学意蕴。

一　1980年代蓬勃发展的《野草》美学研究

这一时期，整个社会的大环境是，人们不仅追求吃饱穿暖，而且也追求精神生活的丰富。这自然影响到《野草》研究。研究者不仅仅解读《野草》文本，同时也积极探索《野草》的美学内涵，欣赏《野草》中

---

① 一白：《〈野草〉讲析》（选载），《辽宁大学学报》1973年第2期。

② 同上。

美的因素。

(一) 孙玉石、许杰等《野草》美学研究的著作

1. 展示艺术研究的理论视角

孙玉石在《〈野草〉研究》中，运用艺术理论知识，归纳《野草》中的中国新文学人物形象的类型。孙玉石运用艺术形象、艺术经验等艺术理论方面的知识，论述了《野草》的艺术构思、艺术探源及其语言风格等内容。这是重视散文诗文本的艺术特质，特别是《野草》诗中艺术形象的表现。如在研究《复仇》和《复仇（其二）》时，研究者认为鲁迅以一个伟大思想家特有的敏感和深邃，形象地把精神麻木的群众概括为"戏剧的看客"，并一再通过艺术形象对这一典型的精神现象进行了批判。再如，该书认为鲁迅笔下的过客是一个坚韧的革命探索者的形象，《立论》中的师生是一副哈哈论者的形象，影、求乞者、死尸、聪明人、傻子等形象，在中国新文学中都给读者留下了深刻的印象。但他们都不是指具体的某一个人，而是以某一类型形象呈现出来的。这也切合《野草》文体的特点，即散文诗长于表达隐晦的情绪，但这并不妨碍鲁迅想要表达某种或肯定或否定的战斗思想感情。孙玉石关注这一点，说明散文诗的艺术形式是有其特殊价值的。

艺术探索既有艺术理论的高度又有研究讨论的深度。散文诗集《野草》的创作受到了外国文学的影响。其中，法国的波特莱尔和俄国的屠格涅夫对鲁迅的散文诗创作影响较大。就这两位外国诗人所创作的散文诗如何影响《野草》来说，孙玉石的研究和认识是富于创见的，他分析深入，论理透辟。更为重要的一点是，孙玉石认为鲁迅表现了彻底的革命民主主义的思想境界，采取了象征主义方法和现实主义方法相结合的艺术方法，形成了民族化抒情散文诗的抒情风格。① 这是鲁迅高于波特莱尔和屠格涅夫之处，也是孙玉石高出其他研究者的新见。无独有偶，早在20多年前，章石承在1961年第11期《扬州师院学报》上发表的《试论〈野草〉的艺术特色及其渊源》一文，不仅论述了《野草》的艺术渊源和艺术特色，也论述了波特莱尔等中外作家对鲁迅的影响，涉猎范围之广，研究面之宽，都是前所未有的，这确实践行了鲁迅所倡导的"洋为中用"、"古为今用"等以"拿来主义"为方式的创造新文艺的原则。这告诉我们：将孙玉石的"深"和章石承的"广"有机地结合起来，将推动《野草》研究走上一个新台阶。

---

① 孙玉石：《〈野草〉研究》，中国社会科学出版社1982年版，第223—229页。

2. 涉及《野草》的朦胧美与诗美

《野草》的朦胧美与20世纪80年代兴起的朦胧诗之间的关系是一个新课题。这在江苏省鲁迅研究学会的《〈野草〉研究论文集》中得以表现。韩斌生《试论〈野草〉的朦胧美》认为："由于谈《野草》的朦胧美问题而涉及朦胧诗者，乃是触类旁通之意。"① 研究者以联想的方式，将《野草》的朦胧美与后来的朦胧诗二者勾连起来。这二者之间共同之处在于：都运用象征、暗示、隐喻、变形、夸张、曲笔等手法；不同之处主要在于：前者属于美学范畴，后者属于文体范畴。

《鲁迅散文选讲》② 重视《野草》的"诗美"。从整体看，该书极为明显的形式特征是语言的晓畅自然、明白易懂，寓深刻的道理于浅近的语言之中，最终达到理解《野草》的目标。在《好的故事》的讲析中，研究者认为这篇散文诗具有"诗中有画，画中有诗"的风格。《这样的战士》的讲析，描绘了五个战斗场面。《鲁迅的散文和散文诗》一文引出鲁迅十分重视"诗美"的特点，等等。这些论述都对后来的《野草》研究产生过很大影响。

3. 关注象征主义的艺术方法

李国涛的《〈野草〉艺术谈》，1982年3月由山西人民出版社出版。在《〈野草〉纵横谈》中，李国涛认为，《影的告别》《求乞者》《死火》《墓碣文》《颓败线的颤动》《死后》六篇，运用象征主义方法表现内心苦闷。③ 该书中的《苦闷的"象征"——〈野草〉艺术谈之一》和《散文语言的诗化——〈野草〉艺术谈之二》两文虽然研究范围有别，就艺术方法而言，前者详谈了象征主义方法，后文谈论了《野草》的象征主义方法、语言、意境、声调、音韵、反复等内容，但象征主义方法是它们乃至这十篇《野草》研究论文的共通处。如"死火"象征着当时觉醒中的青年，"我"是鲁迅自己的化身④，蚂蚁和青蝇都象征着正人君子和无聊文人⑤等。总之，在《野草》里，我们看到鲁迅吸取了象征主义方法，大量应用了象征手法；⑥ 寓所述之情于欲批判的社会现象文化现象之中。

---

① 江苏省鲁迅研究学会：《〈野草〉研究论文集》，江苏省鲁迅研究学会1984年内部版，第95页。

② 无锡市教师进修学院：《鲁迅散文选讲》，江苏人民出版社1979年版。

③ 李国涛：《〈野草〉艺术谈》，山西人民出版社1982年版，第134—135页。

④ 同上书，第3页。

⑤ 同上书，第71页。

⑥ 同上书，第89页。

李国涛、张德强、曾华鹏、李关元等学者，都较早地提出了鲁迅在《野草》中使用象征主义方法的问题。[①] 如李国涛在写于1964年的《关于〈死火〉》提出了“死火象征着什么”的问题；《苦闷的“象征”——〈野草〉艺术谈之一》的初稿写于1981年1月4日，定稿于同年3月24日，次年2月发表。可见，李国涛对《野草》的象征或象征主义确实有着比其他研究者超乎寻常的先见之明。

扬州师范学院中文系现代文学教研室的《〈野草〉赏析》，重视欣赏《野草》的象征艺术。该书一是突出了鲁迅在《野草》中运用的象征手法。曾华鹏与李关元合作完成的长篇论文《论〈野草〉的象征手法》，是20世纪80年代初期较早的研究《野草》象征手法的论文。在这篇论文中，研究者主要提出了《野草》中大量运用了象征主义表现方法的观点。如在论述《聪明人和傻子和奴才》中人物形象的象征意义时，研究者说：“在现实生活中，是没有叫‘聪明人’或‘傻子’或‘奴才’这样的具体人物的，鲁迅在散文诗中所刻画的这几个形象，不同于现实主义小说中所塑造的人物形象。十分明显，鲁迅是将他们作为某些社会精神的象征的，他们分别代表了在现实斗争中人们所表现的不同的精神状态，作者通过对这些象征性形象的描绘，表达了自己对这几种社会精神的鲜明的爱憎态度。”[②] 实际上，鲁迅在这里所塑造的聪明人、傻子、奴才这三个形象，已经不是一般思维上的某一个个体形象了，也不是普通意义上的类型或典型代表了，而是指抽象意义层面上的人生观、世界观、价值观的取向了。这比那种孤立地研究这三个人物形象的做法更具有普范性，因而所站的视点更高一些。二是重视散文诗意境研究的创新。石明辉在《读〈复仇〉》一文中，从研究内容到写作形式，一改先前各家关于《复仇》重文本思想感情解读的研究风格，而从艺术特色的角度切入研究《复仇》。就《复仇》的意境研究而言，这是极为新颖的。这里，新颖的意境包括虚实相生和动静制宜两种情况。研究者认为一男一女持刀对立旷野是虚写，而旁观的看客则是实际存在的，男女主角既不拥抱也不杀戮是静景，而路人们

① 李国涛：《〈野草〉艺术谈》，山西人民出版社1982年版，第77页。《文学评论》编辑部：《文学评论丛刊》第14辑，中国社会科学出版社1982年版，第297页。浙江鲁迅研究会：《鲁迅研究论文集》，浙江文艺出版社1983年版，第432—445页。中国鲁迅研究学会《鲁迅研究》编辑部：《鲁迅研究》第5辑，中国社会科学出版社1981年版，第224—245页。

② 扬州师范学院中文系现代文学教研室：《〈野草〉赏析》，福建人民出版社1982年版，第9—10页。

从四面奔来则是动景。

4. 重视其他多样化的艺术形式

涉及艺术手法的分析。除思想内容的解读外，王吉鹏的《〈野草〉论稿》还详细论述了诸如现实主义、象征主义等《野草》的艺术手法问题。能学得鲁迅较为全面研究问题的风格，是该书相对明显的特点。如《"技术并不算坏"——艺术技巧续谈》一文，以《死火》《风筝》《腊叶》为例，使用对比手法，意欲整体表现"冷峻中包孕着热烈"的《野草》精神和鲁迅形象时，研究者在论述中实现了这样的目的。在论述《野草》的语言艺术时，王吉鹏坚持了形式为内容服务的原则。"说到底，语言艺术毕竟属于形式的范畴，是生活和作者感情的回旋的节奏决定了语言的节奏。艺术形式总是取决于内容，服务于内容，当然又反作用于内容的。"[①]这与许杰的《论〈野草〉的艺术特色》一文所持的观点截然相反。许杰认为艺术形式是主要的，而王吉鹏认为思想内容是主要的。出现这种差别的原因，就在于他们选取了不同的研究标准，以艺术形式为基点的自然突出艺术形式的价值和重要性，而以思想内容为出发点的自然突出思想内容的价值和重要性。笔者认为，这二者具有相互依存相互作用的关系。因为任何一篇文学作品，都涉及思想内容与艺术形式等方面的问题，忽视了哪一方面都将导致片面性。

肖新如的《〈野草〉论析》探索并论及了《野草》的想象艺术。如《秋夜》中写道："然而月亮也暗暗地躲到东边去了。"1958 年人民文学出版社出版的单行本《野草》的注释认为，这"是作者在深夜里一瞬间的感觉，并非是说月亮真的向东边移去"。[②]《〈野草〉论析》这样阐释道："这显然是没有考虑到作者丰富的想象。月亮在败退时躲到东边去，虽不符合月亮的自然运动规律，却符合拟人化的月亮的失败规律（向后逃跑），反之则不符合战斗中的胜败规律。"[③]文学允许虚构，自然富于想象。散文诗当然也离不开合理的夸张、拟人、想象。研究者抓住了拟人的特点和想象的手法，所以《〈野草〉论析》的分析符合作战规律，很有道理。

许杰的《〈野草〉诠释》，1981 年 6 月由天津百花文艺出版社出版。一方面，该书突出艺术至高无上的地位。许杰辩证地运用马克思主义文艺

---

① 王吉鹏：《〈野草〉论稿》，春风文艺出版社 1986 年版，第 127 页。

② 鲁迅：《野草》，人民文学出版社 1958 年版，第 59 页。

③ 肖新如：《〈野草〉论析》，辽宁教育出版社 1987 年版，第 36 页。

思想，即以毛泽东的《矛盾论》作为指针研究《野草》的思想内容和艺术形式。在《〈野草〉精神试论》一文中，研究者以《矛盾论》为理论框架来研究《野草》中鲁迅思想曲折和变化的根源，试图契合《野草》时期鲁迅的情绪表现、思想特点。《论〈野草〉的艺术特色》既以《矛盾论》为指导，又彻底突出了文艺至高无上的地位。“我们说，一个作品的内容与形式，原是完美的统一的，是不可分的。如果要说主次，这主次关系，也是可以互变的。这是本然的文艺的客观存在及其规律。衡量一个文艺作品的成就和价值，固然不能忘记它的内容，但更重要的，首先应该注意的，却还在于他的艺术表现形式，——艺术技巧的熟练与上达。”① 一方面，多数人的看法是，作品的内容应置于首位。但另一方面，这里的评论符合马克思主义文艺思想也是不言而喻的。在矛盾论中，主次可以互换。万事万物都是相对而言的。而许杰强调艺术形式是“衡量一个文艺作品的成就和价值”的首要标准，也是有依据的。但在许杰之前，杜一白和王士菁也曾用矛盾论观点解读过《野草》。另外，该书重视主观抒情感性认识。这在每一篇的诠释论文中表现得极为突出。许杰早年曾是文学研究会的成员，其作品注重现实主义描写风格。后来受郭沫若、郁达夫等创造社成员的影响，其作品又明显带有浪漫主义抒情风格。该书也如此。“《秋夜》是一篇即兴的抒情散文诗。——我这里的所谓即兴，指的是根据现实生活中实际的感受，生出诗的情趣或诗的意境而后写下来的东西。”② 兴之所至，情之所至。绝非随意为之，而是认识到了鲁迅的实际观察体验，才有个人的感怀。研究者作为单独个体，直接介入论文写作中，抒发个人的感性。这种重视主观抒情的研究方法，也表现在对《野草》的分类研究方面。“鲁迅先生的《雪》，在《野草》全书中，同另外的几篇——譬如《风筝》《好的故事》等篇，都是同一类型的抒情散文，是抒情的散文诗。”③ 这启发我们，散文诗的主观抒情感性与其艺术形式是有密切关系的。此外，许杰在《〈野草〉诠释》中，还从《野草》的象征寓意、艺术境界、细致描写等方面进行了研究，表现出“以鲁解鲁”、贴近文本、文本互证、模糊研究等鲜明的艺术形式特征。整体看，许杰极端强调了《野草》的艺术性，突出了个人的主观感性认识，富于建设性的意义。而且，他对《野草》艺术地位重要性的提倡，影响了当

---

① 许杰：《〈野草〉诠释》，百花文艺出版社 1981 年版，第 67 页。

② 同上书，第 94 页。

③ 同上书，第 146 页。

时的一些研究者，使得《野草》的艺术价值受到了重视。

（二）陈学超、张颂南等《野草》美学研究的论文

1.《野草》意境美的研究

1981 年陈学超的《鲁迅〈野草〉的意境》一文是较早地论述《野草》意境的论文。该文提出的一些新颖的见解，对其后的研究者影响较大。一是新释了“难于直说”的原因。其原因是“《野草》这种抒情咏怀散文的特定形式的要求，那是鲁迅先生自觉的艺术创造的结果，绝非不得已而为之”①。后来的程凯华虽持这一观点，但与其存有不同之处，认为《野草》“难于直说”的原因“是环境造成的”②。笔者认为，这种“曲笔”说，有政治原因，有社会原因，有个人原因等。二是对“无穷之味与不尽之意”的阐释极为新颖。“无穷之味，指形象所包含的感情的浓度，偏重于情；不尽之意，指形象所包含的思想深度，偏重于理。”③ 而殷国明的“释味”④ 同样是阐释鲁迅在《野草》中所要表达的各种思想感情。三是对“壮美”与“柔美”做出了生动形象耳目一新的比照说明。在“《野草》中，我们却既可以看到‘骏马秋风冀北’式的雄浑、劲健的战斗檄文，也可以看到‘杏花春雨江南’式的秀丽、典雅的幽婉诗篇”⑤，一个是豪放词，另一个是婉约词。在鲜明的对比中，我们知道这是观照 1978 年改革开放以前《野草》研究是偏于战斗精神现象而言的。现在，能将“壮美”与“柔美”等新说法引入《野草》研究中，这表现了研究者较为全面地研究《野草》形与质美学把握的目的。

1982 年程凯华的《略论〈野草〉的意境》一文力避既存的成说，另辟蹊径，力求给读者留下新颖的印象，同时启发读者积极思索《野草》文本内容。一是研究者对“情景交融”的新认识。陈学超和程凯华虽然都谈及了这一点，但二人各有不同。陈学超认为：“不论是景中之情还是

① 陈学超：《鲁迅〈野草〉的意境》，《西北大学学报》（哲学社会科学版）1981 年第 4 期。

② 南开大学中文系鲁迅研究室：《鲁迅创作艺术谈》，天津人民出版社 1982 年版，第 221 页。

③ 陈学超：《鲁迅〈野草〉的意境》，《西北大学学报》（哲学社会科学版）1981 年第 4 期。

④ 殷国明：《闪烁在夜幕中的心灵之光——对〈野草〉的心理美学分析》，《华东师范大学学报》（哲学社会科学版）1985 年第 1 期。

⑤ 陈学超：《鲁迅〈野草〉的意境》，《西北大学学报》（哲学社会科学版）1981 年第 4 期。

情中之景，在构成意境时都要做到情与景的巧妙结合，水乳交融。可以说，鲁迅《野草》的意境就是高度形象化、典型化的景与高度形象化、典型化的情的完美统一。”① 这是从情景自身出发谈情景。程凯华则将“哲理”引入“情景交融”之中，使《野草》中的情和景既有理性深度又有哲学高度。“哲理渗入诗情画意中，使作品主题思想深刻了，意境深刻了。”② 很明显，程凯华在前人的基础上，又作出了新的开拓。二是想象“离不开生活”给人的启示。研究者的论述告诉我们：只要《野草》中所描绘的各种的社会现象各样的人生面貌今天仍然存在，那么《野草》就有存在的价值。

2. 《野草》“为人生”的美学的研究

在研究《野草》时，张颂南和庆余明确地提出了“为人生”的思想。1982 年张颂南的《鲁迅的散文诗——〈野草〉的美的创造》一文认为：“鲁迅写《野草》时，他的‘为人生’的美学思想正在不断的深化，他观察事物的辩证唯物主义的因素也在不断地增长。这一时期，他的浪漫主义的热情追求已转变为现实主义的韧性战斗。”③ 这明确反映了此时期是鲁迅思想发生巨大变化的时期，认为鲁迅虽然尚未立刻成为马克思主义者，但已经向这个方向迈出了坚定的步伐，并且现实的与战斗的，构成其重要的生活内容。认识到鲁迅思想的转变，说明研究者看到了鲁迅美学理想的变化。而庆余在其后也说：“先生描写一片腊叶，也是为人生而艺术的。”④ 从生活中发现美，从作品中发现美，鲁迅致力于描绘腊叶，研究者因此寻索得到了这样的美。这样才产生了以美学形式表现的人生。

张颂南与殷国明虽未提及但都表达了“中间物”意识这一类似意思。张颂南说：“作者的思想感情和描写的景物的关系，不是借景抒情来抒发自己的感情，而往往是将思想感情通过奇幻的形象和意境来直接感染和启示读者。”⑤ 这里，“奇幻的形象和意境”成了沟通“作者的思想感情和描写的景物”之间关系的桥梁。让鲁迅从自身、现实、社会、战斗、生

---

① 陈学超：《鲁迅〈野草〉的意境》，《西北大学学报》（哲学社会科学版）1981 年第 4 期。

② 南开大学中文系鲁迅研究室：《鲁迅创作艺术谈》，天津人民出版社 1982 年版，第 228 页。

③ 张颂南：《鲁迅美学思想浅探》，浙江人民出版社 1982 年版，第 190 页。

④ 庆余：《从〈野草〉中的色彩描写谈起——纪念鲁迅先生逝世五十周年札记》，《美苑（鲁迅美术学院学报）》1986 年第 4 期。

⑤ 张颂南：《鲁迅美学思想浅探》，浙江人民出版社 1982 年版，第 194 页。

存等角度出发，研究者选取“拟人化和暗示性”等“中间物”手段来表达其“为人生”的理想。殷国明说：“显然，在梦境的形象结构同作者的心灵结构之间，存在着某种内在的暗示和象征的关系。”① 这里的“某种内在的暗示和象征的关系”成了桥梁或“中间物”。所以，“中间物”意识是一种过渡意识。在一些研究者的论述中，是明示着这样的意思的，但都是为“为人生”的美学思想服务的。

3.《野草》美术学的研究

突出《野草》的绘画美。1981年李亮的《〈野草〉诗中的绘画美》一文从美术学的角度谈论《野草》中的色彩与绘画美，是较早研究《野草》绘画美的专题研究论文。特别是研究者将音律、节奏感、“造境”、联想等“绘画艺术中的一些构成因素”引入散文诗《野草》的研究中，并强调了鲁迅对陶元庆绘画的评价同样适用于其创作，“鲁迅赞美陶元庆的绘画有四点：艺术个性，完美技巧，民族情调，时代精神。我们从鲁迅全部创作实践看，他所孜孜以求的，也正是这四个方面”。② 因此李亮的研究论文带给我们的启示，笔者认为也可以用“这四个方面”评价《野草》的艺术美。

庆余和安危等人从色彩学的角度对《野草》的美学进行了探索，给人很多启发。庆余的《从〈野草〉中的色彩描写谈起》③ 一文用系统论（开放系统、封闭系统）和信息论的有关知识解读《野草》，又用艺术创作上的主观性和独创性来解读《野草》，创新了研究《野草》的方法，同时又启迪了我们：还有更多的更广阔的尚未为人所发现的《野草》研究视角可用。而安危的《论〈野草〉的色彩美》一文则从色彩给人的总体感受和实际作用的视角出发，对《野草》的美术学进行了较为广泛的研究。特别是当看到“《野草》的色彩除了在景物修饰上发挥种种作用外，它还用以表现人物的性格特征和心理变化，这是作者刻画人物的一个特殊方法”④ 时，安危不仅认识到了鲁迅重视色彩的搭配，而且注意到了鲁迅思想深处对色彩与性格、色彩与心理的思索。这种新颖的研究给我们带来

---

① 殷国明：《闪烁在夜幕中的心灵之光——对〈野草〉的心理美学分析》，《华东师范大学学报》（哲学社会科学版）1985年第1期。

② 李亮：《〈野草〉诗中的绘画美——〈野草〉艺术美管窥之一》，《辽宁师范学院学报》（社会科学版）1981年第5期。

③ 庆余：《从〈野草〉中的色彩描写谈起——纪念鲁迅先生逝世五十周年札记》，《美苑（鲁迅美术学院学报）》1986年第4期。

④ 安危：《论〈野草〉的色彩美》，《鲁迅研究月刊》1989年第4期。

的启示就是：色彩学在鲁迅的《野草》等作品中运用得极为广泛，因此也给研究者开辟了更为广阔的研究空间。此外，这两位研究者都对黑格尔的艺术独创性在《野草》中的表现做出了说明，都以《腊叶》为例，论述了艺术创作的主观性与独创性。

本时期，研究者多围绕意境美、生命哲学、心理学、美术学等方面研究了《野草》的美学问题。很重要的一点，就是不同的研究者在各自选题的研究和论述中，均表现了他们各自不同的美学理想和美学追求。究其原因，他们有自己的美学目标，有自己的美丑观，有自己的美学价值判断标准。因此，他们研究了《野草》中不同的美学问题。也可以这样说，多年来的《野草》研究经验和教训告诉我们：《野草》研究之所以能生生不息绵延不绝，与文本自身反映了美或美学的创作规律密切相关，所以才有诸多研究者不断地切入文本的美学世界，研究其中多种多样的美学问题。

二 1990年代以来的《野草》美学研究

此时，关于《野草》美学问题的研究，秉承了改革开放以来的美学研究传统，但在研究的质量和角度等方面又有所发展，如孟瑞君的《〈野草〉的艺术世界》一书，王吉鹏、任国权等人相关的研究论文。他们论述了《野草》的朦胧美、美学风格、美学形式等。

（一）孟瑞君的《〈野草〉的艺术世界》

孟瑞君的《〈野草〉的艺术世界》一书，1994年2月由花山文艺出版社出版，是一部对《野草》美学问题进行深入研究的著作。书前有孙中田先生新颖别致的序，书后的《〈野草〉与鲁迅美学》和《〈野草〉概说》可以视为该书的总论。

该书从象征艺术、悲剧艺术、笑的艺术、变形艺术、艺术丑论、绘画美、色彩美、雕塑美、音乐美、朴素美、力之美、崇高美等方面专论了《野草》的美学问题。这是该书取得的显著成就，也是该书最大的特点。鲁迅对外国文艺的翻译和介绍，对美术和版画知识的大力推介，不可能不反映到《野草》等创作中。孟瑞君注意到了这一点，同时发现了《野草》中多次写到的笑的艺术。“鲁迅使《野草》中笑的艺术达到了惊人的审美深度和力度，开拓了他人未曾发现的笑的美学境界。”① 该书赏析了《野草》艺术丑。而鲁迅笔下好的故事实是一个美梦，但这梦越美，越背离

① 孟瑞君：《〈野草〉的艺术世界》，花山文艺出版社1994年版，第120页。

现实，即现实越丑，现实也越背离美梦。孟瑞君抓住了《野草》中是与非、美与丑、善与恶、真与假等一组组对立的事实，剖露了鲁迅内心世界的矛盾与痛苦、复仇与反抗的意识。“《野草》确实并不以柔媚、艳丽骄人，然而它的更高层次的美，确也就在这‘不美’之美——朴素美上。”① 常见的事物很容易不为人所注意，因为它没有令人好奇之处。如《野草》中的雕塑美与朴素美等，是实际存在的，却无人问津。孟瑞君挖掘了《野草》的朴素美，展示了《野草》纯真的美态。这种常态下的自然美远胜于修饰过的美，给人的印象确实是很美好的。对《野草》的力之美与崇高美，研究者也进行了新颖的论述，都赋予读者许多有益的思考。

坚持用马克思主义美学立场解读《野草》，这也是该书贯穿始终的十分明显的特点。“马克思主义的美学观认为：美与美感来源于生产实践。”② 在劳动中，人们逐渐总结出了关于美的知识。孟瑞君坚持“《野草》正是鲁迅的创作动因源于生活的美学思想的典型力作”③ 这样的观点，来研究鲁迅在《野草》中由革命民主主义思想向马克思主义美学思想转变的表现形态。并不像有些研究者那样，他们随意提前了鲁迅走向马克思主义者的时间，孟瑞君却将《野草》时期鲁迅的美学思想与随后的鲁迅的马克思主义美学思想做出严格的区分。这有利于读者或研究者分清鲁迅思想发展的脉络。

在研究《野草》的方法上，该书继续坚持钱谷融、孙玉石等人提出的模糊研究法。这种方法的优点是，有利于调动研究者的形象思维，丰富文本内涵，扩大文本容量等。孟瑞君说：“《野草》的每一象征都富有普遍性的审美特征，都不可过于具体实指。”④ 这表明：《野草》研究不宜过度坐实字句和对号入座。文学研究毕竟离不开联想和想象，甚或更需要朦胧美或模糊美。

以上所示，该书在《野草》研究史上的美学地位是其他研究著述所无法取代的。孟瑞君站在马克思主义美学立场，采用模糊研究法，来研究《野草》美学问题。这既体现了孟瑞君的价值取向，也反映了她的智慧和眼光。

---

① 孟瑞君：《〈野草〉的艺术世界》，花山文艺出版社 1994 年版，第 221 页。

② 同上书，第 2 页。

③ 同上书，第 17 页。

④ 同上书，第 76 页。

（二）任国权等的《野草》朦胧美的研究

关于这方面的研究，任国权的两篇论文是不能略过的。第一篇，《论〈野草〉的朦胧美》认为："《野草》是朦胧美作品的典范之作。"① 但张秋怀则认为："《野草》的朦胧美，并不是以描写朦胧的东西而体现出来的。"② 这与任国权的第二篇论文，即《〈野草〉的意境创造》的观点完全不同。任国权说："《野草》总体是抒情性的，但仔细推究其24篇（包括《题辞》）作品，它们在抒情、描景、叙事上各有侧重，由此营构出不同特色的艺术意境。"③ 前者认为描写方式是不能表现朦胧美的，后者则认为是能表现的。与上述二人不同的汪大钧，认为《野草》中的朦胧美充满了理性思考。④ 实际上，他们是分别站在不同角度研究《野草》朦胧美的，因选取的研究标准各异，结论自然也就各不相同了。此前，钱谷融、孙玉石等研究者提出了模糊说的研究范式，反对对号入座、坐实研究等。这符合文学研究规律，有利于文学研究的健康发展。任国权等研究者清楚地认识到了这一点，他们强调从梦幻切入《野草》的意境，这实则是对鲁迅现实处境的一种反顾，现实不美，但现实需要这种朦胧美。

（三）李建华等的《野草》美感风格的研究

一些从美学视角研究《野草》的论文，都不同程度地关注着这部散文诗集的美感风格。李建华、余鸿在《试论〈野草〉的不和谐美》中坚持非理性主义色彩时，又认为《野草》是"不和谐美的美学品格：它不是非理性、无逻辑、潜意识的载体，而是理性的产物"⑤。研究者抓住了此时鲁迅精神的实质，缜密的分析凸显辩证蕴味。也有研究者较为重视《野草》的悲剧美学风格。王吉鹏、成健的《论〈野草〉中的英雄悲剧》一文认为，《野草》中的英雄形象是带有"悲壮崇高"⑥ 美学色彩的。以这一点为基础，从而进入《野草》悲壮崇高这一美学特色研究领域的研

---

① 任国权：《论〈野草〉的朦胧美》，《鲁迅研究月刊》1993年第2期。

② 张秋怀：《〈野草〉的朦胧美》，《九州诗文》1994年第2期。

③ 任国权：《〈野草〉的意境创造》，《温州师范学院学报》（哲学社会科学版）1993年第1期。

④ 汪大钧：《论〈野草〉的梦幻性和朦胧美》，《江西师范大学学报》（哲学社会科学版）1995年第3期。

⑤ 李建华、余鸿：《试论〈野草〉的不和谐美》，《湖北大学学报》（哲学社会科学版）1991年第5期。

⑥ 王吉鹏、成健：《论〈野草〉中的英雄悲剧》，《辽宁师范大学学报》（社会科学版）1994年第5期。

究者由此表现了鲁迅的大爱与战斗风貌。成健在另一篇论文中说："与这种启蒙意识和战斗精神相应，《野草》在整体上表现出雄伟刚健的风格特征，并以此显示了鲁迅独特的美学追求。"[①] 这也正如黎乔桂在《"刑天"式的美学新精神》中所说："大致上可以把《野草》的美学精神概括为'悲壮惨烈'四字。"[②] 研究者有意抓住《野草》中悲剧的美学风格，思考了枣树、影、耶稣、过客、死火、傻子、粗暴的青年等形象对待战斗及其结局的人生美学态度。这种态度实际上反映了鲁迅对待人生对待现实的认真思索，也反映了鲁迅的选择。

还有，李彪的《论鲁迅〈野草〉中的悲剧艺术美》、杨双安的《论〈野草〉的悲剧美》、黄卫的《论〈野草〉的美学意蕴》等论文[③]，也研究了《野草》的美学问题。前两篇主要论述了《野草》的悲剧美学风格，第三篇重点论述了《野草》文本包孕的叛逆性和创造性等美学意蕴的内在机制。黄卫等研究者关注了《野草》所带有的浓烈的悲剧意味，因为其意义关涉鲁迅精神，甚至触及鲁迅心灵深处的某些领域。

（四）白建西、卢朗等的《野草》形式美的研究

茅盾很早就曾评论过鲁迅是创造新形式的先锋。而事实上，鲁迅创作的各种体裁的作品确实形式独特和新颖。许多研究者对此进行了广泛的研究，发表了不少令人耳目一新的论文。一些研究者对《野草》"力之美"的形式给予了关注。白建西的《张力：〈野草〉艺术构成的美学透视》认为："《野草》所表现的作家的精神强力，也是作品艺术魅力和审美品质的重要来源。但是这种精神强力，并不是孤立的现象，而是作家——现实间的'相交的运动'的表现。"[④] 罗淑芳的《〈野草〉的曲笔及其语言形式》[⑤] 在歌颂朔方的雪时也表达了类似的观点，如《雪》中的北雪漫天飞

---

① 成健：《〈野草〉的美学倾向与主导风格》，《牡丹江师范学院学报》（哲学社会科学版）1995 年第 3 期。

② 黎乔桂：《"刑天"式的美学新精神——从〈野草〉所见的鲁迅美学》，《广东鲁迅研究》1997 年第 2 期。

③ 李彪：《论鲁迅〈野草〉中的悲剧艺术美》，《九江师专学报》（哲学社会科学版）1992 年第 4 期。杨双安：《论〈野草〉的悲剧美》，《怀化师专学报》1995 年第 1 期。黄卫：《论〈野草〉的美学意蕴》，《湖南教育学院学报》1998 年第 4 期。

④ 白建西：《张力：〈野草〉艺术构成的美学透视》，《中国社会科学院研究生院学报》1992 年第 5 期。

⑤ 罗淑芳：《〈野草〉的曲笔及其语言形式》，《河北大学学报》（哲学社会科学版）1993 年第 2 期。

舞纷纷扬扬，与凛冽的寒空不停地抗争，不正是它“力”的张扬与坚毅之美的再现吗？从美术学角度看去，这不失为一幅优美的画面。因此有研究者说：“鲁迅对于‘力之美’的追求反映了他独有的人格特质，而这种人格的形成正是同他思想发展历程相一致的。”① 上述研究者对《野草》美学艺术形式的研究，可以称得上是抓住了要领的，确实体现出了他们的观察、认识、感受等。这是足取的。

也有一些研究者对《野草》语言形式给予了关注。卢朗②是继孙玉石、孙用之后研究《野草》语言修改问题的极为少数的几位研究者之一，其论述启发我们：对《野草》语言修改的问题是不应该忽视的。钱初颖的《论〈野草〉语言的绘画美》③ 和随后罗淑芳的《〈野草〉的曲笔及其语言形式》④ 也是论述《野草》语言方面较为出色的论文，他们对这一点达成了共识，并以《野草》的内容、作为可比较的鲁迅其他作品等为研究领域，以此来把握《野草》的语言形式。在论述中，研究者将语言的表层构造与深层意蕴结合起来。这样的探讨，研究者易于减少空泛和偏执等问题。笔者认为，研究者所做的这种努力，容易让读者较为全面地把握《野草》的语言形式、内涵等。

还有一些研究者对《野草》修辞方法等方面的艺术形式给予了关注。纽震江的《谈〈野草〉的封面设计》、资华筠的《飞舞的〈野草〉》、岩宏的《论〈野草〉的艺术形式（一）》等论文⑤采用或对比或衬托的修辞手法，来展开研究，组织全文。这确实反映了鲁迅惯用对比、衬托等修辞的一面。讽刺的写法也得到了重视，如王吉鹏、成健的《论〈野草〉

---

① 成健：《〈野草〉的美学倾向与主导风格》，《牡丹江师范学院学报》（哲学社会科学版）1995 年第 3 期。

② 卢朗：《谈鲁迅〈野草〉语言的修改》，《江苏教育学院学报》（社会科学版）1990 年第 1 期。

③ 钱初颖：《论〈野草〉语言的绘画美》，《淮北煤师院学报》（社会科学版）1990 年第 1 期。

④ 罗淑芳：《〈野草〉的曲笔及其语言形式》，《河北大学学报》（哲学社会科学版）1993 年第 2 期。

⑤ 纽震江：《谈〈野草〉的封面设计》，《绍兴鲁迅研究专刊》1991 年第 11 期。资华筠：《飞舞的〈野草〉》，《散文》1994 年第 4 期。岩宏：《论〈野草〉的艺术形式（一）》，《宁夏大学学报》（哲学社会科学版）1997 年第 4 期。岩宏：《“影”的生存状态与“梦”的现实影像——论〈野草〉艺术形式之二》，《宁夏大学学报》（人文社会科学版）2002 年第 1 期。

中的讽刺艺术》[①]。论述那种真实与荒诞统一在《野草》的文本中，反映矛盾与对立的思想，抓住鲁迅常用的笔法等，都为研究者所重视。如罗绍书在《散文讽刺诗呼唤当代〈野草〉》[②] 等。研究者们对《野草》中的对比修辞与讽刺写法是较为熟悉的，对鲁迅作品的现实主义精神给予了较多关注。从作品出发研究作品的美学艺术形式的做法，是符合研究作品文本这一客观规律的，因此是值得提倡和推广的。

《野草》中蕴藏着丰富的美学知识，只要我们留心观察注意发现，我们就会得到更多的美感享受。无论是研究《野草》的艺术世界，还是《野草》的美感风格、美学形式，都和研究者反映美学知识时的心态，表现美学形式时的个人情感状况息息相关。《野草》美学研究者以饱满的激情奉献给人们诸多美学感受等，引发人们关于美学问题的思索。尤其是孟瑞君对《野草》美学的解读，能给人以这样的启发：虽是论述散文诗文本诸多外在的美学形式问题，但通过对这种表层美学问题的把握，进入《野草》美学内涵的精神价值系统中，这是一个更高层次的美学追求。

第四节 《野草》艺术内涵的深入挖掘
——21 世纪以来的《野草》美学研究

自 21 世纪以来，魏洪丘、张洁宇等研究者，深刻地分析了《野草》的美学内涵，显示了独到的见解。

一 魏洪丘的《鲁迅〈野草〉解读》

魏洪丘的《野草》研究，体现审美的追求。

对绝望、希望、夏云等的阐释，富有新意，富于美学色彩。在解读《希望》时，论者说："和'希望'相比，'绝望'会更使人清醒地面对现实。它不像'希望'会以虚假的美好的幻象，给人缥缈盲目的满足，从而销蚀人的战斗意志，'绝望'则让人不抱幻想，不存迷惘，正视现实，从一点一滴做起。"[③] 通过对比，读者明白了鲁迅在《希望》中强调

---

① 王吉鹏、成健：《论〈野草〉中的讽刺艺术》，《鲁迅研究月刊》1995 年第 9 期。王吉鹏等：《鲁迅作品新论》，辽宁人民出版社 1998 年版，第 113 页。

② 罗绍书：《散文讽刺诗呼唤当代〈野草〉》，《诗刊》1999 年第 4 期。

③ 魏洪丘：《鲁迅〈野草〉解读》，江西人民出版社 2003 年版，第 59 页。

的绝望所特有的含义：立足于现实，做好发生在自己身边点点滴滴的小事，不枉来人世，不愧对人生。这种解读意在提示读者如何走出困境，如何找到柳暗花明的境界。人生本来就是由许多大大小小的事情而构成的，没有小事作为衬托，何来大事？而这诸多小事尚且做不好，大事难道就能做得好吗？从对《野草》中小事的挖掘，这表明了魏洪丘的细读是深入文本内涵的。还有《一觉》中的"夏云"，论者给出了清新的阐释。"夏天的云朵，在烈日的照射下，瑰丽灿烂，不是光明和希望的象征么？只不过作者一时还说不清、道不明，因而它'徐徐幻出难以指名的形象'。"[①] 姑且不论其解读是否妥当，单就论者依据文本以简笔勾勒的画面而言，夏天空中淡淡的云很美好，看不出它的险恶与黑暗。

易读好懂、朴实无华的解读语言，体现朴素美的价值。虽然《野草》难解，但大学生如何学习才不难接受？这是魏洪丘力图通过教学手段反复思考、才得以解决的问题。即站在大学生的角度来说话，以体现大学生的思维方式来讲解。这部专著是教学的产物，是论者讲授《野草》过程的结晶。教学语言力求顺畅、达意、言简意赅，力求浅显易懂。如解读《希望》时，魏洪丘认为该文是"一篇结合客观现实中许多青年的消沉状况而进行的反思、自剖，并以身为诫的深沉探索的作品"[②]。在解读《雪》时，魏洪丘说该文借对雪景的描述，抒写鲁迅的人生情趣和感悟，展现了鲁迅的思想情怀。如解读《墓碣文》时，魏洪丘以鲁迅的人生经历来说明"游魂"的内涵，借用鲁迅从家乡出发，先后奔赴南京、东京、仙台、杭州、绍兴、南京、北京等地的行迹，勾勒其漂泊不定的生活状况。这样的解读语言意思确切，干脆简练，明白晓畅，且能读得进去。这既能让读者读有所获，读有抓手，又有利于推广和普及，从而扩大《野草》的受众面。不像有的著述貌似高深，徒有其表，实则借陌生化的术语来吸引人的眼球而已。

抓住《野草》的象征色彩，体会《野草》的美学内涵。魏洪丘在解读中，关注到了《野草》中的意象，并赋予了这些意象以相关的内涵。如对《秋夜》中枣树的形态及枣树自身的解读："枣树的直立挺拔，刚直不阿，已经不仅是枣树的自然形态了。它已被鲜明地赋予了人格的力量，是反抗的象征，枣树当是鲁迅在社会生活中所见到的不屈的反抗者的象

---

① 魏洪丘：《鲁迅〈野草〉解读》，江西人民出版社2003年版，第179页。

② 同上书，第55页。

征，如革命先驱、进步人士、工人、学生等。”[①] 结合时代环境，结合生存环境，从鲁迅笔下枣树的风貌中，论者给枣树做出了这样的定位。再如，对于《雪》的解读，论者认为：“江南的雪是作为朔方的雪的反衬物的。朔方的雪既然是北方时局的象征，那么，江南的雪的内涵之一，当是作者的理想的象征。”[②] 突出这种象征手法的解读，在该书中还有很多，在阅读中是能看得出来的。这种坐实的解读可能限制了读者的思维，但对理解《野草》文本是有帮助的，尤其是对于初学《野草》者是大有帮助的。

二 张洁宇的《独醒者与他的灯——鲁迅〈野草〉细读与研究》

张洁宇使用自画像的理论观点来细读《野草》全书，这在《野草》研究史上还是第一次。《独醒者与他的灯——鲁迅〈野草〉细读与研究》认为，《野草》是鲁迅的“自画像”。这符合鲁迅曾经说过的《野草》是写给自己看，自己的哲学都在《野草》里之类的表述。抓住这一点，该书突出了《野草》中鲁迅的自画像的形象，实际上切合了鲁迅的自陈心曲。该书不仅从专题论文《审视，并被审视——作为鲁迅“自画像”的〈野草〉》出发，认为“自画像”就是“在《野草》中也一直存在着一个观察者的鲁迅和一个被观察着的‘自我’”[③]，而且在对《野草》中部分难于解释的散文诗进行细读时，也都试图通过运用“自画像”的理论观点来进行阐释，在严谨、合理的论证过程中，自然而然地得出一个令人信服的结论。如对《秋夜》中的两株枣树关系的解读：“它们是同名同种、相邻而立，但却彼此独立的两棵树，它们之间合一而又分立的奇特关系，正如一个画家与画布上的自画像相互面对。”[④] 如对《影的告别》中的影和形关系的解读：“‘形’与‘影’的关系，其实就是鲁迅与他自己画出的那个‘自我’的关系。”[⑤] 如对《墓碣文》一文中墓里墓外的“我”的解读，该书认为墓外的“我”是鲁迅本人，而墓里的“我”则是鲁迅的另一个自我。这样的自画像，其实就是勾勒了现实中的鲁迅与精

---

① 魏洪丘：《鲁迅〈野草〉解读》，江西人民出版社 2003 年版，第 10—11 页。

② 同上书，第 67 页。

③ 张洁宇：《独醒者与他的灯——鲁迅〈野草〉细读与研究》，北京大学出版社 2013 年版，第 2 页。

④ 同上书，第 40 页。

⑤ 同上书，第 57 页。

神世界中的鲁迅的形象、真人鲁迅与照片上的鲁迅的形象、镜外的鲁迅与镜中的鲁迅的形象、与人交往时温和的鲁迅与内心充满毒气与鬼气的鲁迅的形象。现实生活中的任何一个人，都是双面的，具有两面性的特征。鲁迅虽然伟大，但和我们一样都是凡人，都是有血有肉有思想情感的人。面对纷繁复杂的现实社会，思想的困惑，情感的纷争，矛盾的想法，人生的选择等，都会影响到人的个性、性格。因此，鲁迅也如常人一样，会出现这样或那样的分歧、纠葛等。而用自画像的理论来解释鲁迅思想中出现的各种各样的矛盾，就比较顺理成章，也比较妥当。而且，这样的自画像，因内外不同，也才有区分度。

《野草》在鲁迅的文学写作中是“诗”与“真”的结晶。该书对《野草》中的“诗”与“真”论述，实际上反映了鲁迅在《野草》中表达的感性与理性认识。而这种认识，应该是对木山英雄的“诗之思考”的继承与发展。“诗之思考”，实际上研究的是抽象和具象是如何结合在一起的问题。如枣树反抗夜空，处于绝望的境地而反抗绝望、获得希望等，都涉及具象与抽象相结合的问题。而从该书的另外一篇专论《“诗”与“真”——〈野草〉与鲁迅的现代文学“写作观”》中，可以看出，“诗”指的是（1）从“不说”到“说”，即从“不能说，无从说”到“不得不说”，（2）从“不写”到“写”，即从“不能写，无从写”到“不得不写”的情感变化过程。从该文总体看，“真”对应的是“诗”，即指的是“说什么”和“怎么说”，“写什么”和“怎么写”的问题；具体说，这个“真”，至少包括“现实的真实”、“内心的真实”和“文学的真实”。在论者看来，“现实的真实”和“内心的真实”对应的是“说什么”和“写什么”的问题，而“文学的真实”对应的是“怎么说”和“怎么写”的问题。显然，这比“诗之思考”更容易把握，也更好理解。而且，尤为重要的是，“文学的真实”显然高于“现实的真实”和“内心的真实”的观点，显然与艺术来源于现实又高于现实密切相关，且在此基础上又有所发展。但该书谈论的“真实”是对“现实”或“事实”的把关、考察和筛选，是高于“现实”或“事实”的。因为生活当中的“现实”或“事实”存在掩盖真相的情况，有时甚至蒙蔽或欺骗人的眼睛，所以并不是可靠的。由此可见，鲁迅“怎么说”与“怎么写”的问题就成了一个大问题。“可以说，《野草》时期的鲁迅所面临的最大问题，就是如何在从‘沉默’到‘开口’的过程中，准确地将思想情感转化为文学语言，使之既不丧失原有的丰富、复杂与真实，又能符合文学的审美要求与历史抱负。”[①] 从中可以看出：鲁迅更重视表达效果的问题。该书认为，真话直接说，未必能达到目的，而要以智慧的方式表达出来，即采用合适、恰当的立论方式，就会收效显著。除《题辞》《立论》《墓碣文》《我的失恋》之外，《风筝》《死后》《淡淡的血痕中》等散文诗也反映了鲁迅的“诗”与“真”的写作观。如《风筝》中写20多年前小兄弟对风筝充满向往之情，且偷偷地制作风筝的事情。在小兄弟的眼中，风筝的确充满了诗情画意。该书通过分析“温馨”、“伤感”、“反省”、“忏悔”等表达情感的词语，勾勒了《风筝》诗性的一面，也客观地论述了周作人、周建人兄弟二人的反应：现实中鲁迅不曾毁坏过小兄弟的风筝。但鲁迅在《风筝》中，虚构了“我”毁坏小兄弟风筝的事情，实则是检视自己的灵魂的需要。这个虚构之所以不让读者感到意外，就在于生活中是可能发生这样的事情的，甚至是曾经发生过的，将来还会继续发生的。这便是文学的真实。其实，鲁迅的“诗”与“真”的写作观也如同其自画像的理论一样，要一分为二地看，即作者个体的感性认识与真实在作品中是融合在一起的，并不是孤立存在的。这样，对于鲁迅或对于《野草》而言，读者才能得到对其较为全面的认识。

所以，自《野草》发表以来，上述研究者就在探索《野草》的美，审视《野草》的美。他们不仅得到美感享受，也认识到了其理性的价值。或者也可以这样说，《野草》的美学研究就是对《野草》进行的以审美为核心或主要分析视角的研究，归属于《野草》的艺术哲学范畴，但又不同于《野草》的哲学研究。

---

① 张洁宇：《独醒者与他的灯——鲁迅〈野草〉细读与研究》，北京大学出版社2013年版，第19页。

第三章　鲁迅的哲学都包括在《野草》里
——哲学视野中的《野草》研究概论

哲学视角下的《野草》研究发展，经历了20世纪20年代到40年代王品青、章衣萍、张翼人、钱杏邨、聂绀弩等对《野草》哲学研究的初期探索，50年代到70年代冯雪峰、王瑶、李何林、杜一白等在艰难社会环境中对《野草》哲学研究的执着坚守，改革开放以来孙玉石、张梦阳、王吉鹏、钱理群等，在政治、经济、文化等哲学社会科学繁荣发展的环境下对《野草》哲学研究的继承与创新等阶段。相比之下，改革开放给《野草》哲学研究带来了生机，不断引进新的研究视角和新的解读方式等，使得这期间这一主题下的《野草》研究成果远远多于最初两个时期。

鲁迅学习和研究哲学的时间可以追溯到他早年日本留学时期。许寿裳在《鲁迅先生年谱》中写道："二月，由江南督练公所派赴日本留学，入东京弘文学院。课余喜读哲学与文艺之书，尤注意于人性及国民性问题。"① 虽是课余阅读哲学书，但对课内学语言学西医具有一种形上的指导作用。研究哲学的重要意义，是为了变得智慧，这有助于鲁迅找到思维上和生活上的出路。摆脱生存的危机，对自由意志的追求，这是鲁迅哲学的精髓。鲁迅说他的哲学都在《野草》里，其用意一在于说明自身作为一个个体生存的境遇，另一用意在于指涉无形的文化带给他的影响。就哲学主题视角下鲁迅《野草》研究发展历程现状的描述，张蓓和王颖仅从"反抗绝望"的人生哲学、"怒其不争"的"立人"哲学、深藏不露的"爱"的哲学②三方面着眼于20世纪80年代中期以来近30年的鲁迅《野草》的哲学研究，作了简略的梳理和论述，尚未将更多的重要著述纳入这一研究视野中。因此本文试图围绕最初的《野草》哲学探索、《野草》哲学研究的曲折发展、《野草》哲学研究的继承与创新三方面予以论述，

---

① 许寿裳：《我所认识的鲁迅》，人民文学出版社1981年版，第118页。

② 张蓓、王颖：《鲁迅〈野草〉的哲学主题研究》，《文学教育（上）》2011年第4期。

以期较为完整地反映其大貌。

第一节 相关的记录
——最初的《野草》哲学探索

20世纪上半叶逐渐引人注目的是，研究者对于《野草》哲学问题的探讨。如鲁迅的“由她去罢”（见鲁迅《我的失恋》。也做“由他去罢”，见鲁迅《马上日记》和《新的世故》）、“我不愿去”、“我不愿住”、“我不愿意”等语，至少表明了他对待人生的哲学态度。对此，我们有必要梳理和分析此时研究者是如何探索《野草》哲学世界的。

一 鲁迅哲学：口头传述和书面记录

（一）口头传述：“《野草》是周先生的哲学”

与鲁迅其他作品相比，高长虹倾向于研究《野草》的内涵。“王品青一类人常反复传述：《野草》是周先生的哲学，我认为它是一种写意的象征主义的散文诗，在当时，鲁迅对于他的这种厌世主义是并不讳言的，他有时候，把这叫作同自己的生命战斗。我想批评《野草》的时候，比想批评《呐喊》的时候要多一点，不过到我写出文章来，已经是在上海《狂飙》周刊的时候了。”① 虽然这是1940年写的评论，但从个人主观态度讲，以《呐喊》为研究的参照物，高长虹对《野草》的研究确实下了更多的功夫。他认识到了《野草》中的象征主义，《野草》属于散文诗的体裁，《野草》中鲁迅流露的厌世情绪及鲁迅“同自己的生命”进行战斗的坚韧与执着。《野草》虽有“这种厌世主义”的阴影，但鲁迅一直在反抗这阴影，一直在致力于走出这阴影。这是《野草》字里行间所蕴藏的真义。能构思并表达文本深藏的真义，这与研究者对鲁迅分析问题的来龙去脉、探究问题时追本溯源的挖掘和把握大有关系。

就《野草》是鲁迅的哲学这一观点而言，从高长虹的记载看，其实王品青是最早的口头传述者。从鲁迅日记看，由于王品青与鲁迅的交往较多，因此听说和传述鲁迅自陈哲学的这一观点是可能的可信的。这也很可能与高长虹是在20世纪40年代转述的，而章衣萍1925年就发表了该观点有关。王品青口头转述，如无高长虹的记录作为佐证，真就变成口说无

① 高长虹：《高长虹文集》下卷，中国社会科学出版社1989年版，第512页。

凭了，而章衣萍则是笔录下来。这恐怕是后来学者更为关注章衣萍转述这一观点的原因。毕竟口说的早已销声匿迹，而记载下来的文献资料则有“章”可循。后来研究者不了解王品青传述的原因，很可能是这先入为主的观念在作怪。

（二）书面记录：“他的哲学都包括在他的《野草》里面”

《野草》在《语丝》上刚一发表，便发出奇光异彩。初期有关《野草》哲学主题的评论，主要呈现为肯定性的评论，持明显的肯定态度。由于一些研究者和鲁迅或直接来往成为一个实际的“在场”者，或以书信方式间接联系，然而他们对于《野草》的研究，从其价值看，都留下了初期探索者的足迹。只不过有或直接或间接的区别而已，如王品青、章衣萍等。

在报纸上公开发表文章，最早对《野草》哲学主题进行书面评论的是章衣萍。他在《古庙杂谈（五）》中说：

> “这种争斗我也看得够了，由他去吧！”鲁迅先生说。
>
> “由他去吧！”是鲁迅先生对于一切无聊行为的愤慨态度。我却不能这样，我不能瞧着鸡们的争斗，因为“我不愿意！”
>
> 其实“我不愿意”也是鲁迅先生一种对于无聊行为的反抗态度。《野草》上明明的说着，然而人们都说“不懂得”。
>
> 我也不敢真说懂得，对于鲁迅先生的《野草》。鲁迅先生自己却明白的告诉过我，他的哲学都包括在他的《野草》里面。①

章衣萍围绕三方面对《野草》做出了评论：一是《野草》中包含“鲁迅先生对于一切无聊行为的愤慨态度”，二是《野草》中包含“鲁迅先生对于一切无聊行为的反抗态度”，但章衣萍的“由他去吧！”与鲁迅的原文“由她去罢”“由他去罢”写法有区别。三是《野草》中包含了鲁迅先生的全部哲学。上述引文第四段中的“都”字，即可说明这一点。章衣萍与鲁迅的这番对话，借助于《影的告别》《我的失恋》等具体诗篇，切合了《野草》的精神内核，直指鲁迅本人的哲学思考，也深刻地影响着后来的研究者。

---

① 章衣萍：《古庙集》，北新书局 1929 年版，第 18 页。

二 辩证分析：一分为二地看问题

（一）“外我与内我”：对“两个我”的判断

辩证统一，蕴含哲理。张翼人的《野草》研究论文，并不深奥难懂，且能用辩证和发展的眼光看问题，读来颇受启发。如《有生——读〈希望〉》写道：“而对于生的拒绝呢？那不能，这个你自己也晓得，虽是有一个影曾在你心上盘旋过，但你绝对不会跟上它。”① 这里，张翼人一方面看到了鲁迅既不拒绝生又不会追随死亡的阴影，同时《我们》却提出了“生是否是可以否定的”问题，并对此超越职守代鲁迅做出了“可以”的应答。可见他对《野草》的认识是不断发展变化的。水至清则无鱼，人至清则无徒。《虚伪》一文说：“因为同是两个紧张的情绪，所以觉得是自欺，觉得是虚伪了，实在是因为一刹时有两个我分裂的缘故。”② 对一个人的自我与他我进行了一分为二辩证地剖析，看到了一个人的外我与内我，看到了一个人的两面世界。此文浅近的语言中确实是充满丰富的人生哲理，也蕴藏深刻的辩证哲理的。基于此，笔者认为，张翼人是最早对鲁迅人格、灵魂做出较为翔实、深入剖析的研究者。这弥补了高长虹“入于心”说未能展开的不足。

（二）消极还是积极：“悲观哲学”和反“悲观哲学”研究

《野草》文本蕴含的内容是丰富多彩的，有明艳的色调，有欢快的情思，有阴暗的心理，有灰黑的图案等，各有不同。但这是鲁迅积极情绪、消极情绪，乐观心态、悲观心态，肯定进步、否定倒退的具体表现。在1930年2月10日《拓荒者》第2期上，钱杏邨的《鲁迅——〈现代中国文学论〉》认为，鲁迅“以他的悲观哲学为基调而写成的散文集《野草》，便蒙着阴郁的灰色的封面在《彷徨》刊行之后继续出现了”③。研究者看到了《野草》中流露着的悲观伤感情绪，又并不止于此。“然而，鲁迅是始终不曾陷于颓废消沉。他始终是含着同情于一切被封建势力所摧毁所压迫的人们的眼泪，伤感的无目的意识的和旧势力抗斗，因为他有一颗热爱人类的心。”④

钱杏邨对《野草》哲学的分析，反映了鲁迅的大悲与大爱。但为人

---

① 张翼人：《给鲁迅》，经纬书局民国24年版，第7页。

② 同上书，第29—30页。

③ 钱杏邨：《鲁迅——〈现代中国文学论〉》第二章，《拓荒者》1930年第2期。

④ 同上。

处世待人接物时，鲁迅尽力掩盖自己骨子里的悲凉，而努力显示一种积极的姿态温暖的情怀，为的是避免负面影响。很可能是因为钱杏邨体会到了这样的意味，因而做出了相应的判断。

第二节　革命思想一端
——《野草》哲学研究的曲折发展

1949年到1960年代前期，《野草》哲学研究论文的数量虽然不多，但质量较高，如冯雪峰、王瑶的研究。他们的论述表现出的扎实、有序、深入的哲学分析，是值得我们重视的。1960年代后期到改革开放前，李何林、杜一白的《野草》哲学研究具有代表性。

一　马克思主义哲学与革命哲学研究

（一）马克思主义哲学因素的挖掘

在鲁迅研究方面，中国冯雪峰的《论〈野草〉》是1949年中华人民共和国成立后影响较大的论文，具有鲜明的马克思主义特色。

冯雪峰是马克思主义学者，自然用马克思主义学说评论文学作品。在这篇论文中，尤其是论文的后半部分不止一次论及这样的立场。冯雪峰对《野草》的评价：一是他研究《野草》的战斗精神和反抗精神等特点，在他给《野草》分成的三类作品中，除第一类作品既体现健康的、积极的、战斗的精神，但也有悲观的因素①外，在其他作品中，研究者也时常从不同角度揭示《野草》的战斗性与革命性。如“可以说都是尖锐的讽刺作品”② 的第二类作品中的《这样的战士》就较为明显。二是研究者以人民性的视角研究《野草》文本。实际上，《野草》中的枣树、傻子、战士、过客、老妇人等，都是某一类人或人民的代表。而《野草》中鲁迅的个人主义形象性，也对立于人民性。三是研究者用马克思主义唯物辩证法研究《野草》时期的鲁迅思想。作为马克思主义者，冯雪峰精通马克思主义学说。他在分析鲁迅的世界观时说：“这是作者前期的大家所说的进化论思想中革命的方面，也是唯物主义的部分。但是，作者当时所掌握的这样的辩证法有它的片面性，而且一方面又是同他的世界观中的唯心主义的

---

①　冯雪峰：《论文集（下）》，人民文学出版社1981年版，第360页。

②　同上。

思想相结合着的。作者当时还不是一个辩证唯物主义者。”① 鲁迅的前期有进化论思想，其中包含马克思主义的意识，这种说法不错。最终能顺利地接受马克思主义学说，这与鲁迅先前具有的上述“意识”有密切关系。而鲁迅与部分马克思主义者的接触，以及翻译有关马克思主义的著作，这还是外因，不过这种外因有可能加快其内因的迅速变化、迅速发展等。

（二）革命哲学的考量

外国学者别尔查·克列布索娃的《鲁迅和他的〈野草〉》是从革命哲学角度研究《野草》思想的。这是一篇演讲稿。别尔查·克列布索娃先介绍研究鲁迅的材料来源、工作方法，然后分析《野草》、述及研究鲁迅的中外作家应该互相合作的问题等内容。② 第一部分交代了选题原因、研究过程、研究特点、研究的主要问题及其结论等。其中，研究者关注的重点有二：一指《野草》究竟是彻底革命的还是悲观主义的？二指鲁迅的全部作品都充满革命思想还是1927年后其作品才具有革命思想？其结论是：“鲁迅的主要问题是一个社会问题，是革命问题，而不是什么从自我出发的颓废的个人主义或者个人的病态表现。……革命就是鲁迅的基本精神，由这种精神创造出来的作品，在他生活的任何一个阶段都是有一致的革命性的。”③ 自《野草》发表以来，就曾经有人认为，这部散文诗集表达了鲁迅个人的空虚、颓废、感伤、病态等情绪，这种虚无的消极态度，这种灰暗的心理阴影，一直支配着鲁迅的灰色生活。但随着《野草》研究的不断深入发展，越来越多的研究者认识到了这种评论的偏颇性和片面性。于是又从此一极走到了彼一极，出现了另一种的极端，即如别尔查·克列布索娃只看到了《野草》的革命性一样。《野草》确实蕴藏丰富的战斗精神和革命因素，但这不是《野草》的全部。实际上，应把这两种极端的看法做综合考察，这样才不至失于偏颇。

二 斗争哲学或战斗哲学的研究

（一）突出鲁迅对人道主义的批判

王瑶对鲁迅人道主义的阐释。在《论〈野草〉》中，王瑶就鲁迅对人道主义的态度作了清晰的说明，并区分了人道主义和个人主义、个人主

① 冯雪峰：《论文集（下）》，人民文学出版社1981年版，第377页。

② ［捷克］别尔查·克列布索娃：《鲁迅和他的〈野草〉》，《文艺报》1956年第20期增册（总166期）。

③ 同上。

义和集体主义之间的关系。“鲁迅的所谓人道主义，实质上是一种不妥协地进行反抗斗争、彻底改变人民群众的被压迫地位的思想，是有丰富的革命内容的。”在这里，研究者说得明白，鲁迅眼中的“人道主义”就是鼓动受压迫者站起来反抗，就是投身于英勇的斗争中去，就是革敌人的或压迫阶级的命。“所谓人道主义”，是鲁迅对人道主义的否定，也是研究者对人道主义的否定。鲁迅是现实主义者，是英勇的战斗者，绝不会被资产阶级所鼓吹的人道主义所迷惑。王瑶在《鲁迅研究的指导性文献——学习毛泽东同志关于鲁迅的论述》中说：“我们现在要说的是鲁迅从来不是人道主义者，不仅在他的后期，前期也同样不是。把鲁迅说成人道主义者，是对鲁迅的歪曲。不管前期或后期，鲁迅都是革命者，在认识和实践上都是强调斗争的。”这是王瑶1976年10月在厦门鲁迅逝世40周年及鲁迅在厦门大学任教50周年纪念大会上的讲话。这个表述，与王瑶在《论〈野草〉》中关于鲁迅眼中人道主义的论述是不矛盾的，是一致的。只不过一个是含蓄的表述，另一个是更直接地表述而已，即“鲁迅从来不是人道主义者”是简洁明了、浅显易懂的命题。这个变化说明：在20世纪60年代，王瑶写《论〈野草〉》的时候，极“左”的政治气候是不容人说真话的。而在中国无产阶级“文化大革命”中，鲁迅的作品虽被允许阅读，但其实已经沦为林彪江青反革命集团实施阴谋政治的工具，加之王瑶巧用纪念鲁迅之机，得以表达“鲁迅从来不是人道主义者”这一想法，才显得天衣无缝。

（二）突出鲁迅现实的与战斗的精神和追求

王瑶认为：《野草》中的梦是为了突出鲁迅现实的与战斗的精神和追求。瞿秋白在《〈鲁迅杂感选集〉序言》中说：“鲁迅从进化论进到阶级论，从绅士阶级的腻子贰臣进到无产阶级和劳动群众的真正的友人，以至于战士，他是经历了辛亥革命以前直到现在的四分之一世纪的战斗，从痛苦的经验和深刻的观察之中，带着宝贵的革命传统到新的阵营里来的。”[①]很明显，鲁迅在现实的战斗生活中不断成长和进步，思想上的飞速发展，也同样反过来影响着和指导着他的创作活动和进步的革命活动等。虽然白色恐怖等严酷的现实窒息着、制约着鲁迅，但在白日梦中，鲁迅仍然表达着自己生命不熄、战斗不止的理想。王瑶说：“为什么写梦变成《野草》中表现方式的一个显著特色呢？第一，当然是如作者自己所说，‘那时难于直说，所以有时措辞就很含糊’。是因为处于言论不自由的环境下的不

① 瞿秋白：《瞿秋白作品》，时代文艺出版社2004年版，第325页。

得已办法。其次，这些文章是作者痛苦地进行思索和自我解剖的结果，他正是为了记录他在思索中的矛盾和感触才写下来的；这些感触都是思想深处的折磨自己灵魂的思绪，是只能在独自思索中产生的，其本身就属于抒情咏怀性质的诗的意境，因此用梦的形式来表现不只可以增加诗意，收到‘言有尽而意无穷’的艺术效果，而且也正表现了它与黑暗现实的某种对立的性质。”① 这表明鲁迅所处的社会生活环境是不自由的，至少言论就不自由。“难于直说”，这是现实。但鲁迅还要面对这样的现实，因此就写梦，在梦中尽情地表达自己的战斗思想，在睡梦中是尽兴的，醒来后就失却了这份“尽情”的展示，即不自由。现实中不能说的话不能做的事情，都可以拿到梦中去实现，在梦中表现一个真我。现实是黑暗的，是污浊的，是虚假的。统治者和当权者的“头上有各种旗帜，绣出各样好名称……头下有各样外套，绣出各式好花样”，而没有“好名称”和“好花样”者，自然是被压迫者。被压迫者除了与现实的对立为主之外，还在孕育反抗的意识、行动。

三 “文化革命”气氛包围下的选择

（一）“折中”与夹缝中求生存的哲学立场

对《野草》思想倾向的分析。李何林在“《鲁迅研究（铅印）》（1959 级用）”② 中说：“《野草》的主导思想倾向还是积极的反抗战斗，讽刺和批判，只是在这积极的因素里，有时有一些消极失望和空虚之感。”③ 而在 1963 年发表的《略论〈野草〉的思想和艺术》一文中，他的观点有略微变化。“《野草》的主导思想倾向还是积极的反抗战斗，讽刺和批判，只是在这种积极的因素里面，有时有一些消极的悲观失望和空虚之感。”④ 事实上，此处增加了“悲观”一词，比“消极”情绪又深入了一步，“但《野草》究竟有灰色暗淡的调子，不少地方存在着黑暗势力的重压”⑤ 则说出了较为实质性的内容，而这“主导思想倾向”，在《野草》研究史上是从来没有过的。从《野草》文本出发，他发掘了散文诗

① 王瑶：《鲁迅作品论集》，人民文学出版社 1984 年版，第 137 页。

② 田本相：《谈李何林先生的〈野草〉研究——为纪念何林先生百年诞辰而作》，《鲁迅世界》2000 年第 3 期。

③ 同上。

④ 李何林：《略论〈野草〉的思想和艺术》，《新港》1963 年第 10 期。

⑤ 同上。

所蕴含的“反抗”精神、“战斗”精神、“讽刺”手段、“批判”目的、“积极”思想、“消极”思想、“灰色暗淡的调子”、“黑暗势力的重压”等。他的这些研究，既不违背当时社会意识形态的要求，也符合那个特殊时代的特殊的社会环境，因此能得以存在下去。否则，他本人和他的《野草》研究成果，很可能随时遭遇不测。在此基础上，1975 年《鲁迅〈野草〉注解（修订本）》一书的开篇，李何林将该观点发展到了一个新的高度。在《〈野草〉产生的社会背景与其思想倾向和艺术特点》中，他提出了有新变化的下列观点。(1)“《野草》的主导思想倾向也是积极地反抗战斗，讽刺和批判，只是在积极的因素里面，有时有一些消极的空虚失望和黑暗的重压之感，这是作者思想的另一个侧面，也是他‘解剖我自己’，努力要摆脱或克服的思想，是作者勇于自我革命而‘解剖’出来的思想。”① (2)“但《野草》究竟有灰色暗淡的调子，不少地方存在着黑暗势力的重压。”② (3)“我们还要向《野草》学习它的批判孔孟之道的精神：它所向往和歌颂的，无不和孔孟之道相反；它所揭露和批判的，无不直接间接和孔孟之道有关。”③

与《略论〈野草〉的思想和艺术》中的观点相比，《鲁迅〈野草〉注解（修订本）》中的观点变化有三，一是删除了曾经补充上来的“悲观”，又恢复到“《鲁迅研究（铅印）》（1959 级用）”的原来面貌上。这并不是一种历史的倒退，而是主观方面希望回归到《野草》的本色研究，但鲁迅骨子里是悲凉悲壮的。《野草》有消极的因素也有悲天悯人的情怀，研究者希望鲁迅昂扬、奋勇、亢进、积极、乐观的思想情感多一些，以适应时代需要，因此删削了“悲观”。但删削了“悲观”实际上就是删削了鲁迅内心痛苦的经历。很显然，这种痛苦的经历无论如何都是除不掉的。因此不该删削“悲观”一词。二是分析了鲁迅“有时有一些消极的空虚失望和黑暗的重压之感”的原因。即在自我解剖中，鲁迅是有消极思想阴影的。1926 年 11 月 11 日鲁迅在《写在〈坟〉后面》一文中说：“我的确时时解剖别人，然而更多的是更无情面地解剖我自己，发表一点，酷爱温暖的人物已经觉得冷酷了，如果全露出我的血肉来，末路正不知要到怎样。”④ 这表明，如果把“解剖我自己”所得出来的消极结果

---

① 李何林：《鲁迅〈野草〉注解》，陕西人民出版社 1975 年版，第 4 页。

② 同上书，第 6 页。

③ 同上书，第 7 页。

④ 鲁迅：《鲁迅全集》第 1 卷，人民文学出版社 2005 年版，第 300 页。

完全暴露出来，“我”无法预知自己的人生“末路”将会悲惨到什么样地步。1927 年 9 月 4 日，鲁迅在《答有恒先生》表达了类似的意思。三是李何林挖掘了《野草》中批判孔孟之道的文字。这是“文革”阴影的反映。如李何林对《风筝》《过客》《立论》《这样的战士》《聪明人和傻子和奴才》等注解中，都不同程度地批判了孔孟之道。这在表面上也迎合了当时批林批孔的政治倾向，尽管批林批孔目的不纯别有用心。但更为主要的是，这是时代环境影响的结果。

（二）矛盾哲学的探讨

讲析《野草》的指导思想。一白的《〈野草〉讲析》（选载）以毛泽东思想，即“矛盾着的两个方面中，必有一方面是主要的，他方面是次要的”[①] 作为讲析《野草》的总的指导思想。这样的指导原则影响了后来许杰等人的《野草》研究。

讲析《野草》表现了主次关系的研究。在毛泽东思想指导下，研究者认为，“《野草》就其思想的主导倾向来说，就其中作品的大部分内容来说，是积极的、战斗的、革命的”[②]。如《题辞》《秋夜》《好的故事》《过客》《失掉的好地狱》等。如《题辞》在思想上，这种主导倾向十分明显。虽然一白认为“天地有如此静穆，我不能大笑而且歌唱。天地即不如此静穆，我或者也将不能”[③] 等语含有“太多的失望与愤怒，太多的痛苦与悲哀”以及“但这毕竟不过是激愤之言而已”[④] 的低沉情绪。研究者评价鲁迅及《题辞》时说：“他的情绪的主调是乐观的，振奋的，这篇《题辞》，既是他对国民党反动派血腥暴行的愤怒抗议，也充满对革命的热情呼唤，同时也是他决心抛弃痛苦与失望，更加大踏步地向前进军的誓词。”[⑤] 认为《题辞》中具有那种过于乐观的主调，这与“文化大革命”时期过于狂热的社会环境密切相关。当时，与天斗与地斗与人斗的政治豪情是中国历史上前所未有的。这自然也影响到鲁迅作品研究。实际上，这种观点早已存在，只不过林彪、“四人帮”等反革命集团为攫取政治权力，利用了“乐观”，炮制了狂热的一面而已。而早在 1952 年 1 月 10 日的《文艺报》上，孙机就批评了曾经出现过的这种盲目的乐观。“雪苇同

---

① 一白：《〈野草〉讲析》（选载），《辽宁大学学报》1973 年第 2 期。

② 同上。

③ 鲁迅：《鲁迅全集》第 2 卷，人民文学出版社 2005 年版，第 163 页。

④ 一白：《〈野草〉讲析》（选载），《辽宁大学学报》1973 年第 2 期。

⑤ 同上。

志对于《题辞》所作的分析，完全歪曲了鲁迅先生当时的态度。《题辞》并没有一丝浮泛的感情，也未尝有盲目的认为大革命就要胜利了的不实际的乐观。正相反，革命当时是处在低潮，鲁迅先生的生命都极其危险，反革命的当政者随时在侦察他的行动，来决定杀他或不杀。鲁迅先生这时的心情是悲愤，憎恶，反抗而痛苦的。”① 笔者认为，孙机对写作《题辞》时鲁迅处境的认识还是妥帖的。这篇《题辞》，实是鲁迅进步思想的宣言，是其对黑暗的反抗，表达了他鲜明的思想立场。而讲析《秋夜》时，一白虽然论述了鲁迅周围存在着异常黑暗、极端反动的势力，但仍强调，“这篇散文诗的基调是积极、乐观、健康的，它虽然在个别地方流露了某种淡淡的哀伤，而主要精神却是一种召唤战斗的启示”②。这里，似乎是有意缩小了《秋夜》中的阴暗面，而偏向乐观论述的痕迹是明显的。其实，《秋夜》中的枣树是孤独苦闷的战斗者的形象，则是被较多研究者认可的。

因此，何者为主？何者为次？主与次之间的关系，究竟怎样选择、怎样把握才更得体？研究者不能不考虑这一点。

第三节　正本清源
——《野草》哲学研究的继承与创新

古今中外的多种材料、多样视角、新颖方法介入《野草》思想艺术研究中，这极大地丰富了研究著述的内涵，而且提高了研究质量。1982年孙玉石在《〈野草〉研究五十年（下）》的结尾说：“鉴赏高度的艺术作品必须有高度的美学眼光。我们相信，随着研究者和广大读者艺术鉴赏力的提高，《野草》研究必然呈现磅礴深入的前景。”时隔四年，闵抗生深有同感地说：“《野草》研究有着广阔的领域。就《野草》自身而言，思想、艺术、风格、语言都还有许多有待深入挖掘的宝藏；《野草》与世界文学的关系、它与鲁迅其他创作的联系、它在中国现代文学中的地位及具体的影响、《野草》与当前的散文创作等，虽有文章论及，但都不够深入，缺乏系统；从哲学、美学、心理学的角度对《野草》作深层次的研

---

① 孙机：《对雪苇〈野草〉的〈题辞〉的意见》，《文艺报》1952年第1期。

② 一白：《〈野草〉讲析》（选载），《辽宁大学学报》1973年第2期。

究还是空白或几乎是空白。"[①] 结合下文，从 20 世纪 80 年代直至今天茂盛的《野草》研究著述中，孙玉石和闵抗生的判断无疑是正确的。

一　勾勒伟大灵魂的哲学轮廓

（一）发现章衣萍的"哲学"记录

站在哲学高度反映深沉的理性思索，凸显《野草》思想内容方面的理论意识。毕竟，鲁迅对人说过自己的哲学都在《野草》里。通过阅读旧报刊，孙玉石在《野草》研究中成为对章衣萍这一记录的发现者之一。有了这样的发现，才开启了后来《野草》哲学研究更加广阔的疆域，才赢得了异常丰富多彩的研究成果。的确，《野草》文本写得深刻，富于深邃的哲理，孙玉石对此进行哲学层面上的理论探索才成为可能。对诗意和哲理主题的分析，体现在"把诗情和哲理织进构思的蓝图""诗情的语言和诗意的对话"等相关章节的宏观研究和微观研究中。"实际上，鲁迅在新的一年到来时写下的这篇《希望》，已经远远超出了一般对青年消沉的不满和批评，而蕴含了更深远的思想和心境。"[②] 解读《希望》如此，对《影的告别》《雪》《好的故事》等散文诗的解读也都充满了这种哲学思考。

（二）人生哲学与生命意识研究

1. 人生哲学内涵与战斗哲学内容的论述

在《野草》研究中，这一时期最新颖的研究现象是关于《野草》哲学问题的探索。李希凡、李玉昆、汪晖等研究者，对《野草》的人生哲学、反抗哲学、辩证哲学等进行了探索和研究。他们拓展了《野草》哲学研究的空间，此时又进一步扩大了《野草》哲学主题的研究领域。

（1）人生哲学的三种类型的探索

1980 年李万钧的《论〈野草〉的外来影响与独创性》一文认为鲁迅的《过客》有明显的人生哲学痕迹。[③] 尽管是简略的交代，但研究者提供了有价值的信息，这对研究《野草》的人生哲学是有帮助的。对于这个问题，研究者至少表明了一个立场：《野草》里含有人生哲学的因素。1982 年李希凡在《一个伟大寻求者的心声》一书中也曾较早地论及了

---

① 闵抗生：《把〈野草〉研究推向探入的一点意见》，《鲁迅研究动态》1986 年第 10 期。

② 孙玉石：《〈野草〉研究》，中国社会科学出版社 1982 年版，第 51 页。

③ 李万钧：《论〈野草〉的外来影响与独创性》，《文艺论丛（第 11 辑）》，上海文艺出版社 1980 年版，第 230 页。

《野草》的人生哲学这一问题。在研究《求乞者》《过客》《风筝》时，我们可以从李希凡不同角度的论述中概括出他要表明的三种人生哲学。一是不妥协的人生哲学。李希凡从《求乞者》中看到了鲁迅的态度：决不向黑暗妥协；从《我的"籍"和"系"》一文中，看到鲁迅明示了自己"信守的不妥协的人生哲学"①。这意味着鲁迅决不向黑暗社会求乞，彻底与黑暗社会决裂。二是爱与憎的人生哲学。"就是'过客'的痛苦跋涉而又不愿接受布施所蕴蓄深沉的爱与憎，不也形象地反映了鲁迅爱与憎人生哲学的个性特征吗？"② 从过客的人生经历中，研究者总结了鲁迅赋予过客的主要情感。一部剧作，也是一篇散文诗，它所表现的爱憎之情，同样寄托了鲁迅的情感指向。研究者视其为鲁迅人生哲学的个性，其道理应在此。三是自我解剖的人生哲学。"鲁迅的爱憎分明的人生哲学，也强烈地渗透着他的'纯洁而赤诚'的童心世界。真的，善的，美的，永远像火焰一样照耀着他前进的道路；而假的，恶的，丑的，哪怕是他自己心灵和行为上的偶然的缺失，他也决不宽容和忘却。"③ 从对鲁迅在《风筝》中所表达忏悔之情的解读中，研究者表述了鲁迅深深的自责，深刻地解剖自己的内容。

这样的解读看起来似乎没有什么问题，但散文诗《风筝》中的"我"到底是不是鲁迅？鲁迅究竟是要表达忏悔之情，还是要表达"无可把握的悲哀"之情？这不能不让我们反思和追问。

（2）由人生哲学到战斗哲学的研究

1985 年李玉昆的《鲁迅〈野草〉中的哲学思想》一文，是较早的较为系统地研究了《野草》中的人生、战斗、辩证哲学思想的论文。

李玉昆认为，鲁迅"为民族和下一代的解放，自己愿意承担最大的负荷和付出最大的牺牲"及"永远前进，不求'布施'，不求报酬"④ 等都是《野草》的人生哲学内容；而鲁迅"与敌人同归于尽"、"至死不宽恕敌人，死不放下武器"和"对于黑暗的压迫从不退让"⑤ 等则是《野草》的战斗哲学内容；鲁迅"清楚地看到了事物的对立的存在，从对立

① 李希凡：《一个伟大寻求者的心声》，上海文艺出版社 1982 年版，第 29 页。

② 同上书，第 64 页。

③ 同上书，第 128 页。

④ 李玉昆：《鲁迅〈野草〉中的哲学思想》，《河北师范大学学报》（社会科学版）1985 年第 3 期。

⑤ 同上。

物的一面看到另一面，并且往往是从消极的方面看到积极的方面”、“从对比、对立中观察事物，每每将自己的思想深化到哲学中去”及“通过艺术的形式揭示事物的规律”① 等属于《野草》的辩证哲学内容。李瑞山早在1982年发表的《〈野草〉的精神特质与美学风格》与李玉昆的这篇论文②，都论及了《过客》中反映鲁迅人生哲学这一点。他们产生共鸣的原因，就在于都认识到了《野草》蕴含人生哲学的因素。1988年李玉昆的《论〈野草〉的“绝望的抗战”思想》一文，实则是对其前文所涉及的《野草》中战斗哲学即“绝望的抗战”的进一步具体论述。李玉昆认为“绝望的抗战”思想的实质是“在斗争、追求、前进中义无反顾，‘反抗绝望’”，是“医治中途落荒的苦药，是杜绝失望、消沉、颓废的防护甲”，是“建立在‘希望’和‘胜利信念’基础上的”，是“以悲观作不悲观，以无可为作可为”③ 等。其中，我们能明显看到李玉昆在李万钧研究的基础上，又对《野草》人生哲学、战斗哲学等问题有新的发展性认识。

（3）“人生哲学体系”的提出及“无可把握的悲哀”的分析

有人说汪晖是第一个研究《野草》人生哲学者。这样的判断有过于绝对化的嫌疑。从上面的论述中，我们已经看到：很早就有一些研究者论及了《野草》的人生哲学。这是事实存在，是不容忽视的。但是，如果说汪晖是较为全面较为系统论述《野草》人生哲学者，则是完全可以的。

1987年汪晖发表的《论〈野草〉的人生哲学》，采取新颖的富于逻辑意义的思想体系的方法研究《野草》的人生哲学。他说：“我对《野草》的研究不是就具体篇章作现实性的还原，以说明这些文字在鲁迅生活中、在当时的现实状况中体现怎样的意义（这当然是绝对必要的），而是把《野草》当作一种思想性著作、一种完整的人生哲学体系去阐释。”④ 很明显，汪晖研究《野草》的起点高于篇章意义层面，这是立足于《野草》的宏观整体性，重视对《野草》进行思想层面和哲学层面的研究，

① 李玉昆：《鲁迅〈野草〉中的哲学思想》，《河北师范大学学报》（社会科学版）1985年第3期。

② 李瑞山：《〈野草〉的精神特质与美学风格》，《南开学报》（哲社版）1982年第4期。李玉昆：《鲁迅〈野草〉中的哲学思想》，《河北师范大学学报》（社会科学版）1985年第3期。

③ 李玉昆：《论〈野草〉的“绝望的抗战”思想》，《河北师范大学学报》（社会科学版）1988年第4期。

④ 汪晖：《反抗绝望——鲁迅及其文学世界》，河北教育出版社2000年版，第257页。

因而具有抽象价值。

赋予《野草》人生哲学以新颖的内涵。如《野草》阐释了人生中“无家可归的惶惑”，人如无根的浮萍在四处流浪，如影、过客等现实经历就是如此。再如汪晖认为鲁迅对死后的无法把握的悲剧状态的体验，显示了鲁迅对中国社会加于死者的种种歪曲的憎恶，更表达了一种“唯‘黑暗与虚无乃是实有’”的人生感受。[①]《死后》中“我”死后所遭遇的痛苦经历，实则是人活着时候的痛苦经历。人们“对死后的无法把握”，实则是人们对现实生活的无法把握。在《死后》的社会大背景下，人们生存于痛苦的深渊中，人们在痛苦地挣扎，实是人们反抗痛苦反抗绝望的手段。还有，人死后常常遭受周围其他人的恶意攻击，难以把握的现实黑暗等，都表明了鲁迅的切身感受。研究者抓住这样的细节深入论述，确实洞见了鲁迅一针见血揭批的国民劣根性，足见其对鲁迅对《野草》的认识是深刻的。

当然，《野草》中还有许多丰富的哲学思想，如希望哲学、死亡哲学、生命哲学、中庸哲学、奴才哲学、爱情哲学等。在这些方面，还有待更多研究者进行深入研究。

2. “生命意识”与“冲决黑暗的努力”的思考

生命意识虽然需要依靠内心体验，但它是涉及生命本原的哲学问题。《野草》的生命意识虽然述及鲁迅的内心体验，但它属于生命哲学范畴，自然研究生命哲学问题。

1988 年刘新华的《〈野草〉的生命意识与超越精神》一文批评了一些研究者仅从认识论的片面角度研究《野草》，提出了从“内心体验和对人生的哲学沉思”的“视点观照《野草》，对这部散文诗集所表现的生命意识和超越精神作某些探讨”[②] 这样的哲学命题。该文是较早论述《野草》生命体验问题的且较有影响的力作，对其后的研究者影响较大。刘新华认为，《野草》是鲁迅“生命体验的世界，而不仅是一种对于现实的认识反映”，是“充满人生哲理意味的象征形象”；[③]《野草》表现着鲁迅“强烈的生命意识”和“丰富的生命之感”，其中的“生命意识”包括生命的抗争意识、生命的矛盾意识（黑暗与光明的矛盾、绝望与希望的矛

① 汪晖：《反抗绝望——鲁迅及其文学世界》，河北教育出版社 2000 年版，第 268 页。

② 刘新华：《〈野草〉的生命意识与超越精神》，《山东师大学报》（人文社会科学版）1988 年第 5 期。

③ 同上。

盾、理想与现实的矛盾）等；[1]《野草》“体现了生命自身的超越精神”（它包括“精神对于现实的超越和精神对于自身的超越”两种形式）[2]。刘新华还强调“对于《野草》中某些思想感受，以及表现这些思想感受的形象、意象，应该放置在生命、人生这个大范围来理解，不应该仅仅限于作者对于革命的认识”；如该文认为《野草》中出现的“路”就是“‘生命之路’、‘人生之路’，而并非是具体的‘革命出路’”。[3] 同时，刘新华等人还把西方的“意识流”或“生命之流”引入《野草》研究中，为《野草》研究开辟了新领域。刘新华未必是改革家，但就《野草》的生命意识问题在当时的《野草》研究发展进程而言，其可谓是大胆“拿来”、合理化用、敢于创新的先行者。其不可多得的论述，如“意识流”或“生命之流”的介入，确实给人留下了深刻的印痕。

1989年孙舒民的《黑暗与冲决黑暗的努力》一文，论述了鲁迅在《野草》中流露的人生意识。该文认为，《野草》是“鲁迅展现心灵世界的作品，它更集中渗透了鲁迅的人生意识，从而使它秉有了更丰富的人生内涵”[4]，其内涵包括“人生即荒原”、“人生即怪诞”、“人活着，就要做这种超越人生的努力”等内容。孙舒民过于强调了鲁迅在《野草》中流露出的虚无思想与消极的“人生意识”，是不足之处。虽然研究者也有“意识”地表现鲁迅“冲决黑暗的努力”这一面，但鲁迅内心世界中的消极情绪和积极情绪之间存在的激烈的矛盾斗争却是一个事实存在，这是《野草》的“人生内涵”要义中所无法回避的事实存在。

所以，自《野草》诞生以来，鲁迅曾对王品青、章衣萍、王独清等人说起他的哲学都包含在《野草》中。将这视为研究鲁迅解读《野草》的指针，是很好的依据。但是，有相当长的一段时间，或受社会政治大环境的影响，或受研究者个人认识的影响，这并未受到人们的重视。本时期，一些研究者越来越深刻地认识到《野草》哲学的价值所在，在原有研究基础上，重启、修正或强调《野草》的哲学主题是十分必要的。当时，《野草》的人生哲学或其生命意识等哲学问题，便成为部分研究者关

---

① 刘新华：《〈野草〉的生命意识与超越精神》，《山东师大学报》（人文社会科学版）1988年第5期。

② 同上。

③ 同上。

④ 孙舒民：《黑暗与冲决黑暗的努力——〈野草〉中鲁迅的人生意识窥观》，《语文学刊》1989年第4期。

注的焦点。今天看来，越来越多的研究者纷纷加入这一研究中。这确实表明了《野草》哲学主题乃至其人生哲学思想的重要性，同时也符合人们对鲁迅自评《野草》的认识和接受是需要一个时间过程的。

二 扩大宏观研究和微观研究的空间

(一) 解读视角与解读方式的变化

自《野草》诞生以来，一些研究者常从社会学角度介入散文诗文本，并曾经一度占据统治地位。改革开放政策实施以来，这种局面有所改变。在《野草》研究中，在还有一定市场的社会学解读中，哲学研究角度逐渐崭露头角，有时甚至出现在社会学角度解读中。而20世纪90年代以来关于《野草》哲学研究论文的数量和质量，较此前十余年来说都大有提高，社会学解读为人所诟病，哲学解读有意脱离社会学解读而变得独立起来。

1. 涉足《野草》哲学世界的不同视角

《野草》哲学研究之所以得到重视，这与研究者研究意识的变革和研究视野的扩大密不可分。实际上，诸多表现此论题的论文在揭示《野草》哲学意蕴时，有的从存在视角介入，有的从人生视野介入，有的从死亡角度介入等。

强调《野草》哲学的研究。叶世祥、庞沁文、王乾坤等研究者批评了《野草》的社会学研究视角，坚持哲学研究视角。从社会学角度研究《野草》，作为一条研究途径无可厚非，但把它作为解读《野草》唯一的研究途径，就明显地存在问题了。叶世祥对此说："《野草》的魅力根本不是现实社会层次上的自我解剖，而是在于它那形而上层次上对人与世界之谜的本体反思，对生存、死亡、价值、意义等问题的哲学感悟。"① 研究者选择认识问题的切入点，确立评判价值的标准，思考人生本体困惑、人生本体价值、人生本体意义等，作为《野草》哲学研究范畴而言，都有广阔的探索空间。庞沁文、王乾坤等人则主张从生命意识或生命哲学角度研究《野草》。② 看起来，在这时，《野草》的哲学确实进入更多研究者的视野中。从研究者抓住《野草》中的死尸、死者、野蓟等抗争和求

---

① 叶世祥：《于无所希望中得救——鲁迅〈野草〉新解》，《温州师范学院学报》（哲学社会科学版）1990年第1期。

② 庞沁文：《〈野草〉的生命意识新探》，《山东社会科学》1994年第2期。王乾坤：《鲁迅的生命哲学》，人民文学出版社1999年版，第308页。

生存的反应，就表明了他们对《野草》生命哲学的解读和把握是妥当的。

从存在主义角度切入《野草》的宏观研究。解志熙从形上的角度认为《野草》一方面是对（人生的）黑暗与虚无的深刻体验，另一方面则是对这种黑暗和虚无的绝望的抗战，而叶再春认为："读《野草》不应该只满足于其现实的单一层面，而更应该由其现实的层面切入其中关于一些形而上的思考，诸如死亡、存在等等。"① 从中我们能看出研究者关注了《野草》精神层面的问题。这是一种抽象意义上的孤独沉思。陈锦标则说："在急需找到又尚未找到这种现实物质力量和新的哲学认识工具的《野草》时期，他无可避免地产生孤独、荒诞、神秘等独特的社会人生感受。"② 同是写《野草》的人生哲学，解志熙与陈锦标所选择的情感角度各不相同，表明《野草》对他们的情感的影响也各有不同，但他们较早地关注了《野草》的哲学问题则是极为可取的。

对《野草》各篇散文诗新颖的微观解读。叶世祥对《这样的战士》《雪》《死火》《过客》《题辞》的新解，不论从语言形式还是思想内容的赏析方面，都给人留下了深刻的印象。"就是退一步讲，这个无物之阵被你捣毁了，新生的世界代替了腐朽的世界，你又能保证新生的世界就会给你带来崭新的幸福吗?"③ 这虽然是叶世祥对《这样的战士》发出的评论，但更适合于评论《失掉的好地狱》。当天神、魔鬼、人类走马灯似的下台又上台之后，世界会变得越来越好吗？答案是否定的。"人生价值这个问题没解决，任何拯救都只是暂时的，幸运如江南雪也终将成为不知道算什么。"④ 人的价值取向决定其发展方向，这是人生的根本问题。江南雪这一形象虽然"滋润美艳之至"，但由其所做成的雪人的结局是冰是水还是雪水的混合物呢？然而它只能"成为不知道算什么"的。这一悲剧的发生，在于这雪人没有明确的人生目标。"你敢说走出冰谷烧完而死比冻死在冰谷里就更有价值吗?"⑤ 究竟何者最有价值？这取决于死火是选择"烧完"还是选择"冻灭"的生命态度。而冻灭在冰谷中是死火消极无

---

① 解志熙：《彷徨中的人生探寻（上）——论〈野草〉的哲学意蕴》，《鲁迅研究月刊》1990年第9期。叶再春：《鲁迅之"存在"——〈野草〉评析》，《江西教育学院学报》（社会科学版）1999年第1期。

② 陈锦标：《论〈野草〉诗魂独特的社会人生感受》，《集美师专学报》1991年第1期。

③ 叶世祥：《于无所希望中得救——鲁迅〈野草〉新解》，《温州师范学院学报》（哲学社会科学版）1990年第1期。

④ 同上。

⑤ 同上。

为、跳出冰谷烧完自身是死火积极上进追求的这种解读，不过是我们以意为之的一种阐释方式而已。而叶世祥的解读能给人较为广阔的思索和启迪。“鲁迅先生在形而上的冥思中追寻到这样的意义：走下去，这就是意义。”[①] 过客的生命在于不停息地走，走的过程是过客的价值取向，之所以高于其结果，就因为过客并不以结果为重。这作为鲁迅的人生探求之路，完全表现在《野草》文本中。研究者关注这一点，是因为抓住了鲁迅欲表现的人生哲学主题。“语言（不是言语）并不能解释一切，任何在形而上冥思中长驱直入的哲人也许都面临一种宿命般的危险：无法言说。”[②] 笔者理解，“形而上冥思”即抽象难解，就是叶世祥自己所说的“晦涩玄奥”一语。“无法言说”表面指羞于诉说或难以启齿，实质上不在于说不出来，而在于说出的所谓“有价值”的话是毫无意义不起任何作用的话。说了也白说，白说莫不如沉默。所以鲁迅说：“当我沉默着的时候，我觉得充实；我将开口，同时感到空虚。”叶世祥论文的语言风格，以及后来王乾坤《鲁迅的生命哲学》的语言风格，明显受到存在主义哲学的影响，都有一种显在的思辨色彩。

从死亡哲学角度切入《野草》。吴小美说：“这是鲁迅人生思考，个人体验的悲剧性展现，是他生死哲学的集中概述，其中所反映的鲁迅生死观的本质特征就是牺牲与反抗，受难与复仇的悖论式共存。”[③] 面对生存，鲁迅以积极的热情投入火热的现实生活中。面对必然的死亡，鲁迅同样以积极乐观的态度毫无惧色且勇壮的走去。写入《野草》中的这种辩证哲学，在被研究者纳入研究视野时，表明了鲁迅的生存体验对吴小美等人的影响。这种深刻的认识，是研究者们对《野草》做出的很有价值的分析。“生与死及其价值和意义是鲁迅思考最多感知也最深刻的大问题，它构成了《野草》精神心理结构最重要的内容之一。”[④] 然而李玉明看到鲁迅“未对‘死’作哲学上的沉思”，并一贯坚持从心理学视角研究《野草》文本。这是其与他人不同之处。但辩证地看问题，则是他和其他研究者的共性所在，即都对《野草》的死亡话题达成共识，只不过李玉明是从死

---

① 叶世祥：《于无所希望中得救——鲁迅〈野草〉新解》，《温州师范学院学报》（哲学社会科学版）1990 年第 1 期。

② 同上。

③ 吴小美、肖同庆：《反抗死亡：牺牲与拯救——论鲁迅生死观的个性色彩》，《兰州大学学报》（社会科学版）1994 年第 3 期。

④ 李玉明：《从自我否定中走向新生——论鲁迅〈野草〉的死亡意识》，《山东社会科学》1996 年第 2 期。

亡意识视点进入《野草》死亡哲学话语世界的。肖同庆、贺天舒等人①也就这一角度阐明了他们的认识。

总体来看，这一时期从社会学视角研究《野草》的论文有所减少，而从哲学角度研究《野草》的论文明显增多，质量也大有提高。究其根本原因，大多数研究者确实打开了《野草》哲学之门，走进了《野草》的哲学世界，并且用自己的身心体察《野草》文本，认识自然就会深刻得多。

2. 探索新的哲学解读方式

随着思想解放的持续深入和不断发展，人们的意识形态也日趋开放。研究者对《野草》的解读和分析方式日益变得多元化。

其一是意识或意识流方式的介入。王乾坤切合文本实际对枣树与天空的关系做出了下述解释："枣树不可能制天于死命，不过这个结果对它无关紧要，关键是这样想了、这样刺了。"② 以往的解释都注重枣树的社会学价值，人为因素的色彩较浓重。这里却从心理想象的角度深入枣树的意识世界中，抛却了人为的外界因素，枣树表现了自己的思想和行动。不同时期的研究者研究枣树的视点判然有别。无独有偶，日本学者木山英雄对枣树等意象进行了与众不同的解读。他说："存在于围绕枣树之诸种表象间的不是流动着的'夜色'情调，而主要是作者的观念意识。"③ 王蒙采用意识流的手法解读了《雪》文本，木山英雄也采用了这种手法解读了《野草》中的部分散文诗篇。笔者认为，木山对《秋夜》中枣树等意象的解读，结合周围的社会环境和自然环境，意识流动形成的路向将一些相关意象联合起来，融为一体，因而比孤立地解读枣树更能给人以广阔的思维空间。这些意象就不是孤立的存在物了，而是与周围世界有各种不同的联系。因此，那种将意象与外物割裂开来的解读固不可取。庞沁文认为，《野草》的"生命的自由意识除了表现为追求自由的意识外，还表现为向上意识、燃尽意识、求美意识、独立意识等"④。意识反映了生命的内在流动和变化。不同的意识行动，表明了不同的生命追求。庞沁文看到了鲁

① 肖同庆：《超越死亡：受难与复仇——鲁迅生死观论》，《鲁迅研究月刊》1992 年第 12 期。贺天舒：《鲁迅面对死亡——由〈野草〉说开去》，《语文月刊》1998 年第 4 期。

② 王乾坤：《鲁迅的生命哲学》，人民文学出版社 1999 年版，第 318 页。

③ [日] 木山英雄：《〈野草〉的诗与"哲学"（中）》，赵京华译，《鲁迅研究月刊》1999 年第 10 期。

④ 庞沁文：《〈野草〉的生命意识新探》，《山东社会科学》1994 年第 2 期。

迅在《野草》中的生命哲学，每一个意象，每一个意境，都折射着鲁迅的生命意识。此外，姚光义、徐麟、杨胜刚、郭运恒等研究者[①]也论及了《野草》的生命意识。其中郭运恒的《鲁迅的生命意志与“虚妄”说——〈野草〉精神蠡测》，明显继承了徐麟的《论鲁迅的生命意志及其人格形式》的部分观点，但其论文中的“空间构架上的韧性强度”和“时间向度上的弹性力”又明显地超越了后者。

其二是线性逻辑思维方式的介入。钱理群围绕人生哲学角度从“过去”——“现在”——“未来”的历史纵向考察《野草》，从“敌人（反对者）”、“爱我者”、“群众”的现时横向关照《野草》。[②] 其新颖之处在于幽默风趣深入浅出的演讲方式，演讲的语言简洁易懂，内容平易近人，内涵丰富，普及性强。如钱理群开篇便用鲁迅的《我要骗人》解释其“所想”与“所说”之间存在亦真亦幻的情况，使得鲁迅为此时而矛盾时而焦虑等。这种将纵横观照结合起来围绕散文诗作品抓住鲁迅心理变化关注鲁迅人生思索的演讲与论述方式，是一种行之有效的将作家作品很好结合在一起的研究方式，引起读者的重视也是很正常的。吴小美、肖同庆说：“此间所折射的是先觉者由‘神之子’（遭离弃放逐）→‘人之子’（遭嘲弄、杀戮）→‘鬼之子’（复仇意识）的蜕变线索。”[③] 这里，研究者表达了《复仇（其二）》中耶稣从始至终的复仇过程。以箭头式的公式标示着《野草》中人物形象情感的发展过程，这种逻辑形式并不多见。而且，在《野草》研究中，提出“鬼之子”的说法，这还是第一次。王乾坤以此种方式说明了希望和绝望之间的关系。“这种状态当然是以失望、绝望为经验中介，而呈现为这样一个推进序列：希望→绝望→无所谓希望与绝望的澄明。”[④] 王乾坤借用了《故乡》中的希望哲学来解读《希望》中的“绝望之为虚妄，正与希望相同！”，同时坚持这种绝望并不是“真绝望”。于是，诞生了上述的“推进序列”。田刚在关注《野草》

---

① 姚光义：《〈野草〉本体特征初探》，《镇江师专学报》（社会科学版）1991 年第 1 期。徐麟：《论鲁迅的生命意志及其人格形式》，《文艺理论研究》1996 年第 5 期。杨胜刚：《〈野草〉中鲁迅个体生命意识传达及其现代性》，《柳州师专学报》1996 年第 3 期。郭运恒：《鲁迅的生命意志与“虚妄”说——〈野草〉精神蠡测》，《许昌师专学报》（社会科学版）1999 年第 1 期。

② 钱理群：《走进当代的鲁迅》，北京大学出版社 1999 年版，第 256—273 页。

③ 吴小美、肖同庆：《反抗死亡：牺牲与拯救——论鲁迅生死观的个性色彩》，《兰州大学学报》（社会科学版）1994 年第 3 期。

④ 王乾坤：《鲁迅的生命哲学》，人民文学出版社 1999 年版，第 325 页。

的文体方式时说："从《野草》个人色彩浓厚的语言表达中探视到鲁迅的哲学观、然后从其哲学观中来观照《野草》独特的文体特质，则不失为一条探讨《野草》文体语言的新颖可行的思路与方法。"① 这里，研究者从"陌生化"的角度强调了《野草》散文诗的文体。实际上，从《野草》文体到鲁迅创作风格，田刚都进行了深入研究。"就《野草》来看，不管是它的精神，还是它的语言形式不但与浪漫主义无关，而且是有力地反浪漫主义的。"② 结合上下文，笔者认为这就是田刚笔下《野草》"感性非现实"的具体表达。其形其神，都反映了鲁迅重视散文诗语言的理性和脱俗。读《野草》，我们能感受到其中蕴含着大量的东方文化和欧风美雨等信息。章立明从形式感和文化编码两个层面考察《野草》的表现意义，运用符号学知识解读《野草》。③ 这实际上就是从形式入手，研究《野草》文本的内容。研究者兼顾文本的形与质是可取的。笔者认为鲁迅选取声音符号、画面色彩等可感的具象形式，并以这些具象形式反映《野草》文本抽象的内涵，是有利于揭示《野草》隐秘的深意的。

（二）枣树和过客的哲学探讨

20 世纪 90 年代，研究者不同程度地关注了《野草》中的《秋夜》《希望》《雪》《风筝》《墓碣文》《立论》《颓败线的颤动》等具体篇目的微观研究。其中，关于《秋夜》和《过客》的研究论文最多。

对枣树韧战精神的分析。就《秋夜》研究而言，多数研究者仍然坚持战斗哲学视角，认为枣树具有一种韧战精神。但也有一些研究者由《秋夜》生发开去，另辟蹊径，独抒新见，进而论及《野草》。如汪晖、孙玉石等学者探索《野草》文本蕴含丰富的人生哲学、生命哲学的观点。在邓小平南方讲话后，人们的思想意识随着社会主义市场经济体制改革的快速发展而加快了吸收外来文化的速度，运用诸多角度研究《野草》变得可能和可行。

从多维视角解读《过客》。对《过客》的研究，研究者或以存在主义哲学为视角，或以生命哲学为视角，或以比较文学研究为视角，或以阐释学为视角而分别展开探讨。其中，王家平的《永世流浪的"过客"境遇——鲁迅对精神探索者生存方式与悲剧命运的体认》、黄悦的《面向坟

① 田刚：《论〈野草〉的诗情结构和文体创造》，《陕西师大学报》（哲学社会科学版）1995 年第 3 期。

② 同上。

③ 章立明：《〈野草〉意义的符号学解读》，《思想战线》1998 年增刊。

的筹划——鲁迅〈过客〉的文本解读》[①] 等研究论文既有深度又有广度，都表现了过客对生命的积极探索，但前者重在认识过客空无的存在价值，而后者强调“理解者假如不能先设法将自身中任何意义上的防线撤除，使自身参与到理解活动之中，就无法真正理解”[②] 过客的行走。笔者认为，坟是人生的终点，但不是过客追求的目标。过客前行的动力源是“声音”，关注的是走过坟之后的境地。超越坟实际上就是超越实在的肉身，升华为精神层次抽象意义的永恒理想。过客的“永恒”在遥远的未来，所以他奋力前行。还有，林斤澜的《过客》[③] 是对鲁迅《过客》的“改作”而成的新剧作，运用现代白话语言，行文语言通俗晓畅，浅显易懂，充满机趣、揶揄、戏谑味道，富有人生哲理，启发人们思考人生的价值、意义何在等。

研究者偏重于研究《秋夜》的原因，与其入选中学语文教材关系密切。但《过客》并未选入教材中，为什么还有如此多的研究论文呢？一与《过客》在《野草》散文诗集中的地位有关。《过客》是《野草》中的代表篇章。二与人的情感、态度、价值观有关。在中国改革开放的历史演进中，人们都在追求个人利益的最大化和自身价值的充分实现。过客在行走中实现了自身的价值，这种“走”让过客获得了探索未来、未知人生道路的乐趣，自然乐于“走”下去。三与快节奏的市场经济生活有关系。人生天地间，如一匆匆过客，加之市场经济生活紧张、繁忙，过客成了人生群像中忙忙碌碌者的典型类型。所以，《过客》很容易成为研究者关注的焦点。

（三）本时期《野草》哲学研究的规律

1. 抓住散文诗哲理的切入点，以点带面，帮助读者理解《野草》的哲学。

一些研究者集中笔墨，对《过客》给予了较多的关注。虽处散文诗集的中间位置，但有人说：《过客》是《野草》中的压轴之作。从《过客》的篇幅、体裁、艺术形式、思想内容等方面看，这种说法并不为过。

---

① 王家平：《永世流浪的“过客”境遇——鲁迅对精神探索者生存方式与悲剧命运的体认》，《河北师范大学学报》（社会科学版）1998 年第 4 期。黄悦：《面向坟的筹划——鲁迅〈过客〉的文本解读》，《鲁迅研究月刊》1999 年第 3 期。

② 黄悦：《面向坟的筹划——鲁迅〈过客〉的文本解读》，《鲁迅研究月刊》1999 年第 3 期。

③ 林斤澜：《过客》，《花城》1993 年第 2 期。

解志熙从存在主义哲学的角度，解读《野草》时便论及了《过客》中三个人物形象各自所持的人生哲学。“死亡贯穿于作为现存在的人生过客的全部生命过程中：过去，现在和未来。从这个角度看，死亡对于现存在的人来说就是已经发生，正在发生和将要发生的事。”① 存在与死亡既是矛盾的又是伴生的。研究者抓住了鲁迅笔下过客等前进形象的这一内涵而展开论述。我们能看出《过客》中的老翁、过客、女孩都在走向死亡，只不过死亡的时间不同罢了。“其‘声音’之意义到底是极其渺茫。这亦是《过客》作为创作的不佳之处。”② 对老翁来说，这“渺茫”的“声音”毫无意义。而对过客来说，并非如此，因为一方面是“前面的声音”时刻“催促我，叫唤我，使我息不下”，另一方面是“我”时刻“倾听”着“前面的声音”。这双方面已经建立了某种精神联系，因此“渺茫”说在过客这里是不成立的。木山英雄认为这是《过客》的“不佳之处”，这是失之于偏颇的。过客现在正走向“死亡”，并欲超越象征“死亡”的坟墓而继续前行。女孩将来也终会走向“死亡”。坟，确如有的学者所言：就是死亡的归宿和人生的终点吗？“可是在过客前面除了墓地之外没有任何别的目的物，而且在过客身上也没有所谓的神之力。”③ 坟地是一个具体的标的。而“前面的声音”是一个抽象的标的，这是木山英雄所忽视的驱动过客前行的“神之力”，致使出现上述片面的论述。但木山英雄的可贵之处：在于提出了“因听到声音便呼应前行，这种过客的行动怎样可能持续下去”④ 之类的问题。笔者认为这关键在于过客具有坚持就是胜利和坚决前行的牢固信念。过客并不想止于坟。坟是现实世界的产物。现实世界无论怎样，对过客来说是虚无的是荒诞的，都不属于他。因此，过客极力反抗虚无。行走，就是过客的存在，就是过客的生命意义所在，就可能获得希望或安全。这也可以说成：走就是活着，活着就是走。而不走，就是不能生存不能存在，即死亡或灭尽。王乾坤说：“这就是过客对人生在世的图景的理解。对这种生存处境的体验与意识使过客获得了一种超越的推动，那就是‘走’。”⑤ 走向坟又超越坟，这表达了过客不满现实

---

① 解志熙：《彷徨中的人生探寻（下）——论〈野草〉的哲学意蕴》，《鲁迅研究月刊》1990 年第 9 期。

② ［日］木山英雄：《〈野草〉的诗与“哲学”（下）》，赵京华译，《鲁迅研究月刊》1999 年第 11 期。

③ 同上。

④ 同上。

⑤ 王乾坤：《鲁迅的生命哲学》，人民文学出版社 1999 年版，第 328 页。

的存在和追求未来美好理想的存在。“《野草》的哲学本质是一种精神的生存哲学，其中集中阐释的死亡主题并没有导向虚无和绝望，正如过客渴望获知‘坟以后还有什么’一样，希望是在于‘走’的过程本身的。”[1]然而，过客一直走不出现实的存在，这是他的悲剧所在。

研究者对《希望》《影的告别》《颓败线的颤动》《秋夜》等散文诗关键词关键句的解读，给人丰富的启迪。徐麟主要以《希望》为例，围绕希望的形上问题，生存论问题，虚妄的存在、荒谬和不可判定性三个意义层面论述了鲁迅的生命意志及其人格形式等。在谈论虚妄时徐麟说：“也许，人们都会从直觉上感受到‘虚妄’一词的消极性，也很容易因其否定了希望和绝望，而把它约等于‘虚无’。其实这是一个重大的误读，因为之恰恰是对‘虚无’的否定。”[2] 虚无就是无，根本不“约等于”包含具有三个意义层面的虚妄，徐麟抓住了这一点，对它们进行了哲学意义的区别。徐麟的判断是正确的。我们从语言文字的角度，能对“虚无”和“虚妄”二词做出区别；从文学的角度还能做出区别。木山英雄也选择从关键词角度切入《影的告别》《秋夜》《求乞者》《希望》《颓败线的颤动》等散文诗，抓住关键词以揭示文本精神实质。如“寂寞”、“荒凉”、“明暗”之境、“死”、“就会”、“无地”、“然而”等。[3] 也有研究者采取抓住关键句的方式来解读《野草》的。如钱理群将鲁迅《秋夜》中“秋后要有春”与英国诗人雪莱的“冬天来了，春天还会远吗？”[4] 这两句诗文，联系起来作出的阐释，具有启发性。从中我们至少可以获得中外文学作品之间有某些联系之类的信息。而《秋夜》中的“冬虽然来，而此后接着还是春”一句，不是与雪莱的诗句形式上更相近吗？钱理群是应该不会拒绝这一更为直接的比较的。

2. 重视表现鲁迅《野草》的哲学内涵。

一是反抗黑暗，坚持韧战。“三一八事件之后逃往厦门的倒是鲁迅，但是，那样激烈地挥笔谴责之后，若是真的固执于一己之死的终极意义，

① 肖同庆：《超越死亡：受难与复仇——鲁迅生死观论》，《鲁迅研究月刊》1992 年第 12 期。

② 徐麟：《论鲁迅的生命意志及其人格形式》，《文艺理论研究》1996 年第 5 期。

③ ［日］木山英雄：《〈野草〉的诗与“哲学”（中）》，赵京华译，《鲁迅研究月刊》1999 年第 10 期。

④ 钱理群：《走进当代的鲁迅》，北京大学出版社 1999 年版，第 262 页。

那么，他当很难容许自己以‘逃走’之自由的吧。”① 用韧性战斗的哲学来理解上述木山英雄的话当是准确的。保存实力，是为了将来积蓄战斗的力量。而无谓的牺牲或手无寸铁的请愿，只能损失战斗力量，将无力继续与敌人战斗下去，无法取得将来的胜利。二是立足现实，生存探索。“人只有全身心地投入现在的每个瞬间，才能获取真实的存在。”② 影不愿去天堂、地狱和未来的黄金世界，死火不愿停留在冰谷中冻灭，过客不愿回到过去等，都表明鲁迅致力于关注现实生活的严肃态度。解志熙关注《野草》的现世情怀，进入现实世界而思考现实存在的一切，对《野草》进行这种存在主义哲学研究的范式是可取的。但“人的生存的无奈，无依托，无归宿”③ 同样是现实存在的严峻问题，个人的力量太渺小了，连自己都把握不了，何谈把握现实？钱理群注意到了这一点，犹如《风筝》中“无可把握的悲哀”一样，个人有时是不得已处于尴尬与困境之中的。现实是残酷无情的。

3. 表明研究含《野草》在内的鲁迅作品的立场。

一方面，坚持生命哲学立场研究。钱理群、王乾坤就《野草》的生命哲学④进行了广泛而深入地研究，展现了鲁迅的苦闷、彷徨、反抗、战斗、进取的生命历程。另一方面，日本学者木山英雄认为，《野草》“作为稀有的散文家或自由自在之专栏作家的诗，与义无反顾不惜前行之战士的哲学”⑤，构成自己的研究立场及其论文《〈野草〉的诗与“哲学”》的主题。鲁迅对诗的感性认识与哲学的理性认识有怎样的内在联系，是木山英雄所关注的问题。实际上，《野草》抒发的情感中蕴含着丰富的哲学思想，如揭露黑暗现实流露的憎恨情感中所表达的反抗哲学，批判无聊看客时所表现出来的复仇哲学，唤醒消沉青年时所表现的希望哲学等。研究者们对《野草》生命哲学历程的把握和分析，表明了他们对鲁迅生命世界发展变化的日益关注。

---

① ［日］木山英雄：《〈野草〉的诗与“哲学”（下）》，赵京华译，《鲁迅研究月刊》1999年第11期。

② 解志熙：《彷徨中的人生探寻（下）——论〈野草〉的哲学意蕴》，《鲁迅研究月刊》1990年第9期。

③ 钱理群：《走进当代的鲁迅》，北京大学出版社1999年版，第266页。

④ 同上书，第21—39页、256—273页。王乾坤：《鲁迅的生命哲学》，人民文学出版社1999年版，第301—341页。

⑤ ［日］木山英雄：《〈野草〉的诗与“哲学”（上）》，赵京华译，《鲁迅研究月刊》1999年第9期。

所以，不论是数量还是质量，20 世纪 90 年代以来，《野草》哲学研究论文与此前十年相比确实是继续发展了。此前十年，这方面论文数量虽少，但还是有一个相当的覆盖面，其缺点在于只是点到而已，尚不深入。此时则不同，有扩大开来的趋势、面貌。如关于《野草》人生哲学、生命哲学、死亡哲学等的论述，就不再是点到而已或一篇两篇的局面了，而是有众多论述。尤为不同的是，有关《野草》哲学的研究方式，有的研究者采用线性逻辑思维方式，演绎了《野草》的哲学内涵。其新颖而别开生面的解读形式，确实有利于读者理解和接受《野草》的哲学思想。这时的《野草》哲学研究仍然是继续向前发展的。

三　21 世纪开拓哲学研究的新疆域

（一）深广忧愤的哲学思考

与 20 世纪七八十年代相比，21 世纪之初，研究者对《野草》哲学的探索，既有继承又有发展，表现出了诸多不同之处。这时，诞生了重视《野草》哲学研究的著作，这是此前所没有的；而且孙玉石、钱理群、赵小琪等人进一步深化并发展了此前的相关研究成果。

1. 哲学主题著作的哲学解读

（1）“现实的与哲学的”研究

《现实的与哲学的——鲁迅〈野草〉重释》的结集出版。早在 1982 年，孙玉石便出版了在鲁迅研究界很有影响的《〈野草〉研究》一书。1996 年，他的 24 篇系列论文《现实的与哲学的——鲁迅〈野草〉重释》在《鲁迅研究月刊》上连载。后依《野草》各篇顺序，逐篇按照先原文后重释的编排体例，于 2001 年 9 月由上海书店结集出版，仍以系列论文初名作为书名。

对《野草》进行重释的目的很明确：普及性和超越性。孙玉石在《致〈鲁迅研究月刊〉编者的信（代序）》中说：“我想我现在做的是鲁迅作品的普及的工作。”时下，中学语文教材中鲁迅作品的篇目越来越少，很不利于对鲁迅及其作品进行持续和深入的研究。为了能让更多人不断了解博大精深晦涩难懂的鲁迅思想及其作品，鲁迅研究者有必要积极寻求普及的途径。编写“普及性的讲义”，为了让大学“本科三、四年级的日本学生能听得懂，每堂课前，我要用电脑打好讲义，上课时发给他们”①，孙玉石和其

① 孙玉石：《现实的与哲学的——鲁迅〈野草〉重释》，上海书店出版社 2001 年版，代序第 5 页，第 297 页。

他一些鲁迅专题教学工作者完成的编资料和教授课程这两项工作，实际上是很有利于鲁迅及其作品的普及的。笔者认为，运用通俗易懂、简洁明了的语言解读《野草》，就容易达到普及的目的。如李何林的《鲁迅〈野草〉注解》和石尚文、邓忠强的《〈野草〉浅析》，就是极好的关于《野草》的入门书。

转变研究视角，超越自己和他人的《野草》研究成果。一是孙玉石超越自己的《〈野草〉研究》，变“社会现实的层面”为如下的新视角，即“鲁迅的生命或人生哲学的体验，离不开他对于他所生存的社会现实的关注和经历；鲁迅的现实生活感受，到他的象征性的艺术创造中又努力去挖掘哲学思考的深层内涵。现实的与哲学的，在《野草》中是很难分开的”①。即使没有章衣萍和许寿裳转述鲁迅说他的哲学都在《野草》里这样的话，我们迟早也会发现《野草》包含了鲁迅的全部哲学。关注现实人生是鲁迅立足于现实的表现，其作品深刻地反映了社会现实，加之在《野草》中流露的关于人生或生命的哲学思索，都渗透在《现实的与哲学的——鲁迅〈野草〉重释》中，得到了很好的融合。实际上，这不难看出孙玉石对《野草》及其各篇要旨理解的深入和研究视野的拓宽。就各篇而言，如“《题辞》中所包含的鲁迅的人生哲学就是与他的现实的真实感觉分不开的”②。就全书而言，“《野草》更为深刻的现实的和人生的哲学在于：在黑暗与光明，失望与希望，生与死，实有与虚无的诸多矛盾之间，以一个坚忍不拔的战士的胸怀，和一个大智者孤独的心境，进行他的绝望的抗战。这才是鲁迅《野草》所包含的生命哲学的精髓”③。这样的观点，在这部著作中可谓是信手拈来。二是张梦阳认为“这本《重释》是迄今为止最好的一本《野草》解释性读本，与《〈野草〉研究》一起，合为孙氏《野草》学著作的双璧”④。（崔绍怀按：这里的“《重释》”即孙玉石的《现实的与哲学的——鲁迅〈野草〉重释》）这可看出该书在解读方面的突出贡献。

（2）“诗之思考”与爱情哲学研究

2002 年由日本放送大学教育振兴会出版的木山英雄教授的《〈野草〉

---

① 孙玉石：《现实的与哲学的——鲁迅〈野草〉重释》，上海书店出版社 2001 年版，代序第 3 页。

② 同上书，第 10 页。

③ 同上书，第 122—123 页。

④ 张梦阳：《论孙玉石的〈《野草》研究〉及〈重释〉》，《绍兴文理学院学报》2002 年第 4 期。

解读》一书，分12章解读了《野草》中的18篇散文诗。赵京华选译了其中的6章，有《影的告别》《求乞者》《复仇》等十篇散文诗，连载于2004年第2、3期《鲁迅研究月刊》上，在收入《文学复古与文学革命——木山英雄中国现代文学思想论集》时删除了《希望》和《过客》两篇中译。

关注“诗之思考”的方法。这是木山英雄对始于1963年《野草》诗与哲学[①]探索的延续和超越。鲁迅对人说，他的哲学都包括在《野草》里面了。木山英雄发现这一重要观点后，在当时和后来都进行了较为深入的研究，认为《影的告别》和《求乞者》中的“黑暗”与“虚无”是一种抽象化的观念。“通常难以被视为诗的这种观念性与《秋夜》中所见带着幻觉视力的强烈的生命感觉，是怎样相互关联着而展开了《野草》的诗之思考的呢?”[②] 也就是说，抽象和具象是怎样有机地结合在一起的？这是木山所关注的。在《秋夜》中的不断经历春秋轮回的枣树反抗异常黑暗虚无缥缈的夜空，不就是这种“诗之思考”吗？在这一方法指导下，围绕《野草》，木山继续探讨了复仇的主题、希望与绝望的主题、梦的主题等，所论述的关涉生命和死亡体验等问题，都是研究者深入思考《野草》的结晶。

爱情哲学研究。从生活史角度解读《死火》，就不仅仅只将《死火》定位在鲁迅与许广平之间爱情的单一层面上，还在于“如果将《死火》这一表现的层面与作者的恋爱事实过于简单地等同视之，那将会忽略掉另外一些东西的”[③]。爱情说作为《野草》研究的一个观点未尝不可，而将《野草》绝对化地局限在爱情说上仍是片面的认识。鲁迅也好任何人也好，难道终生都围绕着爱情生活而别无他求吗？很显然，木山英雄对此问题所作出的一分为二的判断是较有说服力的，防止了片面性。笔者认为，木山等外国文学研究者的细读，一方面，反映了外国文学研究自身的特性，即细读是理解的“中间物”，是沟通不同国度读者的基础环节，是必不可少的。另一方面，反映了外国文学研究者本人深入细致扎实有序的研究面貌。甚至可以说，后者是更为重要的，他们只有作出清晰的文本翻

---

① ［日］木山英雄：《〈野草〉的诗与“哲学”（上）》，赵京华译，《鲁迅研究月刊》1999年第9期。［日］木山英雄：《〈野草〉的诗与“哲学”（中）》，赵京华译，《鲁迅研究月刊》1999年第11期。［日］木山英雄：《〈野草〉的诗与“哲学”（下）》，赵京华译，《鲁迅研究月刊》1999年第11期。

② ［日］木山英雄：《〈野草〉解读（节选六章）》，赵京华译，《鲁迅研究月刊》2004年第3期。

③ 同上。

译，各自国度的读者才能有效地接受外国文本。

所以，《〈野草〉解读》在细读成为显著特色时，也显示了它的宏观研究是薄弱的。全书十二章对《野草》中的十八篇散文诗的解读，都是以微观研究呈现出来的。因而，缺少对《野草》全书的宏观把握，则是其研究的不足之处。

（3）“自己对人生哲理的思考”的研究

2006年由复旦大学出版社出版的《吴中杰评点鲁迅诗歌散文》一书，吴中杰从哲学角度评点了《野草》。

首先，“鲁迅把这些消极情绪和深沉的思考如实地表达出来，是真诚的态度的表现，这才是他深刻的地方”。[①] 对《影的告别》《希望》《墓碣文》《颓败线的颤动》等的研究，有人认为这几篇散文诗充满了虚无色彩，是鲁迅虚无主义思想的明显表征。实际不然。这样的研究者忽视了鲁迅“绝望的抗战”的精神实质。周作人、高长虹等人对鲁迅的一些想法和做法的不解，都是鲁迅写《颓败线的颤动》的触发点，由触发点生发开去，深入挖掘人性的阴暗面，血淋淋地露出国民劣根性，进而唤醒麻木的民众。在作品中写了虚无思想，是对现实生活中的虚无有所思考，实是为了不虚无。没能看出这一层意思，便只能作出不完整的判断。这是不可取的。吴中杰看到了这一点，因此作出的判断具有辩证的眼光。“鲁迅并非一个虚无主义者，他始终在切实地思考社会的出路问题。”[②] 关注现实，反映现实，这是鲁迅及其作品的人生目标。评点《影的告别》中的虚无思想，是为表现鲁迅认真思考和积极追求“实人生”目标服务的。

其次，鲁迅在散文诗《野草》中，“主要通过诗的意象来表达自己对人生哲理的思考”[③]。一是对野草、枣树、雪等自然意象的哲理研究。“《题辞》的意义，却不仅在于对‘地火’的呼唤，还有更深层的对于过去和未来，生存和死亡的感悟。”[④] 野草、乔木的覆灭，蕴藏深意。笔者认为，鲁迅在这里主要谈《野草》时期创作苦闷心情的结束，包括《题辞》在内，以《题辞》为其终结的标志。这意味着“新生”的开始。《秋夜》的后三段，由小飞虫到猩红的栀子花，由猩红的栀子花再到弯成弧形的枣树等，“这很有意识流的味道，但也并非随意而流，它使得后半

① 吴中杰：《吴中杰评点鲁迅诗歌散文》，复旦大学出版社2006年版，第156页。

② 同上书，第175页。

③ 同上书，第155页。

④ 同上书，第164页。

篇对于小青虫的描写不至于与描写枣树的前半篇脱节，而这种连接，是以作者的思绪为线索的，所以也由作者的思绪转回到小青虫身上来”①。体会到从小飞虫又要遭小孩拿竹竿击打结满果实而弯成弧形的枣树的构思，这实际上是吴中杰在研究《秋夜》写作思路的问题。对《秋夜》做这样的研究，是较为新颖的。但笔者认为更重要的是，这其间蕴含着“年年岁岁花相似，岁岁年年人不同”的深邃哲理。鲁迅对南国雪与北国雪的描写，“意不在褒贬，而是借雪的各种景象，抒发自己的人生感怀”②。虽然柔能克刚，但雪生南北方，不就是如同人生天地间一样吗？二是对死火、血、奴才等人间意象的哲理研究。“从《野草》的具体写作情境看，把‘死火’看作作家内心矛盾的象征，则更为恰当。”对于留在冰谷冻灭与冲出冰谷烧完存在矛盾的抉择，死火决定烧完。这与鲁迅面对绝望而反抗绝望，知其不可为而为之的选择，实为一致。在《淡淡的血痕中》，鲁迅的“思考已更深一层，从血的现实上升到哲理层面”③ 了。对造物主、良民、猛士的形象、性格、人生观的清晰判断和深刻思索，具有启示性。“在表现奴才性格的过程中，作者同时还写了两个相关人物：聪明人和傻子。这两个角色，既对奴才性格起衬托作用，同时又有其独立价值。”④聪明人的空话与傻子的动手砸窗洞之间是鲜明的对比，这种对比又烘托出奴才精神世界的空虚。具有“中间物”意识的聪明人的地位是无人能替代的，奴才与傻子各据人生两极的状态也是十分明显的。因此，他们的人生价值就是做目前正在做的事情。此外，《野草》的梦篇系列、鲁迅对生死的认识等，都充满哲学思考。

再次，“任何哲学都是现实的产物，鲁迅的哲学更是与现实社会紧密相连”的。⑤ 王瑶研究《野草》，曾突出鲁迅现实的与战斗的精神和追求。孙玉石在《现实的与哲学的》一书中，对鲁迅立足于现实生活积极战斗的精神进行了哲学探讨，并认为《野草》中现实的与哲学的思绪常常交织在一起，这是较有见地的认识。吴中杰很可能受到了王瑶、孙玉石这种观点的影响，而产生同感。“正因为鲁迅的人生哲学表现在他的立身行事，表现在各类文字中，所以，只有全面理解鲁迅思想，兼读鲁迅小说、

① 吴中杰：《吴中杰评点鲁迅诗歌散文》，复旦大学出版社 2006 年版，第 170 页。

② 同上书，第 204 页。

③ 同上书，第 277 页。

④ 同上书，第 270 页。

⑤ 同上书，第 157 页。

杂文、书信等各类文字，才能真正理解他的散文诗。”[①] 吴中杰将《野草》置于鲁迅思想及其作品的视野下予以评点，这对“恢复鲁迅的本来面目”[②] 是大有好处的，能给读者原汁原味的感觉。

最后，“《野草》所表现的是在强大黑暗势力面前，有着沉重压抑感的反抗思想”。[③] 在夜空、老翁、冰谷、无物之物、无物之阵、屠杀者的陪衬下，枣树、过客、死火、战士、猛士等反抗者的形象被突出出来，但在如同地狱一般的现实世界中，他们只能循着“前面的声音”艰难行进。“鲁迅当时对于中国的前途并不乐观，他把自己所从事的社会斗争说成是‘绝望的抗战’者，即此之故也。”[④] 结合《野草》时期鲁迅思想实际，吴中杰作出的评点是准确的。这种抓住关键问题给出恰当的评点，笔者认为是有利于对作家作品进行深入研究的。

（4）“我的哲学都包括在《野草》里面”的研究

2006年长江出版社出版了傅德岷、包晓玲的《鲁迅诗文鉴赏辞典》。其中，《野草》鉴赏的体例由原文、注释、鉴赏这三部分构成。就鉴赏部分文字而言，鉴赏文首先鉴赏思想内容，后鉴赏艺术风格，思路清晰层次分明，语言简洁易懂明白晓畅，实实在在是一篇篇文质兼美的小品文或散文诗。

对哲学与社会现实人生的思索，是鉴赏文的重要特色之一。首先是对《野草》哲学的鉴赏。“鲁迅是非常珍爱《野草》的，当《语丝》刚发表十篇时，他曾对作家章衣萍说：‘我的哲学都包括在《野草》里面。’这对于我们理解《野草》深刻的哲学意味，提供了一把钥匙。”[⑤] 有人说鲁迅仅凭借一部《野草》就足可以不朽。在笔者看来，这评价或许有些“失当”，但这表明了《野草》所取得的艺术成就至少是不一般的。事实上，鲁迅所主张的战斗哲学、希望哲学、生存哲学、复仇哲学等，所批判的市侩哲学、中庸哲学、奴才哲学、虚无哲学等，都包孕在《野草》中。如对《腊叶》的鉴赏，看到鲁迅“通过病叶，阐明自己体味的人生哲理：生命的衰老和死亡是自然界的客观规律，作为一个革命者只能把自己的生命献给战斗的事业，而不应在斗争中过分珍惜和保存自己”[⑥] 的认识，则

---

① 吴中杰：《吴中杰评点鲁迅诗歌散文》，复旦大学出版社2006年版，第223页。

② 同上书，第378页。

③ 同上书，第157页。

④ 同上书，第237页。

⑤ 傅德岷、包晓玲：《鲁迅诗文鉴赏辞典》，长江出版社2006年版，第10页。

⑥ 同上书，第136页。

表明这种鉴赏确实是抓住了鲁迅惜时奋进严肃认真的生命态度。重视生命哲学，对于培育人本化人性化的环境，促进人本化人性化的发展，笔者认为将起到一种推动作用。对《风筝》《死后》《这样的战士》《一觉》等的鉴赏，都论及了鲁迅对这种人生哲学的思考和行动。其次是对《野草》所涉社会现实人生的思考。如对《风筝》《聪明人和傻子和奴才》等的鉴赏，就具有社会意义。"鲁迅批判自己，正是在同自己身上旧思想的因袭进行斗争。他的自我解剖，从某种意义来说，也就是解剖社会。"① 这是对《风筝》意义的鉴赏。很显然，研究者将文本中的"我"视为鲁迅。在现实生活中，鲁迅并未因放风筝而体罚过弟弟。且周建人已经说过散文诗中的"小兄弟"不是他了，自然这里的"我"也就不是鲁迅了。所以，笔者认为，那种将"我"视为鲁迅的观点是不确切的。但实际上，"我"是当时社会某一类人的典型代表，具有社会意义。研究者指明了这一点，是有眼光的，也具有批判意义。

2. 生命哲学与人生哲学研究

本时期，研究者撰写的论文以谈论《野草》的生命哲学、《野草》的人生哲学等论题居多。无论是过去和现在，还是将来，这都是一个有价值的问题，值得我们持之以恒地研究。这些论题有时候是常常融于一体的。

（1）生命哲学研究

关注生命意识实际是关注命运关注现实的表现。孙玉石的《孤军奋战者的精神世界》与《鲁迅〈野草〉的生命哲学和象征艺术》，② 实际是对《〈野草〉研究》和《现实的与哲学的》两书思想观点的承传和继续，甚至是发展。仅就哲学视角来看，同一研究者对《野草》的不断探索和不断收获，足以说明《野草》是一座难以开采尽的矿藏。看孙玉石对《野草》生命哲学分为韧性战斗的哲学、反抗绝望的哲学、向麻木复仇的哲学、关于爱憎和宽恕的哲学③等几种类别，说明他把握住了章衣萍关于《野草》哲学的转述。这种分类，对方便于读者了解《野草》中生命哲学包含的内容是有好处的。

从对有和无的深刻认识而介入《野草》生命哲学世界，这反映了钱

① 傅德岷、包晓玲：《鲁迅诗文鉴赏辞典》，长江出版社 2006 年版，第 92 页。

② 孙玉石：《孤军奋战者的精神世界》，《文学报》2003 年 3 月 20 日第 3 版。孙玉石：《鲁迅〈野草〉的生命哲学和象征艺术》，《鲁迅研究月刊》2005 年第 6 期。孙玉石：《谈谈鲁迅〈野草〉的生命哲学》，《语文建设》2009 年第 1 期。

③ 孙玉石：《鲁迅〈野草〉的生命哲学和象征艺术》，《鲁迅研究月刊》2005 年第 6 期。

理群辩证研究的特点。《人间至爱者为死亡所捕获》围绕着“反抗，爱与死”,[①] 自然谈及了《野草》中的爱与恨、生与死等矛盾与困惑的生命哲学。这其实也是鲁迅对自身生命哲学的思考。《文本阅读：从〈朝花夕拾〉到〈野草〉》便写道：“如果你仅仅看见承担黑暗的鲁迅，而看不到这承担后面的‘坦然’、‘欣然’、‘大笑’和‘歌唱’，你就不能真正理解《野草》。”[②] 这里，一方面看现实生活中的鲁迅，另一方面看心灵世界中的鲁迅。因为鲁迅的所思所想常常是深刻的，常常超出平常人的思维。他笔下的“有”和“无”常常具有辩证和抽象意义。钱理群抓住了鲁迅及其《野草》文本的丰富性和复杂性，这无疑是准确的。否则就会出现各执一词的偏颇与片面。

其他研究者论《野草》生命哲学。如张园的《诗化的生存体验——〈野草〉意象解读》，认为：“鲁迅以‘野草’的生命意象表达了他对‘走’的践履哲学和人格独立的现代价值诉求。”[③] 过客在现实中不断向前走的形象，将其看成鲁迅追求个体生命独立和自由的形象并不为过。只不过过客自己独自前行，而鲁迅是不断地影响身边的青年、朋友、同事等共同前行。这是鲁迅式的进步形象与过客一类形象的根本区别。由过客的“走”、战士的“举起了投枪”、猛士的出现等，庄伟杰运用身体叙事艺术研究《野草》的生命哲学。探索极富个性的身体叙事艺术，实际上是鲁迅贡献给我们的奇特景观。[④] 在《野草》中，鲁迅以身体书写方式为突破口，对诸多形象进行了精神与肉体的书写，传达了身体书写的价值。还有，王景科、崔凯璇、孟冬梅、侯慧庆、丁纯、傅湘莉[⑤]等研究者，都从

---

① 钱理群：《人间至爱者为死亡所捕获》，《鲁迅研究月刊》2003 年第 5 期。钱理群：《与鲁迅相遇——北大演讲录之二》，生活·读书·新知三联书店 2003 年版，第 17 页。

② 钱理群：《文本阅读：从〈朝花夕拾〉到〈野草〉》，《江苏社会科学》2003 年第 4 期。钱理群：《鲁迅作品十五讲》，北京大学出版社 2003 年版，第 139 页。钱理群：《与鲁迅相遇——北大演讲录之二》，生活·读书·新知三联书店 2003 年版，第 290 页。

③ 张园：《诗化的生存体验——〈野草〉意象解读》，《鲁迅研究月刊》2002 年第 4 期。

④ 庄伟杰：《身体穿越黑暗现场寻找灵魂的出口——鲁迅〈野草〉的生命哲学与传达意图之探究》，《名作欣赏》2007 年第 3 期。

⑤ 王景科、崔凯璇：《论鲁迅、史铁生独语中生命哲学之异同》，《山东社会科学》2004 年第 11 期。孟冬梅：《寻找在黑暗中绽放生命的方式——论鲁迅在〈野草〉中的自我救赎》，《牡丹江教育学院学报》2008 年第 3 期。侯慧庆：《探析鲁迅〈野草〉中的生命之力》，《文学教育（上）》2009 年第 11 期。丁纯：《论〈野草〉的生命哲学思想》，《广州大学学报》（社会科学版）2008 年第 1 期。傅湘莉：《反抗绝望与绝望的抗战——论〈野草〉的生命哲学》，《安徽文学（下半月）》2008 年第 6 期。

散文诗文本出发，细致地论述了《野草》的生命哲学。他们恰当的分析，都是符合《野草》生命哲学精神实质的。

（2）人生哲学内涵新解

傅德岷、王兵等研究者排除障碍，化解难点，清楚了然地论析了《野草》的人生哲学。傅德岷认为："在《野草》中，鲁迅用诗的激情、诗的形象来展示自己生命力受到旧世界黑暗闸门的压抑而迸发出来的忧愤深广的思考，以及自己内心世界丰富复杂、尖锐深刻的矛盾和斗争，渗透着他'路漫漫其修远兮，吾将上下而求索'的人生哲理的探索。"[①] 这反映了一种人在旅途，人在路上，积极进取，勇于前行的精神。细细品读《野草》，我们是能读出这些丰富的内涵的。而傅德岷就此所做的深入浅出的论述，对于普通读者理解《野草》的人生哲学是很有参考价值的。傅德岷的研究对启发读者、研究者深入思考《野草》的人生哲学是大有好处的。究竟什么是《野草》的人生哲学呢？这同样是我们想要进一步了解的问题。王兵一方面认为，"从枣树意象群的共同特性上看，鲁迅力图表达的是'以永不停滞的姿态，冲破有限的禁锢，探索永恒的真理'的人生哲学思想"，同时认为"'路漫漫其修远兮'更多体现的是奔赴永恒理想之路的永无止境，而'吾将上下而求索'则更多体现的是探索领域和途径的广阔无垠"。[②] 很可能是受人启发，王兵对《野草》人生哲学内涵的研究有了如此的"突破与超越"。虽然是用引文解释《野草》人生哲学的内涵，但这并不妨碍人们的理解。定义语言简洁干脆，确实增加了这一内涵的厚度。从反抗和进取的视点上看，这种理解是可以接受的。

此时，也有人对《野草》人生哲学的不同解读观点进行了批判。在具有总纲性质的《"现实的"与"哲学的"——关于〈野草〉的争辩》一文中，认为《野草》的哲学是"人生诚理"的吴康，批评了孙玉石的《野草》研究、汪晖的《野草》人生哲学、李欧梵存在主义视角下的《野草》人生哲学等相关看法。就如何走出当前《野草》研究困境的问题，吴康仍坚持王富仁提出的"首先回到鲁迅那里去！"的观点。提出"他们都没有从根本上问一问，这个形而上学的哲学又是从何而来，它立根于何处？是什么赋予它如此绝对的至高无上的意义？"等问题后，吴康给出了

---

① 傅德岷：《鲁迅〈野草〉的人生哲学》，《涪陵师专学报》2001年第1期。

② 王兵：《论〈野草〉人生哲学的突破与超越》，《鲁迅研究月刊》2008年第2期。

“我们必须追问或沉思鲁迅对诗与哲学的理解”[①] 这样的回答。通过对前人《野草》哲学研究得失的梳理，在当下的研究视域中试图对《野草》哲学进行重新界定，这种研究意图确实可嘉。实际上，此前木山英雄的长篇论文《〈野草〉的诗与“哲学”》（诗与“哲学”）和专著《〈野草〉解读》（“诗之思考”）就已经对上述问题作出了回答。但吴康从《摩罗诗力说》中提炼出“人生之诚理”作为生存或存在视角下《野草》的哲学，这是对木山英雄《野草》研究的超越。在这一视角下，吴康关于《野草》研究的系列论文[②]陆续发表于《鲁迅研究月刊》上，但都是围绕“诗与思，诗歌与哲学”[③] 而展开的微观解读。

其他研究者论《野草》的人生哲学。如皇甫积庆、刘骥鹏、叶橹、古大勇等人,[④] 结合鲁迅复杂的人生经历，结合鲁迅各种形式的作品，进入《野草》具体文本中，研究其人生哲学。如皇甫积庆运用历史“中间物”意识研究《野草》中所表现的人生态度，就反映了鲁迅所扮演的悲剧角色这一事实。而古大勇在论述鲁迅与存在主义关系时，认为：“《野草》中所谓‘孤独个体’的生存体验却不具备本体论意义，亦不能理解为本体论意义上的世界的普遍状态，而更多的体现为鲁迅本人的内心体验与人生哲学。”[⑤] 虽然具有存在主义作品共有的特征，但从文本具体情况看，古大勇认为《野草》并不是存在主义作品，而是反映个人心灵与人生哲学内容的作品。

对《野草》人生哲学的准确理解与合理概括，这表明研究者对鲁迅及其作品有着较为深刻的认识，且能融会贯通，用鲁迅解读鲁迅，因而容

---

① 吴康：《“现实的”与“哲学的”——关于〈野草〉的争辩》，《中国文学研究》2008年第1期。

② 吴康：《作为希望追寻的绝望——〈野草〉解读之一》，《鲁迅研究月刊》2008年第3期。吴康：《朝向世内生存者的绝望——〈野草〉解读之二》，《鲁迅研究月刊》2008年第7期。吴康：《深置于自身的绝望——〈野草〉解读之三》，《鲁迅研究月刊》2008年第8期。

③ 吴康：《“现实的”与“哲学的”——关于〈野草〉的争辩》，《中国文学研究》2008年第1期。

④ 皇甫积庆：《“中间物”、复仇及“油滑”——〈野草〉〈故事新编〉的传记学解读》，《绍兴文理学院学报》2001年第3期。刘骥鹏：《郁结与释放——从作者的人生困境与心理语境中把握〈野草〉意蕴》，《鲁迅研究月刊》2008年第5期。叶橹：《人生体验的灵魂投射——析〈雪〉》，《名作欣赏》2004年第4期。

⑤ 古大勇：《对于“存在”的东方体验与言说——浅论鲁迅与存在主义》，《乐山师范学院学报》2004年第8期。

易看到本色鲁迅的精神风貌。

3.《野草》与西方哲学思潮关系的研究

在21世纪初期，鲁迅的话题仍然是中外文学研究中的一个热门话题。大量使用西方哲学研究的成果，成为研究《野草》中一个亮点。

(1)《野草》与西方现代主义关系的研究

赵小琪、李朝明等人的一系列论文论述了《野草》的超现实主义倾向、后现代主义显征、狂欢化色彩等内容，主要显示了三方面特点。第一，关注《野草》中的潜意识与梦等超现实的组合形式。“尽管反抗绝望也是《野草》梦中意义圆圈中的一环，但虚无才是《野草》这个圆圈中的核心之环，它既是选择反抗绝望的依据，又为《野草》梦的运动提供了第一动力。”① 在鲁迅那里，虚无与反虚无是矛盾和伴生的。《影的告别》《求乞者》和《墓碣文》是《野草》中虚无色彩最为浓重的散文诗，于是有人说鲁迅是虚无主义者。显然这种认识是片面的。影与人的诀别，是不可能的事情。研究者虽并未完全论及上述内容，但认识到了这一点，因此才能看到鲁迅在矛盾思想中解剖自己，坚持前进。第二，坚信《野草》显示了鲁迅怀疑的眼光。赵小琪“力图从对本体存在、历史客观性、连续性的怀疑的角度，依循《野草》创作的实际，探寻《野草》中的后现代主义显征”，对《野草》中“存在的根本性怀疑使鲁迅怀疑各种存在的形式”。② 考察其对《这样的战士》《求乞者》《过客》《立论》等散文诗的充分论述，都表明研究者坚信鲁迅以怀疑的态度看待世间存在物是有依据的。据赵小琪的论述，从墓碣石的脱落，我们能推断出这意味着历史记载的不可靠性。因为无论力求怎样的客观记录客观描述，各朝各代的史官毕竟是有血有肉有思想感情的人，当个人的主观倾向性表现在所记载的史料中时，他们笔下所谓的“客观记录客观描述”就不得不让人怀疑了。从这个意义上看，官修的正史与民间的野史出入很大，显然这与修史者个人思想情感的倾向性是大有关系的。第三，重视挖掘和表现《野草》文本的开放性特征。“面对《野草》，没有人能够发明一个解密的公式，但每一个人又都能寻找到与己相关的内涵，接受到来自过客、求乞者，或者死火的生命信息。任何给《野草》提供标准答案的企图，都将受到鲁迅

---

① 赵小琪、李朝明：《〈野草〉的超现实主义倾向——〈野草〉超现实组合形式论（上）》，《鲁迅研究月刊》2002年第11期。赵小琪、李朝明：《〈野草〉的超现实主义倾向——〈野草〉超现实组合形式论（下）》，《鲁迅研究月刊》2002年第12期。

② 赵小琪：《〈野草〉中的后现代主义显征》，《天津社会科学》2004年第1期。

本人的否定。”[①] 这告诉我们《野草》的内涵是丰富多彩的，坐实式研究是违背鲁迅创作意图的，用开放的眼光研究《野草》是必不可少的。在《〈野草〉的狂欢化色彩》[②] 和《现象学视野中〈野草〉的意义生成》等论文中，赵小琪对《野草》中的反抗行为及其带来的开放世界进行了广泛深入的探讨。这种探讨很好地彰显了研究者和读者对《野草》文本的开放性认识。

就西方现代派对《野草》的影响看，宾恩海与赵小琪的研究路向大体一致。围绕主题与形式，从“鲁迅《野草》所指涉的众多精神命题与西方现代主义文学的空幻、绝望、死亡、荒诞等基本主题有相当大的共同性，其艺术形式上的象征意味、非实指性、哲学品格的追求与西方现代主义文学的典型外部特征也惊人地相似”两方面认识《野草》与西方现代派的关系，表现了宾恩海于21世纪初对《野草》文本“虚空”说与生命意识研究[③]的深化或提升。此前，不少研究者较多地探讨了屠格涅夫、波特莱尔、安特莱夫、厨川白村等外国作家作品对鲁迅的影响，归纳了《野草》苦闷、忧郁、孤独、反抗的情感和象征、隐喻、暗示等艺术的风格。这些研究成果给后人带来诸多启发，如《野草》的黑暗与反黑暗、虚空与反虚空等。对这一看法，宾恩海既是受益者也是坚持者。对于《野草》研究方法究竟虚一点好还是实一点好，抑或虚实结合为好等争论问题，有人认为过于“避实就虚”是不可取的。而王乾坤认为只有鲁迅的“避实就虚”才能进入《野草》的形上语境。以《影的告别》为例，“影向黑暗而沉没，不是走入没落的虚无，不是无可奈何的完结。……这种虚无化正是反虚无，因为在这种虚无化中，一种新的肯定诞生了”[④]。王乾坤既看到了影的虚无，也看到了影在反抗虚无。这样来认识影的形象，实质上是较为全面的。结合鲁迅自身看，这反映王乾坤把握住了鲁迅反抗虚无的精神实质。此外，也有与赵小琪、宾恩海、王乾坤等研究者持不同意见者，如孔见，站在作家立场上评论鲁迅，观其文，其所作出的论

---

① 祝勇：《〈野草〉：夜晚的哲学》，《书屋》2006年第9期。

② 赵小琪：《〈野草〉的狂欢化色彩》，《天津社会科学》2007年第4期。

③ 宾恩海：《鲁迅〈野草〉的现代主义因素探析》，《思想战线》2006年第5期。宾恩海：《“风沙中的瘢痕”：分析鲁迅〈野草〉的“虚空”》，《广西大学学报》（哲学社会科学版）2001年第1期。宾恩海：《论鲁迅〈野草〉的生命意识》，《北方论丛》2006年第3期。

④ 王乾坤：《“我不过一个影”——兼论“避实就虚”读〈野草〉》，《中国现代文学研究丛刊》2007年第1期。

断多有片面之处。“随时都可能丧失个体生命的鲁迅，常常孤独面对无边的虚空。他的革命激情背后，隐蔽着虚无主义的底色，他激扬的文字中间有大哀存在。”[①] 从虚无的一面看，这固然不错。但从反虚无的一面看，就见出偏颇了。随着《野草》的发表与出版，这种论调早在20世纪20年代末即已出现。为此，鲁迅曾予以反驳，并且冯雪峰指出了“这种论调”的错处。孔见确实重复地提出了久已过时，且广遭非议的片面性认识。作为学术研究的大忌，不了解学术史和偏见，都是不足取的。

还有一些研究者论述了鲁迅文学与西方现代派文学之间的关系。李春林对这种关系作出了较为系统的考察：“鲁迅文学中的现代主义与西方现代派文学不独是平行关系，而且是同源关系。”[②] 以实证主义、唯意志论、精神分析学说作为源头，以创作《野草》这样的现代主义作品的鲁迅为一个流向，另一流向是卡夫卡、伍尔芙、乔伊斯、普鲁斯特、艾略特等，他们成为西方现代派主要代表作家。对这一问题的清晰梳理，李春林给我们明确了鲁迅与西方现代派的同源关系。总的来看，这种考察是正确可靠的。但笔者所指出的是：其一，《野草》是中西合璧的产物，无论如何是抹不掉中国传统文化影子的，西方现代派作品充满了颓废、荒唐、虚无、绝望等情绪，这是其一。其二，单说对性本能的描写与表达，《野草》等鲁迅的作品是隐晦的，而西方现代派是直露的。其三，鲁迅的《野草》对西方现代派作家作品虽有继承，但更多的是超越。与李春林观点大体一致的阎真，认为：“鲁迅在二十年代，就相当深入地表达了贝克特在五十年代所表达的生命哲学命题，他那种内心体验的敏锐性，是同时代作家不可企及的，也是令人惊叹的。”[③] 通过比较，研究者想要表达鲁迅具有预见性和超前性的意图确实达到了。从鲁迅的作品中，我们也能认识到这一点，当旁观者看热闹的时候，鲁迅即已预料到了结果，在别人发现结果时，鲁迅却从这一结局先行进入另一个新的开端了。而就鲁迅与贝克特是如何接受生命哲学命题的根源这一问题的探讨，阎真未能如李春林一样做出清晰梳理和确切考察，这是遗憾的。其实简略提及或点到为止，即可不留遗憾。

“运用脑髓，放出眼光，自己来拿！”在创作方法或更新思想的途路中，这是有益的环节，甚至是不可或缺的重要环节。按照自己的判断，鲁迅积极吸收西方现代主义研究成果进入自己的创作中，表达自己的独特认

---

① 孔见：《于无所希望中得救——鲁迅未能完成的革命》，《天涯》2006年第5期。

② 李春林：《鲁迅与世界现代主义作家作品》，《鲁迅研究月刊》2001年第1期。

③ 阎真：《〈野草〉：对现代生存论哲学母题的穿透》，《鲁迅研究月刊》2003年第12期。

识。这同样启发了其他鲁迅研究者。古大勇认为：“《野草》的创作方法从总体上来说，应是表现主义和象征主义的二相融合。”[①] 对刷新思路而言，西方现代主义作家作品的翻译、接受和研究，与《野草》研究融于一体，赵小琪、李春林等鲁迅研究者显示了这样的才华和智慧。

（2）《野草》与人本主义、存在主义关系的研究

人本主义即人本学，是关注人的具有唯心主义色彩的学说。但鲁迅在《野草》中既关注了心理意义也关注了生理意义上作为个体的人，将这样的人放在具体的历史环境和社会生活中予以考察，表现他们的社会性价值。有的研究者对此进行了论述。

看张娟选取生存本质、生死辩证、自由人格、爱恨体验等问题，[②] 对《野草》的人本主义哲学进行的论述，表明研究者是有意识挖掘《野草》中人本学因素的。对生命意义的追问，《野草》作出了独特的解答，“鲁迅的发现却是指向虚无的，这种充满了现代性的对人的生存本质的认识，体现出了异质于中国传统文化的现代人的现代性视角”[③]。而对反抗绝望反抗虚无的论述，意味着研究者抓住了《野草》的精神实质。论述各个问题，尽可能围绕散文诗文本展开，比起先验论或先入为主的研究模式，这里的论述自然是贴切和得体的，毕竟突出了人的价值或人的意义。而吴丹从寓言色彩、叙述形态、抒情手段、诗化语言等问题，[④] 对《野草》文体的研究，实际上也涉及了存在主义艺术中的一些形式技巧等问题，即使用荒诞、讽喻等艺术形式表达焦虑、绝望、死亡、恐惧等思想内容。

有的研究者虽从人本学视角来研究《野草》，但看其表述的生死爱恨等内容，多与存在主义哲学有着密切的联系。

在存在主义哲学视角下解读《野草》的研究论文中，郜元宝《〈野草〉别解》的论述较为新颖深刻。从《〈野草〉英文译本序》所回避的起笔，接着论述了《题辞》是忏悔“过去的生命”这一内容，这两方面足以概括郜元宝的观点。他认为：“《题辞》努力显明的，正是另一半《野草》对‘过去的生命’的言说。倘若英译本序是说可说者，对难说者

---

① 古大勇：《在表现主义的潜冲与暗滋下——〈野草〉创作方法新论》，《淮北煤炭师范学院学报》（哲学社会科学版）2005 年第 1 期。

② 王吉鹏：《鲁迅作品内部比较·人本解读·文体研究》，吉林人民出版社 2004 年版，第 353—388 页。

③ 同上书，第 353 页。

④ 同上书，第 550—584 页。

与不可说者保持沉默，《题辞》则接着正文继续说那难说者与不可说者，而这正好可以帮助我们追问何为鲁迅的‘过去的生命’以及鲁迅对待这‘过去的生命’的复杂态度。”① 这意味着《〈野草〉英文译本序》所涉及的《我的失恋》《复仇》等八篇散文诗不难理解，余下的十六篇散文诗是“难于直说”的；《〈野草〉英文译本序》说可说的，余下的十六篇说不可说的；《〈野草〉英文译本序》谈现在，另十六篇谈过去。在对比之中，我们不难看出鲁迅的用意：《野草》究竟以何种方式存在为好？加之《文化偏至论》《摩罗诗力说》《破恶声论》等文言论文的介入，使得这篇论文的内容无论从深度还是从广度上说，在同类论文中都属上乘之作。但更为主要的贡献，笔者认为是该文给出了另十六篇散文诗的大体定位。但是，和古大勇一样，还有研究者认为《野草》不是存在主义作品，如王景科、崔凯璇等。“不同于史铁生的生命哲学直接受到西方存在主义思想的影响，并且通过自身生存境遇和存在主义思想达到了契合，鲁迅先生对人的存在命题有着超前的超越性理解。”② 毕竟存在主义哲学代表萨特和加缪的作品晚于《野草》，但鲁迅、萨特和加缪可能具有同源关系。这在前面已有所论述。所以王景科等人所坚持的“超越性”的观点，是值得怀疑的。我们必须如李春林那样作出清晰的梳理后，再提出“超越性”的观点才能更使人信服。

围绕存在的焦虑，研究者对生存哲学进行了论述。“《野草》表现了作者生存的焦虑和意义的怀疑，生命依据的缺失、虚空、绝望、毁灭、荒诞和死亡等现代主义的基本主题。”③ 这里，将《野草》与生存、生命的主题有机结合起来进行分析，阎真自然能得出切合散文诗文本的相关认识。这样的见解来源于对它们之间本质联系的准确把握。在阅读分析中，我们是能思索出上述内容的。透入心髓的探索，这种焦虑与怀疑反映了鲁迅的思想冲突。“焦虑是一种意识，《野草》的焦虑不是病理性焦虑，而是文化的焦虑，是生存压力下人格结构与伦理道德之间难以协调的意识冲突，是现实世界与经验世界的矛盾冲突。”④ 李骞在充分论述后得出文化焦虑与意识冲突这样精当的论断，来自对鲁迅内心世界“自我”焦虑者

---

① 郜元宝：《〈野草〉别解》，《学术月刊》2004 年第 11 期。

② 王景科、崔凯璇：《论鲁迅、史铁生独语中生命哲学之异同》，《山东社会科学》2004 年第 11 期。

③ 阎真：《〈野草〉：对现代生存论哲学母题的穿透》，《鲁迅研究月刊》2003 年第 12 期。

④ 李骞：《存在的焦虑：论〈野草〉的生存哲学》，《文学评论》2007 年第 6 期。

形象的合理把握，来自对《野草》文本中鲁迅矛盾思想的深刻认识。

所以，对《野草》哲学主题著述进行研究，我们获得的启示是多方面的。一是从翻译情况看，21 世纪初期，关于西方现代派诸多作家作品迅速介绍到中国来，这些外文的中译本得到了广泛应用，为拓展《野草》哲学研究空间，确实发挥了很大作用。二是就《野草》哲学研究成果看，分量重有学术价值的著述明显增多。如《现实的与哲学的——鲁迅〈野草〉重释》《〈野草〉解读》《吴中杰评点鲁迅诗歌散文》《鲁迅诗文鉴赏辞典》等著作以及孙玉石、赵小琪、宾恩海、吴康等人的论文，当是多年的研究所得。三是很少受到当下社会主流意识形态的影响，著述为尽可能地接近鲁迅和《野草》，不少的研究者表现了这样的倾向：还鲁迅及其《野草》以本色面目。四是对《野草》精神实质的体会、理解和把握是比较到位的。例如能一体两面地认识《野草》文本内容等。五是对外来哲学流派过度引用，或对《野草》的过度诠释，甚至有抬头的趋向，这是值得我们警惕和注意的。

（二）永不停息的哲学探索

荆有鳞曾说过，经过十余年的思索，鲁迅才创作出了《过客》这一诗剧。若不是出于艺术价值的考虑，单以鲁迅深厚的文学功底和驾驭文字的能力而言，瞬间成文、一挥而就绝非难题。而对于《过客》等《野草》散文诗篇的写作却表现了鲁迅自己的审慎态度，并向人肯定了自己的《野草》技术并不算坏。从这个意义上说，虽不是末篇，但把《过客》作为《野草》的压卷之作，或许是出于这精心构思的原因。而关于《过客》文本微观研究的成果是丰富多样的。

1. 对过客与鲁迅关系的探讨

有的研究者认为过客就是鲁迅形象的化身。从行动上说，他们认为过客具有坚持着“走”下去的毅力。“明知前路是坟而偏要走”是他们唯一的生存方式，反抗绝望是他们所信奉的生命哲学。① 古大勇确实抓住了过客的精神内核，而作出了上述得其要领的论述。从挖掘人物个性特征而言，他们概括了过客的鲜明形象。“在我们看来，狂狷、特立独行的过客，其实就是鲁迅‘自我’；岂止是‘自喻’，更是一种艺术抒情的自我

---

① 古大勇：《〈过客〉、鲁迅“自我”与〈呐喊〉〈彷徨〉中主观性人物形象》，《合肥教育学院学报》2001 年第 1 期。

言说。"[①] 吴周文、刘恋从"精神界之战士"这一形象基点出发，将鲁迅与过客沟通起来，他们都具备抽象意义上的某一类型的人物性格特征。

而李莉、刘彦荣、刘高峰、范美忠、史久兴[②]的论文，也不同程度地论及了过客与鲁迅之间的关系。实际上，胡风和李欧梵很早就将过客与鲁迅之间的等值关系作出了判断。

2. 关于《过客》中"走"的哲学的研究

过客的最终目的地绝不是坟地，而是走过坟地之后的未知世界，抑或是"前面的声音"发出之地。就过客坚持"走"的哲学来说，一些研究者关注了这一点。"《过客》最主要的思想价值就是'向前走'，而在现实人生中，唯有'向前走'是最难的。"[③] 单元抓住重现实重过程重行动的特点，体现了过客的人生选择与价值追求。过客面对的仅有一条似路非路的痕迹，我们姑且名之为"路"，此处毫无坦途或光明大道而言。但作为先驱者，于无路处踏出一条痕迹，开路是其要务。为此，郭亚明认为："变革社会、改良人生、完善自我，成为先驱者人生哲学中不可分割的三个方面。"[④] 在这里，坚持走下去的内涵和意义变得具体和明朗了。实际上，这就是诸如过客这一类先驱者形象坚定立足于并执着于现实人生过程的反映。

本时期，鲁春梅、方维保、吴翔宇[⑤]等研究者对《过客》进行研究的论文，多论述其或人生哲学或生命哲学或存在主义哲学等主题。但有的论文明显受到孙玉石《现实的与哲学的——鲁迅〈野草〉重释》一书的观

---

① 吴周文、刘恋：《关于生命的哲学思考——重读鲁迅的〈过客〉》，《常州师范专科学校学报》2003 年第 5 期。

② 李莉：《灵魂在暮色中前行——从〈过客〉看鲁迅的精神特质》，《重庆教育学院学报》2004 年第 1 期。刘彦荣：《离间与聚结——〈过客〉的意义生成系统》，《创作评谭》2004 年第 10 期。刘高峰：《行走反抗虚妄——鲁迅散文诗〈野草・过客〉论略》，《重庆工学院学报》（社会科学版）2007 年第 3 期。范美忠：《〈过客〉：行走反抗虚无》，《作文新天地》（初中版）2007 年第 5 期。史久兴：《鲁迅与"过客"形象的精神比较》，《安徽文学》（下半月）2009 年第 10 期。

③ 单元：《重读〈过客〉——兼与李天明、胡尹强先生商榷》，《咸宁师专学报》2001 年第 5 期。

④ 郭亚明：《活着——鲁迅〈过客〉解析》，《语文学刊》2004 年第 8 期。

⑤ 鲁春梅：《反抗绝望——鲁迅〈过客〉解读》，《语文学刊》（高教版）2007 年第 13 期。方维保：《作为象征主义诗剧的〈过客〉及其文学史地位》，《淮北职业技术学院学报》2007 年第 4 期。吴翔宇：《论〈过客〉的"存在"命题建构与意义生成》，《中国矿业大学学报》（社会科学版）2008 年第 1 期。

点与思路的影响。

（三）李玉明等的《野草》的哲学的研究

1. 王姝懿的《〈野草〉的哲学》

后续的《野草》研究著述，总要找到新的生长点，才能体现出自身存在的价值。王姝懿的《〈野草〉的哲学》在诸多相关著述中，立足于《野草》文本，表达了自己的新意。著者在该书导言的结尾说："本书题为《〈野草〉的哲学》，将在继承前人的基础上进一步对《野草》中的哲学思想进行创新性开发研究，并不立足于针对个别语句或个别篇章中体现的哲学观念进行由点及面的生发性论说（这种研究方法在之前的研究界已产生了不少成果）。本书将分为两大部分，分别探究鲁迅的人生哲学与社会哲学，以诸篇章为依托，但并不对各篇进行分章阐释，而是将各篇中所体现的哲学意蕴进行汇总，进行系统的、比较的分析研究。从而试图为《野草》研究发展提供又一新的视角，并拓展出新的研究领域，通过对《野草》的哲学进行梳理的同时，与前人观点形成互补与互现。"① 从这段文字中，读者能看出著者的研究视角、研究内容、写作目的、写作体例、创新之处等。

从全书的构架看，著者从受难意识、双重放逐、韧性抗争、自省品格、死亡意识、青春寻觅等方面分析了《野草》的人生哲学，从关注现实、批判奴性、厌恶市侩、鞭挞负义、舍弃天堂、反思历史等方面分析了《野草》的社会哲学。从总体看，这种梳理还是较为系统地分析了《野草》的哲学内容的。在避开前人从字词句等研究点作为出发点的同时，著者一方面意图"对《野草》中的哲学思想进行创新性开发研究"，另一方面努力"将各篇中所体现的哲学意蕴进行汇总，进行系统的、比较的分析研究"。从全书的论述来看，著者通过努力挖掘《野草》文本中的人生哲学与社会哲学思想，从而实现了这样的研究目标。尤其是对《野草》哲学意蕴的探索，完全能看出著者对《野草》文本中包孕的哲学内涵的关注。

2. 范美忠的《民间野草》

作为一个学术问题，从学术研究的范畴看范美忠的《民间野草》在《野草》研究史当中所处的位置，是应该予以观照的。以历史的眼光、发展的眼光，辩证地看人看事看问题，是客观地、全面地、多角度地思考问题的表现，也是史论研究的基本原则。而范美忠的《民间野草》，从历史

① 王姝懿：《〈野草〉的哲学》，中国窗口出版社 2011 年版，第 9—10 页。

哲学、生命哲学、存在主义哲学等方面对《野草》的解读，都有自己的独到之处。

哲学的视角。因为“鲁迅自己曾说过，他的哲学都在《野草》里面。也就是说，在《野草》里，鲁迅集中表达了他关于人生、社会、历史、国民性等问题的思想和哲学”① 的立场，可见立足于哲学的视角是一个明智的选择。但与其他研究者的哲学研究视角有何区别呢？这是不能回避的问题。只有表现出自己的研究特色，研究成果才有存在的价值。所以，范美忠结合自己的经历，表达出自己对人生的思考，这显然与其他研究者是不同的。从个人的专业看，他学的是历史专业，因此能从历史哲学的角度思考《失掉的好地狱》，就是一种从社会发展史的角度对人类社会形态更迭所作出的独特的思考的表现。从求职的工作经历看，从毕业到“现在”，他辗转于江湖草莽间，在与那么多的上级、同事、朋友、学生等交往的过程中，逐渐形成了自己为人处世、待人接物的准则，一定有自己的行事的标准。这自然而然地就会渗透到《野草》的生命哲学、存在哲学的解读中，并表现出自己的解读风格。如对《求乞者》《风筝》等的解读，其中关涉论者自身的解读文字，便显示了论者自己独特的人生经历。

思考鲁迅在《野草》中表达的生命哲学。如论者解读《影的告别》时，分析影独自远行，是为了说明影的生命的存在。解读《复仇》时，分析生命的飞扬的极致的大欢喜，意在说明鲁迅的生死爱恨立场。解读《雪》时，分析雪的伟大而孤独的灵魂，意在证明其高尚、纯洁的秉性。从生命哲学入手解读《死火》时，认为：“如无生之敏感与幸福，何来死之痛感呢？如无生之黑暗和虚无，何来死之解脱感呢？”② 这里，用死火经历的生与死的考验，来说明现实生活中人们面对生与死时产生的感受。也就是说，死火的感受就是人的感受，只不过鲁迅借用死火来表达人的各种感受而已。通过阅读，结合个体经历，论者认为：“无论是狂人的发疯体验、先驱者的孤独体验、对麻木的庸众的体验，还是生命的虚无黑暗体验，我都在鲁迅那里寻找到了共鸣。”③ 论者的体验，未必就是鲁迅的体验，甚至根本不可能是鲁迅的体验。但在个体的生命历程中，论者很可能经历过、体验过、感受过鲁迅文本中表达的经历、体验、感受等。

如论者解读《题辞》时，分析言说的困境，目的在于表达生存出现

① 范美忠：《民间野草》，中央广播电视大学出版社 2012 年版，第 162—163 页。

② 同上书，第 147 页。

③ 范美忠：《“范跑跑”前传》，《南方人物周刊》2008 年第 18 期。

了危机，认为：“‘存在与虚无’是《野草》的关键所在……存在之体验与思考和对地面的憎的表达一起构成《野草》的内外两个组成部分。”这里，鲁迅在《野草》中要表达的谋求生存与艰于生存、看到虚无与反抗虚无、无所希望与反抗绝望等，通过反复阅读，读者是能从论者的论述中隐隐地感受到的。“感受到存在的孤独、虚无和荒诞，感受到终极意义和神圣价值缺失带来的生命迷途和无家的悲痛。”① 正因为个体的存在受到了威胁，所以说，要表达自己的某种意愿、愿望。如认为《影的告别》表达的是很现实的人生和生命体验，表达在现实面前的存在体验。如认为《过客》是存在主义的剧本，是鲁迅生命哲学的总纲；过客不停地行走是存在的一种表现，是一种人生的价值所在。从存在主义哲学入手讨论过客、战士、老妇人等形象的生存境遇，这表现论者不仅关注这些形象的物质层面的问题，也关注他们精神层面的问题。这样，从外到内所能体察到的他们的生存境遇、生存质量等，其实反映的是论者站在旁观者的立场所进行的抽象的思考。

3. 李玉明的《“人之子”的绝叫：〈野草〉与鲁迅意识特征研究》

“‘人之子’的绝叫”正在探索人的问题。从已有的《野草》研究成果看，有个别的、单篇的论文是从“人之子”的角度切入的，主要以研究《复仇（其二）》为主。而以“人之子”为视角来观照全书的，《“人之子”的绝叫：〈野草〉与鲁迅意识特征研究》是第一部。近些年来，《野草》中的“人”的主题日益受到关注，这是《野草》研究的突破点之一。

《“人之子”的绝叫》选择有个性的形象，并对其予以论述。如有进击需要的枣树、有镇压动机的夜空、有展示兴趣倾向的小兄弟、有树立走过坟地之后理想的过客、有跳出冰谷信念的死火、有以战斗为人生观的战士等，都有与众不同的个性，都有不同于他人的思维方式与言行方式。作品中人物的个性特征与作者的个性特征密切相关。该书指出：鲁迅这一代人有强烈的个性意识，对于维护个性的独立和尊严，有高度的自觉，对有损于个性意识的言行总是给予及时的反击。② 正因为此，《野草》中的每一个形象都是个性鲜明的形象。鲁迅塑造个性不同的形象，是为了寄托不同的思想情感。这样，该书既解读了鲁迅在《野草》中塑造不同人物形

① 范美忠：《“范跑跑”前传》，《南方人物周刊》2008 年第 18 期。

② 李玉明：《“人之子”的绝叫：〈野草〉与鲁迅意识特征研究》，北京大学出版社 2012 年版，第 349 页。

象的意图，也为读者建立了一个价值判断标准。

《“人之子”的绝叫》关注人的主体性地位。基于这一点，论者分析了《野草》中自觉、主动认知自我心理和个体行为的形象，如对《求乞者》中三个“自我”形象的依次塑造：一个是从现实中觉醒的先觉者、另一个是现实生存者、再一个是勇敢的抗争者和挑战者。[①] 以往的研究者多讨论求乞者与“我”之间的对立关系，未能把握“我”的多层意蕴，而该书则能从不同层面给予探索，挖掘出“我”的新意，看到这是《野草》中呈现鲁迅精神心理结构总体特征的重要内容，并总结出：对人的历史性和局限性的考察以及在考察基础上的理解和宽宥，在其背后则是对“人”的基本状态的肯定，是对人及其本身和人的一切的极端尊崇和张扬，是对人的整体性姿态的把握和呈现。[②] 这说明了作品中形象的主体性越强，个体活动的指向、目的、意愿、方式就越容易达成。如过客走的意愿越强烈，则超越坟地的理想就越容易实现。而且过客有鲜明的参照物，即静守不动的老翁。正因为后者的守旧和落后，才衬托了前者的创新、主动，及其主体性的地位。而老翁之流是鲁迅所要批判的，《野草》中多有这一类负面形象。“鲁迅对国民性格的阴暗面有极深的认识与体验。”[③] 该书捕捉到了诸如主人、聪明人和奴才的劣根性及其相互之间的关系，提出在“以一切人为奴才”的社会里，傻子同样是奴才，甚至“鲁迅也是‘奴才’”[④] 的观点，发现了鲁迅独特的发现：即对“聪明人”和“奴才”角色和身份的定位和辨析[⑤]，认为在这一主奴关系中“人”的主体性地位是缺失的。这一认识，是论者研究思路创新的表现，即由《野草》中个体形象的思想而延伸到鲁迅的思想的表现，是论者研究视角由作品到作者的转变。如对鲁迅生命、体验、精神、心理、意识的深刻分析，联系了鲁迅少时的家庭变故、留日时的心灵受辱、青年时的婚姻不顺、中年时的兄弟失和、许广平的出现等，都显示了论者视野的开阔、思路的新颖等。尤其是将《野草》放在鲁迅作品中，放在鲁迅研究著述中进行研究，开阖有度，拿捏自如，体现了论者驾驭鲁迅作品、揭示鲁迅思想的娴熟

---

① 李玉明：《“人之子”的绝叫：〈野草〉与鲁迅意识特征研究》，北京大学出版社 2012 年版，第 189—191 页。

② 同上书，第 191 页。

③ 刘再复、林岗：《传统与中国人》，安徽文艺出版社 1999 年版，第 270 页。

④ 李玉明：《“人之子”的绝叫：〈野草〉与鲁迅意识特征研究》，北京大学出版社 2012 年版，第 159 页。

⑤ 同上书，第 163 页。

能力。

《“人之子”的绝叫》突出理想的人性。在日本留学期间，鲁迅曾与许寿裳探讨何谓理想的人性。就此问题而言，结合鲁迅小说中与大禹、墨子等类似的形象，[①] 该书提出的《野草》中的战士、过客、猛士、耶稣、死火、枣树、朔方的雪、傻子、影等形象，都是鲁迅所要肯定的形象，都崇尚真善美。由于抓住了这些形象都执着于理想人性的特点，就加深了读者对他们的印象。毕竟理想人性的实现，是鲁迅一直探求的问题。“人性本身的解放就是人类的未来美景。”[②] 该书充分认识到了这一点，并作出了正面的论述，这对“人之子”成长环境的净化、养成都是大有裨益的。

4. 张梦阳等的《野草》哲学的研究

从《野草》的哲学研究看，生存哲学依然受到关注。张梦阳的《鲁迅全传：苦魂三部曲之二·野草梦》，指出：“要写出鲁迅的哲学”，“突出鲁迅的《野草》哲学”，就“不能不以《野草》的创作为主线”，进而勾勒了《野草》时期鲁迅的生存状态与内心世界。吴翔宇认为《野草》是鲁迅否定辩证法阐释和运作的结晶，内外压抑之苦的双重审视和生死临界处境的双向考量是鲁迅否定辩证思维的具体表现，朝向绝望而在的探索和行动是鲁迅否定辩证法的实践立足点[③]。这意味着反抗绝望的意义：获得重生或者是精神层面上的个体生命价值的升华。王雨海在分析《题辞》作为《野草》的总纲时指出：“鲁迅通过《题辞》，既表达了自己在《野草》存在时的心理状态，也申明了自己在《野草》中要表达的生命哲学；既对自己存在的困境进行了深刻的解剖，也对无生命活力的现实进行了批判。”[④] 从个体存在的意义看，这样的表述体现了鲁迅对个体生命价值的反思，是发人警醒的，尤其是对浑浑噩噩者而言。任毅、陈国恩在此基础上又有所发展，认为：“《野草》是鲁迅强烈焦虑情绪的艺术宣泄，其中的痛苦、绝望、孤寂、虚无、死亡等情绪，承载着他深沉的生命体验，事实上成了鲁迅对个体和社会矛盾关系进行更为深邃的哲学思考的感性基

---

① 李玉明：《“人之子”的绝叫：〈野草〉与鲁迅意识特征研究》，北京大学出版社 2012 年版，第 323—324 页。

② 袁贵仁、韩庆祥：《论人的全面发展》，广西人民出版社 2003 年版，第 60 页。

③ 吴翔宇：《〈野草〉：鲁迅否定辩证法的阐释与运作》，《浙江师范大学学报》（社会科学版）2014 年第 2 期。

④ 王雨海：《〈野草〉的总纲——论鲁迅的〈题辞〉》，《鲁迅研究月刊》2016 年第 3 期。

础。”[1] 前者提出的“追问和思考”在后者那里以“反抗哲学的实现形式”给出了答案，由此可见，两文之间有一定的内在联系。与上述观点持不同态度者认为：“如果仅仅从哲学层面去解读《野草》，我们恐怕很难理解鲁迅写这部散文诗的真正意图。”[2] 在论者看来，只有把握了“哀莫大于心不死”，才能反映鲁迅创作《野草》时的精神状态，才能理解鲁迅的生命感受。从甚于悲观、悲哀的心灰意冷的角度来理解《野草》，这是不错的。但如能同时抓住鲁迅反抗心灰意冷、反抗绝望的一面，这样的分析可能会较为全面，让读者在内心也会勾勒出另外一幅面貌的鲁迅的形象。

第四节　生存智慧
——《野草》哲学研究的启示

一、《野草》的哲学意蕴是深广丰富的。《野草》的哲学起源始于何处？《野草》的哲学底蕴是什么？《野草》的哲学本质是什么？诸如这一类问题，我们无法回避。从众多的《野草》哲学研究著述看，鲁迅隐含在《野草》中的哲学意蕴是深广丰富的。究其根源，鲁迅毕竟深受东西方的政治、经济、文化、哲学等，如西方的托尔斯泰、果戈理、尼采、拜伦、波特莱尔等，日本的夏目漱石、厨川白村、森鸥外等，中国的儒道佛，等等的影响。因此，《野草》或隐或显地反映了人生哲学、生命哲学、死亡哲学、统治哲学、奴才哲学、斗争哲学、处世哲学、市侩哲学、苦难哲学、诗化哲学、希望哲学、虚无哲学、夜晚哲学、文化哲学、老庄哲学、修辞哲学、艺术哲学、时间哲学、爱情哲学等。其表现角度可谓琳琅满目、多种多样。可见，《野草》蕴含的鲁迅的思维方式、行事准则、精神追求、人际往来、伦理关系等内容，都是研究者表现其深刻哲学思想的重要切入点。

二、《野草》的哲学研究发展历程明显受社会意识形态影响。研究者由自《野草》诞生之初的研究，较为关注散文诗文本中的战斗意识、抗争意识、虚无意识等，直至改革开放以来，而较多地关注文本的现代意

---

① 任毅、陈国恩：《〈野草〉：焦虑及反抗哲学的实现形式》，《中国现代文学研究丛刊》2013 年第 8 期。

② 宋剑华：《哀莫大于心死——重读〈野草〉》，《文艺研究》2016 年第 5 期。

识、生命意识、危机意识、人生意识、色彩意识、死亡意识、颓败意识、复仇意识、原罪意识、历史意识、“自戕”意识、忏悔意识、“历史中间物”意识、孤独意识、黑夜意识、灵魂意识等，这充分表明《野草》哲学研究的发展是与时政当局、时事形势、社会形态的发展紧密联系在一起的。随着改革开放的到来，在外国文艺思潮、哲学思潮的影响下，《野草》哲学主题世界的多元视角便应运而生。可见，文化政策的紧与松制约着《野草》哲学的发展。很显然，《野草》的哲学研究既要适应形势的需要，也更要努力寻找合适的表达手段来表现其本质的哲学内涵，而后者则是更为重要的。

三、《野草》哲学研究的意义在于揭示人生的意义。对鲁迅而言，他说他的哲学都在《野草》里。毕竟《野草》记录了鲁迅生活、工作、学习的复杂多变经历，艰难探索和追求的实践。也因为生与死、爱与恨、实与虚、真与假、易与难、人与兽、主与奴、天使与魔鬼、傻子和聪明人等，都是鲁迅在《野草》里探讨的重要哲学话题。对鲁迅研究者而言，我们或可这样说，理解了《野草》里的哲学，也就理解了鲁迅的哲学。或说，研究《野草》里的哲学，是研究鲁迅哲学的最重要的组成部分。至少可以这样说，在《野草》完成之前的鲁迅的哲学都在《野草》里。对普通读者而言，哲学可以解决人类生存困惑的问题。读《野草》，熟悉《野草》里的哲学，可以对照自身或拿镜自照，进而发现自己的各种“瓶颈”问题，并及时解决，完善自身。对一个民族而言，愿不愿意思考《野草》里的哲学命题，实际上是敢不敢于正视、揭批和去除民族劣根性的问题，是愿不愿意创新和发展的问题。

第四章　鲁迅的心性展示在《野草》里
——心理学视野中的《野草》研究概论

就心理学主题视角下的《野草》研究而言：从20世纪看，20年代高长虹提出“入于心的历史”说；40年代雪苇和孙机关注鲁迅内心情感的争鸣，胡风、萧军等较多的研究者开始重视沉郁风格和悲苦内涵；50年代冯雪峰反映鲁迅的心理印痕；60年代许钦文、胡炳光、李何林就消极情绪、消极的悲观失望和空虚之感进行了讨论；80年代李希凡的《一个伟大寻求者的心声》、钱理群的《心灵的探寻》，以及王吉鹏、张俊山、陈佳民、诸孝正等进行了心理学主题研究；90年代李玉明的《拷问灵魂》，彭定安、阎庆生、刘彦荣、谭玉良、刘福勤、肖同庆、皇甫积庆等关注其意识及心理。21世纪初王景山的《悲凉悲壮的心音》、刘彦荣的《奇谲的心灵图影》、龙子仲的《怀揣毒药　冲入人群》，以及黎活仁、汪卫东等，就意识、想象力、精神世界展开了深入研究，探讨了《野草》文本中丰富的心理学蕴意。

第一节　人的本性的探索
——早期的《野草》心理学研究

文学作品常反映作家的心理，这已成为共识。钱少武说：“鲁迅是中国二十世纪屈指可数的文化伟人之一，他的心灵世界、精神面貌，必然是丰富多彩，往往为常人所不及的。要想了解一个真实的鲁迅，散文诗《野草》不可不读。”①

---

①　钱少武：《〈野草〉：孤独心灵的自白》，《中州学刊》2000年第4期。

一 高长虹提出“入于心”说

高长虹揭开了鲁迅在《野草》中隐蔽的心灵世界的面纱。《野草》问世初期，他首先提出从心理学角度探视《野草》内部的情感世界。遗憾的是，他只蜻蜓点水式的粗略谈及，却没能深入挖掘下去。在《批评工作的开始》和《1925，北京出版界形势指掌图》中，他谈到了“个性”“需要”“态度”“直觉”等心理学术语，且将其引入《野草》研究中。“当我在《语丝》第三期看见《野草》第一篇《秋夜》的时候，我既惊异而又幻想，惊异者，以鲁迅向来没有过这样文字也。幻想者，此入于心的历史，无从证实，置之不谈。”① 看到《秋夜》发表后，他一方面惊异于鲁迅优美的文风，大不同前；另一方面看到了鲁迅在《野草》中流露出的心理情绪。这和他所看出的《野草》的“写意”是一致的。

二 张翼人围绕心理活动的研究

在《给鲁迅》中，张翼人从两方面分析了鲁迅在《野草》中的心理活动。一是关注心理，新颖简练。与20世纪20年代研究论文体式相比，20世纪30年代的张翼人采用书信体形式，即给鲁迅写信，表达自己对鲁迅及鲁迅作品的认识。以比较阅读方式展开研究的用意和形式很明显。“今天我读了你的三篇东西，觉得很可以给你对照对照。”② 在《对照》一文中，张翼人以鲁迅的个人内心世界在《野草》文本中的映像作为比较的出发点，并进行比较研究，挖掘了三篇散文诗中人的心理活动。如《墓碣文》中人类的悲苦，《淡淡的血痕》中勇士的怯懦，《一觉》中的自悖情绪等，这都“分明地可以表明你的内心是两重挤压”③ 的。二是使用新颖的数学算式，揭示心理，令人耳目一新。如《虚伪》一文认为，聪明人“是（人性）+（家畜性）的某一种人”，而傻子“当然是（人性）+（兽性）的这一种人”④，并且鲁迅坚信傻子是社会前进不可缺少的动力军。这里的一些判断可以说是有一定道理的。

---

① 高长虹：《高长虹文集》（中卷），中国社会科学出版社1989年版，第146页。

② 张翼人：《给鲁迅》，上海经纬书局民国24年版，第12页。

③ 同上书，第15页。

④ 同上书，第26页。

三 雪苇、萧军等的心理学阐释研究

雪苇为纪念鲁迅先生逝世十周年而写的《论〈野草〉》一文，最大特点是较早地对《野草》进行了划类研究。《论〈野草〉》的“绪论”认为，除《雪》《好的故事》和《腊叶》外，《野草》大约可以分成两组。第一组以《过客》为首篇，又包括《希望》《影的告别》《死火》《求乞者》《墓碣文》《颓败线的颤动》《死后》和《风筝》，共九篇。

雪苇划定的第一组的九篇散文诗，侧重于反映《野草》中鲁迅心理，大致勾勒出了《野草》中鲁迅内心世界“阴影”的轮廓。自《墓碣文》发表以来，有人认为它是鲁迅虚无心理的反映，有人说它是鲁迅极端绝望情绪的流露。与此相反，雪苇认为：“《墓碣文》恰好是《这样的战士》的出发点。《墓碣文》不仅没有什么‘虚无’，且与他的全部作品同调，没有什么绝望与丧气。同一步调，同一色彩。”① 也就是说，《野草》整体基调是远离虚无、远离绝望、远离丧气的。细加分析，他们都走了极端。实际上，《墓碣文》既写陷入虚无，又写反抗虚无。

在《野草》研究中，雪苇突出心理学的重大价值，表现鲁迅的决绝与反抗。如雪苇分析的《过客》中过客的坚定信仰与决绝的战斗心情，《墓碣文》中表现出的沉重压抑的情绪，《求乞者》中毫无布施之心者的倔强灵魂，《影的告别》中影的决绝与烦闷的心情，《这样的战士》中战士的决绝战斗，《颓败线的颤动》中老妇人的顽强求生的意志，《希望》中抒发的哀愤的情感等，都佐证了这一观点。

1940年代是《野草》研究理性日益凸显的时期，如萧军、欧阳凡海等对《野草》的悲苦内涵进行了相关研究。

这时，较多的研究者能用发展的眼光研究《野草》，认识到了《野草》兼具悲伤、苦闷、战斗的主调。《野草》各篇散文诗中，悲观痛苦的情感、乐观进取的情感、无所谓褒贬的情感等，都不同程度地存在。面对这一客观存在，不少研究者都能一体两面地研究《野草》文本。他们既看到了《野草》悲苦的一面，同时也看到了《野草》反悲苦的一面。萧军在《时代——鲁迅——时代》一文中说：“我只记得那是一本象秋天一样的书，给予我的感觉是明净而悲哀。”② 萧军读《野草》

① 雪苇：《鲁迅散论》，湖南人民出版社1984年版，第54页。

② 延安鲁迅研究会：《鲁迅研究丛刊》第一辑，延安新华书店1941年版，第134页。

时，读出了它具有秋的“明净”、秋的悲凉等色彩。这是一种总体感受，即《野草》中充满了秋味。但实际上《野草》中并不全是秋味，也有冬天的画面，如《雪》；也有春天的风光，如《风筝》；也有夏天的景色，如《好的故事》等。欧阳凡海在《鲁迅的书》中说：“《野草》里的一部分文章也是鲁迅在给《语丝》投稿的时候写的。他收在《野草》里的一九二四年的这几篇文章，特别露骨的表示他底哀愁里的悲凉与孤傲的成分之加强。其强烈的程度，可以使不从多方面去考察鲁迅的人，可以看不见这悲凉与孤傲之感里的战斗性。上面，我们既然把他那尚不明显的战斗性，从他底悲凉与孤傲中分析过了，现在，我们不妨再来看一看遮掩着他底战斗性的那厚厚的外衣，除了感情上的悲凉与孤傲之外，在思想方式上，又到底是怎样的一个混合物呢？”① 这些话表明了：一是研究者在研究《语丝》这份刊物时论及了《野草》的部分诗篇，也是鲁迅支持《语丝》的最好明证，明示了鲁迅与《语丝》之间的特殊关系。二是1924年鲁迅发表在《语丝》上的《秋夜》《影的告别》《求乞者》《我的失恋》《复仇》《复仇（其二）》等《野草》中的散文诗篇有强烈的悲凉与孤傲色彩。三是研究者采用对比方式告诉读者，从多方面多角度考察鲁迅认识鲁迅，便能看见1924年所写的《野草》诗篇蕴含的“悲凉与孤傲之感里的战斗性”，否则是看不见的。四是《野草》中包藏鲁迅战斗性的外衣，这“外衣”既有鲁迅感情上的悲凉与孤傲，又有鲁迅独特的思想方式，那么其思想方式的构成因素很值得思考，这一因素很可能就是反悲凉与反孤傲。无独有偶，还有研究者也看到了《野草》中的消极因素与鲁迅反消极的态度。胡绳在《鲁迅思想发展的道路》中说：“《野草》，这一本散文诗的结集，最深刻地表现着他在大革命过程中的悲观、绝望、矛盾、愤慨和苦痛的追求的心情。他的悲观是由于他所接触到的革命现实恰恰与所希望的相反，他的苦痛是由于在四面‘碰壁’之下发现他的旧的思想武器之衰朽。整个中国正沸腾在大矛盾，大分裂中，鲁迅的苦痛是与整个时代相关联着的。这不是导向退婴萎缩的失败主义的心情，恰恰相反，倒是向前跨进更大一步的新生因素，虽然里面包含着悲观绝望的成分；鲁迅的伟大就在于他能够通过大悲观而走向真实的大希望，通过绝望而开始去学习‘别种方法的战斗’。”② 胡绳的评论文字极为精准地概括出了《野草》

① 欧阳凡海：《鲁迅的书》，联营出版社1947年版，第262页。

② 胡绳：《鲁迅思想发展的道路》，《动力文丛》1948年第1期。

文本中蕴含的情感因素，有消极的一面，也有积极的一面。同时明确交代了鲁迅的悲观与痛苦既有周围社会环境因素的影响，也有自身因素的影响。大的社会环境是，当时的中国正处于大分裂大变革中，作为个体的鲁迅的一举一动甚至忧怒哀乐，无不与这个大时代密切相关。而鲁迅的伟大与特异之处，就是他能“于浩歌狂热之际中寒；于天上看见深渊。于一切眼中看见无所有；于无所希望中得救”，进而寻到新生的途径。可见，《野草》中表现的鲁迅悲观情感中又有积极乐观的一面。明显受到胡绳这篇论文影响的是李广田。李广田在《鲁迅的思想和创作》一文中论鲁迅的思想与创作时说：“由于环境的日益恶化，由于战友的变节或分散，由于四周的冷落与寂寞，他曾经感到过悲观，绝望，矛盾，愤慨，在创作上于是产生了一九二四到一九二六的《野草》。”[①] 这告诉读者：因为社会环境等各种因素的变化，在《野草》写作期间，鲁迅经历了至少这样三种情感变化，一是悲观、绝望的消极情绪，二是消极情绪与积极情绪交织在一起时的矛盾心态，三是愤慨反抗的积极情绪。

也有研究者看到：《野草》中鲁迅处境越是悲苦越是鏖战的心理内涵。何干之在《鲁迅思想研究》一书中说：“然而社会虽然黑暗和空虚，但也未必就完全绝望。……由于这进化的信念，又鼓舞了他的战斗的意志，以为必须反抗来试他一下。”[②] 在《野草》中的《希望》《腊叶》等诗篇中，社会环境的黑暗，精神世界的空虚，一丝希望的诱惑，坚定的进化论思想，当初对青年人必胜于老年人的坚信，无不展示了鲁迅思想真实的一面：那就是绝望之为虚妄，正与希望相同，即反抗绝望。而冯雪峰在《鲁迅回忆录》中论鲁迅时也说：“《野草》，我觉得可说是你在孤独的苦斗中的挣扎，同时也与灰暗和空虚搏斗的东西。”[③] 有孤独、灰暗、空虚的思想阴影，但更有挣扎与搏斗的实际行动。《影的告别》中的影“不愿彷徨于无地”而又“终于彷徨于无地”，就写出了影的生命追求与价值取向，虽止于彷徨，但“于无地”中有徘徊，有摸索，探索即有可能寻到出路，寻到出路即有新生。

---

① 李广田：《李广田文学评论选》，云南人民出版社 1983 年版，第 332 页。

② 何干之：《鲁迅思想研究》修订本，生活·读书·新知三联书店 1951 年版，第 65—66 页。

③ 中国社会科学院文学研究所鲁迅研究室：《1913—1983 鲁迅研究学术论著资料汇编》第四卷，中国文联出版公司 1987 年版，第 315 页。

可见，《野草》中具有的悲伤、苦闷、战斗的情感仍是其文本内涵的主色调。

也有少数研究者只看到了《野草》中鲁迅苦闷的情感。就连鲁迅自己在1934年10月9日《致萧军》的信中也如是说："我的那一本《野草》，技术并不算坏，但心情太颓唐了，因为那是我碰了许多钉子之后写出来的。我希望你脱离这种颓唐心情的影响。"① 因为萧军给鲁迅先生的第一封信中谈及《野草》时，曾说这本散文诗"启发我一种深沉的郁闷"②。所以鲁迅才回信，以"颓唐"对"深沉的郁闷"。有的研究者以此为据，认为《野草》中有的诗篇是灰色的，是苦闷的。由范泉翻译的日本小田岳夫著的《鲁迅传》一书说："在这时候的他的散文诗（他写过二十多篇的散文诗）之中，有题名为《求乞者》的一篇，它更说尽了他当时的灰色的心境。"③ 小田岳夫未能深思《求乞者》中的这句话："我不布施，我无布施心，我但居布施者之上，给予烦腻，疑心，憎恶。"鲁迅是反抗布施、反抗求乞、反抗灰色的，研究者不应该忽视这一点。许钦文说："鲁迅先生在翻译《苦闷的象征》时给《语丝》写散文诗之类的《野草》，我觉得许多地方都是应用了这书中的原则的，最明显的是《风筝》这一篇。"④ "这书中的原则"即是《苦闷的象征》一书中"对于资本主义的一种反抗，它认为艺术是因两种力量的冲突而发生的一种苦闷"⑤。而"最明显的是《风筝》这一篇"，究竟什么"最明显"呢？许钦文没有直说，但根据上下文的文意，即《风筝》这一篇"最明显"之处：就是也运用了"苦闷的象征"的手法，《风筝》从外到内充满了苦闷的情感和象征的色彩。笔者认为，许钦文谈的不错，但只谈及了《秋夜》的一个方面，而枣树作为鲁迅笔下重点描摹的形象，又运用大篇幅来塑造，它的战斗精神那么突出，是不应该避而不谈的。

所以，只看到《野草》中有鲁迅的苦闷的情感还不够，还应该看到苦闷之外的东西，即《野草》苦闷深处的原发力量——鲁迅天然具有的反抗世俗反抗黑暗的精神。

---

① 鲁迅：《鲁迅全集》第13卷，人民文学出版社2005年版，第224页。

② 延安鲁迅研究会：《鲁迅研究丛刊》第一辑，延安新华书店1941年版，第134页。

③ ［日］小田岳夫：《鲁迅传》，范泉译，开明书店1946年版，第52页。

④ 许钦文：《鲁迅先生译〈苦闷的象征〉》，《青年界》1947年第1期。

⑤ 欧阳凡海：《鲁迅的书》，联营出版社1947年版，第263页。

第二节　矛盾心理的挖掘
——《野草》中的矛盾心理及转化研究

一　《野草》中鲁迅心理世界的研究

1950年代的《野草》研究，在批判中又有所发展。《野草》中有一连七篇以“我梦见自己”开头的散文诗，从而使读者或研究者走进了鲁迅的梦境世界，一窥鲁迅的心理活动。梦，是人们白天的思维活动在夜间入睡朦胧状态时候的各种活跃场面再组合的反映。《野草》中的梦，同样是鲁迅白天所经历的某种思维活动在睡意中的一种反映。冯雪峰认为，《野草》中有一些诗篇，如《影的告别》《死火》《失掉的好地狱》《墓碣文》《颓败线的颤动》《死后》等，均直接写梦境，描绘的梦境或好或坏，或阴或晴，多以灰色可怖为主；描写心理活动，人生五味，冷暖悲乐，知感互通，多以消极心理为主。如《失掉的好地狱》一文反映了鲁迅悲观的心理，认为：此文“一方面预见着国民党政权的黑暗，一方面也流露着作者当时对革命前途的一种悲观的看法”[①]。此外，《论〈野草〉》指出《秋夜》有鲁迅悲观的思想，但偏向于乐观的战斗态度；也指出《好的故事》表达了鲁迅在现实生活中看不见“美的人和美的事”的悲哀心理等。《野草》诗篇中除写梦境之外的作品同样反映鲁迅的心理印痕。如《复仇》一文，鲁迅表达了鲜明的爱憎情感等心理反应。提出鲁迅“对这类‘旁观者’的憎恶和愤激是如此的深刻和强烈，同时无论愤激或憎恶都说明着他对于社会的十分积极的态度，而且也说明着对于这类‘旁观者’抱有积极的要求”[②]的观点，表明了冯雪峰从心理视角解读《野草》的尝试。

思基、吴奔星等人对《野草》文本战斗情怀进行了研究。这一时期，《野草》的宏观研究显示了一定的水平。其中代表性的研究论文有：思基的《散文诗：〈野草〉》，吴奔星的《划时代的战斗的诗篇——〈野草〉》等，两文都很重视《野草》思想性的研究。

从分类角度研究《野草》思想内容，如思基的《散文诗：〈野

---

① 冯雪峰：《论文集》（下），人民文学出版社1981年版，第372页。

② 同上书，第371页。

草〉》。该文采取传统的分类方式来研究《野草》文本，认为《野草》各篇散文诗，“如果从内容上归纳起来大体上可分为四个组诗（但每篇的内容并不全是单一的，如《颓败线的颤动》《聪明人和傻子和奴才》《秋夜》等，都是同时可以列入几个组诗的。这里的划分只是采取它的主要方面）”①。这四组有：一是散文诗中作者内心充满矛盾情绪的诗篇；二是散文诗中歌颂顽强战斗精神的诗篇；三是散文诗中批判黑暗统治和市侩主义的诗篇；四是散文诗中作者向往美与自由情绪的诗篇。其中的第一类和第二类，研究者作了较为翔实的论述，如论述《这样的战士》时，研究者说，战士“知道封建统治者及其帮凶善于钻谋，改革者稍有不慎立刻就会遭遇毒手，因此他不怕攻击，不怕污蔑，也不怕恭维”②。这种研究视角很新颖独到。因为历朝历代，改革者的境遇多是很悲惨的，毕竟强大的保守势力即“封建统治者及其帮凶”在主宰世界，保守者利益一旦受到损害，便即刻起来反对改革，改革家们自然遭遇不好的下场了。但改革者具有促进发展的价值和意义，因此战士才不断地“举起了投枪”击向敌人。从对《野草》采取分类方式研究的开始，一直到现在，思基做了一次较为明确的科学分类说明。实质上，思基既看到了此前以分类方式研究《野草》存在的弊端，同时也看到了《野草》文本自身蕴含着多方面相通的内容。因此，这种并不绝对化的分类方式还是可取的。

从五四时期新诗的角度研究《野草》思想内容，如吴奔星的《划时代的战斗的诗篇——〈野草〉》。此文认为：“《野草》的划时代的战斗意义是应该从我国新诗的发生、发展并结合它本身的思想内容和艺术特点去理解的。”③ 这里，吴奔星研究中国新诗是以胡适作为起点的，并使用了十分极端批判的言辞评论了《尝试集》，认为朱自清、俞平伯、冰心、汪静之等人的新诗虽有新风貌，但分析他们的诗并不是主要目的，最为主要的目的是衬托鲁迅“《野草》的出版，对新诗的发展，从内容到形式，都具有划时代的里程碑式的重大意义”④。在一系列的论述中，吴奔星达到了这样的目的。鲁迅之所以选择写《野草》这样的散文诗，是其历来反对陈词滥调，想要革新文体的表现；是散文诗的内容与形式便于掌握，更方便表达的需要；是《新青年》团体的分裂，新文学阵营的分化后鲁

---

① 张泗洋、思基、张芬：《论鲁迅的创作》，吉林人民出版社 1956 年版，第 116 页。

② 同上书，第 123 页。

③ 江苏省文联：《鲁迅作品研究》，江苏人民出版社 1957 年版，第 40 页。

④ 同上书，第 44 页。

迅的需要；是鲁迅鞭策自己，表达理想，倾诉“难于直说”情感的渠道；是不让告密者和当权者立即清楚写作意图的需要。研究者对此做了一一论述后，又论述了《野草》的战斗性，对外是打击敌人，对内则是鞭策自己，这种鞭策作用同样是为了更好地打击敌人。如《野草》中的影、过客、傻子、战士等形象，都是有利于审视自己、鼓励自己、与敌人勇敢战斗的形象。

这两篇研究论文都重视《野草》的革命精神与战斗思想，在行文中，思基笔调平易近人娓娓道来，吴奔星字里行间充满诗意的感性和批判的锋芒。在论析《野草》时，他们的见地都比较深刻，不乏深邃的思考，时时展露睿智的目光、活跃的思维等。

二　1960年代《野草》中矛盾心理的研究

（一）王瑶的《野草》研究

王瑶的《论〈野草〉》，原题名为《论鲁迅的〈野草〉》，最初发表于《北京大学学报》1961年第5期，后收入1984年人民文学出版社出版的《鲁迅作品论集》中。《〈过客〉略说》也收于此书中。

这时，王瑶已经提出了不完全同于《中国新文学史稿》中评述《野草》的观点。“这部作品与他的其他许多杂文集不同，它主要不是针对社会现实所发表的意见，不是如‘投枪’一样的对敌斗争的产物，而是对自己心境和思想中矛盾的解剖、思索和批判。”[①] 这表明，王瑶在这一时期研究《野草》也有一定的变化，更重于《野草》中鲁迅心理世界的探索了。这表现在《论〈野草〉》和《〈过客〉略说》中。

王瑶《野草》研究的创新之处，是从自我解剖与自我批判的角度研究《野草》，且贯穿于文本始终。这也是两文最大的特点。他认为，《影的告别》和《墓碣文》“这两篇作品中所写的虚空阴暗的思想本身当然是不健康的，但作者是以一种自我解剖和批判的态度写的，而并非赞扬它；虽然由于当时他还没有到达马克思主义的高峰，因而这种思想矛盾还未能获得真正解决，但他感觉到自己思想中有矛盾并努力排除一些阴暗的情绪，正预示着在他思想发展的道路上将有一个极大的飞跃”[②]。对消极的思想情绪，鲁迅能反躬自省，解剖之批判之，这是极为难能可贵的。对于《野草》时期脱离大众的知识分子来说，毫无疑问，这是一个警醒，反思

---

① 王瑶：《鲁迅作品论集》，人民文学出版社1984年版，第118、270页。

② 同上书，第136页。

自己如何才能与大众更好地融合在一起。这更是一次自拔的机会，如何摆脱自身目前思想上的困境，鲁迅不得不深入思考，必须走出一条新路。即便找不到新路，首先要做的就是自我解剖和自我批判。这就是活生生的鲁迅，决不苟活的鲁迅。王瑶较早地看到鲁迅自我反省这一点，而且又能对反面问题给予正面审视，对消极情绪加以积极引导。在当时极左思想影响下，这确实是一种独到新颖的认识，而且避免了走某种极端的倾向。《论〈野草〉》及《〈过客〉略说》两文的结尾处都有这样的表述："到鲁迅后期成为伟大的共产主义战士以后，他曾对《野草》一书以新的观点作过一些说明。"[①] 也就是说，鲁迅在《野草》时期，是有消极思想情绪的，当他完全用马克思主义思想指导自己的创作时，便全力投入表现这一崭新思想的创作中。王瑶捕捉到了鲁迅提出的"新的观点"，用发展的新眼光审视《野草》文本，这是《野草》研究得以可持续发展的重要条件。其创新之处不仅如此。有研究者曾说女孩赠送给过客的布片是过客前进途中的障碍，而《〈过客〉略说》却别出新见。认为："这个女孩对于我们理解'过客'的心境是有很大帮助的，尽管她对'过客'只发生过一杯水和一块布片的关系，但水是用来补充血的，布片是'太好的''最上的东西'；而且她对前面是野百合和野蔷薇的说法也引起了'过客'的微笑，而并不象他听到老翁说前面是坟时的那样诧异，这都说明女孩的关心和期望对于'过客'的继续前进仍然是有作用的。"[②] 此前有关《过客》的研究，很少有人谈论过客与女孩之间的关系，就是论及了，也不过谈些二人之间的年龄关系或性别关系，如此而已。但王瑶谈到了人人皆知却很少有人谈论的另外一层关系，即女孩和过客之间"只发生过一杯水和一块布片的关系"。注意到了这一层关系，并且把这种细微处一语道破，这是王瑶比其他研究者深刻的表现。还有，女孩看到的前面是有"许多许多野百合，野蔷薇"的，而这早已切入了过客的心里。更为重要的是，女孩送来的水或布片中隐藏着的"关心和期望"有鼓舞过客支持过客前行的动力的特殊作用。这也是大家熟知却忽视了的细节，而王瑶捕捉到了，这新颖的一笔让读者瞬间了然过客内心的感动。

可见，王瑶《野草》研究的新颖之处，在于突出了鲁迅在《野草》中自我解剖与自我批判的态度。

---

① 王瑶：《鲁迅作品论集》，人民文学出版社 1984 年版，第 277、145 页。

② 同上书，第 276 页。

（二）“彷徨、激愤、苦闷、矛盾、探求和自我批判的情绪”的研究

在简述鲁迅前期思想主要特点时，吴小美在《论鲁迅〈野草〉的思想》中分析了《野草》时期鲁迅思想变化的主观原因。[①] 吴小美一方面指出鲁迅早期思想的主要内容是“反帝反封建，反对不彻底的民主革命和浅薄的改良主义，要求维护民族的生存和人的尊严，要求唤醒群众的觉悟”，另一方面总结了《野草》中所流露出来的鲁迅的“彷徨、激愤、苦闷、矛盾、探求和自我批判的情绪”[②] 等特点。在此基础上又作出了相应的探究和分析，这都表现出研究者较为深入细致的思考和认识。如吴小美先分析了幻灯片事件，并认为这一事件彻底改变了鲁迅对国人的看法。鲁迅由科学思想救国转而变为文艺思想救国，因为鲁迅认识到了中国国民并非身体羸弱，更在于精神上的贫弱，导致自身思想的愚昧落后，于是弃医从文。之后，在经历了“辛亥革命前夕我国知识界出现的思想大分裂”之际，鲁迅倾向于进步的革命派立场，形成了革命民主主义思想。还有，在十月革命和五四运动刚一结束后，虽然“鲁迅又经历着资产阶级和无产阶级在政治关系上日趋分裂的考验”，但他倾向于“李大钊等共产主义知识分子”[③] 的立场。鲁迅前期主要生活在北洋军阀政府的黑暗统治之下，军阀混战，民不聊生。战胜天神之后，魔鬼和魔鬼之间、魔鬼和人类之间，都在地狱中不停地厮杀着，为的是争夺地狱的统治权。鲁迅看清了他们的丑恶面目，揭穿了他们的鬼把戏。他想进取，但因找不到主宰中国前进和发展的主流力量而苦闷着而彷徨着。对鲁迅前期思想变化历程的描述，既说明鲁迅要求进步的新思想与反动旧思想之间判然有别的界限，也说明鲁迅不断调整自己的思维以适应时代新形势发展的需要。

（三）《野草》中消极思想的出现与转化研究

借助外因解读《野草》，充分运用鲁迅前期思想发展状况，尤其是1924—1926年鲁迅思想变化状况，研究《野草》文本思想，从而勾勒了《野草》时期鲁迅的心理变化过程。

曾华鹏说：“鲁迅这种矛盾的心情，在整本《野草》中，更是得到深刻而鲜明的表现。我们就是在对鲁迅1924—1926年这时期的基本思想进行分析的基础上，来对《墓碣文》这一具体作品，作初步的探索

---

① 吴小美：《论鲁迅〈野草〉的思想》，《兰州大学学报》1963年第1期。

② 同上。

③ 同上。

和解释的。”[1] 1924年到1926年，是鲁迅思想发展前一阶段的后期，或如有的学者将其定位为鲁迅中期思想时期。这期间，鲁迅思想状况无论如何变化，都将影响其创作，都会在作品中得以体现。从创作《秋夜》开始，一直到《一觉》为止，鲁迅正经历了前期思想剧烈变化的这一过程，受其影响是正常的。周绍曾也认为：“必须从鲁迅前期思想发展的角度来看《野草》，只有从鲁迅前期世界观及其矛盾运动中，才能得到一把打开《野草》秘密的钥匙。而且必须把《野草》当作一个整体来看，才能避免任意割裂或片面强调的弊病。”[2] 研究者认识到了解读《野草》的关键所在，即“鲁迅前期思想发展”和变化。站在鲁迅前期思想大背景的前提下，分析鲁迅这一时期思想变化的因素，有社会环境的因素，此时国际国内政治形势变化巨大，有家庭因素，如亲情关系的影响，也有自身因素，如自己不能及时和恰当地解决内心中新旧思想之间带来的矛盾和冲突等。这都导致了鲁迅前期世界观产生动摇，自我思想的激烈斗争等。研究者也认识到把《野草》作为一个整体来解读是更重要的，而采取的分类研究《野草》的方法是对整体研究所作的较好的说明。在分析《野草》的韧战特点时，研究者详述了《秋夜》《这样的战士》《淡淡的血痕中》，简要分析了《复仇》《立论》《狗的驳诘》《失掉的好地狱》等。而论析鲁迅前期世界观的动摇时，周绍曾说，“根据进化论观点，鲁迅先生前期对‘青年’是寄予很大希望的”[3]，仅举《过客》一例，只字不谈《希望》，这不能不说是一个遗憾。而这一时期，木将的《〈好的故事〉讲解》、孙龙父在《如何理解鲁迅〈野草〉的思想性、战斗性》中对《题辞》与《秋夜》的赏析、华鹏在《释〈墓碣文〉——〈野草〉初探之一》中对《墓碣文》具体阐释的文字，力避支离破碎的肢解文意，力求文本的整体感。

但就借助外因解读《野草》来看，鲁迅的前期思想在《野草》中确实有所体现，一些研究者对此的看法各有不同，并做出了翔实的论证。孙龙父说：“这一时期鲁迅先生的彻底反帝反封建的战斗精神和积极的自我解剖，不断前进的革命意志，是基本的、主要的一面；他的思想上的怀疑、失望、苦闷、彷徨，只是暂时的，而且是在不断出现也不断被克服的。他在写作《呐喊》的时候就是如此，在写作《彷徨》的

① 华鹏：《释〈墓碣文〉——〈野草〉初探之一》，《扬州师院学报》1961年第11期。

② 周绍曾：《从鲁迅前期思想发展看〈野草〉》，《河北大学学报》1962年第2期。

③ 同上。

时候也是如此，在写作《野草》和其他杂文的时候也无不如此。”[①] 研究者认为鲁迅在《野草》中表现出来的基本的和主要的思想大体有四：一是战斗精神，二是自我解剖，三是革命意志，四是“不断出现也不断被克服的”即时性的“怀疑、失望、苦闷、彷徨”等情绪。而该文论述了《野草》的思想性、《野草》的战斗性、《题辞》的战斗性、《秋夜》的象征形象等，基本切合鲁迅前期思想发展历程。但在这里，可商榷的就是第四点。鲁迅最终确实变成一个革命者的最重要的标志，就是由进化论者变成了阶级论者，但这个过程并非一蹴而就的，而是经历了一段较长时间的波折，不断探索之后，终于成长为一个伟大的革命家了。那么认定这一时期的鲁迅能将“不断出现也不断被克服的”即时性的“怀疑、失望、苦闷、彷徨”等情绪在瞬息之间予以转化，实在有些高估鲁迅当时彷徨、孤独、韧战、进取等交织于一体的思想状况了。秦德林在批评一些研究者时说：“认为鲁迅在《野草》创作中对中国抱着一种虚无和悲观主义的态度，固然是不对的；而认为《野草》中的失望、彷徨、苦闷只是一时心灵的波动，也不是符合实际的评述。相反，也只有承认《野草》中深沉的苦闷和悲剧情绪，我们才能真正认识到它的战斗意义和它的局限性，也才能真正理解二十年代的鲁迅和《野草》的价值。”[②] 显然，秦德林在他的长篇论文中，既不同意《野草》表现鲁迅虚无说、悲观说的评论，也不同意那种认为鲁迅自身“思想上的怀疑、失望、苦闷、彷徨，只是暂时的，而且是在不断出现也不断被克服的”评论。更为可贵之处在于，秦德林能较为客观公允地“承认《野草》中深沉的苦闷和悲剧情绪”，这是《野草》文本自身拥有的特征，也是一个客观存在。这是孙龙父与秦德林之间的一个不同。此外，他们之间还有一个不同，即秦德林论述了研究《野草》对研究鲁迅前期思想的相互作用力，认为：“不了解《野草》，就不能深刻理解鲁迅前期思想，而要了解《野草》又必须对当时现实和同期著作做综合的分析研究。”[③] 可见，事物之间相互促动的作用是不应该被忽视的。还有，综合分析和整体研究也得到了强调。因为，在这样研究方法

① 孙龙父：《如何理解鲁迅〈野草〉的思想性、战斗性》，《扬州师院学报》1961 年第 11 期。

② 秦德林：《革命风云和艺术家的苦闷——论二十年代的鲁迅和他的〈野草〉》，《南京大学学报》（人文科学版）1963 年第 1 期。

③ 同上。

指导下，研究的结论较为全面而有说服力。研究者们受到时代局限的影响是不言而喻的，受写法的限制属于写作技巧的问题，如孙龙父在《如何理解鲁迅〈野草〉的思想性、战斗性》一文的结尾，若能将《野草》中其他诗篇里的一些形象的象征含义予以简略交代，甚至一笔带过也无不可，如研究者应该指出《影的告别》中的影象征虚无的“我”，《雪》中江南的雪象征美好的事物，《过客》中的过客象征革命的先驱者等，这些象征形象交代清楚后，才能与“最后，我想对《野草》中的某些象征形象做一些新的探讨”这个观点保持一致，毕竟《野草》包括23篇散文诗，而不止《秋夜》一篇，即使设定了“以《秋夜》中的几个形象为例”的范围，仍然存在《秋夜》范围小于《野草》范围这样的问题。但这淹没不了论文中的新见。如对事物或作品内在关系的考察，至今看来仍有启发。秦德林说：“一般地指出鲁迅思想发展的两个阶段(进化论和阶级论)，对研究《野草》是不够的，我们不仅要看到他前期思想和后期思想的本质差别，而且要注意研究两个阶段的内在联系，以及在向阶级论转化过程中的特殊表现形态。”[①] 自从瞿秋白在《〈鲁迅杂感选集〉序言》中给出“鲁迅从进化论进到阶级论”[②] 这一转化的评介后，更多的研究者都是遵循这种观点的。但秦德林认识到，仅仅止于此是“不够的”，更要发现他们之间的“本质差别”和“内在联系”。在鲁迅的杂文研究中，可能早已经有人提出此说。但在鲁迅的散文诗《野草》研究中，秦德林的此说还是较为新颖的。这也启发了后来的《野草》研究者的思考，鲁迅前期与后期思想的发展，是不是只有进化论和阶级论，有没有其他的演变过程，等等。孙龙父评价《野草》时认为：“我们也分明感觉到，这些作品，随着写作时间的先后，也确实体现了作者思想感情的种种变化发展。笔者认为，作者在写作时给这些诗篇创造的序列，从总的方面来看，从前到后，是描写了一种思想感情从清醒进入朦胧，从现实走入梦境。当然，在这中间，也穿插了一些暂时的憬悟，片刻的沉思，而整个意境却推得愈来愈远。这是一面。另一方面，从这些作品所构成的一种旋律来看，它的色调，却是由阴冷到火热，它的音符，又是由低沉到高亢。我们在这一些作品中的某些地方，的确也会感触到一种阴冷、沉闷的氛围，但突破一层，转进一步，又一

---

① 秦德林：《革命风云和艺术家的苦闷——论二十年代的鲁迅和他的〈野草〉》，《南京大学学报》(人文科学版) 1963 年第 1 期。

② 瞿秋白：《瞿秋白作品》，时代文艺出版社 2004 年版，第 325 页。

定会得到不少热烈、昂扬的意气。”[①] 研究者的这种理解是有道理的，但需要做如下进一步的说明。翻读《野草》，写于1924年的后4个月的有6篇，1925年全年的有15篇，1926年前4个月的有两篇，这是其一；其二，并不仅仅因为1925年全年时间长而写作了《野草》的大部分篇目，更深刻的原因在于，1925年是鲁迅生命历程中最不平凡的一年。外围的事件如北京女子师范大学学生风潮、五卅惨案、读经复古、明枪暗箭、马克思列宁主义文艺理论思想的传播等，鲁迅自身的事情如许广平的介入、章士钊罢免了其教育部佥事之职等，无一不对鲁迅产生重要影响。于是在这一年的小说、杂文、散文诗中，抒胸中块垒，发心中隐忧，写了《野草》的大部分也就无足奇怪了。“《野草》就整体来说，保持着统一的思考风格，而就每篇的具体内容来说，还是有所变化的。”[②] 在这方面，秦德林与孙龙父产生了认识上的共鸣。

第三节　心声与心灵的分析
——改革开放以来的《野草》心理学研究

由计划经济向市场经济的转变，极大地激发了人们探索与发展的积极性。特别是随着思想大解放，社会意识形态的变革，研究者突破禁区，心理学研究方兴未艾，持续发酵。诸如李希凡、钱理群、李玉明等研究者，都取得了可喜的相关研究成果。

一　1980年代的《野草》心理学研究

这一时期，研究者大胆探索，从心理学视角切入《野草》的世界中，讨论文本中所蕴含的鲁迅的心理、心灵、精神层面的内容。从散文诗抒发作者情绪、思绪方面看，研究者挖掘《野草》的心理学内容，旨在触摸鲁迅的灵魂。

---

① 孙龙父：《如何理解鲁迅〈野草〉的思想性、战斗性》，《扬州师院学报》1961年第11期。

② 秦德林：《革命风云和艺术家的苦闷——论二十年代的鲁迅和他的〈野草〉》，《南京大学学报》（人文科学版）1963年第1期。

(一)《野草》心理学研究的著作

1. 李希凡的《一个伟大寻求者的心声》

1982年8月，上海文艺出版社出版的李希凡的《一个伟大寻求者的心声》由17篇论文构成，其中的7篇《野草》研究论文较多地论及了鲁迅的心灵世界。其特点有：

留下“寻求者”的足迹。《民族魂（代序）》略述了鲁迅积极从事启蒙的历程，反映了一个伟大寻求者思想变化与亲身实践的革命足迹。在对《野草》中的枣树、过客、傻子、战士等形象的探寻时，李希凡说，如“‘过客’的为追求光明而不息前进的倔强性格，却也从一个侧面体现了作为‘寻求者’的鲁迅精神的鲜明特征”[①] 一例，就是抓住过客“走”的细节，研究者意在写其探求。

表现“心声”。《一个伟大寻求者的心声》一文从寻找光明的战士的角度，论述了鲁迅在《野草》时期反映出来的心灵、心境和心情，表达了鲁迅探索、寻求、战斗、进取的精神。“反映在《野草》里的现实与理想、虚无与实有、光明与黑暗、希望与绝望的种种矛盾，在思想感情上所引起的彷徨、苦闷，以至哲理探求，正是真实地记录了鲁迅作为一个投身于新的战斗的伟大寻求者的不平静的心声。”[②] 这样的表述在该书中曾多次出现，说明鲁迅此时心事繁多。研究者注意到了1924年至1927年鲁迅思想上的巨大变化。这期间，鲁迅经历的世事可谓不少。有国事，如北洋军阀混战不断；有家事，朱安与许广平带给鲁迅的两难选择；有朋友事，与高长虹的关系崩裂；有文化、政治事，女师大风潮及“三一八”惨案等。诸多事件交织在一起，鲁迅的内心世界殊难平静，在《野草》中自然要表现自己的复杂情绪及战斗心声等。《“更多的是更无情面地解剖我自己”》一文论述了鲁迅在《野草》中的自我解剖精神，研究者解剖了记录鲁迅复杂思绪的内心世界、解剖了反映鲁迅心路历程的观念世界、解剖了鲁迅充满矛盾的精神世界等。《爱的大纛　憎的丰碑》一文论述了鲁迅在《野草》中流露出来的爱憎、苦闷、犹豫、消极、憧憬美好等思想情感。承认《野草》中某些诗篇反映了鲁迅思想中复杂的一面，这是正视鲁迅及其《野草》的表现。《磅礴的热情　汹涌的诗意》一文认为：“《野草》的创作，是有所寓意、有所寄托的，这所谓‘感想’，是密切地

---

① 李希凡：《一个伟大寻求者的心声》，上海文艺出版社1982年版，第30页。

② 同上书，第34页。

关联着时代和作家的主观世界的。”[①] 研究者通过对《死火》的剖析，论述了死火的生存环境，死火的牺牲、奉献精神等。《永不锈损的心灵美》一文论述了“我”的自责与自剖，歌颂了鲁迅的心灵美。

要之，从鲁迅成长经历出发，从《野草》中各种形象心路历程出发，研究鲁迅的人生志向和心理世界，为读者开通进入《野草》中鲁迅内心的道路，《一个伟大寻求者的心声》一书对《野草》内容的探索和论述都能增进我们对上述问题的深入思考。为了实现这一目标，为了进入《野草》世界，为了倾听其中鲁迅的心声，看来细细研究鲁迅人生每一阶段，特别是1925年前后鲁迅思想变化是必要的，认真研究其接受进步思想影响带来的心理变化是可行的，毕竟这是其心声的具体表现。

2. 钱理群的《心灵的探寻》及其他

第一点，钱理群的《心灵的探寻》是关于鲁迅研究方面的专著，1988年、1999年、2005年先后由上海文艺出版社、北京大学出版社、河北教育出版社出版发行。该书引言部分交代了全书的研究目标，基本观点，研究方法，“我之鲁迅观”等内容。主体部分分为思维篇、心境篇、情感篇、艺术篇，各“篇”又分章，全书共计十六章。在后记中，钱理群交代了自己的鲁迅研究历程。

该书是典型的“以鲁解鲁”的研究专著，研究者对鲁迅作品熟悉到信手拈来的程度，时刻追求着自己的个性化的解读、认识和论证，止于此，又不人云亦云，也是本书的突出之处。还有，研究者的笔下不时流露出所处的社会生活环境。毕竟钱理群曾学习、生活、工作在“毛泽东的时代”，必然要受到毛泽东思想的哺育和影响。不仅《毛泽东选集》和《鲁迅全集》是钱理群和其他知识分子在那个特殊时代被允许阅读的合法读物，而且钱理群视毛泽东与鲁迅为“我的两个‘精神之父’”。所以，鲜明的时代氛围流露于笔端便是正常的了。

《心灵的探寻》论述的内容、言说的风格，确实让人受益匪浅。在这里，我们择取一端，专论其透视《野草》中鲁迅“心灵”的一面。该书的引言说：“读者终于获得了一次绝无仅有的机会，得以通过《野草》打开鲁迅心灵的奥秘。”[②] 读懂了《野草》，也就读懂了鲁迅的心灵。这“一面”可以表现为如下互有联系的三个特点。

初观此书，首先映入眼帘的便是各章的题记，它们均出自《野草》

① 李希凡：《一个伟大寻求者的心声》，上海文艺出版社1982年版，第119页。

② 钱理群：《心灵的探寻》，河北教育出版社2005年版，第10页。

各篇之中。各章题记所起的作用，实则为各章主题，同时暗示了鲁迅的某种心绪。如第十章的题记有二：一是“上下四旁无不冰冷，青白。而一切青白冰上，却有红影无数，纠结如珊瑚网。我俯看脚下，有火焰在”（《野草·死火》），二是“……于浩歌狂热之际中寒……”（《野草·墓碣文》）。这两则题记直接明了地表达了该章的主题：冷与热。看似属于肤觉体感，这实为研究者体察到了鲁迅的心理感受。

其次是触摸了《野草》埋藏着鲁迅内心深深的痛苦。研究者抓住鲁迅笔下的“人生苦”，掘开《野草》中鲁迅深藏的许多隐秘的苦痛，在《心灵的探寻》中娓娓道来。这“绝望而反抗”的“悲壮”精神，是《野草》也是鲁迅作品的基本精神。① 这是钱理群对《野草》精神要义的总体把握。实际上，“悲壮”的底色是以苦痛为最基本背景的。“其中最充分地揭示鲁迅内心情感的大波巨澜的，是《野草》里的《颓败线的颤动》。”② 在论述中，钱理群阐明了鲁迅的这种苦。

最后，在《野草》研究史上，《心灵的探寻》是奠定《野草》心理学主题标准的“纲领性”文献。为了打开《野草》的心理学世界，研究者在该书的引言中对此做出了下述明确的界说：

> 我们在《野草·题辞》与《野草·墓碣文》的纲领性提示下，参照《野草》有关篇目，提出了四组鲁迅所特有的单位观念（包括范畴）、单位意象——
>
> 第一组：“一切”与“无所有”，“天上”与“深渊”，“希望”与“绝望”；
>
> 第二组：“先觉者”与“群众”，“改革者”与“对手”，“叛逆的猛士”与“爱我者”，“生”与“死”；
>
> 第三组：“冷”与“热”，“爱”与“憎”，“沉默”与“开口”；
>
> 第四组：“人”与“神”、“鬼”，“人”与“兽”，“梦”与“现实”。
>
> 以上四组，构成了鲁迅独特的思维、心态、情感与艺术世界。③

很明显，这四组实为《心灵的探寻》一书的主体部分，即第一组对

---

① 钱理群：《心灵的探寻》，河北教育出版社2005年版，第41页。

② 同上书，第85页。

③ 同上书，第10—11页。

应思维篇，第二组对应心境篇，第三组对应情感篇，第四组对应艺术篇。该书的结构框架基本是以《野草》的内容搭建起来的。从形式上看，《野草》有统领全书的效用。从内容上看，该书自然也表达了鲁迅在《野草》中深藏的某些隐蔽思想。鲁迅自己也认为《野草》有“难于直说”的一面。但研究者认识到了鲁迅在《野草》中的辩证思维，这有利于揭示《野草》的深邃内涵。如“‘生’与‘死’几乎是贯串《野草》的中心线索”[①] 等。再如枣树与夜空、过客与老翁、傻子和奴才等既是对立的，但又辩证统一于一体。

这种从“单位观念”或“单位意象”入手研究《野草》文本多方面问题的方法，有利于读者宏观把握《野草》文本。提炼出散文诗集中主要的关键词，而且在各个关键词之间建立起某种相应的关系，使得这些关键词构成一种体系或一个系统。因此，钱理群归纳的四组问题对于我们了解《野草》的概貌是极有价值的。

第二点，先于《心灵的探寻》，钱理群于 1984 年发表的《读〈野草〉、〈朝花夕拾〉随笔》，这一长篇论文也对《野草》中鲁迅的心灵世界进行了探索。以散文笔法写的这篇随笔，行文语言浅近易懂引人入胜。研究者从散文角度解读了《野草》与《朝花夕拾》，并适当穿插了关于散文方面的知识，将二书融于一体。在优美的论述语言中，研究者对充满浪漫主义色彩的《野草》与《朝花夕拾》进行研究，进而展示鲁迅的心灵世界。如“在《野草》里，他退进‘野草’，‘舐尽了伤口的血痕’，他近乎冷酷地剖析着自己的灵魂，不惜将灵魂深处最隐蔽的黑暗，所有一切彷徨、怀疑、失望以至颓唐统统揭示出来”[②]。对鲁迅剖露自己灵魂深处的“毒气和鬼气”的表现，能看出研究者对鲁迅不希望自己的性格弱点影响青年与世人，而希望别人了解自己内心世界这一点是有所把握的。所以，这篇随笔就帮助了读者了解和走进鲁迅的内心世界。

总之，在《心灵的探寻》一书中，心理学视角是其他研究者们也认可的一个明显的研究角度。而且，钱理群运用提取关键词的方法来表现《野草》中鲁迅特殊的心态、思维、情感等，这同样反映了《野草》的心理学世界。可见，研究文学作品是需要了解作家心理的。不拘泥于成法，研究《野草》的语言，从中透视鲁迅的心理情感，把握鲁迅的心路历程，

---

① 钱理群：《心灵的探寻》，河北教育出版社 2005 年版，第 115 页。

② 钱理群：《读〈野草〉、〈朝花夕拾〉随笔》，《现代文艺论丛》第 3 辑，陕西人民出版社 1984 年版，第 151—152 页。

深得《野草》的精神实质，在这方面，钱理群表现了卓异的才华。

（二）《野草》心理学研究的论文

1.《野草》的思想倾向研究

《野草》的主导思想倾向是积极的和战斗的

在《野草》中，确实有一些散文诗篇格调乐观、高昂、积极奋进，如《秋夜》《过客》《这样的战士》等。研究者围绕《野草》这一方面的内容，写出了为数不少的论文，坚持《野草》的主导思想倾向是积极的和战斗的。王士菁在《关于〈野草〉》中，从矛盾论的角度论述了《野草》流露着鲁迅消极悲观情绪和积极乐观情绪，又依据矛盾有主要方面和次要方面的区别进一步论述了这个问题。“毫无疑问，从总的倾向来看，那积极的战斗的一面毕竟还是取得支配地位的主要方面。”① 研究者论述了《秋夜》《好的故事》《雪》《过客》等散文诗中蕴含着鲁迅积极的和战斗的精神，也论述了《墓碣文》《颓败线的颤动》中消极的一面，但积极的和战斗的仍是《野草》全书的主要倾向。从战斗性的角度切入，在肖华的《肖军和〈野草〉》一文中，肖军说：“我是读了《野草》，才开始用白话文写作的。”② 实际上，《野草》文本的战斗精神确实濡养了肖军、萧红等一大批的爱国进步青年，促使他们走上了革命道路。同样采取战斗的角度，周振甫在《鲁迅谈〈野草〉》中，采取全新的结构方式论述《野草》。以《野草·英文译本序》中涉及的《野草》中的八篇散文诗作为论文框架来结构论文，这是周振甫对以前《野草》分类研究的一个发展和突破，扩大了研究视野，给后来分类研究《野草》者以有益的启示。以鲁迅写作用意为标准，将用意相通的散文诗分别归入这八篇散文诗中各作为一组。所以，周振甫根据《野草·英文译本序》中的相关内容，“联系《野草》中鲁迅没有谈到的一些相关的作品，做些粗浅的说明罢了”③。这些说明立意在积极，旨归在进取，反映了《野草》的主导倾向。而杨雪瑞认为死火喻指“退隐”者④，这样的解读也受到了质疑。

2.《野草》心理世界的探索

钱理群的《心灵的探寻》初版发表之前，王吉鹏、陈佳民、诸孝正

① 王士菁：《鲁迅创作道路初探》，中国社会科学出版社 1981 年版，第 75 页。

② 肖华：《肖军和〈野草〉》，《吉林日报》1981 年 8 月 16 日第 4 版。

③ 西北大学鲁迅研究室：《鲁迅研究年刊（纪念鲁迅诞辰一百周年）》，陕西人民出版社 1981 年版，第 292 页。

④ 杨雪瑞：《〈野草〉试论》，《山西大学学报》（哲学社会科学版）1981 年第 4 期。

等研究者便对《野草》的心理学主题进行了探索。

1980年，王吉鹏的《前进的步伐　战斗的心声》写道："《野草》正是反映了一个彻底反帝反封建的革命者同黑暗的社会现实坚决斗争、同旧的世界观彻底决裂的历程。英勇的韧性战斗和革命乐观主义精神是《野草》的主要倾向。"[①] 对《野草》时期，鲁迅内心苦闷又不断冲破苦闷，内心矛盾又不断冲破矛盾，既有失望又有希望，陷于绝望又反抗绝望，心事如潮却又心如止水等辩证思考的把握，表现了研究者对鲁迅思想核心的领会。

此外，这方面的论述还有很多。1981年，陈佳民、诸孝正的《灵魂之歌》也反映了鲁迅在《野草》中对内心世界的积极探索。"《野草》所表现的内心世界，最强烈、最令人感动的是作者对自己'求索'和'抗战'灵魂的描绘。"[②] 研究者在探索鲁迅的内心世界讴歌《野草》中鲁迅的灵魂时，对《好的故事》《希望》《墓碣文》等做出了一些新颖的解读。如解读《墓碣文》时，研究者交代了《墓碣文》和《希望》之间的关系，交代了失望和希望、无望和出路之间的关系。这些内心世界的矛盾情绪是鲁迅变成马克思主义者之前灵魂搏斗的具体表现，是鲁迅思想转变过程中的"中间物"。1981年，范业本在《试论〈野草〉》[③] 和1983年程广林的《灵魂在黑暗与光明的搏斗中闪光》[④] 等论文中，都论述了《野草》心理学的问题。

较多流露《野草》中矛盾、寂寞、彷徨、悲哀、惆怅、苦闷、迷惑、空虚等消极情绪的论述，如1986年张俊山的长篇论文《心灵苦斗的纪录》。"散文诗集《野草》就是鲁迅在探索和前进途中思想斗争的产物，是他这时期心灵苦斗的真实纪录。"[⑤] 很大程度上，研究者将鲁迅的坎坷经历融入了《野草》研究中，反映了鲁迅曲折、复杂、多变的思想世界。

---

① 王吉鹏：《前进的步伐　战斗的心声——读鲁迅散文诗集〈野草〉》，《教学与进修（镇江）》1980年第2期。

② 陈佳民、诸孝正：《灵魂之歌——鲁迅〈野草〉探索》，《华南师院学报》（社会科学版）1981年第4期。

③ 吉林省纪念鲁迅诞辰百周年大会：《鲁迅研究论文集》，吉林人民出版社1983年版，第224页.

④ 程广林：《灵魂在黑暗与光明的搏斗中闪光——论鲁迅的散文诗集〈野草〉》，《国际政治学院学报》（哲社版）1983年第1期（创刊号）。

⑤ 张俊山：《心灵苦斗的纪录——鲁迅〈野草〉析论》，《开封教育学院学报》1986年第1期。

同时张俊山仍然论述《野草》的战斗精神。这种能一分为二地认识《野草》和评价鲁迅的方法，其结论自然更趋近客观而远离主观随意性。重要的是，张俊山对《死火》《失掉的好地狱》等散文诗中的某些意象也努力做出了新的解读。如“死火”就是鲁迅“寻找的对象。它象征暗喻对黑暗现实怀有不平，但却缺乏斗争勇气的人们”①等。

自从高长虹评论《秋夜》提出“入于心”说以来，不论在当时还是后来，心理学视角下的《野草》研究尚未形成趋势，甚至有一段时间还会招惹麻烦，研究者因此回避这一研究视角。但改革开放打开了这扇久被禁闭的大门，一些研究者纷纷涉足这一领域，研究鲁迅在《野草》中所表现出来的思维和情感的变化、内心世界的蓝图、悲乐交加的精神面貌等。其实，我们不去挖掘《野草》的心理学主题，它仍然是一个客观存在。只不过在我们论述这一视角时，其相关的价值内涵就得到了彰显。

3.《野草》的心灵学研究

本时期，殷国明和流舟等研究者从心理学、心灵世界的角度研究了《野草》。1985 年殷国明的《闪烁在夜幕中的心灵之光》一文对《野草》心理学的积极探索和深入论述，给人们带来了许多有益的启示。一是对 1981 年版《鲁迅全集》中《墓碣文》注释的新颖探索。“作者在文中通过一个梦境，描写了墓中人内心的虚无与灰暗，以及意欲认识和摆脱这种心境而不能的焦灼和痛楚。最后以‘我疾走，不敢反顾’来表示对这种思想情绪的否定。它在一定程度上表现了作者当时深刻的思想苦闷和严格进行自我解剖的精神。”②就上述《墓碣文》的这条注释说，注释者只“在一定程度上”注释了这篇散文诗，认识有偏颇，阐释不彻底，较多地关注了心理消极的一面。殷国明对此做了及时校正，说：“这个墓中人并不是一个空虚和灰暗的影子，他的悲剧性有其肯定自我的一面，也有否定自我的一面。……应该看到，这种自我价值悲剧性审视，是鲁迅正视现实，敢于面对惨淡的人生和淋漓鲜血的结果。尽管鲁迅为此感到深切的痛苦，但终究没有逃避，而是从现实的角度审视了自我，并从中汲取了力量。”③殷国明既看到了鲁迅心理的消极阴影，同时也认识到了鲁迅心理

① 张俊山：《心灵苦斗的纪录——鲁迅〈野草〉析论》，《开封教育学院学报》1986 年第 1 期。

② 鲁迅：《鲁迅全集》，人民文学出版社 1981 年版，第 203 页。

③ 殷国明：《闪烁在夜幕中的心灵之光——对〈野草〉的心理美学分析》，《华东师范大学学报》（哲学社会科学版）1985 年第 1 期。

中“力”的积极意义。这一认识使该论文的学术价值大为提高。2005年版的《鲁迅全集》删除了这条注释，扩大了《墓碣文》开放的研究空间。这里，是有殷国明一份贡献的。二是对《野草》中鲁迅心灵的探索。“《野草》所反映的作者的心灵过程，不仅仅是鲁迅精神世界自我分裂的过程，同时伴随着自我的重新发现和熔铸过程。”① 研究者辩证地研究《野草》中鲁迅的心理活动，既认识到了鲁迅矛盾痛苦的灵魂挣扎，又看到了鲁迅解决自己矛盾痛苦所做出的积极行动。

1989年《〈野草〉的美学世界》一文，就如何理解《野草》中所表现的鲁迅矛盾的内心世界这一问题，流舟做出了新颖的阐释。“我觉得我们实无必要为了求得统一去过多地附会牵强，因为人是复杂的，人的情绪有时比他的思想更难捉摸。特别像鲁迅这样内心世界极为深沉而又丰富的伟大思想家，你可以厘清他一生的思想主线，但却无法统一规范他每一个具体复杂的情绪。”② 对《野草》时期鲁迅的悲剧遭遇，思想的分裂与变化，情绪的“无可把握”、情绪的复杂多样等方面的分析，都表明了流舟为进入《野草》的美学世界和评估《野草》的美学价值而做出的诸多方面的把握，是准确的。

二　1990年代《野草》心理内涵的研究

与20世纪80年代相比，1990年代的研究者从心理学角度研究《野草》表现出了如下一些不同之处，多关注《野草》中灵魂的拷问、心理意蕴、写作心理学等内容。

(一) 李玉明的《拷问灵魂——鲁迅〈野草〉新释》

李玉明的《拷问灵魂——鲁迅〈野草〉新释》一书，1998年6月由济南出版社出版。

不熟悉《野草》的研究者，是很难走进《野草》世界中的，也很难写出既有深度又富有“新释”感的文字的。有人说，把握了《野草》的神髓也就把握住了鲁迅的精神实质。这话似乎有些绝对，但能看出《野草》与鲁迅的精神之间联系极为密切。李玉明在《拷问灵魂》中既传达了这样的联系，又表现出如下特点。

以心理学视角解读《野草》为主。不少研究者坚持《野草》是反映

---

① 殷国明：《闪烁在夜幕中的心灵之光——对〈野草〉的心理美学分析》，《华东师范大学学报》（哲学社会科学版）1985年第1期。

② 流舟：《双桥集》，学林出版社1989年版，第177页。

鲁迅心灵的作品。其中，部分散文诗流露着鲁迅心灵的苦闷和思想的矛盾，但其背后却反映着鲁迅的大爱。这两方面缺一不可。在研究者的论述中，《秋夜》中的枣树与夜空的搏斗，是“鲁迅第一次披示聚集动荡于自我心灵深处的人格搏斗与冲突”[①]。《失掉的好地狱》是鲁迅“灵魂的震颤与痉挛”，《墓碣文》是“打开鲁迅心灵世界门扉的一把钥匙”等[②]。还有关于《影的告别》《雪》《好的故事》《风筝》《死火》《颓败线的颤动》《这样的战士》《聪明人和傻子和奴才》《腊叶》等的新释，都不同程度地涉及了鲁迅对人对事对物的情感、态度、价值观，勾勒了鲁迅的心灵概貌，揭示了鲁迅思想的丰富与复杂等。在微观研究方面，《拷问灵魂》做出了上述角度的解读，新意频出。在宏观研究中也如此，如在《〈野草〉：鲁迅心态的全景图》和《从自我否定中走向新生》中，李玉明也关注了《野草》的精神心理结构。

突出《野草》中的现实因素与历史因素，以及主要采取鲜明的驳论形式进行论证等，也是该书的特点。如李玉明对求乞者提出的“人生态度”是有深刻认识的，虽然“势不两立的决绝痛斥”并未超出社会学批评的范畴，但探寻《野草》中鲁迅“心路历程”[③]的这一目标，已经达成了。运用驳旧立新的写法，《拷问灵魂》确实探索了《野草》中鲁迅的心灵世界。

对《野草》进行研究，上述几个特点也常常交织在一起。《过客》的新释是：“透过对自我心态的层层剥离和展示，传达出鲁迅密切胶结着历史与现实的沉厚的人生体验和全部人生哲学。”[④]这能看出李玉明研究《野草》时将诸多相关信息融于一体的整体观念。其好处在于：主观上有效地防止片面性，客观上力争还原《野草》的本来面目。

如上所论，在“拷问灵魂”的过程中，该书体现了研究者的学术追求，即坚持从心理学角度研究《野草》的方法。同时，《拷问灵魂》在驳旧立新中树立了自己的观点，即指出了灵魂的污点，写出了新意，表现出了与众不同之处。这都是其优长的一面。但其语言呈现出欧化的风格，长句子偏多，结果就增加了认识难度，让读者不容易理解《拷问灵魂》的内容。

---

① 李玉明：《拷问灵魂——〈野草〉新释》，济南出版社 1998 年版，第 18 页。

② 同上书，第 95、100 页。

③ 同上书，第 281 页。

④ 同上书，第 76 页。

（二）彭定安、刘彦荣等的相关论述

自改革开放开始，鲁迅在《野草》中展露的心理空间以及《野草》文本自身拥有的心理世界逐渐引起较多研究者的注意，出现了一些富于创见的论述，这也打开了《野草》研究的另一个世界的大门。自20世纪90年代以来，一些研究者在此基础上继续发掘着《野草》中的心理学因素。在选择角度和使用方法时，研究者多触及《野草》的心理蕴意和鲁迅的创作心理等内容，并表现出如下特点。

1. 有的研究者抓住散文诗的意象剖露《野草》的心理意蕴

刘彦荣在《论〈野草〉的心理过程》《〈野草〉无意识管窥》《〈野草〉中的想象》等论文中，借枣树、风筝、死火、阴阳、蛇、坟、荒野、基督等多种意象，论述了《野草》的心理因素。[①] 对上述意象的阐释，研究者时出新解。“关于两株枣树的描写及其数的变化，在表现作者的孤军作战的心情的同时，也包含兄弟失和这一段惨痛的体验在内。”[②]《秋夜》中枣树这一意象，已经有很多相关的研究成果。但这里从形式上提出实际存在的两株枣树涉及数量变化，从内容上暗示了两株枣树各自独立隐喻兄弟二人的失和。虽然与此前的多种解读有较大不同，但这正是其新颖之处。而庞沁文在《从〈野草〉的意象看鲁迅心灵的矛盾性》一文中，对枣树、猛士等意象的解读，仍与传统观点大体相同，但其可取之处在于：采取辩证、论析的方法。“鲁迅是一位希望抗争者，他的言行同他借‘枣树’等意象表现出的思想是一致的。”[③] 一方面论述枣树满怀信心地抗争，另一方面又认识到枣树无望地对抗黑暗。虽然从心理学角度研究《野草》，只揭示了《野草》的一部分内容，但庞沁文能一分为二地研究《野草》的心理学因素，得出较为客观可信的结论，则是可取的。确实如此，研究任何事物需要全面认识，才能防止产生片面认识。此时，除研究枣树等意象外，王吉鹏、林雪飞等人也论及了“野草”是鲁迅“不灭的心理意象，精神的家园，思想的堡垒”[④] 等。这些意象大体上勾勒了《野草》心理世界的轮廓，表达了鲁迅欲表达的某种思想感情。

---

① 刘彦荣：《〈野草〉中的想象》，《文学评论》1994年第5期。刘彦荣：《论〈野草〉的心理过程》，《鲁迅研究月刊》1995年第12期。刘彦荣：《〈野草〉无意识管窥》，《江西师范大学学报》（哲学社会科学版）1996年第2期。

② 刘彦荣：《论〈野草〉的心理过程》，《鲁迅研究月刊》1995年第12期。

③ 庞沁文：《从〈野草〉的意象看鲁迅心灵的矛盾性》，《晋阳学刊》1998年第2期。

④ 王吉鹏、林雪飞：《“野草”具名的长久心理蕴含》，《沈阳大学学报》1999年第3期。

2. 有的研究者注重表现鲁迅在《野草》中矛盾与复杂的心理

此时，关注《野草》心理研究的学者，如黄健、莫宗诚、秦弓等。黄健的《〈野草〉：反抗绝望的心灵浩歌》① 与上述庞沁文持论相比，他们有着相通的一面，但也有不同之处。黄健注重用《野草》中的情感表现鲁迅心理矛盾，而庞沁文重视用《野草》中的意象表现鲁迅心理矛盾。莫宗诚的《彷徨于明暗之间》② 论述了鲁迅复杂矛盾思想的转变，表达了鲁迅在黑暗中仍致力于探索光明。秦弓认为《野草》是“地狱种种惨相怪态的见证，也是对地狱的蔑视与诅咒，更是求索者的心灵轨迹，它蕴蓄着彷徨歧路的焦灼、反抗绝望的惨烈与埋葬地狱的希望”③ 等，他们都表达了大体一致的意思。

谭玉良、刘福勤、肖同庆、皇甫积庆等研究者④也研究了鲁迅在《野草》中所表现出的矛盾与复杂的心理。这些论文，在一定程度上扩大了《野草》心理学专题研究的影响，为以后的研究者进一步研究提供了有益的参考。

3. 一些研究者从写作心理学的角度对《野草》进行了广泛而深入的探索

做出这样探索的研究者，如彭定安、阎庆生、文学武、张闳等。就鲁迅的创作心态而言，彭定安在《心与梦的歌哭、释愤与抒情》中认为《野草》是“积极面同消极面的斗争，是积极面在克服消极面时的自我表现、自我解剖、自我反省、自我解脱与自我补偿”⑤。彭定安结合散文诗的艺术形式，研究了《野草》中的积极情感与消极情感，涉猎面较为广泛，富有启示性。阎庆生的《〈野草〉与〈野草〉时期》写道：“《野草》的酝酿和写作时期，鲁迅的创作心理作为一个整体，在此一时期所写的不

---

① 黄健：《〈野草〉：反抗绝望的心灵浩歌》，《浙江大学学报》（人文社会科学版）1994 年第 3 期。

② 莫宗诚：《彷徨于明暗之间——〈野草〉中鲁迅的矛盾心理和思想指向》，《广东鲁迅研究》1998 年第 1 期。

③ 秦弓：《〈野草〉解读》，《佳木斯大学社会科学学报》1998 年第 4 期。

④ 谭玉良：《论鲁迅挣脱内心炼狱的人格力量》，《康定民族师专学报》（哲社版）1994 年第 1 期。刘福勤：《从〈野草〉和书信看鲁迅的心境》，《徐州师范学院学报》（哲学社会科学版）1994 年第 3 期。肖同庆：《流放者谱系：灵魂的荒原之旅——鲁迅与中国士人传统研究之二》，《鲁迅研究月刊》1995 年第 10 期。皇甫积庆：《复仇与忏悔——鲁迅心理情结探窥》，《武汉教育学院学报》1998 年第 4 期。

⑤ 彭定安：《走向鲁迅世界》，辽宁教育出版社 1992 年版，第 432 页。

同作品中的表现是有差别的。"[1] 造成这种差别的根源在于：既因体裁根本不同，又因写作的瞬间感受存在差异。就连《野草》各篇散文诗之间也存在这种细微的差异。作家在进行创作时，写作心理和写作情感在小说中的表现较为委婉含蓄，而在诗或散文诗中的表现就较为直接，甚至直抒胸臆。这就是因体裁的差异而造成的区别。作为写作心理学视域下的《野草》研究，我们不能不说阎庆生对这个问题作出了富有实效极具启示意义的回答。宏观把握和微观深入，思想内容的深邃和艺术形式的分析等，都显示了研究者广博精专的研究水平。文学武的《现代主义与〈野草〉创作中的艺术接受心理》和《试论鲁迅创作心理对〈野草〉的影响》[2] 以及张闳的《〈野草〉的无意识本文及其焦虑》[3] 也论述了这一主题。

另外，邱颖、陆雁云、陈玉蕊、李建国、刘雁冰等研究者[4]，也都研究了《野草》中的创作心理因素及外来影响等。虽然对现代主义的研究尚需深入，但这毕竟丰富了《野草》创作心理研究的领域。研究者对现代主义的客观评价，对《野草》与现代主义的有机融合等，都显示了严肃认真的态度和可借鉴的价值。

综观此时期心理学视域下的《野草》研究，我们还是能看出相关的研究成果在逐渐增多，研究方法日渐多样，研究的内容继续发展有所深入。有专门的著作研究《野草》的心理学问题，如《拷问灵魂》，也有一些论文从想象、心理过程、心理意蕴等方面论述《野草》心理学内涵等。虽然此前有人对高长虹的"入于心"说提出了怀疑，但如今作为一个研究角度，立足于心理学来研究《野草》，从开阔研究视野这一方面看，这不失为一条有益的路径。

---

① 阎庆生：《鲁迅创作心理论》，陕西人民教育出版社 1996 年版，第 280 页。

② 文学武：《现代主义与〈野草〉创作中的艺术接受心理》，《社会科学辑刊》1995 年第 4 期。文学武：《试论鲁迅创作心理对〈野草〉的影响》，《台州师专学报》1995 年第 5 期。

③ 张闳：《〈野草〉的无意识本文及其焦虑》，《文艺理论研究》1996 年第 1 期。

④ 邱颖、陆雁云：《伟大灵魂的痛苦颤动——略论〈野草〉中的现代意识》，《齐齐哈尔师范学院学报》（哲学社会科学版）1990 年第 4 期。陈玉蕊：《〈野草〉的现代意识》，《宁夏教育学院・银川师专学报》1995 年第 1 期。李建国、刘雁冰：《压抑与反叛——权威主义良心与〈野草〉创作心态》，《山东教育学院学报》1999 年第 4 期。

三　2000年以来《野草》心理学研究的著述

21世纪以来，随着人们对鲁迅认识的不断加深，研究者也不断深入地探索《野草》文本中所蕴含的鲁迅的思绪、心理、意识活动。诸如王景山、龙子仲、刘彦荣等研究者，通过心理的探索，系统地分析了《野草》的心理学内容，体现了“心”的思维活动。

（一）《野草》心理学研究的著作

1. 王景山的《悲凉悲壮的心音——〈野草〉心读》

作为王景山的鲁迅五书心读丛书之一的《悲凉悲壮的心音——〈野草〉心读》，2002年1月由首都师大出版社出版。

首先，该书很薄，却内蕴深厚，“心读”文章很短，却意味绵长，富于启发性。

用心读《野草》的意象给读者以启发。这些意象有：形、影、死尸、恶鸟、看客、爱我者等。“只是《影的告别》和《墓碣文》，一向是被认为较难索解的两篇。我以为读懂这两篇的关键在于，两文中的‘人’是鲁迅，‘影’也是鲁迅，墓外的‘我’是鲁迅，墓里的‘死尸’即‘游魂’也是鲁迅。”[①] 人是矛盾的个体，是一体两面的合成。鲁迅常说自己所想的与所说的不一致，实际上就是他的“内面世界”与“外面世界”之间存在着矛盾。王景山从这一角度认识鲁迅，可谓是抓住了鲁迅的精神实质。以这种方式读这两篇散文诗读鲁迅，笔者认为这是较佳的方式。与冯雪峰同调，坚持《秋夜》中的“恶鸟”就是鲁迅的化身，[②] 也是有道理的。《复仇》的“心读”，即《让无聊的旁观者永远无聊》，简直就是鲁迅笔下看客群像的荟萃。看王景山从鲁迅的散文诗《野草》、小说、杂文、书信中提炼和认识看客形象，说明他对《鲁迅全集》的驾驭是轻车熟路的。《腊叶》的“心读”清楚地解释了鲁迅创作该文的主旨，但笔者认为王景山在这里交代了“爱我者”的范围：主要指鲁迅“周围的人”、“同乡人”、许广平等，这比专指“许广平”的那种特指认识视野更宽阔一些。

此外，用心读《野草》的题目和内容，也给读者以诸多启发。

用心体会，用心认识，研究者心里面有《野草》，《野草》里面映现

---

① 王景山：《悲凉悲壮的心音——〈野草〉心读》，首都师范大学出版社2002年版，第4页。

② 同上书，第14页。

着鲁迅的心。心与心的沟通、交流和碰撞，才能进入鲁迅及其《野草》的心理世界。王景山就是这样做的。

其次，该书最大的特色是“心读”，表现在剖析文本、灵魂自省、意在立人等方面。

剖析文本。对《复仇（其二）》的“心读”，与有些研究者的共鸣是：“先烈”“改革者”“孤独的精神的战士”等，虽然为民众战斗，却往往为这“所为”而灭亡。王景山用鲁迅的话剖析《野草》，表达感触，给读者带来原汁原味的鲁迅精神，这有别于从二手材料提炼出的“鲁迅精神”。对《风筝》的“心读”，即“父母、兄姊如何正确对待自己幼小子女、弟妹的游戏行为，并真正理解他们的心态”[①]。这犹如鲁迅对自己灵魂的剖露，笔墨进入文本中人物形象的内心世界，跳出来后又直指现实生活中的类似个体、类似行为等，确实是洞察人物心灵的深刻体验。

灵魂自省。“在《野草》中看到的则是更多的鲁迅内心的矛盾和斗争。”[②] 由于东西方文化不同价值观的灌注，鲁迅思想中出现矛盾也很正常。如在《影的告别》和《墓碣文》中就存在这样的矛盾问题。王景山认为：影要告别的大概就是鲁迅要除去的；这应该是鲁迅自身的思想在交战；而矛盾的思想在交战时又产生新的矛盾。[③] 确实如此，形和影之间有矛盾，影自身内部仍存在矛盾。但不论形还是影，按照王景山的理解其实都是鲁迅。认识到了矛盾斗争，寻求解决矛盾斗争的途径以及不断自剖等，便是灵魂自省的表现。我们和王景山一道，用心读鲁迅、用心读《野草》，同样能促动我们灵魂自省。

意在立人。该书后记说，鲁迅“对人性弱点的展示和剖析，我们可以看到他的弥足珍贵的‘立人’思想，用今天的话说也就是应该如何做人和做什么样的人”[④]。批判和改造国民劣根性，是贯穿鲁迅一生的重要课题，王景山的“心读”给我们作出了很好的回答。认识到鲁迅提出立人思想的深意，是王景山“心读”《野草》深入的表现。

从全书看来，《野草》的心读写得很精彩。精彩处的论述，简洁扼要的语言，严谨的逻辑思维等，常常表现了研究者本人融会贯通的学术

---

① 王景山：《悲凉悲壮的心音——〈野草〉心读》，首都师范大学出版社 2002 年版，第 41 页。

② 同上书，第 5 页。

③ 同上书，第 17 页。

④ 同上书，第 102 页。

功力。

2. 刘彦荣的《奇谲的心灵图影——〈野草〉意识与无意识关系之探讨》

2003年10月百花洲文艺出版社出版的刘彦荣的《奇谲的心灵图影——〈野草〉意识与无意识关系之探讨》，有许多创新之处，是21世纪初期研究《野草》的一部力作。

首先是该书以心理学解读视角为主，创新之处较多。形式的“多样性”、内容的“复杂性”、意义的“多层次”、角度的“多侧面”等，都是《野草》的特点。该书引言阐明这些特点，多角度探讨了《野草》文本内容。荣格、弗莱的分析心理学，英伽登、韦勒克的作品层次理论、罗兰·巴尔特的符号学，许慎、段玉裁的文字学等诸多角度，被刘彦荣同时引入《野草》研究中。就目前搜集到的《野草》研究资料而言，在笔者有限的阅读与研究视野中，该书研究《野草》所选取的诸如心理学、社会学、阐释学、符号学、历史、文化、哲学、比较、审美、个人、爱情、家庭生活等诸多视角，笔者还是第一次看到。刘彦荣对《影的告别》中的“我”所进行的婚姻、文化、个体、心理等多层次意义①的解读，意在反映鲁迅思想是复杂的，《野草》内容是多维的。“这种一象多义、错综交织的联系变化，营构了《野草》意义生成的庞大体系，使之呈现出多向散发、包罗万象的态势，给人以丰富的层次感和巨大的空间感。……因为《野草》原本就不是单个的跋涉者一次或多次的游历所能穷尽；它是为不同时代、不同语系的心灵探险者所准备的一片精神领地。”② 在思想转折期，鲁迅思想的巨变在创作的《野草》中有明显表征：由苦闷彷徨到逐步明朗直至青年粗暴起来。这为多角度多层次解读《野草》提供了可能。刘彦荣认识到了这一点，并寻求各种解读路径，取得丰硕成果。

其次是写作心理学的表征。一是意识与无意识对创作活动的影响。该书引言写道：“创作的活动应该是意识与无意识相互作用的过程。本书正是尝试从意识与无意识相互关系的角度来探讨《野草》的心理内涵和文学价值。”作家的创作，根据需要，将不同程度地反映意识层面的和无意识层面的问题。如《立论》结尾，刘彦荣有与众不同的解读。“‘Hehe! he，hehehehe!’，即‘黑黑！黑，黑黑黑黑！’，即是无意识。但在恢复了

---

① 刘彦荣：《奇谲的心灵图影——〈野草〉意识与无意识关系之探讨》，百花洲文艺出版社2003年版，第96页。

② 同上。

意识统治的世界里，它已被归入不知所云之列了。”[①] 笔者认为，黑暗社会的重压已经让奴才式的劳苦大众彻底麻木了，一片漆“黑”，他们对“黑”已经麻木了，即成为无意识了，不麻木的时候他们就意识到是“黑”了。实际上，这是时代、社会在心理定式中起作用的表现。二是意识与无意识对作品情感的影响。作家的生活背景、生活习惯、写作背景、写作习惯等，贮存着曾经经历过的意识与无意识活动以及现在进行着的意识活动等，同时产生某种情感，并反映在作品中。对《风筝》意识和无意识关系的解读，分析兄长踏毁风筝的粗暴动机，揣摩后来受西方文化教育思想影响欲忏悔而不能所产生“无可把握的悲哀”之情，是认识鲁迅创作意识流程明晰的表现。刘彦荣抓住这一点，在较为深入的探讨中指出了《野草》中意识与无意识对作品中人物形象的情感影响。这是很有创见的阐释。看刘彦荣对《野草》中意识与无意识存在形态的认识，说明他对鲁迅写作心理的探索是有意识的，是有针对性的，也是准确的。

最后是爱情心理学的显现。兄弟失和、与朱安的不幸婚姻、女师大风潮等事件直接影响鲁迅情绪的变化，世间存在难于说清的男女私情、小粉红花小青虫栀子花所象征的爱情生活等，都被刘彦荣纳入《野草》研究视野中，并以清新的风貌展示给读者。如《公众场合的私人话语——释〈复仇（其二）〉》《〈野草〉：一个特殊序列——从〈好的故事〉说起》等文，从正、反两面探讨了《野草》的爱情心理因素，给人很大启发。

总之，在研究《野草》的著作中，该书不论是从研究方法看还是从心理学角度看，都有许多独到之处。研究者不仅关注研究内容的选择，也强调研究方式的选择，这都给人留下了深刻印象。

3. 龙子仲的《怀揣毒药　冲入人群——读〈野草〉札记》

龙子仲的《怀揣毒药　冲入人群——读〈野草〉札记》一书，2007年8月由广西师范大学出版社出版。据该书的《草和花》与封底得知，“毒药”即为《野草》，即鲁迅怀揣《野草》，冲入人群。

从心理学角度介入《野草》，是该书多所谈论的。

首先，“《野草》其实是鲁迅个人的一部心态史”[②]。

就整部《野草》都是鲁迅对许广平复杂情感的曲笔记录的这种观点

---

① 刘彦荣：《奇谲的心灵图影——〈野草〉意识与无意识关系之探讨》，百花洲文艺出版社2003年版，第260页。

② 龙子仲：《怀揣毒药　冲入人群——读〈野草〉札记》，广西师范大学出版社2007年版，第187页。

来看，这不免有些绝对。坚持理性立场的研究者是不会认同这样观点的。和邹范平的观点大体一致，龙子仲认为：“《野草》前期的那种心情，与朱安的关系更大些。”① 在鲁迅的个人生活中，许广平出现之前，鲁迅的情感世界是孤独、寂寞的。《野草》中的前六篇都写于1924年，这被视为“《野草》前期”当是可以的。

而《希望》《雪》《风筝》《好的故事》《过客》这五篇散文诗是“心态史”的第二阶段。这些诗篇与其前文字风格有所不同，反映了鲁迅心情的变化。龙子仲说：“那怕心底的希望很少很少，但横竖都得挤出一点希望来，聊以迎接这新到来的一年。”② 这种着力于深入探究《野草》中人物形象心路历程朝着正向发展的考察，是看到鲁迅心绪发生积极变化的具体表现。

从《死火》到《死后》是七篇关于梦境的散文诗。“这七篇以‘我梦见’开头的文字中，那种在梦与醒、生与死、去与留之间不断挣扎的复杂心态，则主要与许广平有很大关系。”③ 这种感悟到作品真义的认识，实际上是龙子仲看到了鲁迅生命激情的跃动，可谓是抓住了“梦篇”的本质，即在梦中筹划未来，完成现实中无法完成的事情。“总给我一种隐隐约约的感觉：他心里是不是对自己有什么预感呢？”④ 龙子仲在解读《失掉的好地狱》一文时如是说。笔者也认为，鲁迅在这里有话尚未说尽。难道天神、魔鬼、人类与朱安、鲁迅、许广平有什么隐在的联系？这是实际联系还是模糊关系呢？

对鲁迅写作心理变化的考察，作品研究是很重要的途径。我们研究从《这样的战士》直至最后一篇《一觉》，即从起笔的苦闷彷徨到收笔的反抗和粗暴，《野草》记载了鲁迅此时复杂变化的思想发展历程。但龙子仲并未完全肯定鲁迅笔下的“粗暴”态度，认为“粗暴”并不是鲁迅的本意⑤。可是，在研究《一觉》时，我们能体察到这“粗暴”是鲁迅对青年魂灵的歌颂，是对青年们所作所为的肯定，是鲁迅所希望的样子。“粗暴”才是鲁迅的本意，所以笔者不同意龙子仲的观点。

---

① 龙子仲：《怀揣毒药　冲入人群——读〈野草〉札记》，广西师范大学出版社2007年版，第14页。

② 同上书，第65页。

③ 同上书，第76页。

④ 同上书，第148页。

⑤ 同上书，第191页。

如上所论，龙子仲通过解读《野草》，在自然流畅的语言中，论述了自己的心理变化，描述了鲁迅的心态状况。就像讲故事一样，在轻松活泼间带着读者领略了《野草》。

4. 孙宝灵的《隐藏于语言迷阵中的旷世孤独——〈野草〉研究》

孙宝灵的《隐藏于语言迷阵中的旷世孤独——〈野草〉研究》一书，2016 年 9 月由中国经济出版社出版。结合该书的分析，读者能看出鲁迅在《野草》中的悲剧意识、济世情怀，是通过孤独心理、文化心理、社会心理等表现出来的。

孤独心理的表达。在该书中，著者在解读《影的告别》《求乞者》《希望》《过客》等散文诗时，都细致地阐释了鲁迅的孤独心理。一是采用散文诗的体裁予以说明。如认为，“散文诗成了秘密化写作的避风港”“散文诗主要是写给自己的”“散文诗是从属于心灵的情绪和意志”[①] 等。在鲁迅创作《野草》时，散文诗的体裁在文坛上并不占主流地位。而且，作为新生事物的散文诗的《野草》，被读者的接受也是需要一个过程的。这在很大程度上就契合了鲁迅的需要：既不愿意自己孤独的情绪影响他人，也不希望自己孤独的心理被他人体察到。因此，使用刚刚出现的散文诗的体裁，表达自己的孤独、苦闷的心理，是明智的选择。毕竟这不易为人所察觉。二是采取独白的方式进行表达。认为：“《野草》中的很多篇章都用了内心独白的方式，表达作者潜意识里的恐惧和难以言于人前的痛苦。”[②] 其实，当遭遇亲人的背叛、与家人之间出现隔膜、与友人之间存在着利害关系、与亲朋好友无法同甘共苦之际，鲁迅内心深处就可能出现这种无法言表的痛苦。孤独心理自然而然便随之产生。

文化心理的勾勒。文化心理是一种习惯性的心理，是人们习以为常的心理。该书谈及了新文化、旧文化、“小人文化”等，勾勒了鲁迅在《野草》中表达的心理图景。认为：“新文化运动，有更复杂的内容。陈独秀和胡适的想法不一样，鲁迅和周作人、钱玄同、林语堂的思路也不一致，五四运动是各民主力量的大联合。”[③] 强调：“传统文化的威力，没有任何人比鲁迅理解得深、了解得透。经过上千年的宗法社会的道德禁锢、礼仪文化的思想教化和政治制度层面的行动强化，传统文化已经贯彻到国人生

---

① 孙宝灵：《隐藏于语言迷阵中的旷世孤独——〈野草〉研究》，中国经济出版社 2016 年版，第 4 页。

② 同上书，第 28 页。

③ 同上书，第 56 页。

活的方方面面，思维、习惯、信仰、观念、生活方式、情感方式。礼教这个吃人的文化，盛行了几千年，已经渗透到每一个国民、国民身上的每一个毛孔，按鲁迅的话说，就是没有不吃人的人，每一个人都在吃人，每一个人也都在被吃。”① 指出，《狗的驳诘》“不只是卑贱之狗对势力高贵之人的讽刺，还是‘小人文化’对君子之道的驳诘”②。这些分析，反映了不同群体的各自的惯常的反应。至少，我们可以这样说：新文化在革新者那里，已经成了他们积极进取、勇于创新的惯性理念；旧文化在守旧者那里，已经成了他们安于现状、墨守成规的惯性思维；而“小人文化”其实就是伪君子的文化，即以小人之心度君子之腹的文化。

社会心理的再现。在现实生活中，反映社会心理的现象较多，如刻板印象、第一印象、晕轮效应等。展读该书之后，慢慢体会到：论者对社会心理的刻画与再现是贯穿于全书始终，且写得较为精彩的内容。如在解读《我的失恋》时，认为“影射说”不对，是世俗观念所致。指出：“从这些文坛纠葛出发，根据道听途说的只言片语，就臆测此诗的写作动机是影射徐志摩，甚至进而从文本分析出，诗作讽刺徐志摩攀附豪门自取其辱，这是典型的以世俗心态度大家风范，既是对徐志摩的贬低，也是对鲁迅的污蔑，更是对《我的失恋》的曲解。”③ 如在解读《复仇（其二）》时，论者总结的群众仇视耶稣原因，在于他们的长官意识、忠义合群、患得患失、荒诞不经等。其实，这都是人云亦云、盲目跟风、从众心理在作怪。

尤其是在分析《野草》悲剧主体意识的构成时，还是很具体、到位的。该书概括的人的自我意识，大体包括人的自我环境认同、自我生命方式定位、自我价值承认、自我发展预测、自我意识的反省等④，较为深刻地揭示了鲁迅内心纠结、矛盾、痛苦挣扎的状态。

(二)《野草》心理学研究的论文

本时期有关《野草》心理学主题的研究论文，主要有如下一些内容。

1. 关于《野草》想象力问题的研究

早在1993年，台湾学者黎活仁在《〈野草〉的精神分析——兼谈鲁

---

① 孙宝灵：《隐藏于语言迷阵中的旷世孤独——〈野草〉研究》，中国经济出版社2016年版，第209页。

② 同上书，第139页。

③ 同上书，第54页。

④ 同上书，第216页。

迅的象征技巧》一文中，曾论及《野草》中的地、水、火这三种元素。[①]沿着这一思路，大陆学者张园在21世纪初期就《野草》的意象进行了解读，对《好的故事》中的“水”意象进行了传统意义和现代意义的详细分析。“‘水’埋沉了梦幻中的美好，切断了从过去的历史中重寻价值的道路，也暗暗影射出传统文化在现代转型中的中断和崩溃。另外，‘水’又涤除了现实中生存的混沌模糊，浮露出痛苦执著的生命本真。”[②] 在论述“水”意象时，借用古代诗文表达鲁迅的形上思考和矛盾的心理世界，张园表现出丰富的联想和想象能力。在此基础上，钱理群对黎活仁、张园等人又有所超越，提出了在《野草》中对宇宙基本元素金木水火土赋予文学想象[③]的观点，对《死火》中的火、《雪》中的（雨）水、《腊叶》中的（树）木等意象个性化想象，实际上是对鲁迅生命体验的解读，深入骨髓的把握，反映了钱理群对《野草》精神实质的深刻理解。而梁敏儿的《拒绝重量的飞升意志——〈野草〉的想象力》和刘高峰的《大气诗人的想象力——鲁迅〈野草〉解读》[④] 两文，基本继承黎活仁的观点，尽管在论述中有一些相近处，但对丰富《野草》想象力问题的论述还是清晰明了的。

2. 重视《野草》精神世界、心理世界的研究

在21世纪初端，鲁迅《野草》精神世界和心理世界的奇谲诡异和复杂多变，日益引起许多研究者的广泛关注。王吉鹏、林雪飞认为：“‘野草’是鲁迅的不灭的心理意象、精神的家园、思想的堡垒，散文诗集《野草》则更是一部不朽的伟大作品。”[⑤] 在研究过程和研究结论等方面，研究者积极探索新材料，注意使用新方法，出现不少独特的新观点。毫无疑问，这使得其前有关《野草》的同题研究得到了进一步的发展。

---

① 黎活仁：《现代中国文学的时间观与空间观》，台北业强出版社1993年版，第20—30页。

② 张园：《诗化的生存体验——〈野草〉意象解读》，《鲁迅研究月刊》2002年第4期。

③ 钱理群：《对宇宙基本元素的个性化想象——读鲁迅〈死火〉、〈雪〉、〈腊叶〉》，《苏州科技学院学报》（社会科学版）2003年第1期。

④ 梁敏儿：《拒绝重量的飞升意志——〈野草〉的想象力》，《中国现代文学研究丛刊》2005年第1期。刘高峰：《大气诗人的想象力——鲁迅〈野草〉解读》，《名作欣赏》2006年第22期。

⑤ 王吉鹏、李春林等：《鲁迅及中国现代文学散论》，吉林人民出版社2001年版，第284页。王吉鹏、林雪飞：《“野草”具名的长久心理蕴含》，《沈阳大学学报》1999年第3期。

其一，对《野草》心理学主题研究较为深入者有张建生、吴小美等人。

在分析《野草》深层心理内涵产生的原因时，研究者关注了当时的社会黑暗、个人心理痛苦、挫折等。张建生与吴小美的《〈野草〉“可怖性”特征的探讨》，一方面认为，“以‘阴郁、苦闷、绝望’为基调的‘可怖性’特征，已包容了鲁迅和《野草》重要的思想、艺术和社会价值”；另一方面认为，“抽象性、整体性、正面性是《野草》表现‘可怖性’的主要特征”①。这并不说明吴小美等研究者排斥社会学视角的研究，但至少他们是不主张这样单一的研究方式，甚至批判庸俗社会学视角的研究，反而主张从心理学、人性等角度给予《野草》以更多的关注。毕竟《野草》充满了矛盾和对立。张建生、吴小美等人看到了这一点。他们提炼出的“可怖性”的观点是新颖的，给人们留下了深刻的印象。

其二，对《野草》心理学主题研究较为新颖者还有冷霜、张佐邦、刘骥鹏等人。他们多从《野草》创作的心理、现实语境等方面展开研究。

冷霜的《表达即挣扎——论〈野草〉》认为：“《野草》中所关怀的主题，显然并非孤独个体的永在命运，而是一个民族在特定时空中的困厄生存，及其在具体写作者心灵上投射出的轨迹。”② 实际上，这种借鲁迅个体遭遇在内心表达对中华民族发展思考的写法，表明研究者对《野草》主题的把握是确切的。该文对《希望》中希望、绝望、虚妄之间关系的解读，采取了逆时针“链环运动”的图解方式，十分新颖。

引入心理美学研究《野草》。张佐邦的《鲁迅的个性心理对其散文创作的深层影响》写道：“以往的研究更多是从政治学、社会美学角度看待鲁迅，较多地关注鲁迅的政治观、社会观、道德观、美学观对其散文创作的影响，而极少从文艺心理学（心理美学）的角度关注鲁迅的个性气质和生命意识对其散文创作的影响。”③ 这种有意开拓新的研究视角的用意是明显的，且以新的视角研究《野草》，其论述是喜人的。张佐邦气势充沛的表达，富有启示的解读，能看出他对《野草》的把握是娴熟的。他的探索，有力地说明了《野草》的心理美学世界是鲁迅精心构思的结晶。

将《野草》研究与周作人及其作品结合起来，探讨鲁迅的人生困境

---

① 张建生、吴小美：《〈野草〉“可怖性”特征的探讨》，《鲁迅研究月刊》2000 年第 5 期。

② 冷霜：《表达即挣扎——论〈野草〉》，《鲁迅研究月刊》2001 年第 1 期。

③ 张佐邦：《鲁迅的个性心理对其散文创作的深层影响》，《云南民族大学学报》（哲学社会科学版）2007 年第 1 期。

与心理语境，进而把握散文诗集的意蕴。虽然兄弟失和，但《晨报副刊》《京报副刊》《语丝》等刊物仍是鲁迅、周作人发表作品的平台。这成为他们失和后表达爱恨情感进行无声沟通的较好渠道。在这些刊物上，他们之间的“来来往往的‘潜对话’文本构成了《野草》创作前后话语背景的一部分；另外，周作人文章的题材、题目、意象以及情绪流向等等都与《野草》中的相关文本形成了某种同构关系，这也从另一侧面证明了‘兄弟失和’形成的心理郁结对《野草》创作的巨大影响”①。刘骥鹏在《郁结与释放》一文中的上述论述，坚信“兄弟失和”是《野草》创作的主要内驱力，且《秋夜》《求乞者》《影的告别》《我的失恋》《复仇》《复仇（其二）》《风筝》《颓败线的颤动》等都与周作人有密切联系，这些论述确实很有新意，能引发读者较多的联想和思考。但将《秋夜》中的两株枣树、《复仇》中的“他们俩”比附成鲁迅与周作人，这种说法就值得怀疑了。照此类推：《求乞者》中的“我”与两位求乞者，《复仇（其二）》中的两个强盗和耶稣，《过客》中的老翁、过客、女孩，《失掉的好地狱》中的天神、魔鬼、人类，《立论》中的三位客人，《聪明人和傻子和奴才》中的聪明人、傻子、奴才，《淡淡的血痕中》的死者、生者、未生者等，都要将之分别比附成鲁迅、周作人、周建人，或者鲁迅、朱安、许广平吗？显然，这种坐实式的研究方法限制了读者的思维，太尽意而未能达意，因而背离了鲁迅的原意。这是不可取的。把《野草》研究与同时期的《彷徨》《华盖集》《华盖集续编》《两地书》以及有关的书信、日记等联系起来，把鲁迅与周作人、周建人、朱安、许广平、陈西滢等联系起来，这种做法是正确的。这是还原鲁迅到具体的历史环境中。笔者认为，这样做而得出的结论才能令人信服。

其三，对《野草》心理学主题研究较为广泛者有李玉明、肖国栋等人。

围绕着《野草》的精神心理结构、现实性、意象等问题，与同时期其他研究者相比，李玉明以较多的笔墨在多篇论文中②对《野草》的心理

① 刘骥鹏：《郁结与释放——从作者的人生困境与心理语境中把握〈野草〉意蕴》，《鲁迅研究月刊》2008 年第 5 期。

② 李玉明：《论鲁迅〈野草〉的精神心理结构》，《江苏社会科学》2005 年第 4 期。李玉明：《论鲁迅〈野草〉的现实性》，《山东社会科学》2005 年第 6 期。李玉明：《关于鲁迅〈野草〉的几个意象的解析（一）》，《东岳论丛》2005 年第 2 期。李玉明：《关于鲁迅〈野草〉的几个意象的解析（二）》，《齐鲁学刊》2005 年第 2 期。李玉明：《关于鲁迅〈野草〉的几个意象的解析（三）》，《山东师范大学学报》（人文社会科学版）2005 年第 2 期。李玉明：《鲁迅〈野草〉重释（其一）》，《鲁迅研究月刊》2008 年第 3 期。

学问题展开了较为广泛的研究。《论鲁迅〈野草〉的精神心理结构》认为："《野草》的现实性是整体性的，它首先是鲁迅关于历史、现实和人生的一种哲学的态度和判断，具有形而上的整体性特征。"① 这是李玉明继《拷问灵魂》这一专著，对原有心理学、历史学角度加以开拓，融入现实的与哲学的研究视角，进行新思考，撰写的一些关于《野草》研究新成果的基本主题。多角度研究《野草》，广泛探索文本内涵，这种解读肯定比单一视角解读难度大，但给人的启发是较大的。特别是对《野草》中的夜空、求乞者、老翁、自欺的希望、前面的声音、路人们、死尸、老妇人、腊叶等意象的解读，这对全面认识文本思想、整体把握鲁迅心理——精神结构有重要作用。意象是读者把握散文诗的关键链环，抓住了意象就是抓住散文诗的切入点了。由此可知，李玉明对《野草》部分典型意象的解析是符合散文诗解读要求的，对较为广泛地多角度地研究《野草》而言是有补益价值的。但其在《鲁迅研究月刊》上发表了《鲁迅〈野草〉重释（其一）》，在该篇论文中，有些论述是李玉明曾经发表过的，经整合而为此"重释"，价值在于重新思考《野草》，超越此前的认识。

肖国栋围绕生与死、爱与憎、希望与绝望等方面，分析了《野草》中鲁迅的悖论心理结构。从焦虑、矛盾与绝望的情绪入手，他指出，《野草》各篇作品"意蕴又往往颇为复杂，最突出的特点是充满逻辑的悖论，体现了鲁迅内在心灵的复杂结构与运动，我们由此得以谛视他对于生与死、爱与憎、希望与绝望等人生命题的追问和思考"②。"悖论"是他研究《野草》的关键词。这种悖论，其实就是鲁迅思想世界中的两难处境、艰难的抉择等。就这种抉择而言，肖国栋一方面讨论了《野草》生与死的悖论语境，即鲁迅在生与死之间一直处于一种关系极为紧张的危机状态③。他总结了产生这种危机的原因。通过分析，指出："生与死之间的冲突起因很多，它既可以由生命存在内涵的这种对立引起，又可以由外在生存环境的威胁引起。"④ 另一方面讨论了《野草》爱与憎的悖论语境，即在《野草》时期，"鲁迅世界观中的各种思想成分处于全新的解构与重

① 李玉明：《论鲁迅〈野草〉的精神心理结构》，《江苏社会科学》2005 年第 4 期。

② 肖国栋：《论〈野草〉的悖论心理结构》，《文艺理论与批评》2011 年第 5 期。

③ 肖国栋：《论〈野草〉生与死的悖论语境》，《松辽学刊》（人文社会科学版）2001 年第 2 期。

④ 同上。

组的剧变期，各种心理能量也以一种尖锐的对立姿态扭结在一起，充满内在的紧张感”①，并从鲁迅的书信中找到了造成这种紧张感的思想根据，即“我的意见原也不容易了然，因为其中本有着很多矛盾，教我自己说，或者是人道主义与个人主义这两种思想的消长起伏罢。所以我忽而爱人，忽而憎人；做事的时候，有时确为别人，有时却为自己玩玩，有时则竟因为希望将生命从速消磨，所以故意拼命的做”②。借助于《过客》文本，他还讨论了鲁迅在希望和绝望之间的悖论心理。认为：“他总是把自己驱入于极端或绝境，同时又善于绝处逢生，给人以出乎意外的思想启发。”③肖国栋的上述分析，至少表明爱与憎是交织在一起的，生与死是互通有无的，希望与绝望也是可以相互转化的。这样的分析不仅符合《野草》中鲁迅的心理结构，也符合现实逻辑，很有见地，认识深刻。除此之外，21世纪以来，肖国栋围绕《野草》的绘画性，《秋夜》的意象世界，《墓碣文》的意象内涵及结构，“腊叶”意象，以及早期的“过客”所投入的极限境遇等④，虽论及了《野草》的生命哲学、存在主义哲学等，但都是为体现《野草》的心理学研究服务的。因为论者曾说：“正如爱默生认为的，深沉的思想会超越世纪和时间，在各个时代展现出自己的存在。鲁迅式的反抗绝望的哲学、爱憎和宽恕的哲学、向麻木复仇的哲学依托散文诗的文体，超验主义的内质反思和解释人、自然、自由、权威的含义，把世界作为整体（灵魂）的一部分看待，撕开万事万物的网编织起来的飘逸的衣衫，我们听到了鲁迅内心深处的声音，体会到了先生不羁却又寂寞的思想。”⑤在论者看来，生命哲学、存在主义哲学等是“整体（灵魂）”（即心理学世界）的一部分。

与李玉明有共鸣之处的钱理群也认为，《野草》是鲁迅“自我灵魂的

---

① 肖国栋：《论〈野草〉爱与憎的悖论语境》，《北方论丛》2001年第2期。

② 鲁迅：《鲁迅全集》第11卷，人民文学出版社2005年版，第81页。

③ 肖国栋：《论〈野草〉的悖论语境与人学意义》，《北方论丛》2009年第4期。

④ 肖国栋：《论〈野草〉的绘画性》，《佳木斯大学社会科学学报》，2001年第5期。肖国栋：《〈秋夜〉意象世界的建构与诠释》，《名作欣赏》2009年第14期。肖国栋：《对〈墓碣文〉的释读》，《齐齐哈尔大学学报》（哲学社会科学版）2001年第3期。肖国栋：《“腊叶”意象：临终之眼与物哀之美——〈腊叶〉细读》，《佳木斯大学社会科学学报》2009年第1期。肖国栋：《存在的悖论——“过客”所投入的极限境遇》，《蒲峪学刊》1996年第2期。

⑤ 张晓红，肖国栋：《略论〈野草〉的超验主义思想》，《齐齐哈尔大学学报》（哲学社会科学版）2008年第6期。

拷问，对生命存在的追问”[1]。早在20世纪80年代，《心灵的探寻》借助《野草》文本，探寻鲁迅的心灵世界，就产生了较为广泛的影响。继续上溯，从高长虹的“入于心”说之始，直至现今的钱理群、李玉明、肖国栋等研究者，都坚持这一研究视角，充分说明他们的选择是有眼光的。

3. 突出《野草》“意识”问题的研究

突出《野草》中各种意识话题的研究，实际即突出了鲁迅身心的某种体验。

有人说，《野草》中有两个鲁迅的身影，一个是真实的鲁迅，另一个是抽象的鲁迅。笔者认为这种说法有道理。其实，这是抓住了人具有两面性的实质，即人是矛盾的个体。富强在《提灯寻影　灯到影灭——从〈墓碣文〉看〈野草〉》中说：“鲁迅的心灵探索始于自我意识和反省，继而陷入自我分裂，其结果，一是思维和表达的困难，走向‘无言’；二是对自我进行追问，而追问之后发现‘无我’，无我者必定‘无言’且‘无地’。”[2] 清晰地说，这是真实自我意识的失落。前者失落即真我对现实的难于把握，后者的“胜利”意味着抽象层面精神的胜利，是一种虚无的胜利。无论怎么看，在鲁迅的生命意识中，这种自我牺牲意识蕴含着“绝望的抗战”的精神。笔者认为应该是这样的。此外，李玉明从历史意识、侯长振从死亡意识、吴翔宇和陈国恩从时间意识等方面论述《野草》[3]，实际上，这是将散文诗中所反映的鲁迅的思想意识挖掘出来，予以表现的具体做法。这类论文的观点新颖，显然是研究者们经过认真思索与长期努力的所得。如李玉明自1998年《拷问灵魂——鲁迅〈野草〉新释》开始，至今已有十余年甚至更多年研究《野草》的经历。积久之作，理解弥深。因此，他笔下的将历史、现实、人生、哲学、心理等多种角度融于一体而成的《野草》研究著述，是值得我们关注的。

4. 《野草》心理学著述给我们带来诸多启示。其一是从《野草》文本蕴含丰富的心理世界出发，以鲁迅各种形式的作品为参考，尤其是用《野草》同时期的作品解读散文诗文本。就这一点来说，许多研究者已经

---

① 钱理群：《鲁迅散文漫谈》，《南京师范大学文学院学报》2006年第2期。

② 富强：《提灯寻影　灯到影灭——从〈墓碣文〉看〈野草〉》，《鲁迅研究月刊》2000年第6期。

③ 李玉明：《论鲁迅〈野草〉的历史意识》，《文艺研究》2006年第12期。侯长振：《言说的窘迫——〈野草〉之死亡意识探究》，《前沿》2008年第5期。吴翔宇、陈国恩：《论〈野草〉的时间意识》，《贵州社会科学》2008年第9期。

达成共识。如王景山、钱理群、刘彦荣等人即是如此。这样，我们从中不仅可以找到与《野草》各篇有深层联系的相关作品，更重要的是，一些作品还能点破“难于直说”的原因，为读者揭开迷障。钱理群的诸多论述就特别强调“以鲁解鲁”，甚至有人作出“读钱解鲁”的评价。其二是将《野草》的心理学与鲁迅思想不断发展变化结合起来进行研究，让读者看到动态的鲁迅心理世界与动态的《野草》心理时空。即是说，我们研究《野草》，所做的不是沉闷呆板的研究，而是有声有色有血有肉的研究。如龙子仲、刘骥鹏等在这方面的研究，易让我们看到活灵活现的鲁迅及其《野草》的心理世界。

第五章　《野草》表达文化批评的意蕴
——文化学视野中的《野草》研究概论

从鲁迅的成长经历看，中外文化对他的影响是巨大的。他毕竟曾经生活在大染缸一般的封建社会中，也曾接受过异域文化的洗礼。不同的文化思维碰撞的结果，便是卓异作品的诞生，尤以《野草》更为突出。研究者围绕这一视角，进行了富有启发性的探索，给读者留下深刻印象。

第一节　文化建设的思考
——21 世纪前十年王雨海的文化学解读

文化学视角下的解读，是王雨海的《生命的呐喊与个性的张扬——鲁迅〈野草〉的文化解读》一书的显著贡献。在该书前言中，王雨海"把自己对于《野草》的解读称之为'文化解读'"[①] 的原因，在于《野草》文本确实蕴藏丰富的文化内涵。在 22 岁之前，鲁迅一直身受中国传统文化的影响。留学日本后大和民族文化等外来文化与中国传统文化的碰撞，不可能不使鲁迅产生迷惑、怀疑、矛盾的心理，甚至重新审视旧有的物质文明和精神文明。事实上，很多研究者认为鲁迅多疑，是不无道理的。受浙东文化影响，对故乡先贤遗留作品的整理和研究等，都使鲁迅的人生态度、思想意识、文学创作、革新步伐充满了复杂性和启示性。研究者为此说："整部《野草》是一部生命的启示录，是一部中国现代文化建设的宝典。"[②] 认识到了这一点，我们就把握了该书从文化、个性与生命解读《野草》的依据。文化的内涵是复杂和抽象的。但抓住《野草》意

---

① 王雨海：《生命的呐喊与个性的张扬——鲁迅〈野草〉的文化解读》，吉林人民出版社 2003 年版，第 3 页。

② 同上书，第 12 页。

象的文化意蕴，让《野草》的文化解读变得具体可感，这是该书意图完成的一个目标。通过归纳，笔者认为王雨海笔下意象的文化解读可分为三类：空中意象文化解读、地面意象文化解读、地下意象文化解读。

一 《野草》空中意象的文化解读

有的研究者认为《秋夜》中“天空”象征高高在上的统治者，作为一种解读视角未尝不可。而王雨海赋予其一种文化内涵、个性内涵和生命内涵，认为“天空实际上是中国专制文化的象征物，他既是个性的对立物，又是人性的对立物”，它“奇怪而高”的特征虽实指秋天天空具体状态，但“正是当时中国或整个中国封建社会时期的文化特征”。① 这表明研究者有意重申鲁迅所反对的：当时北京北洋军阀政府积极推行尊礼读经复孔等封建文化活动而呈现出来的黑暗统治的面貌。因为鲁迅致力于反叛封建文化和追求民主与科学。研究者从这一角度挖掘“天空”蕴藏的文化因素，至少为《野草》意象的解读打开了一条新路。在书中，我们能看出研究者的空中意象文化解读范畴还包括雪和风筝等。“鲁迅从南北的雪的不同特质找到了与众不同的人的精神的相似点，通过对南北雪的不同描写隐含了鲁迅对于中国文化和人生的深沉的思考和态度，使一篇短小优美的散文包含了丰富的文化和人生内涵。”② 从南雪与北雪不同的文化内涵出发解读雪这一意象，其实研究者注意到了它们之间的本质区别。因为南雪粘连绵密飘逸温和的文化内涵，北雪独立傲岸的文化内涵。南雪的柔性与北雪的刚性，是鲁迅笔下截然相反的两种人生价值取向。散文诗《雪》表明：鲁迅肯定后者而否定前者。因地域的不同，南国文化与北国文化有着明显的区别。笔者认为，作为一个能守得住寂寞孤单写诗作文且坚持独立品格如同鲁迅一样的作家，歌颂北雪则意味着一种现代文化追求，即以自立而谋求新生。从兄长仗恃权威以大欺小残酷无情出发，研究者据此认为《风筝》是一篇“对中国文化中的伦理等级制度的批判和否定的战斗檄文”③，这不能说没有道理。

---

① 王雨海：《生命的呐喊与个性的张扬——鲁迅〈野草〉的文化解读》，吉林人民出版社2003年版，第15页。

② 同上书，第107页。

③ 同上书，第109页。

二　《野草》地面意象的文化解读

（一）对墙和路等意象的文化解读

“墙”在中国文化中，褒义方面指保护和屏障的内涵，贬义方面指断绝与隔膜的内涵。王雨海认为《求乞者》中的“高墙”象征着“中国几千年的礼教秩序，它代表着中国的封建统治，同时又是造成中国人与人相互隔膜的根源，但现在它已开始走向了衰败”①。虽然辛亥革命不彻底，但其伟大的功绩在于推翻了封建社会。从形式上讲，这意味着封建文化礼崩乐坏。而“剥落的高墙”不就象征着封建统治根基日渐动摇、毁坏以及现代进步文化日益兴起吗？《过客》中的“路”，是先驱者拼搏求索之路，即如王雨海所说的“人生从东到西之路也就是从生到死之路”②。在中国文化中，这种用路比喻人生的认识是很贴切的。

（二）对影、灯火、狗等意象的文化解读

作为意象的“影”，是人们必须抛弃的旧观念，是虚无主义的表征。“鲁迅对影的描述，融入了他对历史的思考，也包含着文化创造的规律。”③ 人告别影，就是告别过去开创未来，就文化而言，即告别封建文化开创现代文化。现代文化不仅仅为“五四”所有，随着时间的推移和变化，人们眼中现代文化的内涵、对待现代文化的态度也在不断地更新和变化。灯火，在中国文化中，有象征生命、延续香火的含义。灯火不熄灭，意味着就有生命存在。灯火熄灭，就标志着生命的终结。对《好的故事》中“灯火渐渐地缩小了，在预告石油的已经不多”一句，王雨海说，“如果我们将灯火转换成人或社会的生命的话，那么，维持灯火的原料也就成了维持人或人类生命力的基本能量，而这能量的不多，那么这人或人类的生命力也就不会太长”④。这样的解读，是符合中国文化实际情况的，对于不同文化背景的读者准确认识“灯火”的文化内涵是有帮助的。《狗的驳诘》一文，鲁迅“通过梦的形式，在简短的文字里表现了中国文化的深厚内蕴，表达了作者对中国文化的深刻思考，揭示了中国文化

---

① 王雨海：《生命的呐喊与个性的张扬——鲁迅〈野草〉的文化解读》，吉林人民出版社2003年版，第38页。

② 同上书，第134页。

③ 同上书，第36页。

④ 同上书，第135页。

的悖论和变态”①。能注意到《野草》中意象与意象之间的矛盾关系与内在联系，这对读者准确理解《野草》内涵是很有帮助的。笔者认为这是抓住了事物之间的规律性，这样的解读对我们研究作品中形象的内涵是有借鉴意义的。

（三）对师生、聪明人、傻子、奴才、求乞者、战士、耶稣、老翁和过客等意象的文化解读

如《立论》中的师生问答，“深刻地揭示了中国文化中的欺瞒胆怯、明哲保身、圆滑世故等劣根性，并挖掘出背后的根本原因是来自中国的思想教育”②。在这里，今人能看到旧中国的思想教育带来的巨大危害，因而表明一针见血的否定性批判同样是理所当然的。王雨海在肯定鲁迅的文明批评和社会批评的同时，说：“鲁迅对于求乞者的否定，已经超越了单纯的生活现象的批判，而达到了一种精神批判，一种文化批判。”③ 有的研究者确实将求乞作为一种生活现象来研究，毕竟在现实生活中有为食物而求乞的，有为钱财名利而求乞的，但如该书能够透视到鲁迅写《求乞者》的深刻用意：精神的贫穷甚于物质的贫穷，精神的求乞甚于物质的求乞，却是一种深刻的认识。这种认识，笔者认为是研究者悟透了《求乞者》，抑或《野草》乃至鲁迅的经典之论。对开启我们抽象思维世界闸门的铁锁来说，这不异于一把钥匙。在物欲横流的当今世界，在民主与科学烛照下的现代文化为现代人匮乏的精神世界补给给养确实迫在眉睫。如《复仇》中的“复仇同一般的复仇相比，它不是暂时的，也不是具体的人与人之间的仇视关系，而是具有一种长久的意义，它是中华民族精神的复兴壮举，是中国文化的一种改造活动，是中国现代文化的一种建设工作”④ 一样，王雨海将复仇精神置于更高的视点予以认识，深入开掘复仇的意义。这种用文化解读《野草》的抽象把握，比单纯以文本解读文本能给人更多的启发。在有条不紊的论述中，研究者意图以此推动现代文化建设的目标变得逐渐清晰起来。从研究鲁迅分析中国传统文化的立场与研究者本人对待现代文化的态度上，笔者认为上述对《野草》文化的解读是新颖、深入、有理论依据与事实依据的。

---

① 王雨海：《生命的呐喊与个性的张扬——鲁迅〈野草〉的文化解读》，吉林人民出版社 2003 年版，第 163 页。

② 同上书，第 221 页。

③ 同上书，第 47 页。

④ 同上书，第 70 页。

三 《野草》地下意象的文化解读

作为立体空间，地平线之下有着另一个世界。地狱、剑树、沸油、大火聚、曼陀罗花、魔鬼、牛首阿旁、鬼众、墓穴、死尸、地火等，都是《野草》中地下世界的意象。在中国文化中，它们都有相应内涵。王雨海解读《题辞》时，认为“地火”是一种“被中国传统文化所压抑的人性之火，人道之火，生命之火，个性之火”①。作为文化符号，红色的火苗象征希望、热情、暴烈等。这里从文化、个性、生命角度对其作出相应的解读，我们不难看出研究者选择的研究立场是切合鲁迅及其《野草》文本实际的。

毛泽东对鲁迅作出“文化新军的最伟大和最英勇的旗手”这一评价，虽然带有浓厚的政治色彩，但鲁迅对中国现代文化作出的巨大贡献所得到的最大限度的肯定，在这里已经成为一个事实存在。从文化角度讲，王雨海使用这个定论诠释鲁迅解读《野草》，着实是恰如其分的，而绝不是貌合神离的。

第二节 五四新文化的引入
——21世纪前十年后田建民的文化学解读

一 突出了鲁迅在中华现代文化战线上的开山地位

田建民说：张永泉的《在历史的转折点上——从周树人到鲁迅》一书值得注意的一点，即找到了历史坐标中那个只属于鲁迅的方位。认为：

> 张先生联系鲁迅的思想发展及五四新文化运动给中国带来的历史性的转变，指出：“鲁迅所以为鲁迅，关键在于他对传统文化前无古人后无来者的独到认识和深刻批判，在于他对推动中国文化从传统走向现代所做出的只能属于他的重要贡献。……在中国历史上，‘鲁迅’这个名字可谓是一个标志，它标志着中国古典文学的结束，现代文学的诞生；标志着中国传统文化的终结，现代文化的确立；标志

---

① 王雨海：《生命的呐喊与个性的张扬——鲁迅〈野草〉的文化解读》，吉林人民出版社2003年版，第7页。

着中国传统士大夫阶层的消亡，现代知识分子的面世……一句话，它标志着中国历史的转折——由腐朽转向新生，由传统转向现代。”（《在》36—38页）这是对鲁迅的恰切的历史定位。即鲁迅是中国现代文学和现代文化的奠基人。[①]

从上述引文完全可以看出：作为一个“历史中间物”的鲁迅，在中国文化发展历程当中，不仅起着承前启后的桥梁的作用，而且还要承载着过往的、当下的、未来的诸多文化信息。这意味着，用一种视角或一种理论来解读鲁迅及其《野草》的做法，显然是不合适的。由此可见，张永泉的分析十分准确，认识非常深刻。

田建民抓住这一点，确认鲁迅在中国文化史上的地位，意在给《野草》研究的文化观提供一个大的历史背景、鲁迅的角色定位，从而增进读者的理解。如果从全局的角度看问题，这也体现了论者能用联系的、发展的眼光看问题的思想意识。

二 强调五四启蒙文化观在《野草》研究中的重要作用

田建民于2006年曾经从婚恋情感的角度解读过《求乞者》，但于2013年重读《求乞者》时，所持角度、研究立场，发生了很大变化。他指出：“随着对鲁迅认识的深入和对《野草》的反复阅读和思考，觉得虽然以婚恋情感的角度解读《求乞者》能从情理和逻辑上说得通，但是，完全脱离开五四启蒙的文化场而只从个人情感的私人空间来解读作品，很可能降低了鲁迅这一启蒙思想先驱的思想高度或窄化了作品所蕴含的文化批判内涵。所以认为还是要把作品放回到五四启蒙的文化场中去解读和分析。”[②] 这种启蒙文化观，在重读《希望》《过客》《好的故事》《题辞》等散文诗时，都得到了很好的表现。

先看总的表现，即研究任何作家作品，都必须要正视作家作品所诞生的那个社会、时代、国家、民族等大环境，也要关注作家所处的家族、家庭、亲朋好友圈等小环境，还要研究作家的心理环境。研究《野草》，同样应该如此。在解读《影的告别》《好的故事》时，田建民认为，既“不要脱离五四启蒙的文化场。因为这些诗作是鲁迅这一启蒙思想先驱当时心态的表露，表现的是这一启蒙文化战场上的‘精神界之战士’，由于感到

---

① 田建民：《鲁迅、钱钟书论稿》，人民出版社2015年版，第275页。

② 田建民：《重读〈求乞者〉》，《长城》2013年第3期。

封建文化和旧习惯势力的强大和个人战斗的无力而产生的孤独、寂寞、虚无甚至愤激的思想情感”[①]，也“要确认鲁迅是一个文学家而不是哲学家，他的作品是文学作品而不是哲学论著。所以对其作品要从形象意境、象征手法等审美的方面去理解和阐释，而不是总想着在其作品中挖掘出多少玄奥的人生哲理”[②]，充分说明了五四启蒙文化思想对《野草》研究的深刻影响。

再看具体的表现，即渗透在字里行间的文化观。从对《野草》中的夜、月、影，枣树、天神、魔鬼、人类、坟墓、死尸、游魂、棺材（即“铁屋”）、无物、无物之物、无物之阵、题辞、野草，暖国的雨、江南的雪、朔方的雪等字、词、短语的分析看，论者抓住了鲁迅所要观察的众多人、事、景、物及其观察的立足点，赞扬了积极进取的乐观精神，肯定了不屈不挠的韧性的战斗精神，批判了国民劣根性，否定了封建等级制度、贞节观念等，意欲表明：鲁迅企望通过启蒙来完成这些任务。从驾驭语言文字的能力，尤其是使用长句表达启蒙文化思想方面看，田建民的功力绝非一般。在各篇解读论文中能大量使用诸如“但把鲁迅这样一个启蒙先驱在思想文化的启蒙与批判中因感到现实就像一片精神文化的荒原而无可措手所产生的寂寞与绝望想象为一个日夜沉浸在恋爱的漩涡中不能自拔的人要爱而不得的痛苦与煎熬”[③]“丸尾常喜则在分析作品之前详细地叙述和分析鲁迅 1926 年离开北京到厦门再到广州直至‘四一二’和‘四一五’政变这一历史时段鲁迅的生活和思想变化情况”[④]“在‘奇怪而高的天空’‘无物之阵’及‘空虚中的暗夜’等笼罩在诗人心头无法摆脱和驱散的旧传统文化和旧习惯势力阴影的重压下”[⑤]之类自然、连贯、通顺的长句，都表明论者既对语言文字的逻辑建构能力极强，也对五四启蒙文化认识得非常深刻。否则，是做不到这一点的。因为能说出或写出这样顺畅的长句，绝不是一朝一夕之功，而是需要长期训练、积累，才可能达此境界。从对鲁迅笔下的精神文化荒原的批判看，论者希望建立精神文化的希望之原。在解析《影的告别》《求乞者》《过客》等散文诗时，论者通过黑暗、虚无、灰土、荒野等环境，寂寞、孤独、无奈、绝望等情绪，十

---

① 田建民：《重读〈好的故事〉》，《长城》2016 年第 3 期。

② 田建民：《鲁迅、钱钟书论稿》，人民出版社 2015 年版，第 34 页。

③ 同上书，第 93 页。

④ 田建民：《〈野草·题辞〉新解》，《中国现代文学研究丛刊》2016 年第 7 期。

⑤ 田建民：《重读〈腊叶〉》，《长城》2016 年第 4 期。

分形象地反映了鲁迅的精神文化荒原意识，也是深刻而有见地的。

第三节 文化多样性的探索：21 世纪以来其他研究者的文化学解读

一 翁志鹏、哈迎飞等的佛文化视角下的解读

中国的佛教文化虽然渊源于印度，但当今中国的研究者主要以已经传入中国本土的佛教文化为基础范本，论述其与中国文学之间的关系。同样，自 20 世纪 90 年代以来，《野草》研究者也探索了中国的佛教文化对《野草》的深刻影响。翁志鹏的《〈野草〉与佛典》一文抓住《野草》与佛典中共有的具体意象或抽象意象，如大欢喜、大悲悯，火宅、大火聚，三界、地狱、曼陀罗花，剑树、牛首阿旁，黄金世界等，这有益于开启读者的艺术思维等。如对“三界”的佛学阐释就很有启发性。翁志鹏将 1981 年版的《鲁迅全集·野草》中《死火》《失掉的好地狱》文后关于“三界”的注释进行了对比：前文“火宅”注释中对“三界”的解释是，“佛家语，《法华经·譬喻品》中说：‘三界（按这里指欲界、色界、无色界，泛指世界）无安，犹如火宅，众苦充满，甚可怖畏，常有生老病死忧患，如是等火，炽然不息’”；后文认为：“三界这里指天国、人间、地狱。”① 很明显，大家都能看出对同一词条“三界”居然有两种解读方式，尤其对“泛指世界”这一解释，确实“是不确切的”，过于笼统。经翁志鹏指明后，这很容易让读者产生疑惑，究竟何者为准确？借助佛典的有关知识，在严谨的分析论证之后，翁志鹏认为，“三界”是“泛指世俗世界”②。这是较具佛学解释的解读方式，更切近佛学意味。但 2005 年版的《鲁迅全集·野草》中对“三界”的解释，仍如 1981 年版一样，尚未变动。不过，翁志鹏对此的解读确实有理有据，至少能为日后《鲁迅全集》注释的科学性、准确性提供可资借鉴的有参考价值的信息。

和翁志鹏一样，哈迎飞从《野草》中的苦闷，《野草》中鲁迅思想从苦到空、从空到有的过程，佛教文化影响鲁迅思想、创作等方面，对《野草》也做出了极为有价值的佛学解读。她认为：“鲁迅在佛教经籍的

---

① 翁志鹏：《〈野草〉与佛典》，《杭州大学学报》（哲学社会科学版）1993 年第 2 期。

② 同上。

研阅中，侧重于以辩证思维著称的华严、唯识二宗，佛教的辩证思维是他在掌握马克思主义唯物辩证法之前认识世界、解决矛盾的最有力的思维工具，而他后期之所以能够比一般人更深刻、更准确地掌握辩证唯物主义也得力于他深厚的佛学修养的功力。”① 这里，博大精深的佛教富于思辨韵味。作为思维工具，佛教促成了鲁迅的马克思主义者的身份。哈迎飞抛开其他视角，专注于佛家色彩研究《野草》，进而揭示了佛教对鲁迅思想及其创作的直接影响等。这种佛学的思辨意识，在哈迎飞《“五四”作家与佛教文化》② 一书中也有所表现。该书第一章“鲁迅：于无所有中得救”，同样论及了《野草》中的佛学思辨色彩。将马克思主义唯物辩证法、辩证哲学与鲁迅及其《野草》有机结合起来的“中间物”，就是佛学文化。研究者从佛教文化的视角进入《野草》，剖析《野草》研究领域中“语焉未详的问题”，可说是为《野草》佛学问题研究的明朗化提供了有益的解读，这是极为可取的。

杜方智较有见地的论述，就是坚持佛文化对《野草》里的“过客”和柳宗元诗中的“渔翁”都有重要影响，并对这两类意象的基本特征、思想意义、艺术价值等进行了平行比较。“我们对这两类艺术意象进行分析、研究、比较不仅能加深对这两类艺术意象的认识和理解，而且更能进一步认识到佛文化是如何深深地影响着鲁迅、柳宗元的诗歌创作的。”③ 有人说鲁迅对佛学知识的研究和阅读是用力很猛的，事实确实如此。仅从《野草》对佛学知识的得体运用便可知晓这一点，如《好的故事》《死火》《失掉的好地狱》等散文诗充满浓郁的佛学色彩。而从杜方智对“鲁迅、柳宗元与佛文化关系比较”的系列论文中，我们便可见到研究者抓住了鲁迅和柳宗元创作中呈现出来的重要特点。“过客”和“渔翁”不是一个人，而是一类人的形象，过去有、现在有、将来还会有这样的形象。此外，李一鸣也看到了佛文化对过客的影响。④

二　邹范平的文化学解读

2005 年由黑龙江人民出版社出版的邹范平的《新发现的鲁迅：读几

① 哈迎飞：《论〈野草〉的佛家色彩》，《文学评论》1999 年第 2 期。

② 哈迎飞：《五四作家与佛教文化》，生活 · 读书 · 新知 2002 年版，第 58—119 页。

③ 杜方智：《〈野草〉里的“过客”与柳诗中的“渔翁”》，《湖南科技学院学报》2006 年第 10 期。

④ 李一鸣：《鲁迅〈过客〉中的虚无与死亡》，《安徽文学》（下半月）2008 年第 7 期。

本鲁迅著作的札记》一书，除以爱情婚姻视角进行解读外，同时兼及哲学、佛学、心理学、文化学等多角度，且常融为一体来解读《野草》。这是该书对前人的明显超越。对鲁迅及其作品的分析，在全书贯通着以鲁迅与朱安的悲剧婚姻为主的线索的同时，研究者又对《求乞者》《复仇》《墓碣文》《死后》《这样的战士》等散文诗进行文化学解读。运用多角度分析《野草》，这充分体现出研究者的深厚学养。在论述《野草》的文化学内涵时，邹范平较为注意“鲁迅对中国文化的态度的潜意识”[①] 方面问题。该书是继王雨海之后的从文化学视角解读《野草》的又一力作。

三 张闳的文化学解读

2007年出版的张闳的《黑暗中的声音——鲁迅〈野草〉的诗学与精神密码》一书，从文化学的角度解读了《野草》。该书指出，文化味道最浓，诗意朦胧的《野草》浸淫在中国文化背景之下，《野草》的诗学色彩也随之加浓加香。华夏祖先言说的开始、孔子积极推行的儒家文化、老庄主张的道家文化、“异邦新声”输入而来的文化等，都受到张闳的合理使用，恰如其分地解读《野草》。“在现代中国文化荒芜的戈壁上，《野草》确实是最葱郁和最富于生命力的植物。然而，这一生命的迹象，在鲁迅看来，恰恰有可能造成文化荒漠化的粉饰，造成蓬勃的生命假象。”[②] 很多研究者都说，《野草》是迄今为止尚无人能超越的散文诗的巅峰。从它诞生直至现在，也确实如此。鲁迅的担心不是没有道理的。张闳看到了这种担心并指出来，作为评论家，有责任批评和矫正散文诗创作的不正之风。实际上，散文诗走到“荒漠化”的一端，或曾经一度存在完全的歌颂，都是不正常的。这样的情况是可能发生的。还有难以预料的，如国民党当局下令删除正欲发行的第七版《野草》的《题辞》等实际情况。所以，从文化学角度解读《野草》，应该细心体会隐藏在文化底蕴中的意识形态的因素及潜在的影响等。

四 张枣的文化学解读

从2012年颜炼军编选的《张枣随笔选》中，读者能看出：张枣的文

---

① 邹范平：《新发现的鲁迅：读几本鲁迅著作的札记》，黑龙江人民出版社2005年版，第373页。

② 张闳：《黑暗中的声音——鲁迅〈野草〉的诗学与精神密码》，上海文艺出版社2007年版，第276页。

化学解读，体现了一种国际视野，于字里行间流露出“开阔的文化眼界”。尤其是他从语言文化视角下研究《野草》，给人诸多启发。从学习、运用、精通多门语言的经历看，张枣称自己为语言学家的说法，是没有什么疑问的。他学习德语、俄语、英语、法语和拉丁语等语言，并都很有造诣，留下了较多的翻译作品，显现了锤炼语言的印痕。从东西方文化看，张枣立足于雄厚的语言功底讲评《野草》。对西方诗论知识的运用十分熟练，信手拈来。如《秋夜的忧郁》分析了发声与抒情主体，深入浅出地讨论了“现代性”的内涵。因为人们一听有人谈论“现代性”就觉得谈论者十分了不起，“现代性”的意思也十分深奥、十分高大上。经过张枣的讲解，读者对“现代性”的认识不再模糊，且有了一点点对“现代性”的思考。张枣说“现代性”的缺点之一就是人们的收入日益丰厚，而人口越来越少。如讲评《秋夜》时对潜在对话者话语的定位，潜在的对话者的地位、身份、态度、语速、性别等，都会影响说话者说话的方式。如讲评《腊叶》时“用语言去写空白，用语言去写说不出，用语言去写左也不是右也不是”① 等，来落实矛盾修辞法的运用，展示一种广阔的文化视野。

① 张枣：《张枣随笔选》，颜炼军编选，人民文学出版社 2012 年版，第 144 页。

第六章　《野草》再现社会批评的图景
——政治伦理学视野中的《野草》研究概论

社会学研究方法占统治地位时期，一直持续到新时期之初。《野草》的反抗精神、战斗精神、革命精神、政治热情等受到了强调，甚至是极端的强调。研究者对《野草》持肯定性的评价与否定性的评价的争锋此起彼伏，对《野草》中鲁迅表现出来的思想是不是坚定的、是不是马克思主义的进行了甄辨，对《秋夜》《过客》《这样的战士》《题辞》等战斗性的剖白进行了更多的解读。高长虹、章衣萍、茅盾、钱杏邨、胡风、卫俊秀、张禹、冯雪峰、吴敏之、毕奂午、吴奔星、李何林、杜一白、闵抗生等研究者是这种观点的代表。

第一节　社会生活勾勒
——长期以来政治学视野中的《野草》研究概论

一　卫俊秀的《鲁迅〈野草〉探索》

在初版《鲁迅〈野草〉探索》的序文，即张禹的《〈野草〉札记（代序）》中，读者可以发现：卫俊秀与张禹都看到了《野草》中蕴含鲜明的革命性、战斗性，都运用丰赡的资料阐释《野草》文本的思想意蕴、艺术风格等。可见，艺术是相通的，总有研究者的思维能产生共鸣，产生艺术的火花。

革命性、人民性和政治色彩是张禹《野草》探索的显著特色。较早地以鲜明的马克思主义为指导思想研究《野草》的张禹，在《鲁迅〈野草〉探索》的“代序”中探讨了三个问题：一是《野草》的革命性；二是《野草》的人民性；三是从《野草》看鲁迅精神的几个特点、对于鲁迅思想分“期”的考察等。其中的第三个问题，张禹进行了详细论述。

从较无分歧的大原则看，他认为鲁迅思想处在不断地发展中，就是新与旧——对立面的斗争[1]。张禹对鲁迅思想分“期”加以考察，认为鲁迅在“五四”之前“是以革命的小资产阶级知识分子的身份而参加，而‘遵革命的命’”[2]的，其“早期思想中包含着前马克思主义的进步因素，这些因素使他倾向于接受马克思主义”[3]。而“五四”之后到1927年之前，“鲁迅著作中带有社会主义因素”[4]。接下来，“鲁迅大约到二七年以后的后期才成为马克思主义者”[5]的。在“代序”中，张禹对《野草》中鲁迅精神的特点也做了介绍：一是虽有彷徨、怀疑的情绪，但依然坚持进行革命工作；二是虽有伤感、空虚、颓废的情绪，但促人“更清醒、更活泼”；三是鲁迅的谦虚求实精神，还表现出他对人民、对革命事业的无限忠诚。张禹的“代序”的新颖处在于，张禹虽开门见山直谈《野草》，但寥寥数笔后，将《野草》置于鲁迅的全部作品中，引出生成《野草》的社会、政治、历史环境。全文较多的笔墨看似与《野草》无关，实则均是由《野草》衍生开来始终围绕《野草》的论述。

《野草》的战斗精神横贯全书始终，是卫俊秀《野草》探索的突出特点。卫俊秀在评论《题辞》时，认为：“《题辞》在《野草》里面，无疑地是篇有光热的‘反抗之歌’。它充满了喜气洋洋与不顾一切奋斗牺牲的精神，反映了当时的历史内容和社会要求：一意要把旧时代祭送走，准备迎接新的大时代的到来，用意深远。所以它的艺术化的形式虽然短小，但它的题材——行动与目的，却十分广大，着实是一篇气派雄伟的革命斗争的作品。”[6]这是该书正文一开始就对《题辞》所下的断语。《题辞》充满了战斗的豪情，字里行间荡漾着一触即发的革命烈焰。研究者准确地抓住了《题辞》文本自身从内容到形式的特点：一是反抗旧社会，二是乐观亢进，三是歌颂战斗与牺牲，四是葬旧迎新，五是形式短小，六是革命斗争的题材。

卫俊秀对《秋夜》进行探索时，认为鲁迅“既不愿离开现在，又不愿随顺现在，做黑暗的附着物，这对于一个已经变为‘游勇’的战士，

---

① 卫俊秀：《鲁迅〈野草〉探索》，上海泥土社1954年版，第24页。

② 同上书，第29页。

③ 同上书，第32页。

④ 同上书，第35页。

⑤ 同上书，第33页。

⑥ 同上书，第49页。

的确是一种极大的苦恼”[①]。鲁迅甘愿立足现实，面对现实的一切，然而又为现实中的黑暗、浓浓的黑暗所困扰，而相应产生苦恼与困惑。即便如此，鲁迅甘愿在现实中苦斗，无畏地刺向敌人。《秋夜》中的枣树，有其存在的价值。而离开了黑夜的枣树，即是离开了战斗的枣树，这时的枣树已经失去了战斗的价值。同样，离开“现实”的鲁迅，即是离开黑暗与痛苦的鲁迅，这个“鲁迅”已经失去了存在的意义，即其失去了战斗性，便不能称其为真正的鲁迅。卫俊秀对《求乞者》进行探索时，认为《孤独者》中的魏连殳“决意要‘为此求乞，为此冻馁，为此寂寞，为此苦恼……’而且‘偏要为不愿意我活下去的人们而活下去’。这才是鲁迅行乞的精神，是鲁迅战斗的源泉”[②]。魏连殳虽然彻底失败了，因为现实社会确实黑暗，但黑暗中仍有一丝光明，鲁迅看到了魏连殳未能看见却要找寻的光明。即他坚信在现实中，存在着那若有若无的缥缈的希望，一丝光线连着那希望，希望自己的所为或能碰撞开一条新路，或能接近即将被淹没几近荒芜的先驱者踏出的路。即便行乞，鲁迅说，“我将用无所为和沉默求乞……”魏连殳的“有为”，实际上是无为，即鲁迅笔下的“无所为和沉默”。鲁迅也说过，自己的活下去，就是让敌人的世界多一些缺陷，让统治者的日子不舒服，让自己的行动对有为青年、进步青年多一点儿启发、多一点儿帮助。如此，鲁迅便实现了自己的“无所为和沉默”，在润物无声中影响着青年。卫俊秀对《复仇（其二）》进行探索时，曾说“‘人之子’的地位，实则比‘神之子’还要高贵得多。因为他是沉重的、粗暴的、可以捉摩的，和人生有着更密切的关系”[③]。对《野草》中战斗精神的抓取与把握，表明了卫俊秀对鲁迅精神及《野草》文本的深刻认识。

此外，在卫俊秀的《鲁迅〈野草〉探索》中，《希望》中的肉搏战，《雪》里描绘朔方雪于天空中的劲舞，《风筝》表现反封建的思想，一直到《淡淡的血痕中》《一觉》，1926 年写的这两篇散文诗，纪念了在战斗中逝去的有为青年等多是如此。能够饱含激情抓住战斗精神研究《野草》，说明研究者准确地反映了《野草》的关节点。由此可见，整部《野草》无不充满战斗色彩，贯穿文本始终。

---

① 卫俊秀：《鲁迅〈野草〉探索》，上海泥土社 1954 年版，第 69 页。

② 同上书，第 76 页。

③ 同上书，第 91 页。

二　闵抗生的《地狱边沿的小花——鲁迅散文诗初探》

“学徒”式的研究成果。1981 年 5 月，陕西人民出版社出版了闵抗生的《地狱边沿的小花——鲁迅散文诗初探》，他自称：“这本书只能算是一个学徒的习作。”

社会学的解读方法。研究者关注针对《野草》的各种评论、《野草》中涉及的社会政治生活现象、战斗精神等，依此展开研究、解读文本。对于从心理学角度出发研究《野草》的评论者，闵抗生做出了强烈的批判。一是对“入于心”的批评。“把《秋夜》这样一篇面对现实，闪耀着战斗光芒的作品，说成是什么‘入于心’的，无非是想用谎言掩盖它的社会意义，使它变为于反动统治阶级无害的、思辨性的个人内心斗争记录，而送进‘艺术之宫’。”研究者明显反对高长虹的“入于心”说。《秋夜》中的枣树虽然孤独，却是一个无畏、大胆、勇猛、战斗者的形象。与黑暗斗，与夜空斗，这是他的主要任务。但枣树所进行的一切战斗，是其内心某种意识或情绪支配的结果。二是对“心理斗争”的批评。“我以为《希望》，乃至整部《野草》，都是面向现实的、战斗的作品，而不是反映鲁迅‘世界观矛盾’的所谓‘心灵斗争的记录’。”① 闵抗生强调了《野草》的外部显著的战斗风貌。但是，这里的“心”可以包括反抗之心、彷徨之心等。这不就是特殊环境中的“入于心”吗？而前人曾为此大动肝火，是不是存在误解呢？张俊山认为，《野草》是鲁迅“这时期心灵苦斗的真实记录”②。很明显，这种重视鲁迅及其《野草》内部世界的研究是不可能同意闵抗生的观点的。笔者认为，将他们的观点放在一起看较为可取，即《希望》甚或《野草》，既是现实的又是战斗的，但这种现实和战斗，其实不过是鲁迅内心苦闷的某种外显而已。

三　孙玉石的《〈野草〉研究》

孙玉石的《〈野草〉研究》不仅是《野草》研究的高峰，也流露了 20 世纪 80 年代及其之前的社会意识形态、时代色彩的印痕。

---

① 闵抗生：《地狱边沿的小花——鲁迅散文诗初探》，陕西人民出版社 1981 年版，第 78 页。

② 张俊山：《心灵苦斗的纪录——鲁迅〈野草〉析论》，《开封教育学院学报》1986 年第 1 期。

（一）凸显思想内容方面的理论意识

表现鲁迅提出的韧战理论或“壕堑战”理论。对鲁迅前期思想的把握，是不能忽视的内容。这些理论内容在《野草》诗篇中有所反映。如论述《秋夜》中枣树的韧战精神时，孙玉石引用了1925年3月18日鲁迅写给许广平的《两地书·四》中的一段话，“所以我想，在青年，须是有不平而不悲观，常抗战而亦自卫，倘荆棘非践不可，固然不得不践，但若无须必践，即不必随便去践，这就是我之所以主张‘壕堑战’的原因，其实也无非想多留下几个战士，以得更多的战绩”等，进而联系《野草》写道，“鲁迅这里对他所主张的‘壕堑战’的原因的理论说明，正是《秋夜》中枣树与小青虫的对比中所要揭示的形象的内涵”①。还有，孙玉石对《过客》《这样的战士》《淡淡的血痕中》等诗篇中的韧战精神也做出了相关的分析。

提出“战斗的美学”理论说。《野草》充满了战斗色彩，描绘了革命者与反革命者之间血淋淋的战斗场面。抓住这一主题，甚至贯通始末，该书给予了较多笔墨的论述。如《〈野草〉研究》第二、三、四章极为明显。“《求乞者》和《秋夜》可以说是表现了鲁迅战斗的美学观念相得益彰的两个方面：一方面，歌颂枣树所象征的坚忍不拔的反抗斗争精神，一方面，憎恶求乞者所概括的安于命运的乞怜哀呼的态度。”② 一正一反，论述可谓周严。

（二）突出研究方式的选择与运用

提倡模糊说的研究方式。这既有利于激活《野草》文本的灰色空间，又有利于研究者的想象和创造。该书认为，鲁迅在《聪明人和傻子和奴才》中所写的三个类型化的人物形象，“应该看做一种诗的精神的象征，而并非小说的对真实人物性格的刻画，也不能当做带有历史性的典型人物来理解。不然的话，就会过分去寻求这些人物的实际代表性，而得出牵强的结论”③。在《野草》之前的《自言自语》，其后编入杂文集中的如《秋夜纪游》《夜颂》《半夏小集》等，孙玉石也进行了探索和研究。这些散文诗，都描绘了丰富多彩的形象。扩大开来说，鲁迅散文诗中的形象都具有这种“诗的精神的象征”的特点。即以模糊说的研究方式研究《野草》，带给人们的是一种感受性的认识，是一种形象性的思考。这种

① 孙玉石：《〈野草〉研究》，中国社会科学出版社1982年版，第22—23页。

② 同上书，第87页。

③ 同上书，第95—96页。

认识和思考，是一种直觉判断，有利于文学文本的研究。

反对过于坐实的研究方式。解读散文诗集《野草》，需要体现赏析诗歌的基本原则，即品味诗歌的曲折和韵致。“我们不能用逻辑的思理来推断诗歌语言的曲折。同样，我们也不能用哲学的清晰来衡量诗歌语言的韵致。”[1] 含蓄曲折的笔法确实耐人寻味。鲁迅善用曲折的写法表情达意，让自己的思想隐藏在散文诗作品的字字句句中。研究者需要用心思索，细心体会这种写法，才能较好地品读《野草》。如果用严密的科学思维逐字逐句地赏析诗词，或者用清醒的理性研究和判断诗情，那么诗歌自身蕴藏的丰富想象和深厚意蕴，毫无疑问将要受到严重损害。有些研究者这样做的目的，就是想要通过科学手段、运用相关知识，对诗作做出字句落实、条理分明、丰富翔实的阐释。其结果是理性味道十足，诗作的感性荡然无存，更谈不上诗歌的意象和意境了。显然，这种追求坐实的解读方式，实质上大大地缩小了《野草》的丰富内涵。《野草》自发表以来，至今为止，也并未有谁敢说完全理解了这部散文诗集。倒是仍有一些研究者自设理论前提，尽量自圆其说，或者是自说自话。

批评索隐式的研究方法。在《野草》研究中，这种索隐式的解读方法，“不仅长期以来或隐或显的存在，而且在粉碎‘四人帮’之后的近年，又有人系统地发表出来，就不能不引起人们的重视。很显然，不能仅仅认为这种意见是不同学术见解的一家之说而予以辩证，更应该看做《野草》研究方法中的歧途。理解《雪》的象征艺术形象的内容，要靠符合实际的想象，不能靠唯心主义的臆测，这就是我们应该引为鉴戒的一条教训”。[2]《野草》的内容难于理解，这在学术界已经是常识。正因为如此，自《野草》的第一篇《秋夜》发表以来，各个时代的研究者才采用各种各样的方法来解读之论述之。有的研究者从《野草》各篇文本实际出发进行客观研究，不脱离散文诗的内容，反对想当然的论述。也有研究者直接从自己的主观认识出发进行研究，按照预设的模式进行论述，采取索隐方式研究《野草》，或脱离文本，或断章取义，或无中生有，或歪曲原意，或生硬比附等。采取这种索隐式的方法研究《野草》，直至今天仍然存在，不能不引起重视和反思。研究《野草》离不开想象，但这种想象绝不是天马行空无所依凭的想象，而是符合《野草》文本实际的想象。主观臆说固不可取，客观分析才是正途。

---

① 孙玉石：《〈野草〉研究》，中国社会科学出版社1982年版，第175页。

② 同上书，第60页。

批评索隐式的研究方法、反对过于坐实的研究方式、提倡模糊说的研究方式等，既有《野草》研究自身的需要，也有意识形态方面的考虑。

四 王吉鹏的《〈野草〉论稿》

王吉鹏的《〈野草〉论稿》是在其硕士学位论文基础上加以修改和“扩充”而成的，1986 年 8 月由春风文艺出版社出版。

强调“思想内容”的研究，是其重要特点之一。该书能站在“求索新的战友”，“求索新的道路”，“探求”《野草》国民性、内心世界、爱情观等方面“综合研究”的高度，力求展示《野草》世界的全貌，表现了一种整体把握《野草》的意识。其中，一些观点是在此前相关研究成果基础上的新发展。如《〈野草〉研究论文集》中李继凯的《〈野草〉“国民性思想”初探》一文，既论及了《野草》国民性中的积极因素，也详述了《野草》国民性中的消极因素。而王吉鹏则从虚伪、麻木、势力、瞒和骗、持中骑墙、圆滑世故、奴才性等六方面具体地详细地专论了《野草》国民性中的消极因素，其“目的是改变‘国民’的精神，唤起整个中华民族的觉醒”[①]。这有利于读者了解《野草》中国民劣根性的表现形式，确实具有启示价值。该书能够认识到《野草》是鲁迅内心世界的情绪反映，是鲁迅战斗精神的反映，是鲁迅思想转变期的反映，是鲁迅对自我如实揭露的反映，是革命者螺旋上升的反映，足以表明研究者确实抓住了《野草》中鲁迅矛盾思想所在。在论述《野草》的“爱情观”时，王吉鹏同时将《我的失恋》和《腊叶》置于笔下，从截然相反的立场论述了鲁迅高尚的爱情观。这比单独分析其中某一首诗的做法是更可取的，既表现了一种对立统一的整体感，又体现了一种发展。

五 肖新如的《〈野草〉论析》

1987 年 10 月，辽宁教育出版社出版了肖新如的《〈野草〉论析》一书。该书的开篇是“一篇综述《野草》创作特点的《关于〈野草〉》”，易于“读者从纵的方面理解《野草》”,[②] 可视为全书的总论。这篇总论主要写了鲁迅创作《野草》时的主客观背景、《野草》的思想内容、艺术形式等三方面问题。后记交代了该书的“重点在篇章分析上，但又不是一般的文章讲解，而是以作品的思想内容为主干，阐明作品是如何通过艺

---

① 王吉鹏：《〈野草〉论稿》，春风文艺出版社 1986 年版，第 31 页。

② 肖新如：《〈野草〉论析》，辽宁教育出版社 1987 年版，第 231 页。

术的手段表达这些思想内容的，这样各种疑难问题也就在阐明作品思想内容的过程中得到解决。在篇章分析的基础上，还对作品的思想成就和艺术特点加以简要的归纳和论述”①，同时也交代了该书从“1979年12月初稿”到“1985年12月修改”至少六年时间的成书过程，然而完成初稿恐怕需要更为漫长的时间，足见《野草》确实是“一部比较难懂的作品”了。

该书正文部分各篇的基本结构都是由“思想内容”“思想成就”等部分构成的。该书有很多新颖之处，给人启迪，引人深思。

如“思想成就”的阐释、分析新颖独到。一是研究者深刻地透视了社会现象的实质。该书提出了群众不觉悟的问题，鲁迅“采取这些‘报复’办法的用意虽是为了促使群众觉醒，但却无助于问题的解决，因为群众落后的根源不在群众身上，而且群众也不全是这样的人”②。很明显，旧社会的愚民政策制造了许多愚民。可见群众不觉悟，责任并不全在群众身上。二是该书引发了读者的哲理思考。这是研究者对《野草》哲学思考的结果，毕竟《野草》是鲁迅的哲学。在论析《影的告别》时，影“一想到自己目前的处境，就感到前途可悲。因为连现在是什么时候都不知道”③。虽然应破除迷信，但影确实被一股无法摆脱的神秘力量控制着。研究者看到了影如同风筝一样，都不得不经受这种“无可把握的悲哀”的折磨。其实，鲁迅带给我们的是一种哲学思考：在无可抗拒的力量面前，人们不得已必须经受把握不了自身命运的悲哀。在论析《希望》时，鲁迅说“这里的‘平安’无疑是反话，实际是很不平安”④，这话确实充满了哲学的思辨味道。笔者以为，“平安”是“沉默中的灭亡”，而“不平安”是指在北洋军阀政府的暴力统治和强权政治下，受压迫者胸中涌动着的强大的反抗的暗流。三是该书的阐释角度新颖。在论析《死火》时，研究者从普罗米修斯这个窃火者的角度展开研究。如“而‘我’作为一个‘偷火’的人已经完成了自己的使命，死而无怨，因此我很‘得意’”⑤。研究者受到普罗米修斯带给人类光明这则外国神话的影响，于是《死火》中的“我”就成了一个“偷火”者的形象。这种合理、新颖

① 肖新如：《〈野草〉论析》，辽宁教育出版社1987年版，第230页。

② 同上书，第9页。

③ 同上书，第40页。

④ 同上书，第79页。

⑤ 同上书，第133页。

的“挪移”，不是凭空想象，而是依凭于现实生活中已经存在的神话故事。研究者打通了它们之间的内在联系，因而这种比较是自然的，是得体的。在论析《淡淡的血痕中》时，研究者明确区分了作为“造物主”的怯弱者和群众中的怯弱者之间性质上的根本不同。“一是敌人，一是人民中的落后者；一是要打倒的，一是可以教育的。”[①] 对比得当，论析透辟。

“思想成就”凸显了《野草》研究的理论意识，展示了在《野草》期间从《秋夜》始到《题辞》为止鲁迅思想发展的脉络。如在论析《秋夜》的“思想成就”时，研究者认为“《秋夜》是一篇歌颂反抗战斗、歌颂追求光明的诗篇”，但《秋夜》“同《野草》的其他篇章一样，也留下了作者思想发展历程中的某些消极的痕迹”。[②] 即是说，在《秋夜》中，鲁迅的思想情绪有积极的一面，也有消极的一面。而研究者在论析《题辞》的“思想成就”时，则说，“《题辞》的思想意义首先在于，它摆脱了《野草》大部分篇章中的某些消极情绪，而以其积极向上、热烈追求的崭新面貌出现在读者面前”，并且“《题辞》的思想意义还在于，它是一篇充满战斗精神的作品”。[③] 对于鲁迅思想发展变化历程的揭示，在该书鲜明的对比论述之中是完全能看到的。因为从1924年的下半年到1927年的上半年，鲁迅思想发生了激变。国民党发动的“四一二”反革命政变和“四一五”大屠杀，不能不说是鲁迅思想剧变的一个诱因。该书论述了鲁迅思想的逐步变化，逐渐成长为一名马克思主义者，论及了《野草》的“思想成就”。这种理论意识的介入，在以前的《野草》研究著作是不多见的。

六 陈安湖的《〈野草〉释义》

几乎与《野草》完全同龄的陈安湖先生，在年近86岁高龄之际，出版的《〈野草〉释义》一书，是一部较好的《野草》研究的入门书，具有鲜明的马克思主义的思辨色彩，为《野草》研究再添新曲。

该书体现鲜明的马克思主义研究立场。相对于当下的研究者而言，作为资深的老一辈的鲁迅研究者，陈安湖在解读《野草》时，能结合社会背景予以分析，能联系鲁迅其他作品实际进行论证，能及时研究出现的新问题，体现一种实事求是的态度，并“遵循马克思主义的辩证唯物的观

---

① 肖新如：《〈野草〉论析》，辽宁教育出版社1987年版，第213页。

② 同上书，第34、35页。

③ 同上书，第25、26页。

点，为初学者进一步阐释《野草》的社会的、政治的、思想的内涵和战斗意义"[①]等，提供了一部样本读物。如解读《死后》时，鲁迅立场鲜明地否定了在《时事新报》《晨报》等报刊上出现的那些攻击孙中山的反动论调，写了《战士与苍蝇》《这是这么一个意思》等杂文并予以回击，这都得到了陈安湖的重视，并对之表明了自己的不同认识。苍蝇永远都是苍蝇，无论怎样改造都不可能变成英雄，因为它的本质就是苍蝇，所以就逃不脱吸人血吸人汗的本性。如解读《立论》时，认为："《立论》攻打的对象，一是不敢说真话的人，一是不许说真话的统治势力和习惯势力。"[②]这样的论述，反映了一部分中国人善于瞒骗、弄虚作假的恶习。实际上，这篇散文诗中主人的这种感谢和前两位客人的恭维都是虚假的，从深层次上反映了封建礼法是虚假的，主奴、主客都充满了虚情假意，但除了第三位客人。对统治阶级和被统治阶级的区分，是为了表明当时国民身份有鲜明的等级差别。这种阶级论的分析方法，就是马克思主义研究立场的表现之一。

总之，社会学研究方法、政治学研究方法受到质疑，是新时期以来出现的。随着改革开放的开始和发展，多种研究视角介入《野草》研究中，通过对比，研究者看到了这些研究方法的不足之处，因而予以猛烈抨击。但是，这种抨击过分夸大了社会学研究方法、政治学研究方法的弊端。实际上，《野草》文本有社会、政治思想的成分，因而用社会学、政治学研究方法解读无不可，只不过解读方法并不只这一种而已。毕竟社会政治现象复杂多变，波谲云诡。

第二节　家庭生活"探秘"

——21世纪以来伦理学视野中的《野草》研究概论

在婚后的家庭生活中，鲁迅与朱安的婚姻是无爱的婚姻。在人生的后期，随着许广平的出现，鲁迅体验到了爱情生活的美好。就这一家庭伦理关系而言，研究者围绕着鲁迅的爱情、婚姻，展开了广泛而深入的探讨。

爱情伦理学视角下的《野草》研究，在更多时候，都受到广泛质疑。20世纪20年代后期，孙伏园和高长虹便简略地拉开了《野草》爱情伦理

---

① 陈安湖：《〈野草〉释义》，人民出版社2013年版，代序第5页。

② 同上书，第149页。

学研究序幕。改革开放之初，人们的认识变得日益理性化，对鲁迅及其爱情生活的探索也逐渐增多。因为这样，我们更容易认识到血肉丰满的鲁迅。长期以来，研究者们对鲁迅的家庭生活，特别是其爱情生活常常很少谈及。但改革开放之初，人们的认识变得日益理性化，对鲁迅及其爱情生活的探索也逐渐增多。因为这样，我们更容易认识到血肉丰满的鲁迅。

研究鲁迅的爱情生活，离不开对其相关作品的探索。李德友、范庆林、王吉鹏、蒋锡金等研究者对《野草》文本蕴藏的爱情伦理学进行了初步探索。实际上，《野草》中的《我的失恋》和《腊叶》确实是反映爱情伦理观的散文诗。王吉鹏认为《腊叶》是鲁迅公开回应许广平的情书。鲁迅对待爱情的态度是矛盾和痛苦的，毕竟事实上存在着一个明媒正娶的朱安，但鲁迅反感这种无爱的婚姻。因此，鲁迅和许广平的自由恋爱便是鲁迅反抗包办婚姻的具体表现。研究者将《我的失恋》与《腊叶》中完全相反的恋爱态度进行对比，从而突出了鲁迅高尚的爱情观，是有其深刻道理的。这样对比，容易表现鲁迅的人性和人情色彩。但这样的声音十分微弱。直至2000年以来，这一声音突然变得强大。如李天明、胡尹强、邹范平、余放成、刘彦荣、梁锦瑛、王莹等研究者著书立说，专门挖掘和论述《野草》的爱情伦理观，轰动一时，引起一定反响，也受到诸多争议。

一 《野草》爱情伦理学研究的著作

（一）李天明的《难以直说的苦衷——鲁迅〈野草〉探秘》

加拿大华人李天明的《难以直说的苦衷——鲁迅〈野草〉探秘》一书，主要围绕历史的、哲学的、情爱与道德选择的主题结构全书。作为猫头鹰学术文丛之一，2000年12月由人民文学出版社出版。

就《野草》爱情伦理观的挖掘，是该书最为显著的特点。从爱情角度切入并研究《野草》，虽然并不始于李天明，但较为集中形成规模地研究《野草》的爱情伦理学者，却始于李天明。从这一意义上看，该书确实拓宽了《野草》研究的领域。

杜迈可的“发现”“探讨”和揭秘。不列颠哥伦比亚大学亚洲研究系杜迈可教授在序言中，认为该书“发现并论证了鲁迅与许广平的恋情，以及与他妻子朱安的离弃之间的未曾被充分探讨过的关系，同时也揭示了鲁迅散文诗的隐秘主题”是“新颖的、独创性的”。其实，杜迈可意识到了鲁迅的个人家庭生活存在伦理关系的麻烦。

李天明说出了自己想说的话。“难以直说”其实就是不妨直说。同一文本，不同的读者有不同的理解，从不同角度研究，常得出不同的结论。李天明重读《野草》，“觉得自己的一些感受别人并未道尽”① 也是符合这一认识规律的，尤其是对鲁迅、许广平“情爱和道德责任之间的两难”② 这一主题的思考，确实有不少新意，与众不同，值得我们进一步研究和探讨。在全书中，涉猎《野草》最多篇幅，占全书笔墨最多的这一主题，自然作为全书的重点，对所论述的《秋夜》《影的告别》《我的失恋》《复仇》《复仇（其二）》《希望》《好的故事》《过客》《死火》《墓碣文》《腊叶》等十一篇散文诗，笔者认为主要有两方面内容：一是关注鲁迅和朱安的关系，以《秋夜》为代表。作为明媒正娶的妻子，朱安并不为鲁迅的心理所接受。从这一广为人知的事实出发，李天明认为“这两株分别描绘的枣树，不但是鲁迅寂寞孤独感的形象体现，也是他对自己婚姻形态不满，沮丧和无奈复杂心情的形象体现，可以被视为鲁迅窘困夫妻生活的象征”③。这两株枣树分别孤独自立，泾渭分明。鲁迅与朱安的夫妻关系也如此。基于李天明看到这一点内在联系，由树而人，以联想和想象为方式，从客观存在物进入个人主体的研究世界，笔者认为有新意不牵强。二是关注鲁迅和许广平的关系，以《腊叶》为代表。我们更多的研究者坚持《腊叶》中的“我”借指许广平，病叶为鲁迅。这种理解并不错。除对“病叶”有共同的解读外，李天明还有自己的新认识。他认为：葱郁的叶喻指许广平。这种认识也给了我们如下的思索：也就是说，同一棵枫树意味着鲁迅、许广平思想意识的大体一致。风华正茂的枫树长满了葱郁的叶，经历坎坷遭遇和风风雨雨后的枫树留下了“病叶”，都是很正常的自然现象。这和我们对不同年龄段的人们给大家留下的生命印象、情感印象有关。我们认为女孩充满朝气，而老翁多有暮气，也许就是这个道理。

书后附录是有新意的。该书后面附录的《英语世界的〈野草〉研究》，曾发表于2000年第5期《中州学刊》上，不论是作为资料还是作为比较清晰地向中国读者介绍英语世界《野草》研究的概况，都具有创新价值。这篇论文虽然介绍的资料不很多，但时间跨度大（从1955年到1987年），论述的问题较为深刻，有见地。说它是了解西方英语世界《野

---

① ［加拿大］李天明：《难以直说的苦衷——鲁迅〈野草〉探秘》，人民文学出版社2000年版，第1页。

② 同上书，第113页。

③ 同上书，第116—117页。

草》研究的窗口，也未为不可。

该书的研究方法有三，即“多层次的阐释”“综合的方法”和“先实后虚的方法”。

1. “多层次的阐释”[①]，即多主题的研究。以往只要一提到李天明的《难以直说的苦衷——鲁迅〈野草〉探秘》，有的研究者常想到《野草》的爱情问题，而无他想。实际上，这只是该书所要探讨的一个问题。除此之外，该书还探讨了社会和政治批评，对自我、人生和个人意志的哲学思考等两方面的问题。如对《秋夜》《复仇》《复仇（其二）》《影的告别》《希望》《过客》《死火》等散文诗，研究者就进行了多层次或多主题的研究。笔者认为，这种多角度研究《野草》的方法有助于防止片面认识的发生，能够从多方面认识《野草》文本，不一定能看透《野草》的所有内容，但所看到的绝不止于一点，因而值得提倡。

2. “综合的方法”[②]。一方面是各章之间有联系。如第一章研究社会和政治批评，第二章研究对自我、人生和个人意志的哲学思考，第三章研究情爱和道德责任的两难。这三章之间呈现由大到小、层层递进、不断深入、突出重点的关系。另一方面是每章内部的论述有内在逻辑联系。如第二章以“哲学思考”为线索，将《影的告别》等九篇散文诗贯通起来。《野草》本身是一部书，是一个整体。而那种孤立地理解和认识《野草》各篇的做法，显然是管窥之见，不足取。李天明看到了这种一鳞半爪研究方式的弊病，故采取站在全局立场的高度把握《野草》，认识自然相对全面。

3. “先实后虚的方法”[③]。有人批评李天明等人的《野草》研究过于“坐实”，是对《野草》文本的一种践踏。李天明承认这一点，但并不止于此。“我以下的阐释，就是试用一种坐实的方法，从一个特定的角度，探讨《野草》一个层面的主题，以期提供一种可被接受的诠释。厚积而薄发，先坐实了，或可才能虚起来，说得堂皇一点，也算一种先实后虚的方法。”[④] 运用“坐实”方法研究《野草》或其他难解的文本，自然是视野狭窄的，限制了读者的思维。但有的评论者并没有完整地认识李天明的

---

① [加拿大] 李天明：《难以直说的苦衷——鲁迅〈野草〉探秘》，人民文学出版社 2000 年版，第 5 页。

② 同上书，第 9 页。

③ 同上书，第 115 页。

④ 同上。

这一研究方法，忽视了后面“先实后虚的方法”，这当然也是不可取的，属于断章取义。笔者认为，“坐实”式的研究虽有弊病，只能让读者局限于由“坐实”而形成的狭隘解读，但思维活跃的读者未必止于此，很可能由此产生新的联想或想象，进而引发读者的新思考。如果就文学研究而言，孙玉石、钱谷融等提倡的模糊研究法乃是正途。

总之，有学术研究存在就免不了有争议问题的存在。但从爱情伦理角度研究《野草》，对拓宽研究领域是大有好处的。笔者认为，这给我们提供的诸多思考和相关启发，应当是最可宝贵的收获。

（二）胡尹强的《鲁迅：为爱情作证》与余放成的《“难于直说”的爱情》

胡尹强和余放成提出的鲁迅和许广平之间婚恋关系的“四阶段说”，是《野草》爱情伦理学研究的新成果。

1. 胡尹强的《鲁迅：为爱情作证——破解〈野草〉世纪之谜》

胡尹强的《鲁迅：为爱情作证——破解〈野草〉世纪之谜》一书，2004年11月由东方出版社出版。依据《野草》各篇的自然顺序，全书分成的四章，在胡尹强看来，是能揭示《野草》时期鲁迅思想发展变化的四个阶段。每章开始均主要引用《题辞》中的有关内容，作为本章要旨。各篇解读论文的题目，均从各篇提炼出来。这四章与鲁迅、许广平恋爱的各阶段大体一致：开端即相识，发展即相恋，高潮即热恋，结局即同居。开头的引论总领全书，后面的余论总结全书。

该书是《野草》研究史上第一部专论爱情伦理学的研究著作，是破解《野草》的大胆尝试的结果。对于判定《影的告别》《求乞者》《复仇》《复仇（其二）》等是爱情散文诗的杰作，《过客》是“我们认识和理解鲁迅的爱情哲学、探索鲁迅和许广平恋爱过程、认识和把握《野草》是一部爱情散文诗集的最重要的作品之一”①，《一觉》是“《野草》所有23篇散文诗中最明白无误和最热烈的爱情散文诗”② 等，虽然我们看起来不能完全接受，但研究者有理有据的论证过程还是令人信服的。如胡尹强认为：《秋夜》中的枣树喻鲁迅，小粉红花和小青虫喻不同时期的许广平；《过客》中的兀鹰喻鲁迅，死尸喻许广平；《聪明人和傻子和奴才》中的傻子喻许广平，聪明人喻封建婚姻的维护人，奴才喻鲁迅等。笔者虽

---

① 胡尹强：《鲁迅：为爱情作证——破解〈野草〉世纪之谜》，东方出版社2004年版，第145—146页。

② 同上书，第299页。

然不赞成这种“坐实”式的研究，但丰富的资料和严谨的论述，不得不让笔者审慎和深入地反复思考《野草》文本的多义内涵。完全把研究视角定位在爱情方面，笔者不能认同。朱安是《野草》诞生的必然前提，更难以让人接受。但笔者认为，朱安与许广平的影子一定与《野草》有关系。究竟有怎样的关系，又有多大程度的影响，这应该是《野草》多义内涵研究的一个方面，而不是全部内容。在此基础上，胡尹强进一步指出：“野草，就是暗示婚外恋。《野草》是一部表现诗人婚外恋的爱情散文诗集。”[①] 这一说法很有现代意味，貌似符合鲁迅的生活实际。受李天明等人的影响和启发，胡尹强归纳了《秋夜》《我的失恋》《希望》《好的故事》《雪》《过客》《失掉的好地狱》《一觉》等《野草》散文诗集中几乎全部的野花草的意象，并赋予它们各自不同的象征意义。因此，这里的“野草”至少有三种含义：一是爱情散文诗集的书名；二是暗示婚外恋情；三是诗人婚外恋进程中全部苦闷、焦虑和彷徨的象征。[②] 依据鲁迅的生命历程做出上述判断，并未超越鲁迅的生活范畴，反而让鲁迅更贴近人间，更接近民众，甚至深入民心。笔者认为：这种立足于爱情生活视角还原鲁迅本色面目的研究是能让人接受的。通过翔实的论述，胡尹强充分证明了自己所提出的论点是解读《野草》的重要路径。

“个人性”是解读《野草》爱情伦理观的突破口。胡尹强说：“《野草》措辞含糊的全部复杂性，都在‘难于直说’四个字上。”《野草》难解是一个事实，知难而进者才能领略山阴路上的风光胜景。卫俊秀、冯雪峰、王瑶、吴小美、李何林、闵抗生、孙玉石、石尚文、邓忠强、肖新如、孟瑞君等《野草》研究专家，分别探寻并建立自己的解读方式，进而领略了《野草》的艺术世界。“个人性”则是胡尹强解读《野草》“难于直说”的有效路径。《影的告别》《希望》《墓碣文》《失掉的好地狱》《聪明人和傻子和奴才》《淡淡的血痕中》《一觉》等“难于直说”的散文诗，运用“个人性”即爱情视角的解读策略，都被迎刃而解了，而解读这些“苦衷”的具体手段就是象征。笔者认为，研究者采取这样的路径、这样的艺术手段进行解读，可以说是把握住了《野草》文本自身的形式特点的。

“障眼法”的研究方式有利也有弊。李天明在《难以直说的苦衷——

① 胡尹强：《鲁迅：为爱情作证——破解〈野草〉世纪之谜》，东方出版社2004年版，第320页。

② 同上书，第322页。

鲁迅〈野草〉探秘》中曾提出此法，胡尹强将其发扬光大。鲁迅在“《野草》中经常使用的一种策略：障眼法，即故意布下的迷阵，带着‘难于直说’的意味，诗人不愿意让读者一眼就看出枣树是诗人的自喻”[①]。文学作品追求模糊认识，这有益于读者展开丰富的想象，有益于扩大作品的研究空间。作为艺术品的断臂的维纳斯，就能给观看者留下这样的艺术享受。作为文学家的鲁迅自然懂得这样的道理，尤其是在诗歌或散文诗创作中，追求朦胧或模糊的语义是很正常了。李天明等人看到了这一点。胡尹强对《希望》《过客》《淡淡的血痕中》以及前面提到的“野花草”等意象的认识，完全采用“障眼法”来解读。对鲁迅为什么运用这种方式创作《野草》，研究者在解读《希望》时，曾说：“诗人不愿意读者看出《希望》表现的是爱情的主题，诗人甚至也不愿意许广平一眼就看出他对她在爱情面前逡巡不前的不满。”[②] 文学作品需要模糊；作为不事张扬的已婚者的鲁迅，与许广平的师生恋自然还是隐蔽一些为好，知道此事的人越少越好，所以有必要回避现实。笔者认为，胡尹强应该是看到了这一点的，据此才详写《野草》中“障眼法”隐藏的一些事实。而认为“《淡淡的血痕中》就是诗人对读者阅读注意力一种故意的误导”[③] 之类的观点，是为笔者所不能接受的。虽然《野草》是鲁迅写给自己的，但鲁迅能做出“故意的误导”读者这样的事情吗？显然不可能。如果做了，这与鲁迅光明磊落、无私奉献、高尚伟大的性格是不相符合的。因此，这样的结论确实容易“误导”读者。

“私典”是显示“神秘”特色的向导。《两地书》中的一些词语，被胡尹强富于特色地合理使用，引入自己的研究中。如“秘密窝”“乞丐的头儿”“保护色”“广平兄”等，着实起到了引导读者对该书不断地探秘下去的作用。

该书在解谜过程中，对《野草》中鲁迅和许广平的爱情发展给予了过多的关注，自然会带来一些偏执。比如，想象较多，以主观判断代替客观论证。“我推断”“我以为”“我相信，这样的推测，也许并非牵强附

---

① 胡尹强：《鲁迅：为爱情作证——破解〈野草〉世纪之谜》，东方出版社 2004 年版，第 48 页。

② 同上书，第 124 页。

③ 同上书，第 288 页。

会”① 等，这样的词句时常出现在该书中。在某种程度上，这大大降低了该书的可信度。因为学术研究论文力求客观公正真实准确，而不可主观臆断。

总之，胡尹强的《鲁迅：为爱情作证——破解〈野草〉世纪之谜》，继承和超越了李天明的《难以直说的苦衷——鲁迅〈野草〉探秘》的爱情说。在《野草》研究史上，作为第一部关于爱情伦理学的研究著作，其地位是不可动摇的。不论其切入《野草》的研究视角是否合乎逻辑，但作为一种存在，我们应该面对它。

2. 余放成的《“难于直说”的爱情——〈野草〉主题探微》

2011 年 12 月由华中师范大学出版社出版的余放成的《“难于直说”的爱情——〈野草〉主题探微》一书，主要围绕《野草》诗篇的爱情意蕴，社会背景以及鲁迅和许广平之间的初恋、发展、热恋、深化的“四阶段说”等内容，逐篇细读了《野草》，深入浅出地揭秘了《野草》中鲁迅、许广平之间“难于直说”的爱情，揭秘《野草》的爱情主题意蕴。

该书的阐释显示了新意。一是力图恢复原貌。著者坚持爱情主题研究立场，追求解读出《野草》的“原意”，即指出鲁迅写作的真实目的。在此基础上再言说鲁迅及其《野草》中的哲学、社会学、历史文化学等其他问题，这样才能揭秘《野草》文本的实质内容，而不至于跑题或偏题。二是关注每一篇散文诗的编号。余放成很在意《野草》发表的时间，尤其是各篇散文诗发表于《语丝》时标明的序号。实际上，这些编号是有内在联系的。在余放成看来，它们标志着鲁迅、许广平情感发展的历程，是不可随意打乱顺序的。三是与众不同的解读。如在解读《复仇》中的“杀戮”时，余放成不同意胡尹强的解释，认为就是“放弃爱，不爱”的意思。再如解读《雪》中的罗汉雪人最终“成为不知道算什么”的东西时，孙玉石指出，这表明了“鲁迅的惋惜与无可如何的感情”，而余放成认为，这“应该是惋惜和责备不满的感情”。

余放成解读《野草》的理想境界是回到历史的现场，重新回放鲁迅当初写作《野草》的特写镜头，再现鲁迅的初衷。这样的学术追求固然可敬，但实际很难还原历史事实，只是尽可能地接近而已。就《野草》诗篇的编号问题，在注意到外在顺序和内在联系的基础上，鲁迅应该有自

① 胡尹强：《鲁迅：为爱情作证——破解〈野草〉世纪之谜》，东方出版社 2004 年版，第 278 页。

己的考虑：在时间紧、创作忙、体裁多样的前提下，这样做是更便于识别和给作品分类。本书的可贵之处：在前人的基础上又有所发展，有新的解读，如对《秋夜》《过客》《狗的驳诘》的解读等。

可见，鲁迅与许广平之间婚恋关系的“四阶段说”，是胡尹强、余放成从爱情伦理学视角下研究《野草》的共鸣之处。

（三）邹范平的《新发现的鲁迅：读几本鲁迅著作的札记》

2005年11月由黑龙江人民出版社出版的邹范平的《新发现的鲁迅：读几本鲁迅著作的札记》一书，重点详析了《野草》的爱情婚姻主题。书中论述的鲁迅与朱安的婚姻关系，是表现《野草》爱情伦理学研究的另一个向度。

丰富的引证资料是证实《野草》爱情伦理学研究的理论论据。德国尼采的《瞧！这个人》，日本竹内好的《鲁迅》、伊藤虎丸的《鲁迅与日本人——亚洲的近代与“个”思想》，加拿大李天明的《难以直说的苦衷——鲁迅〈野草〉探秘》，中国萧文邦的《鲁迅新传》、林贤治的《一个人的爱与死》、荆有鳞的《鲁迅回忆片段》等，都被较多地引用，在丰富读者阅读视野的同时，这反映了研究者抓住了上述著作与《野草》之间的密切关系。吸取他人之长，开启自己的思维之门，为自己的《野草》研究所用，邹范平在他的这部鲁迅研究著作中对此点落实得较好。

图文并茂是图说《野草》爱情伦理学研究的直观方法。多数研究论文都有插图，并赋以简练文字解说插图。配合对论文的深入理解，形象可感的插画起到了这样的作用。鲁迅对美术、版画、木刻、色彩、插图等都素有研究。从邹范平有意将插图运用到论文中这一点来看，他不仅熟悉鲁迅具有爱好美术等多方面艺术才能这一事实，而且将这一事实积极运用于自己的著述中。这是难能可贵的。

《野草》的爱情伦理学研究是在多角度解读共同参与下得以突出的。从研究角度讲，邹范平以爱情婚姻视角为主，但并不止于这单一视角，同时兼及哲学、佛学、心理学、文化学等多角度，且常融为一体来解读《野草》。这是该书对前人的明显超越。对鲁迅及其作品的分析，全书贯通着以鲁迅与朱安的悲剧婚姻为主的线索，而胡尹强在《鲁迅：为爱情作证》中则以鲁迅与许广平的爱情婚姻为主，两书的侧重点极为分明。对《求乞者》《过客》的哲学思考，对《题辞》《影的告别》《一觉》的佛学思考，以及“《野草》从第一篇《秋夜》到最后一篇《一觉》，鲁迅的潜意识已经完全转变为清晰的意识”[①]，对《求乞者》《复仇》《墓碣文》《死后》《这样的战士》的文化学思考等，都是在爱情婚姻伦理观烛照下进行的多角度解读。

变“为尊者讳”为平凡公开是表现鲁迅及《野草》爱情观的切实手段。以往的研究者常常回避鲁迅的私生活，而将其描写成完美无缺者，甚至谈其缺点就是亵渎其光辉高尚的人格。邹范平从两方面扭转了这一偏颇认识：一是关注从人性亦即食色性的角度研究鲁迅及其《野草》。“所谓‘人得要生存’无非是‘食色性也’之意。”[②] 鲁迅曾说过，为了保存个体而有食欲，为了保持种族延续而离不开性欲。这是人的基本生存欲求，鲁迅也不例外。这让鲁迅还原了作为一个人的真身。鲁迅的伟大高尚蕴藏于平凡的生活中。二是从反抗包办婚姻的角度研究鲁迅及其《野草》。人们对鲁迅的婚姻生活常很少谈及或避而不谈，认为只要一谈论，就有辱于鲁迅高尚人格。邹范平谈论了这一事实，不但未辱没鲁迅形象，反而让其形象变得伟大起来。猛烈抨击封建伦理秩序，反抗封建包办婚姻制度，反对从一而终的封建教条思想，接受许广平的事实是鲁迅在这方面的实践。如对《影的告别》《求乞者》《雪》《风筝》《死火》的分析，都表达了反抗包办婚姻这一主题。研究者抓住这一点，在分析《雪》时说：“以隐晦的性压抑为匕首投枪之动力，横竖左右，猛抛猛掷，破除了包办婚姻，打倒了孔家店。”[③] 研究者认识到了鲁迅所奉行的爱情婚姻观念，实是反抗无爱婚姻的显著标志。这样的认识是抓住问题本质的认识，笔者认为是可取的。

“坐实”式的研究方法是认识《野草》爱情伦理观的一条路径，也是引来争议的焦点。依据《野草》各篇段落先后次序，采取逐词逐句的方式分析各篇散文诗。如“一株是枣树”喻鲁迅，而“还有一株也是枣树”喻朱安，“天空”喻中国的传统文化，等等。这是邹范平追求的一个目标。他说：“学习鲁迅的思想就要寻到根基处，才有实际的收获。”[④] 对于初学《野草》者而言，此书是较为适合的读物。但笔者认为，这种“坐实”式的研究，易限制读者思维，自然是不可取的。

---

① 邹范平：《新发现的鲁迅：读几本鲁迅著作的札记》，黑龙江人民出版社 2005 年版，第 293 页。

② 同上书，第 291 页。

③ 同上书，第 185 页。

④ 同上书，第 374 页。

可能有人认为该书犯了对号入座的毛病，认为是对《野草》优美文本的践踏。邹范平在该书的前言为此辩论道：“时代变了，一个问题可以从不同的研究方向加以考察和认识的观点有时候也可能被容忍，未必一律都被封杀。”学术研究，需要有这样宽容的态度。笔者认为，只有这样才能出现百花齐放、百家争鸣的局面。

二 《野草》爱情伦理学研究的论文

多年来较为一致的观点是，《野草》中的《我的失恋》和《腊叶》明示着爱情的主题。因为在《〈野草〉英文译本序》中，鲁迅自己曾明确地说：“因为讽刺当时盛行的失恋诗，作《我的失恋》……《腊叶》，是为爱我者的想要保存我而作的。”确实如此，前者写他人的爱，后者写自己的爱。前者表明鲁迅反对畸形的恋爱，后者表明自己对来自他人关爱的情绪反映，抑或是一种无可奈何的情绪反映。

（一）《野草》的爱情伦理学研究有助于揭示鲁迅的爱情心理

《热风》中的《随感录四十》，实际上是鲁迅的爱情宣言。对于爱情的呼唤，鲁迅评价道：“这是血的蒸气，醒过来的人的真声音。”[①] 这是心音，这是发自心底为爱情而呐喊的呼声。围绕爱情伦理观，一些研究者撰写论文，表达自己的立场。

《野草》爱情心理两难主题研究的影响是广泛的。围绕着爱情心理两难主题，研究者对鲁迅及其《野草》文本进行了挖掘。我们熟知：鲁迅的一生是反帝、反封建、反独裁的一生。“这才是鲁迅的真正的两难：他一方面要全盘否定中国道德传统，一方面自己又摆脱不了这道德传统的虚伪；他反抗传统势力的外在压迫，而自己又负着‘因袭的重担’的内在压迫；他批判传统劣根性，却无法彻底根除自己身上的传统劣根性。”[②] 唐复华既看到了鲁迅坚决反封建思想反传统文化的一面，也看到了鲁迅深受封建道德和儒家文化的影响。这犹如糖溶于水中一样，只要水存在，糖便很难被分离出去。只要杂文存在，它指斥时弊的功能就存在。“我以为凡对于时弊的攻击，文字须与时弊同时灭亡，因为这正如白血轮之酿成疮疖一般，倘非自身也被排除，则当它的生命的存留中，也即证明着病菌尚

---

① 鲁迅：《鲁迅全集》第 1 卷，人民文学出版社 2005 年版，第 338 页。

② 唐复华：《试论鲁迅婚姻与爱情的两难选择——兼评李天明先生对鲁迅的误读》，《鲁迅研究月刊》2004 年第 12 期。

在。”[①] 鲁迅说明了病菌消亡及其生命存在之间相互依存的关系，如同希望附着于光明、绝望附着于黑暗一样。和唐复华立足于宏观视角不同的是，还有一些人立足于微观视角研究鲁迅、朱安、许广平等具体的人际关系。如裴春芳不仅综述了鲁迅与朱安及许广平的关系，还论及了 H 君，“可以推测，鲁迅在日记中如此讳莫如深地称为‘H 君’的人有可能是另一个新女性，并懂得日文，在许广平真正介入鲁迅的生活之后，H 君就辞别而去……”[②] 不管“推测”还是“可能”，H 君辞别是事实，许广平取得主动权也是事实。裴春芳在把握住了这一点的基础上，其综述立场与解读人物形象的思路，都尽可能围绕《野草》及其相关作品出发，进而表达鲁迅在《野草》中反映的爱恨情仇。“许广平的爱，在搅乱了鲁迅已经形成的人格结构和道德格局时，也使他在这桩迟来的爱面前充满焦虑和忧惧。他在沉浸于许广平带给他的爱的雨露的欢欣时，也深深地陷于一种对朱安的道德负罪感中。”[③] 赵小琪也坚持这样的观点。事实上，陪着朱安做一世的牺牲原本是鲁迅所想的，这表明他和她都是遵守封建道德抱残守缺者。而爱心被唤醒，大胆呼应来自许广平的爱情，从真正的“人之子”出发，鲁迅接受爱情也理所当然。可问题在于：朱安的位置怎样安排？这是鲁迅不得不面对的两难选择。即是说，鲁迅在遭遇到这种两难的伦理关系时，最无法面对的就是原配妻子朱安。梁锦瑛也说：“《野草》写于鲁迅与许广平浪漫交往及建立恋爱关系前后，这一生活中的重大变迁显著地影响了他的生活和创作，使他陷入情感与道义的两难选择之中。在此，我们不妨将这恋爱事件视为《野草》创作的心理诱因。”[④] 姑且不论这里所说《野草》创作原因正误与否，单看上述研究者共同的关注点，其实是有影响源的，即李天明在 2000 年时曾指出《野草》所具有的情爱和道德责任两难的这一观点。可见，这种观点带来较多争议的同时，也带来了较广泛的影响。

对《野草》文本中爱情心理意识的挖掘是深入的。一是掘出隐秘情操。早在 20 世纪 90 年代，又央（刘彦荣的笔名）的《〈野草〉：一个特殊序列》曾说：“与《野草》创作的同时，鲁迅的个人生活也发生了重大

---

① 鲁迅：《鲁迅全集》第 1 卷，人民文学出版社 2005 年版，第 308 页。

② 裴春芳：《“私典探秘”的独创与偏至》，《中国现代文学研究丛刊》2002 年第 3 期。

③ 赵小琪、李朝明：《〈野草〉的超现实主义倾向——〈野草〉超现实组合形式论》（上），《鲁迅研究月刊》2002 年第 11 期。

④ 梁锦瑛：《浅探〈野草〉的情爱心理轨迹》，《鲁迅世界》2004 年第 2 期。

变化，即从摆脱不幸婚姻到走向爱情生活。这一过程的各种心理变化也不能不浸润到《野草》世界，加色、加味、加香，从而在《野草》中形成一个特殊的序列。”① 在鲁迅为北京女子师范大学每周一小时授课期间，学生许广平常常坐在前排座位并提出问题，直到1925年3月11日给鲁迅写第一封信为止，可以看出师生二人关系较为密切。在同年5月的女师大风潮中，鲁迅站在学生的立场上为弱势的学生群体代言。于是，是年8月章士钊非法免除鲁迅教育部佥事之职等。因为此，许广平等学生前来劝慰鲁迅。对鲁迅而言，这真可谓多事之秋。后来刘彦荣的《从〈野草〉看鲁迅的隐秘情操》说：“兄弟失和的刺激和不幸婚姻的压抑，以及随之而来的爱情意念的觉醒所构成的个人生活中的隐秘情操，与作品中的其他材料共同影响《野草》的创作动机，并构成整部《野草》的基调、色泽及艺术风格，形成《野草》的价值系统。”② 这里明白直说的语词，如“刺激”“压抑”“意念”等，折射着个人内心深处的某些思想情感，加之“隐秘情操”与“创作动机”等，都意味着研究者及其关注鲁迅的爱情心理空间。笔者认为，从内因与外因分析人的心灵变化的写法是有力的，它能开启我们思考鲁迅重新点燃爱情之火的各种因缘。二是掘出潜意识。沿着这条线索，刘彦荣将弗洛伊德潜意识“梦的理论”学说引入《野草》爱情心理研究和分析中来。这种大胆合理的联想和想象方法的运用，在详尽的分析后，是很让人信服的。以《野草》文本为基础，借助“梦的理论”对其进行论述，显示了研究者极强的整合与创造能力。毕竟，《野草》中仅“我梦见自己……”的散文诗就有七篇，但研究者并不止此而已，对其他诗篇也进行了潜意识的挖掘，如《影的告别》《我的失恋》《复仇》《墓碣文》等都留有早期记忆痕迹。笔者认为这样寻根索痕的追踪，是很容易让所探讨的问题浮出水面的，也是得出真知灼见所必不可少的关键环节。

对《野草》爱情心理的线索和分类的梳理是有创意的。从“徘徊地狱，为爱受伤”开始，中经“彷徨无地，选择逃离”和“遭遇炼狱，寻

---

① 刘彦荣：《奇谲的心灵图影——〈野草〉意识与无意识关系之探讨》，百花洲文艺出版社2003年版，第199页。又央：《〈野草〉：一个特殊序列》，《鲁迅研究月刊》1993年第5期。

② 刘彦荣：《从〈野草〉看鲁迅的隐秘情操》，《江西社会科学》2006年第11期。刘彦荣：《奇谲的心灵图影——〈野草〉意识与无意识关系之探讨》，百花洲文艺出版社2003年版，第39页。

求变更”，最后到“飞往天堂，实现变更”为止，[①] 梁锦瑛为《野草》勾勒出一条清晰的情爱心理发展轨迹。而“怕爱而不敢爱的悲观心理、对攻击者的反击与复仇心理以及要爱而坚定地爱的心理”，[②] 则是余放成为《野草》中鲁迅爱情心理划分的类型。他们虽未跳出对《野草》分类进行研究的框架，但是从为其他研究者明确《野草》爱情心理线索及其类型而言，则显示了他人所无的新颖之处。

（二）《野草》究竟是不是爱情散文诗集的争鸣

《野草》是爱情散文诗集。据王莹介绍，在中国人民大学文学院李今老师“现当代前沿问题研究”的课堂上，师生共同讨论过胡尹强的《鲁迅：为爱情作证——破解〈野草〉世纪之谜》等21世纪以来的《野草》研究新著。[③] 从爱情角度来解读《野草》，虽然角度并不新颖，但整本专著都在谈论《野草》的爱情主题，而且探讨的是鲁迅与许广平个人之间的私密问题，是容易抓住读者眼球的，同样容易引起争论。“但是如果仅仅把《野草》理解为‘为爱情作证’，大多数同学都表示不能认同。刘秀明和谢桂军同学都抓住了章衣萍的回忆——鲁迅曾经十分明白地告诉别人：‘他的哲学都包括在他的《野草》里。’如果把《野草》所有的篇章都解释为是在为鲁迅和许广平的爱情作证，那鲁迅对章衣萍说的话就是说他的所有人生哲学便都包含在与许广平的恋爱之中了，从这一点反推，《为爱情作证》的结论是难以成立的。《野草》内涵的丰富必然是和作者的经历的复杂相关。鲁迅的挚友许寿裳也曾经提醒我们注意：《野草》‘可说是鲁迅的哲学’。由此可见《野草》绝非仅能狭隘地被认为是爱情之作，即使有爱情的显现，也只是作为其中的一点，而绝不是它的全部。”[④] 既然有人反对用社会学、政治学来图解《野草》，就意味着曾经有人那样做过。有人说《野草》记录了鲁迅的心灵发展史，而绝对化地认为其他角度的解读都是臆断，显然并不公允。也有人从文化学、哲学、诗学、美学、色彩学、美术学等其中的一个角度或几个角度来解读《野草》。在目前的研究成果中，如此多的解读角度告诉我们：《野草》文本绝不是仅用一个爱情的角度就能解读彻底的。

---

① 梁锦瑛：《浅探〈野草〉的情爱心理轨迹》，《鲁迅世界》2004年第2期。

② 余放成：《〈野草〉里鲁迅的悲观爱情心理》，《大连民族学院学报》2009年第4期。

③ 王莹：《〈野草〉能确证是爱情散文诗集吗？〈鲁迅：为爱情作证——破解《野草》世纪之谜〉讨论综述》，《中国现代文学研究丛刊》2006年第4期。

④ 同上。

此外，李敏霞的《〈野草〉实为爱情作证》、余放成的《〈野草〉里鲁迅的悲观爱情心理》、胡尹强的《〈野草〉是爱情诗还是革命现实的思考——〈野草〉两种互不相容的解读孰是孰非》① 等研究论文，非常明确地认定《野草》是爱情散文诗集。并且，他们对《野草》的一些诗篇进行了相关的解读。如李敏霞的《〈我的失恋〉并非单纯的拟古新打油诗》、余放成的《〈秋夜〉：一首含蓄委婉的爱情诗》等论述，即论证了他们所坚持的观点。

《野草》不是爱情散文诗集。李今老师认为：那种断定《野草》是爱情散文诗集的观点是一种片面性认识的表现，并对胡尹强著作作出较为客观的评论。李今说："胡尹强及其同道者的解读，为《野草》'现实的与哲学的'主旨增添了一个情感的与生命的维度，使《野草》在社会公共领域的探讨进入作者隐秘的个人生活的层面。"② 对此，笔者认为，把爱情说作为一个角度来解读《野草》，探索鲁迅、许广平的情感世界，这是无可厚非且能让人接受的。但走向某一个极端，如将《野草》完全定位在爱情散文诗集这样的观点上，则只是执其一端的研究方式，是有失公允的。并且，潘海军的《"情爱"式研究症候浅析——〈野草〉接受心理论》、余放成的《〈淡淡的血痕中〉是障眼法还是爱情——与胡尹强先生商榷》《〈风筝〉是兄弟之情，还是爱情——兼与胡尹强先生商榷》③ 等论文，有力地支撑了李今老师的客观认识。

（三）其他研究者的相关研究

暗示或片段论及《野草》爱情伦理观的其他研究论文，是研究者审慎思考的结晶。

---

① 李敏霞：《〈野草〉实为爱情作证》，《广播电视大学学报》（哲学社会科学版）2006 年第 3 期。余放成：《〈野草〉里鲁迅的悲观爱情心理》，《大连民族学院学报》2009 年第 4 期。胡尹强：《〈野草〉是爱情诗还是革命现实的思考——〈野草〉两种互不相容的解读孰是孰非》，《浙江旅游职业学院学报》2008 年第 2 期。李敏霞：《〈我的失恋〉并非单纯的拟古新打油诗》，《河套大学学报》（哲学社会科学版）2006 年第 4 期。余放成：《〈秋夜〉：一首含蓄委婉的爱情诗》，《湖北师范学院学报》（哲学社会科学版）2007 年第 1 期。

② 李今：《研究者的想象和叙事》，《中国现代文学研究丛刊》2006 年第 4 期。

③ 潘海军：《"情爱"式研究症候浅析——〈野草〉接受心理论》，《作家》2008 年第 2 期。余放成：《〈淡淡的血痕中〉是障眼法还是爱情——与胡尹强先生商榷》，《名作欣赏》2009 年第 7 期。余放成：《〈风筝〉是兄弟之情，还是爱情——兼与胡尹强先生商榷》，《淮北职业技术学院学报》2009 年第 6 期。

如杨早和木山英雄、[1] 吴康和汪卫东等人。对《过客》中女孩重要位置的问题，吴康作出了较为新颖的解读。“姑娘喻指生命的能量，她不断将能量提供给过客，得以支撑他的行进，姑娘乃是过客的生命能量的‘我’。”[2] 姑娘曾经送给过客杯水和布片，这是吴康所关注的。水是过客要补充而得不到的“血”的替代物。血液循环意味着生命存在，而失血过多或血液停滞流动则意味着生命消亡。过客得到了水，亦即得到了血一样的能量，进而保持了生命。究竟是什么样的人具有何种关系，才能给予过客以能量呢？女孩与过客是互不认识的，这就排除了母子或兄妹关系。因此只有恋人的关系才能如此。据此推断，笔者认为，女孩与过客的关系可能暗示着许广平与鲁迅的关系。在 1926 年 11 月 22 日的原信中，许广平曾建议鲁迅“将遗产抛弃了”，这遗产即朱安。该信末尾一方面为鲁迅思考个人生活出路，指出：“但这办法对于家庭——母亲——将有什么影响？应不应该硬做，或有什么更妙方法做去，这都待斟酌。”面对朱安，许广平设计了安置办法。面对鲁迅，许广平用一些诸如“家庭”“母亲”“影响”“硬做”“斟酌”等关键词提示他。另一方面许广平似又有所顾虑，说：“我的话是那么直率，说了有什么煽动的嫌疑？因你向我问，只好照此说去，还愿你从长讨论才好。”[3] 这是许广平不可能不想的最实际的问题：和鲁迅生活在一起，朱安怎么办？待鲁迅对此事发问之际，许广平如实说出自己久有的所思所想。其实，在伦理秩序面前，许广平不得不思考自己与鲁迅、朱安之间的关系。这正如待过客说出自己的实际困难时，女孩提供了适宜的“能量”一样。吴康尚未能将这一层具有异常关系的窗户纸捅破，也许有什么顾虑？还是担心因此而留下坐实的嫌疑呢？此外，一些研究者较为关注《死火》这首爱情诗。汪卫东认为：“在‘我’的召唤下，‘死火’毅然选择了复燃，以更纯净的燃烧，划出生的更耀眼的轨迹。在这个意义上，怎样高估许广平对鲁迅人生的意义，其实也不为过。”[4] 死灰复燃，抑或死火具有了生命的“能量”，这得力于“我”的救助。比起有所顾虑者，汪卫东指明了这其实就是许广平重燃了

---

① 杨早：《眷念与决绝——〈野草〉中的“我”和“你”》，《鲁迅研究月刊》2002 年第 5 期。[日] 木山英雄：《〈野草〉解读（节选六章）》，赵京华译，《鲁迅研究月刊》2004 年第 3 期。

② 吴康：《深置于自身的绝望——〈野草〉解读之三》，《鲁迅研究月刊》2008 年第 8 期。

③ 鲁迅、许广平：《鲁迅景宋通信集〈两地书〉的原信》，湖南人民出版社 1984 年版，第 241—243 页。

④ 汪卫东：《〈野草〉心解（四）》，《鲁迅研究月刊》2008 年第 12 期。

鲁迅久已“枯死”的心灵。这样的解读，是有助于读者理解《死火》内容的。

三 《野草》爱情伦理学研究著述的启示

研究者就《野草》爱情伦理学问题所进行的探索，带给我们诸多有益的启示。

《野草》中表达爱情的意象多与爱有关。如“猩红的栀子花开时”中的“猩红”是一种表示喜庆的红色，栀子花象征等待爱情，栀子花开时象征爱情正在绽放。再如野花草、小粉红花、大红花、斑红花、曼陀罗花、惨白色小花、野花、玫瑰花、暗中的花、奇花等意象，都与爱相关。

鲁迅对待《野草》的创作表现出的精心和认真的态度，是需要我们继承和发扬的。逐篇写完《野草》时，鲁迅并不急于拿出去发表，而是搁置一段时间再交给《语丝》发表。在搁置的时间内，能够对《野草》初稿进行修改，至少看两遍，并加以必要的修改，这是鲁迅的习惯。在《答北斗杂志社问》和《我怎么做起小说来?》等文章中，鲁迅都有这种意思的表述。《野草》艺术价值之高，不能说与此无关吧。李敏霞的《〈野草〉实为爱情作证》等研究者的论述，所关注的这一点，对我们是有启发的。

研究者对待《野草》中爱情因素的挖掘与探讨是严肃和认真的。在社会学视角较为盛行的时日中，鲁迅及其《野草》革命性的一面得到了较为集中的论述，而其私密性的一面受压抑被忽视甚至被排斥，认为“揭秘”将有损于伟人形象。改革开放之后直至现在，为使读者形成较为完整的认识，有必要研究鲁迅的爱情生活及《野草》的爱情伦理观。就21世纪初端而言，刘彦荣、李天明、胡尹强、梁锦瑛、裴春芳、唐复华、王莹、李今、余放成等研究者，都严肃认真地探讨了《野草》的爱情伦理学及其价值等。为此，我们对待《野草》的爱情伦理学和爱情伦理学视角下的《野草》研究论述，同样需要这种严肃认真的思考，而非那种一笑了事甚至嘲笑讥讽的态度。

对待新生事物或异类，我们应该表现出宽容的态度。“最可怕的事情并非新观点受批判，而是学术界对这种并非毫无道理的论说持漠视的态度。”在自然界和人类社会中，万事万物的初端都有一个被人们逐渐认识和接受的过程。作为既存的学术研究成果，哪怕是异见，我们也要尊重研究者的劳动果实。这样，《野草》研究才容易呈现“百花齐放，百家争鸣”的良好发展局面。

《野草》研究不应局限于爱情伦理学研究范畴。如果散文诗集《野草》完全写鲁迅爱情生活而别无其他是成立的，那么其他研究者从哲学、美学、诗学、文化学、社会学等视角所做的《野草》研究就都不能成立。而且，鲁迅所说的他的哲学都在《野草》里的话，就完全可以这样说：鲁迅的哲学都在他的爱情里。事实是这样的吗？

第七章　比较研究是认识《野草》的重要途径之一

——比较方式视野中的《野草》研究概论

比较方式视角下的《野草》研究发展经历了具有奠基成果的发轫期、新中国成立之初在批判中的逐渐发展期、改革开放和21世纪以来在多维视角与全面发展阶段的持续爆发期等阶段。相对而言，爆发期包括改革开放初期的繁荣发展、20世纪90年代以来不断开拓新视角、21世纪迎来新机遇等黄金时期，这期间《野草》研究成果远远多于最初两个时期。而《野草》研究所受异族文学文化和外来文学文化的影响，日益受到关注。

第一节　多种资源相互融合

——《野草》比较研究的发展历程

鲁迅《野草》自诞生以来，直至当下思想的解放及东西方文化碰撞与融合之际，相关研究著述不可谓不多。在众多的研究著述中，比较方式视角下的《野草》研究发展历程，显示了对外族、外国文学作品和文化内涵的触及、认同和接受。而梳理和分析这一视角下的《野草》研究发展历程，既有利于寻找到《野草》研究的规律、发现研究中存在的问题，且对于国内外《野草》研究者也有参考和借鉴的价值。从史学研究发展历程看，孙玉石《〈野草〉研究》中的“《野草》研究五十年”，张梦阳《中国鲁迅学通史》中的《〈野草〉学史》专章，王吉鹏、张娟、赵月霞《穿越伟大灵魂的隧道——鲁迅〈野草〉〈朝花夕拾〉研究史》，田建民、贺莹《近年来〈野草〉的情感解读与比较研究》等研究成果，都是有代表性、影响较大的《野草》研究史，但较为全面系统论述比较方式视角下的《野草》研究发展历程的工作仍需进一步细化、比较、对照和甄辨。这样进行研究的目的，是为了知事实、识真伪、探规律、究根源。

一　发轫期：开创性的奠基成果

（一）通过比较谈“鲁迅先生的诗”

相对于《〈过客〉小释》这一专论而言，陈紫秋的《谈鲁迅先生的诗》，是运用比较方式较广泛地涉猎了《野草》的诗篇。这是一篇较早地确认鲁迅诗人身份的研究论文。陈紫秋围绕鲁迅诗人身份的确认、中国古典主义文学对鲁迅的影响、法国的象征主义诗歌对鲁迅的影响、鲁迅诗作与其他诗人诗作的比较与共鸣、鲁迅的大爱等主体框架，进行了较为广泛的论述。其论述内容涉及了《我的失恋》《墓碣文》《失掉的好地狱》《死火》《影的告别》《复仇》《复仇（其二）》等《野草》诗作。

该论文最大的特点是采用比较的方式展开论述。这种比较方式可分为：研究者对鲁迅自身所做的比较、鲁迅与其他作家的比较、《野草》与其他诗作的比较等。

1. “鲁迅先生初期的诗作”的分析

研究者将鲁迅的《我的失恋》、歌德的《爱情的新生》、纪德的部分诗作做了比较，认为，《我的失恋》是“鲁迅先生初期的诗作。这首诗虽然是表现当时青年的恋爱的故事，但在其内容与意识上却正如A. 纪德的初期的诗作一样的有恋爱与事业，感情与理智的矛盾和苦恼。也正如大诗人歌德的内心的恋爱为自由，牵绊与解放的交战的心情与意识一样”①。三位诗人的诗作同是恋爱题材，但目的截然不同，有的诗作是表现自己的恋爱情绪的，有的则具有讽刺他人的性质。如《我的失恋》，就是针对当时社会上过分地专注于花呀、爱呀、死呀等恋爱观而写的，特别是讽刺徐志摩一类的人。杨昌溪在《鲁迅讽刺徐志摩》中说：“因徐志摩当时正在追逐林长民之女儿林×音未成。该诗后经陈西滢见后，也认为是为讽刺徐志摩。”② 实际上，徐志摩只是这一“类”中的“个”，鲁迅常取类型而贬痼弊。对某一类人进行讽刺、鞭挞、教育，以达到警醒世人的目的。“在五四时代，资产阶级的思想表现在伦理上时，是恋爱至上主义。鲁迅有首《我的失恋》的打油诗，对于公子哥式的恋爱，作了一回讽刺。”③ 这种相对宽泛的理解比具体落实到某一个人身上的做法，更容易让研究充

---

① 陈紫秋：《谈鲁迅先生的诗》，《国民公论》（半月刊）1939年第8期。

② 中国社会科学院文学研究所鲁迅研究室：《1913—1983鲁迅研究学术论著资料汇编第一卷》，中国文联出版公司1985年版，第671页。

③ 巴人：《鲁迅与高尔基》，《鲁迅风》（半月刊）1939年第13期。

满活力和开阔起来，使研究活动富于生命力。与鲁迅拥有的文学家、思想家、革命家等称呼相比，鲁迅诗人的身份却少有人提及。与“以新文学开山目之”[①] 的中国现代文学奠基人的身份相比，将鲁迅作为“中国新诗的先驱诗人”的提法并不为过。而与 A. 纪德、歌德的比较，是为了衬托和突出鲁迅新诗人的身份。通过陈紫秋的论述，这个目的达到了。

2.《野草》中的象征主义的探索

“当我们读着鲁迅先生的诗作的时候，譬如在《野草》的许多诗篇中，我们好如在读着法国的象征派诗人波特莱尔 Charles Baudelaire 的诗集的一样的情景的声色中似的。”[②] 此中的“情景”和“声色”是《野草》和波特莱尔诗集的比较点。波特莱尔在《恶之花》和《巴黎的忧郁》中，借助于对死亡、坟墓、腐尸、地狱、魔鬼、吸血鬼、骷髅舞等的描绘，歌颂假丑，如老太婆、盲人、穷人、妓女、乞丐等的形态；批判真丑，如叛徒、战争狂人、剥削阶级等形象。而研究者在鲁迅的《影的告别》《复仇》《复仇（其二）》《死火》《失掉的好地狱》等诗篇中，也看到了类似的“情景”和“声色”。但实际上，《影的告别》等诗篇所涵盖的内容，决不止于这些微的“情景”和“声色”。研究者认为鲁迅的诗作，在“技术上，想象上与取材的表现上都是和波特莱尔的诗作相似。但并不是说鲁迅先生的诗作，是从波特莱尔等象征派的诗人的诗作中”[③] 取材的，而是说当面对类似的环境时，文学家、艺术家、诗人等的艺术思想是相通的。这种相通，就是思想上的或艺术上的共鸣。笔者认为鲁迅与波特莱尔之间的显著差异，即前者是现实主义诗人，后者是象征主义诗人。有这样的差异，也是很正常的。毕竟，这两个人的生活环境有着巨大的差异。所以这是他们之间显著差异的重要根源。

（二）新与旧碰撞出“灿烂的火花”

聂绀弩的《略谈鲁迅先生的〈野草〉》一文，主要略论了《野草》的反传统的思想内容、象征的艺术实质、自辛亥革命以来北洋军阀混战帝国主义入侵的社会环境、作者鲁迅在个体思想发展中其散文诗集所体现的枢纽价值及其在“整个中国文化思想”中的文化地位等。聂绀弩提出具有哲学思辨形而上这样带抽象性质的观点，“对于鲁迅先生的《野草》，

---

① 鲁迅先生纪念委员会：《鲁迅先生全集序》，载《鲁迅全集》第 1 卷，上海复社 1938 年版，第 3 页。

② 陈紫秋：《谈鲁迅先生的诗》，《国民公论》（半月刊）1939 年第 8 期。

③ 同上。

却实在感到了颤栗的”，因为“《野草》中间所表示的绝望，是真实的绝望以上的绝望；表示的憎恨，是真实的憎恨以上的憎恨；而他所看见的黑暗，也是真实的黑暗以上的黑暗；所感到的寂寞，更是真实的寂寞以上的寂寞”①。从灵魂共鸣角度看，《野草》的内容确实震撼了聂绀弩等不少读者。

聂绀弩的这篇研究论文具有鲜明的比较特色，谈及了孔子的《论语》、郭沫若的《天狗》、波特莱尔的《恶之花》、厨川白村的《苦闷的象征》等人的著述。

通篇采用对比的论证方式、衬托的形式织就全文。引用孔子的“《关雎》乐而不淫，哀而不伤”等中国传统思想，是为了衬托鲁迅《野草》的反传统的思想。引用郭沫若的《天狗》一诗，是为了衬托鲁迅在《野草》中恰当地运用了苦闷的象征。论文中，“生而不知如何生，死而不知如何死，生不如醉，死不如梦，而人类的恶鬼则高踞在这些活的尸骨，死的生命上饕餮着人肉的筵席”②是生与死的对比，是鲁迅对《野草》中人们生不是生死不是死的尖锐批判，是鲁迅对生与死的哲学思考。“现在重读《野草》，觉得他固然确有不变的东西，但也确有不妨称之为变的东西。《野草》就是旧的世界观发展到极致，走到绝境，碰到现实的壁上所爆发出来的灿烂的火花。……什么是他的不变的东西呢？战斗精神和悲天悯人的情操。”③不变的是鲁迅与生俱来的那些固有的本性，是鲁迅一贯的风格，是鲁迅一直持有的情怀。变化的就是鲁迅面对现实状况表现出来的思考，面对黑暗便反抗黑暗，面对虚无便反抗虚无，面对压迫便反抗压迫，面对无望便反抗无望。这种变与不变的对比，同样是鲁迅对现实的关注与哲学思考。

总之，聂绀弩的论文，不论是内容还是写法，都很新颖真切，入情入理。论文造句新奇，道出了鲁迅内心深处隐藏的真正的绝望、憎恨、黑暗、寂寞，尽管鲁迅的物化表现与此相反。研究者对《野草》进行了富于理想意识的研究和思考，就是他做出的断语，今天看来仍有新意。但是，《野草》是在新与旧冲突、碰撞中诞生的“灿烂的火花”。这反映了鲁迅在旧与新或过去与未来的两相比较之间，是一个过渡或“中间物”的角色。鲁迅自身即是一种“变的东西”，体现了一种牺牲精神。聂绀弩

---

① 聂绀弩：《高山仰止》，人民文学出版社 1984 年版，第 24 页。

② 同上书，第 26 页。

③ 同上书，第 27 页。

认识到了《野草》的精神内核，因而能表达较为实质性的内容。如《失掉的好地狱》一文中所描画的，便是一个越来越严酷的世界。鬼魂所发出的反狱的绝叫，即是与黑暗现实相互碰撞而生成的“灿烂的火花”。通过聂绀弩的比较、分析，读者是能推知出这一点的。但是，在变化的参照、比较下，“不变的东西”是不是仅有“战斗精神和悲天悯人的情操”，而再别无其他了呢？这是值得进一步思考和探讨的问题。

（三）分类研究表现了主客观差异

20世纪40年代，把《野草》作为一个整体文本来研究的，成就较大者当数杜子劲和荃麟。分别发表于1943年第1期《学习生活》上的杜子劲的《鲁迅先生的〈野草〉》和1945年第4期重庆《国文杂志》月刊上的荃麟的《鲁迅的〈野草〉》，都较早地对《野草》各篇散文诗作了分类研究，都注重《野草》文本内涵研究。同时，分类研究也是《野草》内部比较、分析的结果。此外，笔者将这二文放在一起，进行比较分析。二文有一些共鸣之处，如鲁迅思想应该放在其全部作品中予以考查才会得出客观认识。杜子劲认为：“鲁迅思想写在他的全部著作里，我们要想认识他，就当然需要研究他的全部著作。”① 而荃麟说：“我们并不能执着一篇文章就断定作者是某种意识某种观念，而应该从全体作品中间去窥察作者思想与情感的发展过程。”② 二人都强调要想全面认识鲁迅思想，必须结合其全部作品，才能做出准确的判断。而要想完整地认识《野草》的思想与情感，则必须将《野草》放在鲁迅一生思想发展变化的链条上来考查，必须将《野草》放在鲁迅全部作品中来考查。另外，二文在论述《野草》文本中蕴含的情感时产生了共鸣。杜子劲认为，《野草》是“用现代的思想写出现实的悲哀与希望，我们分明听得他的孤寂的怒喊”③。荃麟则认为，鲁迅的“声音中间，是充满着那样强烈的憎恨，愤怒，怨毒，绝望的悲痛与希望的欢欣”④。从总体上看，二人都认识到了《野草》文本中同时包含积极的与消极的、阳光的与阴郁的一体两面情感，并没有忽视某一方面的情感，这种全面认识《野草》思想情感内涵与艺术风格的方法，避免了主观片面性视域下的《野草》内容的割裂的赏析。

杜子劲和荃麟的两篇论文又各有特点，有很多不同之处。

---

① 杜子劲：《鲁迅先生的〈野草〉》，《学习生活》1943年第1期。

② 荃麟：《鲁迅的〈野草〉》，《国文杂志》1944年第4期。

③ 杜子劲：《鲁迅先生的〈野草〉》，《学习生活》1943年第1期。

④ 荃麟：《鲁迅的〈野草〉》，《国文杂志》1944年第4期。

1. 二文对《野草》的分类标准有明显的区别

杜子劲对《野草》各篇散文诗采取分类研究，这在《野草》研究史上是第一次，比雪苇分类研究《野草》早三年。我们对之归纳，可以将其分成如下六类：第一类是纯写景的；第二类是写回忆的；第三类是写幻想的；第四类是写感想与愤慨的，如有的诗篇特别显示出修辞之美，有的诗篇表示着思想之奇特，有的诗篇使人感到力的压迫与翻动，是鲁迅异常的“意志坚强”的表露；第五类是《野草》中显示着暗灰的、消沉的、情调的；第六类是积极的、英勇的、给人以坚强的意志的。荃麟对《野草》的分类是很明确的。“除《我的失恋》风格稍异外，其余都一贯显示他当时的几种情绪：第一是对于迫害者的憎恶与仇恨和对于被迫害者人性被歪曲与麻痹底悲悯与愤怒；第二是在孤军作战中战士的绝望底悲痛；第三是郁积着战斗热情与希望。”[①] 荃麟从《野草》文本自身包含的情绪入手，将之分为三大类，各类别中《野草》诗篇重叠的不多，相对来说这种分法比较科学。杜子劲给《野草》开了分类研究的先河，是研究方法上的创新，但某些诗篇常出现在各类别中，则说明这种分类方法不严密有漏洞，还有待改进。他们二人在各自的论文中都对所划类别进行了详细论述，既条理清晰，又成为每篇论文的主体。时至今日，很多研究者还在对《野草》进行不同标准的分类研究。但笔者认为，对《野草》的分类研究，我们必须从文本的内容出发而作出相应的分类。

2. 二文对《野草》内涵理解有明显的主客观之别

杜子劲强调自己阅读《野草》后的主观感觉：“读过《野草》之后，所留给我的印象与感觉：第一，我觉得它像是风，像是雨。……第二，我觉得它像酵头。……第三，我觉得它像钻头。……第四，我觉得它像一块白矾。”[②] 荃麟则表示：“在这些刹那中，鲁迅先生的心境确是绝望者的心境，确是虚无主义者的心境；而且是更超过于一切绝望者与虚无主义者的心境。然而尽管这样，我们却并不能因此就断定写《野草》时期的鲁迅先生纯然是这种心境。”[③] 荃麟一方面看到了鲁迅痛苦绝望的心境，另一方面也看到了鲁迅在不断地反抗和超越这种绝境，自然就能较客观地阐释《野草》。而杜子劲多从自己主观“觉得”出发来研究《野草》，当然其浓厚的主观色彩就会波及《野草》研究中。由此笔者认为：任何一个研

① 荃麟：《鲁迅的〈野草〉》，《国文杂志》1944 年第 4 期。

② 杜子劲：《鲁迅先生的〈野草〉》，《学习生活》1943 年第 1 期。

③ 荃麟：《鲁迅的〈野草〉》，《国文杂志》1944 年第 4 期。

究者都有必要从《野草》文本自身实际出发，多角度研究《野草》文本内容，既研究鲁迅在《野草》中流露的主观情感，又研究《野草》文本自身所蕴含的客观情感因素，发现《野草》的独特内涵和特异形式，进而显示其自身蕴含的理性价值。

3. 二文对《野草》的定位不同

杜子劲认为，《野草》是“‘五四’之后，用现代语言写成的第一部散文诗”①。荃麟则说：“《野草》是鲁迅先生唯一的散文集子。”② 我们知道，徐玉诺的《将来之花园》、焦菊隐的《夜哭》、高长虹的《心的探险》，都早于散文诗集《野草》的出版。因此杜子劲的观点是不成立的。但这样说是可以的：不论是当时还是现在，《野草》都是最成熟的散文诗集，是鲁迅汲取中外文学精华、运用古今艺术形式创作而成的。因而荃麟的认识是确切的。

另外，二文写得新颖深刻，耐人寻味，犹如《野草》一样常品常新，但创新点不同。杜子劲在论《复仇》时说：“至于问他们俩为什么不拥抱起来，不杀戮起来，那你就立在篇中所说的‘路人们’之群了，那你就成了拥抱或杀戮的鉴赏家了。”③ 研究者眼光犀利，以读者的问话为标准，看清楚了这样的读者就是“路人们”的一种，看客越多无聊就越多。荃麟在论《这样的战士》时说：“而这就是鲁迅先生半生艰苦肉搏中所发明的独特战术——韧性的、牛皮轮一样的战术。所谓‘鲁迅精神’也即就是这个。”④ 鲁迅精神既抽象又深刻，而用牛皮轮这新颖的形象来说明鲁迅的韧性战斗精神，则是很形象的。这是鲁迅为了保存实力而采取的一种有效战术，保存的实力越多越大，才有可能与敌人抗衡。这是鲁迅提倡的壕堑战。

杜子劲和荃麟抓住《野草》的特点来分类阐述，将鲁迅及其《野草》放入大环境中，放在其所有作品中，放在同时代所有作家作品中，在比较中勾勒鲁迅及《野草》的大体轮廓，以发展的眼光、联系的眼光、动态的改革等来研究《野草》，才能认清《野草》文本的真面目，才能给这一年代的《野草》研究以准确定位。

---

① 杜子劲：《鲁迅先生的〈野草〉》，《学习生活》1943 年第 1 期。

② 荃麟：《鲁迅的〈野草〉》，《国文杂志》1944 年第 4 期。

③ 杜子劲：《鲁迅先生的〈野草〉》，《学习生活》1943 年第 1 期。

④ 荃麟：《鲁迅的〈野草〉》，《国文杂志》1944 年第 4 期。

二　新中国初期：在批判中的继续发展

（一）是思想性还是艺术性？

新中国成立初期，《野草》宏观研究显示水平的论文还有陈鸣树的《论鲁迅的抒情散文——关于〈野草〉和〈朝花夕拾〉》，以及何家槐的《鲁迅的散文和散文诗》两文。

前文认为，《野草》和《朝花夕拾》都是文苑中的奇葩，都蕴藏“固有的东方情调”。二书的不同点有：《野草》是战斗者的抒情，《朝花夕拾》抒人之常情；《野草》是幽婉的名篇，《朝花夕拾》有隽永的风格；《野草》是风景画，《朝花夕拾》是风俗画。而后文依次论述了《野草》的思想性和艺术性，《朝花夕拾》的思想性和艺术性，《为了忘却的记念》和《写于深夜里》的思想性和战斗性，鲁迅散文和散文诗的特点等内容。

前文的开头既论述了《野草》和《朝花夕拾》都是文苑中的奇葩，具有总领全文的作用，同时谈及二书的异同点。二书在思想上是一致的：“这二书写于五四运动以后大革命以前的低潮期。它们共同的特点，反映鲁迅行将走向共产主义的内心的炼狱。”① 大革命爆发前，鲁迅尚未成为真正的马克思主义者时，他正处于最苦闷、最彷徨、最孤独的这一阶段。犹如黎明前最黑暗的时刻，他思想上此时处于清晰前最焦灼之际。因此，他这时不可能不经历苦难的折磨和灵魂的拷问。“在艺术风格上，这二书迥异于作者风格的通常的标志：刚健、苍劲、沉郁，而代之以瑰奇幽婉和质朴隽永的风格，这里以抒情的主调代替了讽刺的主调，以诗代替了喜剧。”② 这二书的形式特征既是“瑰奇幽婉”又是“质朴隽永”的，不同于鲁迅作品所具有的“刚健、苍劲、沉郁”这种通常的风格；二书的主基调是抒情的，其体裁是散文或散文诗。就艺术风格说，研究者给《野草》以十分明确的定位，且有自己极为特别之处。而后文的结尾虽然只论述了鲁迅散文和散文诗的艺术特点，但具有总结上文和点题的作用。后文概括了鲁迅作品在基本风格上的共同点，认为：“尖锐泼辣、刚健清新（这只有对《野草》和《彷徨》中的一小部分作品不尽适用）。”③ 这与前文笔下鲁迅作品通常风格“刚健、苍劲、沉郁”很接近，所以后文明显

---

① 陈鸣树：《论鲁迅的抒情散文——关于〈野草〉和〈朝花夕拾〉》，《新港》1958 年第 8、9 期合刊。

② 同上。

③ 何家槐：《鲁迅的散文和散文诗》，《语文学习》1959 年第 3 期。

受到了前文的影响。

但前文在论述《野草》是幽婉的名篇时却说："这里，屹立在黑暗中的'叛逆的猛士'的枣树正是鲁迅英雄形象的自我写照。在冷的夜气中我们也看到许多扑火焚身的小青虫，它们为追求光明而牺牲了。在'吟罢低眉无写处'的时代，鲁迅不能不用隐喻的手法，将'三一八'惨死的战士，比作这些'苍翠精致的英雄们'而'对着灯默默地敬奠'了。正如作者惯于用冷静的衣裳裹住自己炽热的心；这里，他用幽婉的笔致来倾泻悲愤的感情。"① 许家澍对此做出了相应的批评，指出："《秋夜》是《野草》中的第一篇，它写于一九二四年九月十五日，而'三一八'惨案发生在一九二六年，鲁迅先生怎么会在两年前就对'三一八'惨死的战士''默默地敬奠了'呢？而且还把烈士们'比作'苍翠精致的'小青虫'呢？当然，这个错误之所以产生，可能是由于研究者的粗心大意，记错了'三一八'惨案发生的年代，但根本问题还在于研究者不够实事求是，首先就有一种先入为主的思想观念——鲁迅先生'用幽婉的笔致来倾泻悲愤的感情'，再以此去套作品，这就必然妨碍了他自己去深入细致地去挖掘作品的真正的内在含义，进行确切的分析。"② 这里，许家澍评论前文"用幽婉的笔致来倾泻悲愤的感情"时，说前文"粗心大意""不够实事求是""有一种先入为主的思想观念"等，是正确的，是毫无疑问的。许家澍所写下的"鲁迅先生怎么会在两年前就对'三一八'惨死的战士''默默地敬奠了'呢"的评论同样正确。但明确几个时间点后，问题就出现了。这是许家澍所遗漏的。"叛逆的猛士"和"'三一八'惨死的战士"关涉《记念刘和珍君》和《淡淡的血痕中》，此二文分别写于 1926 年"三一八"惨案发生的第二、三周的周末。很明显，这是 20 世纪 20 年代发生的事情，鲁迅当时就立即写作了相关的作品。而"吟罢低眉无写处"写于 1931 年柔石等五烈士被杀之后，而 1933 年鲁迅写的《为了忘却的记念》是明确地引用了此诗的，显然这首旧体诗《无题》是写于 20 世纪 30 年代了。但按照陈鸣树论文的文意，《记念刘和珍君》《淡淡的血痕中》《秋夜》是写"在'吟罢低眉无写处'的时代"③ 了，即写在 20 世纪 30 年代，这显然是不对的。所以这一时间误差，也是许家

---

① 陈鸣树：《论鲁迅的抒情散文——关于〈野草〉和〈朝花夕拾〉》，《新港》1958 年第 8、9 期合刊。

② 许家澍：《应当实事求是》，《文艺报》1962 年第 11 期。

③ 陈鸣树：《保卫鲁迅的战斗传统》，百花文艺出版社 1959 年版，第 267 页。

澍尚未认识到的问题。文学作品追求朦胧和模糊是必要的，是可取的。就分析《野草》而言，更多研究者支持模糊的研究方式，反对坐实式研究。但在论文写作中，论者选择论据，进行论证分析，应该力求精确和明晰，不应该含糊其词。

由此可见，这二文是在比较中展开论述的，研究者们不仅论述了二书思想方面和艺术方面的异同，而且也论及了鲁迅杂文的异同。前文偏重《野草》和《朝花夕拾》艺术性的探讨，后文偏重《野草》和《朝花夕拾》思想性的探讨。

（二）是心理的还是美学的？

王瑶首先关注《野草》作品之间的比较。如《题辞》中的地火与《死火》中的死火之间的比较，但“‘地火’、‘死火’的‘火’，都是革命的象征的代词，他是一向渴望革命的火燃烧起来的”[①]。这些意象之间是有内在逻辑联系的，这也是王瑶研究它们的依据。其次是王瑶拿来鲁迅的其他的作品，与《野草》相关诗篇之间展开比较研究。“我们读过许多鲁迅的精辟的解剖别人的文章，而像《呐喊》中的《一件小事》和《野草》中的《风筝》那种带有深刻的自我批判性质的文字，同样给人们以难以磨灭的印象。”[②] 抓住人物和人物或者事件和事件之间存在的一种鲜明的对比，往往可以形成一个语境。王瑶运用大与小的对比，意在突出鲁迅作品中人物形象的高尚与渺小等。从其表述看，这样的研究目的得到了实现。在《〈过客〉略说》中，王瑶将《野草》中的《过客》《聪明人和傻子和奴才》和《故事新编》中的《起死》这三篇具有对话形式的作品放在一起比较，认为：“这几篇作品的内容虽然各不相同，但它们不只说明了鲁迅采取甚么形式完全是为了适应内容的需要，而且证明他非常善于运用富有特色的、性格化的对话，善于从简练的对话中表现出人物的鲜明特征。”[③] 这表明在文学作品中，形式是为内容服务的，同时反作用于内容。对话这种形式同样有助于塑造人物典型性格。再次是古典文学作品与《野草》诗篇之间的比较。王瑶在学术上有两大贡献：一是《中古文学史论》；二是《中国新文学史稿》。王瑶自然了解中国古代文学作品，如陶渊明的《形影神诗》三首中的《影答形》。《影答形》与《野草》中《影的告别》之间的比较，其中，自我的思想矛盾即形与影之间的矛盾，形

---

① 王瑶：《鲁迅作品论集》，人民文学出版社 1984 年版，第 128—129 页。

② 同上书，第 119 页。

③ 同上书，第 272 页。

指一个“我”，影指另外一个“我”。最后是外国文学作品与《野草》诗篇之间的比较。鲁迅虽然借鉴和化用外国文学作品中的有益因素，但鲁迅创作上所要达到的最终目的与他人截然不同。王瑶在《论鲁迅作品与外国文学的关系》中，将《野草》与《屠格涅夫散文诗》进行了比较。他认为：《野草》时期，鲁迅正在求索新的道路，走出旧的阴影的影响；求索新的战伴，结成新的战线，共同抗击黑暗的社会现实；拨开自己矛盾思想的内幕，走向新的战场。这是鲁迅的目的。而且屠格涅夫与鲁迅生存的年代各不相同，所处社会生活环境也不一样，二人创作上自然会有许多不同，这也是很正常的。

吴小美一是把社会现象写入《野草》作品中，相互参照和比较。“如《我的失恋》是为了讽刺当时社会上流行的无病呻吟的失恋诗而作的。鲁迅用了幽默的形容和对比，引起人强烈的讽刺感。但它对青年人的正面规劝的意义，却往往容易被大家忽略。”[①] 这里的对比，可以指徐志摩等人写的“无病呻吟的失恋诗”与鲁迅这首拟古的新打油诗之间的对比，也可以指因失恋而消极颓废的无为青年与有为青年之间的对比等。二是《野草》作品之间的内部对比，如《秋夜》和《题辞》的对比。三是鲁迅的杂文与《野草》作品之间的比较。“这里，举出几个写于相近时日的杂文和散文诗的对比的例证，是可以帮助我们理解《野草》中一部分充满矛盾和苦闷的作品的。”[②] 如同是写于 1925 年 6 月的《忽然想到（十、十一）》与《墓碣文》之间的对比，同是写于 1925 年 4 月的杂文《春末闲谈》《灯下漫笔》和散文诗《死火》之间的对比，都表达了鲁迅的矛盾和苦闷情绪。而写作时间相隔六七年之久的《为了忘却的记念》与《淡淡的血痕中》之间的比较，都表达了《野草》的战斗精神。尽管如此，与王瑶相比，吴小美突出了《野草》的美学意蕴。

三　新时期和新世纪：多维视野与全面发展

人们熟知，缺乏比较，就难以判断高下。而在《野草》作品的内部比较、《野草》与鲁迅其他作品的比较、《野草》与中外文学作品的比较中，研究者发现：《野草》的内涵丰富、深邃，《野草》的影响源是多方面的。

---

① 吴小美：《论鲁迅〈野草〉的思想》，《兰州大学学报》1963 年第 1 期。

② 同上。

（一）改革开放初期的繁荣发展局面

1. 苏州《野草》研究讨论会论文集中的比较研究

鲁迅的《野草》与中外作家作品之间的比较研究极为广泛。如甘竞存的《〈野草〉美学随想四题》、李志的《论〈野草〉的梦境和想象形象》、韩斌生的《试论〈野草〉的朦胧美》、王敬文的《〈野草〉四题》、施建伟的《象征主义、讽刺性模拟——分述〈死火〉、〈我的失恋〉的主要艺术特色》、黄梓荣的《“具象化的心象”——简析〈影的告别〉和〈墓碣文〉》等文。

（1）《野草》与外国文学作品的比较研究

鲁迅的《野草》与屠格涅夫的《散文诗》具有某种异同关系。关于这两部作品的比较，特别是对《求乞者》与《乞丐》和《施舍》、《好的故事》与《蔚蓝的国》、《希望》与《老人》的比较，闵抗生作了十分深入细致的分析。他说：“这两位不同时代、不同民族、不同教养、不同性格的作家在思想与风格上的差异，都表现在他们各自的作品中。即使从屠格涅夫的《散文诗》取得借鉴的鲁迅先生的散文诗《野草》，那战斗的、现实主义的抒情风格，仍然迥异于屠格涅夫《散文诗》的温情的、幻想的抒情风格。”①《野草》的创作，在形式上明显受到了屠格涅夫《散文诗》的影响，如《野草》中始于《死火》终于《死后》等七篇散文诗，都以“我梦见自己……”为开篇方式，这明显取自屠格涅夫《散文诗》中的笔法。但在思想内容上，《野草》更胜一筹。读过《散文诗》，眼前立刻便能浮现出屠格涅夫悠缓、深思的形象。相比之下，《野草》则充满了峻急凌厉、积极进取的精神。《〈好的故事〉·〈蔚蓝的国〉——〈野草〉与屠格涅夫〈散文诗〉比较之二》一文提炼的《好的故事》和《蔚蓝的国》的比较点是：“鲁迅先生《好的故事》与屠格涅夫的散文诗《蔚蓝的国》一样，写的是诗人的一个‘美梦’”，二文的区别，即“两篇作品写的是两种不同的‘梦’中的两个不同的‘国度’”。②《〈希望〉·〈老人〉——〈野草〉与屠格涅夫〈散文诗〉比较之三》一文说：“当前的衰老→往事的回忆→前途的展望：这就是《老人》的结构；也是《希

① 江苏省鲁迅研究学会：《〈野草〉研究论文集》，江苏省鲁迅研究学会 1984 年版，第 96—97 页。

② 同上书，第 106—107 页。

望》的结构。”[①] 衰老是《希望》和《老人》的比较点。在闵抗生的笔下，我们也看到了二文的诸多不同。

当然，除屠格涅夫之外，波特莱尔、尼采、厨川白村、陀思妥耶夫斯基、阿尔志跋绥夫、安特来夫、爱罗先珂等外国作家，都对包括《野草》在内的鲁迅的创作产生了深远影响。

（2）《野草》与中国文学作品的比较研究

中国文学作品对鲁迅的影响，远远早于外国文学作品对鲁迅的影响。研究者不应忽视这一点。我们知道：鲁迅少年时期所接受的私塾教育、书香世家的熏陶、祖父和父亲的影响，任职教育部之初在北京绍兴会馆抄古碑等，或间接或直接地影响到了后来《野草》的创作。“笔者无意否定认为《野草》所受到的外来影响是主要的这一说法。这里要强调的是，不要忘记《野草》所受到的古代影响，这才不至于陷入片面性。”[②] 如王吉鹏的《〈野草〉古代艺术渊源三题》，则具体论述了《野草》是如何接受古代文学作品影响的。

2. 王吉鹏的比较研究

在《〈野草〉论稿》一书中，王吉鹏突出“比较研究”的探索，为比较研究“开拓了新的研究领域”。该书有五章内容属于比较研究范畴的论述，我们完全可以将其看成《野草》与古今中外不同文学作品之间的比较研究论述。这些论述涵盖了古代的《形、影、神三首》《四愁诗》《冥祥记》，今天的《空山灵雨》《真实之歌》以及李广田散文、日本的厨川白村的作品，分别与《野草》之间进行的比较研究等。具体而言，以比较为视角，王吉鹏分别论述了《影的告别》与《形、影、神三首》、《我的失恋》与《四愁诗》、《失掉的好地狱》与《冥祥记》的异同，指出了《野草》中的这三首诗虽来源于中国古代文学作品，但又有发展和超越。其原因在于：《失掉的好地狱》继承了《冥祥记》中描绘地狱的笔法，但鲁迅在行文过程中又翻出新意，这就是天神、魔鬼、人类相继登台，后者以颠覆前者政权的方式制胜。人类战胜魔鬼取得地狱统治权后，因对地狱实施了更为严厉的统治而招致鬼众们的共同反抗。现代的鬼众主动反抗的意识觉醒了，虽然屡遭挫折，但开始了艰难曲折的维权斗争。鬼众的独战不就是革命力量势单力孤的真实写照吗？还有，时代演进和揭露

---

① 江苏省鲁迅研究学会：《〈野草〉研究论文集》，江苏省鲁迅研究学会 1984 年版，第 117 页。

② 同上书，第 133 页。

北洋军阀反动政权更迭的实质，都是《冥祥记》所不可能具备的。而且，陈鸣树在该书的序言中做出了“其中《在冯雪峰〈真实之歌〉中的回响》《对李广田散文诗的影响》两章，更是开拓了新的研究领域”的高度评价。回顾过去的有关研究论述，这样的评论是允当的。

3. 吴小美的比较研究

吴小美对鲁迅的《野草》与屠格涅夫的《爱之路》、波特莱尔的《巴黎的忧郁》进行了深广的比较研究。《〈野草〉与〈爱之路〉——鲁迅与屠格涅夫散文诗的比较研究》一文围绕为人生、爱国主义、民主主义、愤激、人道主义、人生哲学、象征、忧郁八个方面展开了翔实的论述。其中对鲁迅与屠格涅夫二人的人道主义观做出了有启发性的区分。鲁迅是“赞成战斗的抗争的人道主义”的，屠格涅夫是“一个温和的自由主义者和人道主义者”，二人的差别“就表现在‘怒’上”。[①] 在《爱之路》中，屠格涅夫也写到了青春与战斗，但其力度远不及《野草》中所表现的战斗性。《“北京的苦闷”与“巴黎的忧郁”——鲁迅与波特莱尔散文诗的比较研究》一文主要论述了“北京的苦闷”与“巴黎的忧郁”——心灵的色彩与深度，世纪末的“陌生人”与世纪初的“过客”——神秘、朦胧与真诚、自尊，“撒旦的诱惑”与“聪明人的安慰”——鞭挞与诅咒，异曲同工的“第三样世界”的创造——象征等内容。在这里，吴小美最为可贵之处，就在于恰当地使用了启人深思的比较文学的研究方法。鲁迅评价波特莱尔是“颓废诗人”，吴小美认为，我们不能因此而作简单化的皮相的解释。[②] 很明显，研究者反对那种粗略解读简单比附的做法。这是比较文学研究中常见的毛病，研究者本人常不自知。为此，吴小美较有见地地指出，“比较不能只限于构思，还有寓意、形象、创作方法等广阔的天地，还有各自独立的创新，都可以进入我们的研究课题”[③]。这是针对一些研究者仅从单一构思角度比较《野草》与其他作品文本之间这一现象而言的。只不过或因研究者本人研究能力的局限，或因研究方法选择的差异，或因进行比较的作品之间存在较大较多争议等，而导致比较研究现象单调的结果。吴小美启发我们：就《野草》与相关作品比较来说，可供选择的比较的角度是很多的，笔者认为还可以从文化背景差异、历史角度、美学角度、系统论、信息论、控制论等多种角度展开比较研究。

---

① 吴小美：《虚室集》，青海人民出版社 1986 年版，第 98、99 页。

② 同上书，第 123 页。

③ 同上书，第 145 页。

整体看来，吴小美的《野草》研究，从其比较研究方面所取得的成绩看，她集中精力深入研究了屠格涅夫、波特莱尔等的外国散文诗，并将它们与鲁迅的散文诗放在一起进行异同比较，撰写了影响较大的相关论文。和其他的有关比较研究论文相比，吴小美的论文笔力雄劲，视野开阔。实际上，这与她经年累月的辛勤探索是分不开的。

4. 外国文学对鲁迅创作《野草》影响的研究

鲁迅不仅学习异域的文化知识，而且翻译了不少的外国文学作品。这自然影响到他的文学创作，《野草》也不例外。研究者结合鲁迅的学习、生活经历，分析《野草》所受外国文学作品的影响，当然也顺理成章。

(1) 亚洲文学对鲁迅创作《野草》影响的研究

①东亚日本文学对鲁迅创作《野草》影响的研究

日本的厨川白村和夏目漱石对鲁迅创作《野草》有较大的影响。厨川白村对鲁迅创作《野草》影响的研究，分两种情况。

其一是日本文学研究者就厨川白村《苦闷的象征》《出了象牙之塔》对鲁迅《野草》影响的研究。如在《关于鲁迅的散文诗集〈野草〉——从比较文学的角度来谈》论文中，日本研究者相浦杲“从象征主义的创作方法、象征手法、‘梦’的作用、‘受压抑的生命之火’的形象化、对偶结构、题材及其类同与差异等方面，对《苦闷的象征》给予《野草》的影响，进行了尽可能的具体的分析和探讨”①。相浦杲在论述中引入多个图表，一方面详细论述了厨川白村影响鲁迅的途径、方法、内容等方面的表现，另一方面以艺术形式为标准将《野草》文本分成八种类型。研究者根据《野草》的体裁和题材，对包括《题辞》在内的24篇散文诗进行的耳目一新的分类，给分类研究《野草》开辟了另一条新颖的道路。同时，除厨川白村影响外，相浦杲认为，《野草》接受的影响是来自多方面的。这充分体现了研究者尊重《野草》文本的实际面貌。以厨川白村为出发点，相浦杲论述了厨川白村对鲁迅的直接影响。而日本的中井喜政则站在鲁迅的角度，重点研究了鲁迅为什么翻译《苦闷的象征》和《出了象牙之塔》。研究者认为其原因在于，鲁迅与厨川白村在反封建、改造国民性、艺术为人生、文学独立性等方面的许多共同点，以及鲁迅对厨川

① 相浦杲：《关于鲁迅的散文诗集〈野草〉(下)——从比较文学的角度谈》，《辽宁大学学报》(哲学社会科学版) 1984年第2期。

白村观点的进一步发展等方面。[①] 因为在文学、艺术、思想、观点等方面出现了许多共鸣之处，这暗通了鲁迅与厨川白村的内心世界，所以鲁迅乐于翻译厨川白村的作品，并与中国读者共享。

其二是中国文学研究者就厨川白村《苦闷的象征》对鲁迅《野草》的影响进行了研究。研究者既关注《苦闷的象征》一书的主旨，即“生命力受压抑而生的苦闷懊恼乃是文艺的根柢，而其表现法乃是广义的象征主义”，又关注《野草》与《苦闷的象征》内在思想、鲁迅与厨川白村苦闷心境的密切联系。如李万钧的《论〈野草〉的外来影响与独创性》、陈元恺的《〈野草〉与外国文学》、陈锦标的《〈野草〉与“梦”》[②] 等论文，就论及了这方面的内容。此外，也有一些研究者专门论述了《苦闷的象征》的内容。如许怀中的《鲁迅与厨川白村的〈苦闷的象征〉及其他》一文，认为：“分析鲁迅与厨川白村的关系，以助于剖明鲁迅美学思想演变的过程。”[③] 但实际上，该文简介了厨川白村的个人情况、详细论述了《苦闷的象征》的内容、略谈了《出了象牙之塔》等内容。而朱金顺的《〈苦闷的象征〉的两种译本》，在论述鲁迅和丰子恺各自翻译的《苦闷的象征》这两种不同的译本时，顺便校正了《丰子恺传》中谈及《苦闷的象征》时的细节“失误”处。许怀中与朱金顺虽未直接谈论《野草》，但他们在论述《苦闷的象征》时，都看到了“苦闷懊恼”是鲁迅和厨川白村文学创作的动力源，当然这也是《野草》创作的动力源。

夏目漱石对鲁迅创作《野草》影响的研究。李国栋将鲁迅的《野草》与夏目漱石的《梦十夜》进行的异同比较，开启了两位大作家智慧的闸门，打开了两书的思想与艺术的世界，从而引领读者了解了两书的基本内容。李国栋的《〈野草〉与〈梦十夜〉》一文，主要论述了《野草》与《梦十夜》两书在梦幻表现、象征手法、押韵手法、传统诗歌体、重复关键词语手法等表现形式方面的相似，在诀别意识、孤独感、被欺意识、指责民众的奴隶性等思想内容方面的相异，以及《梦十夜》对《野草》的

---

① 中国社会科学院文学研究所国外中国学（文学）研究组：《国外中国文学研究论丛》（中国现代文学专辑），中国文联出版公司 1985 年版，第 170—183 页。

② 李万钧：《论〈野草〉的外来影响与独创性》，《文艺论丛》第 11 辑，上海文艺出版社 1980 年版，第 232 页。陈元恺：《二十世纪中国文学与世界》，陕西人民出版社 1987 年版，第 261、274 页。陈锦标：《〈野草〉与“梦”》，《福建师范大学学报》（哲学社会科学版）1989 年第 1 期。

③ 许怀中：《鲁迅与厨川白村的〈苦闷的象征〉及其他》，《鲁迅研究》1984 年第 4 期。

直接影响等。[①] 从比较研究方法而言，研究者认识到了鲁迅对待外国文学作品持“肯定、借鉴的态度”[②]，即此中明确指出鲁迅善于进行积极比较。如论述“孤独感”时，研究者指出了《复仇（其二）》中的耶稣是孤独的，实际上，枣树、朔方的雪、过客、战士、老妇人、死火等，无不孤独。而夏目漱石认为：《第七夜》体现了“我”忧愁寂寞的孤独感。但《第四夜》中的“老爷子”终于没上岸，任凭水的冲击，离“我”而去。毫无疑问，这暗示着“我”个人命运的必然孤独。即是说，《梦十夜》中是还有一些诗篇也表达了孤独感。同样，《野草》一些篇章中也存在这种情绪。研究者的这种比较，有利于读者大体把握各书的内容。

②西亚耶稣故事对鲁迅创作《野草》影响的研究

《野草》接受耶稣故事的影响，并创造出新意。从传统意义上说，耶稣为传播福音解救劳苦大众而被钉死在十字架上的故事是人们熟知的。但鲁迅对其“拿来”并加以改造，既赋予耶稣以人的情感，又赋予耶稣以“人之子”的身份，于是创作了散文诗《复仇（其二）》。1987 年，顾农在《先觉者的悲愤和痛苦——谈鲁迅〈野草〉中的两首〈复仇〉》[③] 一文中，站在原始基督教的立场上，分析了耶稣的悲愤和痛苦，但这情感实质上也折射着鲁迅内心世界的某种思想。有人认为，这是鲁迅苦闷的表现或是牢骚的反映。笔者认为，这其中固然有鲁迅的悲愤和痛苦，但这并不是鲁迅此时情感世界的全貌。这既有鲁迅赤裸裸地解剖自己灵魂阴暗面的诚实暴露，也有鲁迅自己竭力跳出悲愤和割裂痛苦的大胆尝试。

（2）欧洲文学对鲁迅创作《野草》影响的研究

①俄罗斯、德国、挪威文学对鲁迅创作《野草》影响的研究

就俄罗斯文学来说，黄健和史福兴分别较为集中地研究了屠格涅夫与安德列耶夫（或译为安特莱夫）的作品对《野草》的影响。1985 年黄健在《〈野草〉与屠格涅夫的散文诗》一文中，既论述了《野草》与《爱之路》的异同点，也论述了《野草》的深刻性与独特性。在论述两书的不同点时，黄健认为，“屠格涅夫对鲁迅的影响只是局部的，无论如何也

① 北京鲁迅博物馆鲁迅研究室：《鲁迅研究资料》第 22 辑，中国文联出版公司 1989 年版，第 297—323 页。

② 同上书，第 320 页。

③ 顾农：《先觉者的悲愤和痛苦——谈鲁迅〈野草〉中的两首〈复仇〉》，《锦州师院学报》（哲学社会科学版）1987 年第 3 期。

不能将他们放在同一水平线上相提并论”[①]。鲁迅是较为广泛地吸收外国作家作品的，屠格涅夫及其作品不过是其中的一部分而已，部分地影响了鲁迅及其《野草》的创作。如《爱之路》中描写梦境的散文诗，在写作形式上明显影响了《野草》中的梦篇系列的散文诗。同黄健一样，史福兴在《〈野草〉与安德列耶夫》[②]一文中较为系统论述了安德列耶夫的作品与《野草》之间的影响关系，如《人的一生》对《好的故事》《立论》的影响，《谩》对《复仇》的影响，《默》对《颓败线的颤动》的影响，《瓦西里·费维斯基的一生》对《秋夜》的影响等，尤其是明确指出了《瓦西里·费维斯基的一生》中的天空、秋夜、花园、油灯、飞蛾等具有象征意义的意象等，并发现了鲁迅对此并未做出具体说明。但事实上，鲁迅的《秋夜》与《瓦西里·费维斯基的一生》确实有许多意象在形式上有相似之处。所以，屠格涅夫与安德列耶夫的作品对《野草》是有明显影响的。

李万钧在《论〈野草〉的外来影响与独创性》一文中，既简略论及了《复仇（其二）》的材料来源，也较为详细地论述了1919年发表于《新青年》上的周作人所翻译的依然取材于耶稣受难故事的安特莱夫（即安德列耶夫）的短篇小说《齿痛》对《野草》的影响。这时鲁迅、周作人兄弟二人之间的关系亲密无间，鲁迅不可能看不到《齿痛》，甚至发表前就已经看到了。《齿痛》影响了后来的《复仇（其二）》的写作，也是很自然的事了。而且，李万钧还论述了屠格涅夫、托尔斯泰、阿尔志跋绥夫等俄罗斯作家作品对《野草》的影响。这种比较文学研究的视野，相对而言，确实给读者开阔了眼界。

陈元恺的《〈野草〉与外国文学》，论述了安德列耶夫式的“阴冷”与鲁迅《秋夜》《雪》《死火》等散文诗的密切关系。《野草》中部分散文诗表面上反映了鲁迅孤独、寂寞、冷淡的消极情绪，但其下面掩藏着的“情热”尚未被多数研究者注意到。而陈元凯挖掘了“伸得很舒服”的枣树枝、奋飞的朔雪、欲冲出冰谷的死火等，都有着冷淡的外表热烈的内心。这和鲁迅的形象有着密切的关系。此文也论述了陀思妥耶夫斯基、屠格涅夫等人的作品与《野草》之间的联系。

德国尼采的性格及文风等对鲁迅创作影响较大。李万钧、陈元恺、吴

---

① 黄健：《〈野草〉与屠格涅夫的散文诗》，《江西社会科学》1985年第2期。

② 中国鲁迅研究会《鲁迅研究》编辑部：《鲁迅研究》1987年第11辑，中国社会科学出版社1987年版，第166页。

俊等研究者，围绕着尼采的《察拉图斯忒拉如是说》对《野草》的影响，进行了广泛而深入的研究。1980年李万钧的《论〈野草〉的外来影响与独创性》，将《察拉图斯忒拉的序言》中的第二、四、八节与《过客》所做的比较，突出了《过客》的人生历程的复杂性，过客的人生道路在“走”的过程中不断向前延伸，这就要求过客不断地“走”下去。关于这方面比较的研究，吴俊取得了较大的成绩。吴俊在《先觉的孤独　超越的痛苦——〈查拉杜斯屈拉如是说〉与〈野草〉》一文中说：“先觉的孤独以及随之而来的被弃和牺牲意识，超越的痛苦以及伴之而生的内省和忏悔意识，这就是鲁迅和尼采最为突出的心理特征。这也正是《野草》和《查拉杜斯屈拉如是说》中最为深刻的思想主题。”[①] 吴俊论述了鲁迅与尼采二人的孤独、超越、精神人格等方面的接近。

挪威的易卜生主义也影响到了《野草》的创作，陈元恺的《〈野草〉与外国文学》也简略谈及了这一点。

②法国、英国、荷兰文学对鲁迅创作《野草》影响的研究

法国象征主义代表波特莱尔的《恶之花》和《巴黎的忧郁》，对鲁迅《野草》的影响是明显的。

这一时期，许多研究者围绕着《野草》是不是象征主义作品展开了研究。大家知道，19世纪末，兴起于法国的象征主义影响较大，自然也波及中国，包括对《野草》的影响。李国涛、张德强、曾华鹏、李关元等研究者，对《野草》中的象征主义进行了探索和研究。他们认为：《野草》是象征主义作品。与上述研究者相反，刘正强的《“象征主义说”质疑——〈野草〉创作方法辨》一文认为，《野草》不是象征主义作品，因为鲁迅“和西方象征主义流派的悲观、颓废有着本质的不同。他抒发的是由现实触发的感慨而不是宣扬个人主义和神秘主义。而且他一再表示了要摆脱这种颓唐的心境”[②]。对《野草》中表达鲁迅思想矛盾的作品，刘正强认为，这是鲁迅对现实社会和现实生活所抒发的感慨。基于此，刘正强强调：《野草》是浪漫主义作品。而黄乔生则坚信，“《野草》无疑是苦

① 吴俊：《先觉的孤独　超越的痛苦——〈查拉杜斯屈拉如是说〉与〈野草〉》，《鲁迅研究动态》1988年第6期。

② 刘正强：《“象征主义说”质疑——〈野草〉创作方法辨》，《昆明师院学报》（哲学社会科学版）1983年第4期。

闷的象征，用的手法是广义的象征主义”[1]，并批评了将鲁迅与象征主义流派割裂开来的做法。这实际上就否定了刘正强的观点。象征主义对鲁迅的影响是明显的，所以波特莱尔的消极情绪影响了鲁迅自然也毫不足怪。“波特莱尔的诗篇中所反映的深刻的空虚感，对于追求自由解放而不能满足的任何作家诗人来说，他们的片断的精神状态会与波特莱尔相互感应。鲁迅也不例外。”[2] 鲁迅的思想世界是复杂矛盾的。其复杂矛盾的根本原因，一方面在于鲁迅受到诸如来自老子、庄子、波特莱尔、屠格涅夫等中外作家消极思想的影响，另一方面鲁迅总是试图摆脱这些消极思想的影响，并不断地有意反抗它们。此间，鲁迅偶尔出现类似于波特莱尔等人的消极空虚思想也是很正常的，甚至有时“在极度悲愤颓唐的一刹那，可能出现不如死了的好这一绝望想法”，而且，吉三元进一步认为：“目前似乎还没有人涉及鲁迅在一刹那是否有绝望情绪的问题。”[3] 能看到鲁迅思想复杂性的所在，这本身就是值得重视的论题。毕竟鲁迅受老庄、波特莱尔等他人消极思想影响的时候，瞬间之内存在被消极思想所左右的可能，人们能理解鲁迅的这种感性认识。但理智告诉鲁迅：消沉下去是不可取的，必须奋起，必须反抗那些消极思想。去除象征主义中的糟粕，取来象征主义中的精华。与黄乔生观点有一致处，但又不完全同于黄乔生观点的是陈光陆、王富仁等研究者。在《鲁迅前期小说与安特莱夫》一文中，王富仁认为：《野草》中的一些散文诗是可以称为象征主义的作品的[4]，而陈光陆则把《野草》中的梦篇系列视为象征主义作品[5]。鲁迅确实受到象征主义的影响，但不局限于法国的象征主义。在创作《野草》的初期，鲁迅在所翻译的《苦闷的象征》中了解到，“所谓象征主义者，决非单是前世纪末法兰西诗坛的一派所曾经标榜的主义，凡有一切文艺，古往今来，是无不在这样的意义上，用着象征主义的表现法的”。[6] 从这里，我们可以推知，具象性的散文诗集《野草》文本，同样是“用着象征主义

① 黄乔生：《在象征的森林中——漫谈鲁迅〈野草〉的象征意象和外来影痕》，《南京大学学报》（哲学·人文·社会科学）1987 年第 1 期。

② 陈元恺：《二十世纪中国文学与世界》，陕西人民出版社 1987 年版，第 268 页。

③ 吉三元：《生活中的梦幻，梦幻式的生活——论〈野草〉》，《江西师院学报》（哲学社会科学版）1981 年第 3 期。

④ 王富仁：《鲁迅前期小说与俄罗斯文学》，陕西人民出版社 1983 年版，第 123—124 页。

⑤ 陈光陆：《象征主义与鲁迅〈野草〉中的“梦”》，《东疆学刊》（哲学社会科学版）1988 年第 4 期。

⑥ 鲁迅：《鲁迅译文全集》第 2 卷，福建教育出版社 2008 年版，第 240 页。

的表现法的”作品。所以，笔者不同意刘正强的观点，而《野草》是一部象征主义作品现已为更多的人所接受。因为《野草》中的每一篇散文诗都描绘了丰富的物象，并且运用象征、暗示、隐喻、联想、烘托等表现方法赋予所描绘的物象以新的意义。

罗嘉慧的《论〈野草〉与〈巴黎的忧郁〉的危机意识》是一篇着眼于危机意识，立足于《野草》与《巴黎的忧郁》两书之间进行比较研究的专论。该文论述了两书在象征和构思、思想情感和哲学内涵等方面的相似点，并进而指出，危机意识是“鲁迅与波特莱尔社会意识中的共同点”①。出现危机意识的原因，研究者指出：主要是鲁迅与波特莱尔的生命力受到了压迫。为回应这种压迫，他们的意识深处产生了某种危机感。他们的危机意识的求生存的具体表现各不相同，研究者认为鲁迅在对抗危机中越战越勇，而波特莱尔却走向了寂灭。

也有研究者简要论及了英国莎士比亚戏剧中的梦境、荷兰诗人望·蔼覃的童话诗《小约翰》等对《野草》的影响。可见，《野草》中的梦篇及其散文诗的体制是受到了诸多影响之后而形成的。

总之，许多研究者将外国文学艺术对《野草》的影响引入研究领域，这实际上是给研究《野草》找了一个参照物。因为在鲁迅逐渐踏上追求马克思主义思想历程的前后，他翻译了一些亚欧文学艺术方面的书籍，创作了《野草》等，接受外国文艺影响就成为必然，将其作为参照物便具备了可能性。在中外文本的比较之中，这样的研究既能探得《野草》的艺术渊源，又能看清《野草》的风格面貌。借助于外国文学作家作品的衬托，突出《野草》的同时，也就容易把握《野草》的思想内容和艺术形式。所以，在《野草》研究中，研究者引入比较研究方法，这对于扩大研究视野、拓展研究空间、丰富研究内容等方面，都是大有裨益的。

（二）不断开拓新视角的时期

1. 片山智行与丸尾常喜的《野草》研究

片山智行的《鲁迅〈野草〉全释》。该书采用衬托与比较的手法，突出《野草》的文学性。片山拿来鲁迅的书信、小说、杂文与散文诗《野草》进行比较，但意图却在全释《野草》。如在全释《影的告别》时，片山大量引用信文，或证明鲁迅不相信未来的“黄金世界”，或证明鲁迅在极力驱除灵魂中的虚无阴暗的思想，或证明鲁迅反抗黑暗的思想和行动，

---

① 罗嘉慧：《论〈野草〉与〈巴黎的忧郁〉的危机意识》，《广州师院学报》（社会科学版）1989 年第 3 期。

或证明鲁迅自己“彷徨于无地”的因由等。从侧面切入《野草》文本，在衬托中突出散文诗的思想内容。片山也采用“思想家”和“革命家”的称号来反衬和突出鲁迅“文学家”的根性特点。“然而，迄今为止的鲁迅研究（特别是在中国），却总是笼统地强调他的‘思想家’、‘革命家’的侧面，结果最突出的是他激烈斗争者的形象，但鲁迅自身毕竟是一个文学者，并不总是一副严厉的斗争者的面孔。”[①] 很明显，片山较多地看到了中国研究者笔下的鲁迅是一个战士的形象，而自己却坚持鲁迅是一个“文学者”的形象。在这个意义上，片山窥视到了不同国度更深层次上的意识形态方面的不同。也就是不同民族的研究者在研究同一个作家时，所持观点及选取角度是截然不同的。但是，片山在认为散文诗集《野草》的作者是一个文学者时，也存在片面性认识的问题。鲁迅是一个丰富复杂的个体。就《野草》而言，我们仅从写于1927年4月26日的表现鲁迅前期思想与后期思想分界处的《题辞》来看，国民党反动派发动的针对进步的共产党的“四一二”反革命政变和“四一五”血腥大屠杀，大批共产党员和革命青年被逮捕被杀害，其中也有鲁迅的学生在内。鲁迅后来说“我是在二七年被血吓得目瞪口呆，离开广东的”[②]。作为《野草》的序言，《题辞》表现出鲜明的政治倾向性。鲁迅辞去国民党主办的中山大学的一切职务，是他明确反对国民党反动政策的绝好表现。这时，鲁迅开始购买、翻译、学习马克思主义著作，进一步接触共产党员。鲁迅便迈向中国共产党领导的革命道路，加之他过去参与的反清反满，以及他反帝反封建反独裁等革命活动，称鲁迅为“革命家”也并不为过。虽说瞿秋白认为鲁迅此时由进化论向阶级论转变的观点有待商榷，但鲁迅思想发生变化却是事实。鲁迅反传统的思想，一生致力于改造国民性的思想，坚持一生的立人思想，所以称鲁迅为“思想家”同样并不为过。现如今，我们也常常从鲁迅的作品中挖掘鲁迅思想。这确实不错，但作品只反映了鲁迅思想全部中的一部分。如果我们仅以《野草》甚或鲁迅全部作品中所反映的思想，作为鲁迅本人的全部思想，显然会产生以偏概全的片面性认识。鲁迅也好，其他国籍的作家也好，不可能不受其所生活的那个国度的政治意识、思想文化等的影响。因此，片山借助于“思想家”和“革命家”来强调和突出鲁迅文学者形象的目的确实实现了，但同时显示了其偏颇的

---

① ［日］片山智行：《鲁迅〈野草〉全释》，李冬木译，吉林大学出版社1993年版，第149页。

② 鲁迅：《鲁迅全集》第4卷，人民文学出版社2005年版，第4页。

一面也是一个不容忽视的事实存在。

丸尾常喜的《鲁迅〈野草〉研究》。在对与《野草》联系密切的《两地书》的深入挖掘之后，丸尾常喜展示给读者的是血肉丰满的鲁迅的形象。以往，我们常用“横眉冷对千夫指，俯首甘为孺子牛”概括鲁迅的形象。但经过对《鲁迅景宋通信集——〈两地书〉的原信》与鲁迅、许广平修改后的《两地书》的比较和研究，丸尾对鲁迅形象提出的认识值得我们思考。其一，对1925年3月11日许广平写给鲁迅的第一封原信与修改信对照后，丸尾说，“许是为了掩饰迫切的性急吧，《两地书》公开出版时删掉了这一部分，但在两人的通信中用‘小鬼’作许广平的称呼，恐怕根据就在这里”①。作为青年，许广平希望得到鲁迅的“拯拔”，信文表达了这一点。此外，笔者认为，“小鬼”这一被彼此认同的称呼，实际上暗示了两人在意识深处就潜隐着思想上的交合与并轨，只不过许广平表述得更为明白了当，而鲁迅在含蓄中毫无拒斥之意。其二，《死火》表达鲁迅“关于爱情的一些小感想”，丸尾与中国学者在观点上对此产生了共鸣。“如果从3月到《死火》写作的4月23日之间大约四十天来看，许广平发了八封信，鲁迅回了七封，从其内容与笔调可以看出，两人的感情确实正在逐渐超越单纯的师生关系。”② 这表明两人的感情发展进行得很顺利。而丸尾把《死火》放在3月到4月之间二人通信的背景下予以考察的方法及得出的结论，都是令人信服的。这种从与《死火》等散文诗思想内容联系密切的同期作品及相关背景出发，探索文本中鲁迅所埋藏特殊“感想”的做法，笔者认为，是对孤立研究文本行为的最好讽刺。其三，在区分了人道主义与个人主义、赛宁式个人主义与绥惠略夫式个人主义的不同后，丸尾将1926年12月26日鲁迅写给许广平的原信与修改信进行了比较，提出了鲁迅式的个人主义，即“在保留已有妻室的情况下，解放自己，而实现对另一女性的爱情”③。这一揭示鲁迅内心世界的深刻结论，表明鲁迅对许广平示爱的适时呼应。笔者认为：丸尾的判断是正确的。因为鲁迅与许广平的最终结合，便说明了这一点。因此，在尽可能全面考察鲁迅形象及其精神风貌时，从记录丰富情感历程的书信与相关作品中，多侧面地找寻文字世界中蕴藏的情感因素，揭秘鲁迅的生活世

① [日]丸尾常喜：《耻辱与恢复——〈呐喊〉与〈野草〉》，秦弓、孙丽华译，北京大学出版社2009年版，第272页。

② 同上书，第255页。

③ 同上书，第129页。

界，是可行的，也是必要的。丸尾对此所做的有益的考辨和积极的探索，是具有独特贡献的。

2. 第一部关于《野草》微观比较研究的著作

鲁迅的《野草》素来“难治”，这是世所公认的。但闵抗生知难而进，潜心研究，于1981年便较早地出版了《地狱边沿的小花》。而尼采及其*Also Sprach Zarathustra*对《野草》的影响也是极为明显的。闵抗生对它们进行比较后，撰写了《鲁迅的创作与尼采的箴言》，于1996年9月由陕西人民教育出版社出版。

(1)《野草》研究的新异成果

研究者将《野草》中的部分诗篇与*Also Sprach Zarathustra*逐一比较，从形式到内容都作出了有益的探索。“对一部作品作专门的微观比较研究的，尚未见有人。”[①] 这足见闵抗生在此著作中取得的成就：一是关于鲁迅与尼采人生哲学的比较，二是《野草》与*Also Sprach Zarathustra*中人物形象的比较。

①鲁迅与尼采人生哲学的比较

首先，鲁迅与尼采都对现实人生进行了批判。尼采极其强调超人哲学和权力意志，只有未来出现健全的超人才能保障优等民族的强大，而除掉现存人类身上的猥琐与渺小就是除掉“恶”的具体表现。而包括《野草》在内的鲁迅作品，多富于深刻的哲理色彩。正因为这些哲理内涵，鲁迅的作品给人们以更多的启发。在写景抒情叙述议论中，我们时刻感受着鲁迅作品中生命的律动。鲁迅笔下的文明批评与社会批评，较多地批判了现实与人生。闵抗生注意到了“被尼采称作‘恶空气’的那种精神氛围，十倍严重地弥漫于中国”[②] 这一现实状况。就《野草》而言，夜游恶鸟的哇声、无聊看客的围观等，都是旧中国的大地上的“恶空气”。笔者认为这是鲁迅与尼采作品中朴素而诚实的精神内核，就研究作家与作品而言，这一点弥足珍贵，毕竟它反映了作家理性的思考和“欲”的所求。尼采对鲁迅产生了很大影响。但鲁迅批判地吸收了尼采的思想。闵抗生说：“鲁迅从尼采那里吸取的，多是他对于社会与人生的批评，而不是作为这种批评基础的哲学体系。鲁迅从来不提尼采的‘权力意志’，而且对尼采‘权力意志’论中的强者统治弱者、奴役弱者的反人道主义思想始终保持着

---

① 闵抗生：《鲁迅的创作与尼采的箴言》，陕西人民教育出版社1996年版，第17页。

② 同上书，第44页。

高度的警觉。”[1] 就尼采哲学看，鲁迅表示了明显地反对。实际上，以牺牲弱者的利益来巩固强者的统治地位，这是一种阶级歧视或民族歧视的表现。不仅鲁迅，而且更多的进步思想家，都不会赞同这样的做法。所以，对外国文学和外来文化，鲁迅绝非盲目引入，而是有选择地“拿来”，有眼光地借鉴。鲁迅作品，特别是《野草》，之所以具有高品位的文化内涵，与恰切的“拿来”和借鉴密不可分。

其次，鲁迅与尼采都鼓励人类积极向上。关于人的问题，出于各自不同的目的，古今中外许多作家和研究者一直在探讨着。尼采和鲁迅也不例外。如前所述，闵抗生看到了“反对苟活是尼采和鲁迅人生观的重要内容”[2]。因此，尼采所提出的猥琐渺小的现实生活中的人类应该受到压迫的观点也就不足为怪了。《野草》中的求乞者、老翁、奴才等，都是苟活者。批判这些苟活者，是实现“人类积极向上”的前提和基础。闵抗生深切地体会到：“鲁迅曾说《查拉斯图拉如是说》的精髓是‘鼓励人类日渐向上’。这就是尼采对鲁迅有吸引力的缘由。”[3] 不难看出，闵抗生发现了鲁迅与尼采之间的内在联系以及较多的可比点。这自然是比较研究必不可少的基本环节。但得其神髓把握要领，则是闵抗生深入进行比较研究的重要成就。自强不息也是人类向上的表现。闵抗生对《过客》《题辞》《秋夜》《影的告别》与尼采及其 *Also Sprach Zarathustra* 的比较研究，都表达了这种向上的精神。阅读和研究 *Also Sprach Zarathustra* 时，我们便会在无意识中与 Zarathustra 达成一种生生不息的默契之感。在走人生的过程中，我们也去践履 Zarathustra 带给我们的自强和奋进的意识。《野草》中的枣树、影、过客等，同样具有自强不息的战斗精神。自我提高是人类有意识向上的表现。超人哲学是尼采哲学中的重要内容，而自我超越又是超人哲学中的重要内容。闵抗生在《尼采的“超人”基督与鲁迅的“人之子”》[4] 一文中，尼采借耶稣形象，进一步表达了超人是个人英雄主义的救世主形象，从而突出尼采“超人”基督的哲学思想；同时也研究了耶稣的形象，但鲁迅意在借悼念耶稣的事迹来激励后人。超人是尼采笔下理想化世界的完美的人，虽然难于出现这样的人，但 Zarathustra 的不断要求进步则是趋近于超人的范型。《野草》中的过客、战士、猛士等形象，不

---

① 闵抗生：《鲁迅的创作与尼采的箴言》，陕西人民教育出版社 1996 年版，第 63 页。

② 同上书，第 50 页。

③ 同上书，第 43 页。

④ 同上书，第 169—177 页。

断反抗过去、反抗历史、反抗传统，不断要求进步和提高。闵抗生把人类进取的精神看作是鲁迅和尼采之间的比较点之一，并不是没有道理的。读过《野草》与 *Also Sprach Zarathustra* 之后，我们总能感受到某种奋进的力量在意识深处，犹如过客听到前面的声音一样“催促我，叫唤我，使我息不下”。

最后，鲁迅与尼采的生命哲学都具有独特性。尼采说，他的生命哲学是：“从自身要求健康、渴求生命的愿望出发，我创立了我的哲学。”① 父亲 36 岁逝去的不良阴影，一直萦绕于尼采的脑海中，似乎某种死亡预感正向尼采悄悄偷袭而来。在争健康的道路上，尼采创造了生命哲学，并借 Zarathustra 之口向世人宣誓了自己的人生哲学。鲁迅曾对章衣萍和许寿裳说过，他的哲学都包括在他的《野草》里面。而《野草》中确实包含鲁迅为求生存而反抗而战斗的哲学。枣树、影、粗暴的青年等，勇于反抗黑暗直面现实的精神，都是他们现实人生的坚定信念的表现。实际上，这些形象寄托着鲁迅的人生信念。闵抗生对鲁迅和尼采的生命哲学有着深刻的认识，他看到了他们“对人生与自我”的“思考”与“探究”②。但鲁迅与尼采的生命哲学也各有不同：尼采的生命哲学有唯心的因素，是在反抗自身疾病的过程中逐渐形成的；而鲁迅的生命哲学是唯物的，是在反抗论敌的斗争中逐渐形成的。这是鲁迅与尼采各自哲学的独特所在。

②《野草》与 *Also Sprach Zarathustra* 中人物形象的比较

Also Sprach Zarathustra 中的芸芸众生、漫游者、圣者、虚伪的“神圣”者、流浪人等，《野草》中的求乞者、看客、耶稣、青年、过客、老翁、女孩、老妇人、战士、聪明人、傻子、奴才、爱我者、猛士等，都有很多可以比较的异同之处。在《鲁迅的创作与尼采的箴言》一书的“第三辑”的微观比较研究中，闵抗生对《野草》与 *Also Sprach Zarathustra* 中的人物形象进行了较为集中的比较。如对鲁迅笔下的过客与尼采笔下的流浪人的比较，闵抗生就指出：“无休止地向着未知的‘前面’行去，忧伤、困顿，然而坚定无畏——这是尼采的‘流浪人’，也是鲁迅的‘过客’的共同特征。”③ 以人物形象为比较的视角，关注不同书籍中人物形象的近似点或对立点，这是闵抗生从事微观比较研究之所以取得成就的有

---

① ［德］尼采：《权力意志——重估一切价值的尝试》，张念东、凌素心译，商务印书馆 1998 年版，第 11 页。

② 闵抗生：《鲁迅的创作与尼采的箴言》，陕西人民教育出版社 1996 年版，第 201 页。

③ 同上书，第 250 页。

效途径。

（2）别具一格的鲜明特征

①重视研究思想家的鲁迅与思想家的尼采

尼采敢于直面现实，反对基督伦理，毫不幻想。鲁迅受到尼采的影响是自然的，其思想中有这样的因素也是很正常的。闵抗生认为："在《希望》中向'身外的青春'的寻求，是对尼采个人主义超人的否定，也是对自己早年在尼采思想影响下的'排众数，任个人'的观点的扬弃。从这里可以窥见一些鲁迅思想发展的轨迹。"① 我们知道鲁迅和尼采的思想都是极为复杂的，这与他们各自不同的身世有着密切的关系。尼采由恋爱失败到终身未娶，鲁迅从家道中落直至与朱安、许广平的结合，这不可能不让他们的思想变得复杂和难于把握。对尼采与鲁迅思想方面的区别，闵抗生坚持认为，从"尼采解释说明和判断问题的角度，表明他仅仅是一个思想家"，而"作为思想家，鲁迅也是以革命思想家而知名于世的"。② 闵抗生坚持了自《地狱边沿的小花》以来的鲁迅观，即鲁迅是富于战斗精神的。笔者认为，鲁迅还有文学家的一面，甚至这一点是更为主要的，虽然在他的文学作品中表现了他具有思想家与革命家的一面。如果鲁迅没有诸多的翻译与创作的文学作品，那么他的"思想家与革命家的一面"又通过什么来表现呢？

②《野草》与 *Also Sprach Zarathustra* 充满悲剧色彩但不悲观

尼采几次恋爱未果一生独居，鲁迅在朱安与许广平之间的尴尬角色，都让他们的人生道路布满了荆棘与坎坷。研究尼采的《看哪这人！——自述》一文后，闵抗生则认为尼采的"'超人'哲学是他撷取了达尔文的进化论，对包括叔本华在内的西方世界的'世纪末'病症悲观主义的一次扬弃。他的哲学核心（'权力意志'或曰'求生命的意志'）与哲学目标（'超人'）都是对悲观主义的否定"，而《死后》"写出了鲁迅战斗的悲剧的，同时又是勇壮的一面"③。人生旅途崎岖不平，很多美好的事情失去了其应有的本色，表现出悲剧色彩。在尼采与鲁迅那里，他们的很多作品表达了这一思想。《野草》中过客与老妇人及傻子的被驱赶、战士与猛士的悲惨遭遇等，都充满了悲剧情怀，但他们并不悲观。笔者认为，闵抗生对尼采与鲁迅身世的悲剧性认识得极为深刻，他看到了他们内

---

① 闵抗生：《鲁迅的创作与尼采的箴言》，陕西人民教育出版社 1996 年版，第 185 页。

② 同上书，第 215、216 页。

③ 同上书，第 146、213 页。

心深处、灵魂中的某些近似的阴影，但他又反对这种阴影的负面影响，因为尼采和鲁迅不断地反抗传统反抗伦理。

3. 薛伟、吴小美等的《野草》与中外文学比较的研究

除继续发展原有比较研究领域外，与 20 世纪 80 年代相比，20 世纪 90 年代研究者对《野草》与中外文学比较的研究，又有所不同，一是出现了多用比较研究方法的著作，二是与丹麦相关作品的比较，三是与中国文学作品的比较等。

（1）广泛使用比较研究方法的新成果

薛伟的《野草新论》一书，1995 年 10 月由安徽文艺出版社出版发行。正文前的《绿洲・野草・香果》是鲁迅研究专家郑心伶为该书写的序文，薛伟对包括《题辞》在内的 24 篇散文诗逐一进行了微观阐释，之后的四篇论文依次从语言美、梦幻描写、孤独色调、抒情艺术等方面对《野草》展开宏观论析，书后附有《野草》研究索引。

①比较研究方法，在解读《野草》文本时一直为薛伟所重视。一是将《野草》与外国文学作品进行比较。法国的波特莱尔和俄国的屠格涅夫等外国作家作品对鲁迅创作《野草》有着较大的影响。古巴小说家阿莱霍・卡彭铁尔的小说《阴森可怕的差事》对《影的告别》，屠格涅夫的《你得听蠢人的裁判……》《门槛》依次对鲁迅的《复仇（其二）》《过客》，波特莱尔的《遨游》《哪一位是真的》《腐尸》依次对《好的故事》《墓碣文》《死后》，波特莱尔的《穷人的玩具》和日本作家志贺直哉的《清兵卫与葫芦》对《风筝》，屠格涅夫的《作粗活的人和不作粗活的人》与波特莱尔的《绳子》对《聪明人和傻子和奴才》等，都表现出了各自不同程度的影响。薛伟在教学与研究过程中，看到了《野草》带有某些外国文学作品的影痕。这种从文本实际出发来选取适当方式研究文本的做法，是符合研究规律合乎解读文本程序的。因此，笔者认为：尊重作家、尊重文本、尊重现实的解读方式是值得借鉴的。二是将《野草》与中国文学作品进行比较。如《诗经》中的《无衣》，与《这样的战士》之间关系密切，认为："两位战士的形象不但形似而且神似。"① 薛伟找到了两诗之间的异同，认识到了鲁迅创造的战士具有复杂性格与韧战精神，这既是《无衣》诗中勇猛战士所不具备的，又是将其进一步发展的结果。三是将《野草》和鲁迅自己其他形式的作品进行比较。如在论述《复仇》中看客的形象时，薛伟将《复仇》与鲁迅的《祝福》《阿 Q 正传》《孔乙

① 薛伟：《野草新论》，安徽文艺出版社 1995 年版，第 125 页。

己》《药》《示众》等文中围观的看客进行了比较，并归纳了《复仇》中看客身上的一些特点。对此，薛伟认为，尽管《复仇》透露了“鲁迅思想认识上的局限性”，“但作者所刻划的看客形象是极其独特的人物形象，常含发人深醒的社会意义”。

②反抗和韧战精神是《野草》的核心内容之一，也是薛伟解读《野草》的重点内容之一。自《野草》诞生以来，许多研究者就勤奋不怠地研究这一课题。薛伟在《野草新论》中运用较多的笔墨论析了这一点，认为，《聪明人和傻子和奴才》“表现了鲁迅对反抗斗争精神的强烈呼唤，体现了鲁迅积极的战斗态度和彻底的革命精神。这一层又是高于屠格涅夫的散文诗的”[①]。屠格涅夫是温情的人道主义者，但鲁迅的人道主义思想中蕴含战斗与改造的色彩。这是屠格涅夫所不及的。

③从美学角度研究《野草》，受到了薛伟的重视。虽然此前已有一些研究者探索了《野草》中的美学课题，如孟瑞君出版了《〈野草〉的艺术世界》这一专门研究《野草》美学的著作，但薛伟选择恰切视角，将美与丑进行对比、比较，发抒新论。如《从丑中掘出美来——论〈死后〉》一文，认为：“在《野草》中，鲁迅不仅追寻美、描绘美，也不遗余力地刻划丑、鞭挞丑，从丑中掘美是《野草》的美学特征之一。”[②] 每每谈及美学时，人们常把它与审美联系起来，却忽视了审丑。但薛伟除审丑之外，也审视了《野草》中色彩美、语言美等。如《〈题辞〉的意蕴美》《谈〈死火〉的色彩美》《论〈野草〉的语言美》等，都是薛伟对《野草》审美问题的新论。必须说明的是，薛伟的《野草》美学研究，是通过比较研究方式而实现的。

（2）吴小美、卢洪涛、哈迎飞、贾玉民等的比较研究

鲁迅出生与生长时期所经历的清朝末年、民国年间，正值列强入侵，军阀混战，内外交困之际。在“拿来”和“辨别”之后，许许多多的中外文学家进入鲁迅的主体世界，成为鲁迅研究的对象。就外国作家影响而言，宋如玲认为，“鲁迅受屠格涅夫的影响，较之波特莱尔，有更多的思想和艺术观上的联系”；就中国作家影响而言，陶渊明、屈原、庄周、韩非、韩愈、柳宗元、张衡都对鲁迅产生过不同程度的影响。[③] 本土影响是

① 薛伟：《野草新论》，安徽文艺出版社 1995 年版，第 135 页。

② 同上书，第 117 页。

③ 宋如玲：《谈〈野草〉中的“洋为中用”与“古为今用”》，《远程教育杂志》1998 年第 3 期。

潜移默化的，外来影响实际上与鲁迅的主动“拿来”关系密切。

①日本、俄国、法国、德国、丹麦等国文学对鲁迅《野草》的影响研究

鲁迅《野草》的创作曾受到日本厨川白村的《苦闷的象征》和夏目漱石的《十夜梦》的影响。有的研究者就《苦闷的象征》与《野草》之间的联系进行了研究，如董必严的《鲁迅与〈苦闷的象征〉》、于秀娟的《厨川白村·鲁迅·〈野草〉》等，即这方面的代表作。[①] 前者主要论述了《苦闷的象征》的主旨、渊源，鲁迅接受《苦闷的象征》的表现特点；后者论述了鲁迅与厨川白村二人大体相同的文学观、开放性的理论框架、共通的人格等。两位研究者都论述了苦闷和象征与鲁迅及其《野草》的形神关系。从中我们可以看出：鲁迅翻译外国文学作品的目的指向性极为明确。选择翻译《苦闷的象征》，这与其人生价值取向有着共鸣。尤其是鲁迅与厨川白村都对国民劣根性进行了猛烈的批判，都认识到了文学的社会价值，研究者们抓住了这些相类处。但前者侧重于《苦闷的象征》对鲁迅文艺思想的影响，后者较直接论述了《苦闷的象征》对《野草》的影响。也有研究者就《十夜梦》与《野草》之间的联系进行了比较研究，如吴小美、张建生、肖同庆、王向远等。吴小美的《人的期待与探寻梦的失落与执著》[②] 一文，主要围绕这两书的思想、艺术等方面展开研究和论述的，而王向远的《鲁迅的〈野草〉和夏目漱石的〈十夜梦〉》一文则主要从文体角度切入两书内容。吴小美以比较研究为主要角度，以美学、哲学、心理学研究视角为辅助措施来研究《野草》，基本如同前面许多研究者都围绕着这些角度论述鲁迅的散文诗一样。但吴小美研究《野草》，异于他人之处，在于其研究过程中所表现出的独特的思维范式，即不仅突出作家的内心世界，也注重作品的灵魂内核。从精神深处对待黑暗的态度，吴小美认为，“鲁迅的执著在于，他坚信只要他在，这世界就还不是完全黑暗的”，而夏目漱石则表现为“惶惑、恐惧和无能为力”[③]。这里，我们可以看出吴小美除对作家精神世界进行探索外，更着眼于他们的

① 纪念鲁迅110周年诞辰学术讨论会·学术组：《空前的民族英雄——纪念鲁迅110周年诞辰学术讨论会论文选》，陕西人民教育出版社1996年版，第230—245页。于秀娟：《厨川白村·鲁迅·〈野草〉》，《聊城师范学院学报》（哲学社会科学版）1999年第3期。

② 吴小美、张建生、肖同庆：《鲁迅与东西方文化》，兰州大学出版社1999年版，第66—89页。

③ 同上书，第72—73、74页。

散文诗之间思想与艺术的比较，尤其是他们写梦境的散文诗，不仅富于朦胧美的色彩，而且增强了文本的哲理意蕴。面对黑暗面对人生的不同态度，也表现在他们对待死亡的不同思考。王向远为此说："这种不同的人生态度和价值取向，也影响到了《十夜梦》和《野草》的文体风格。"① 在上述比较研究中，相比之下，笔者认为吴小美的论述开合有度，气势充沛，透视着深厚的文化内涵。

鲁迅《野草》与俄国屠格涅夫《爱之路》之间的比较研究。一些研究者主要使用了平行比较研究方式，研究《爱之路》与《野草》之间的关系。李君的《优美忧郁与悲凉深沉》认为："以整体感觉来看，如果说屠格涅夫的《爱之路》像一曲和谐、单纯、柔情哀婉的田园牧歌，那么鲁迅的《野草》便是一首沉郁然而充满悲愤昂扬的抗争命运的交响曲。"② 但李君尚未注意到《爱之路》中也有部分诗篇富于强烈的批判意识，如《得意的人》《小丑》《门槛》《利己主义者》等。而与李君持不同观点的卢洪涛、公炎冰，在《影响与超越》一文中则认为："屠格涅夫的散文诗带有一种淡淡的悲凄和忧怨的情调；鲁迅的《野草》则抹着一层朦胧的苦闷和彷徨的色彩。"③ 卢洪涛等研究者采用影响研究方式，认识到了屠格涅夫的部分散文诗中确实有忧怨的因素，这是对李君等研究者的超越。《爱之路》影响了《野草》，但《野草》在艺术成就上又高于《爱之路》。这是卢洪涛等研究者所坚持的观点。但他们坚持"中国现代文学主要是在外国文学的影响下形成的"④ 的观点，笔者认为有些偏颇。因为无论如何，中国现当代文学都无法切断与中国古代文学、中国文化之间的血缘关系和精神联系。与李君同样使用平行研究方式的研究者，还有王同坤、陶镕等人。王同坤认为："鲁迅的散文诗与屠格涅夫的散文诗在审美倾向上的相似性，具体表现在意象的神秘化、寓意的象征化、文本的程式化等方面。"⑤ 如前所述，吴小美在比较研究中，虽然也对文本进行探索，但探索不是唯一目的，而比较才是主要目的。王同坤则"把主要力量用在对

① 王向远：《鲁迅的〈野草〉和夏目漱石的〈十夜梦〉——散文诗的文体学的比较》，《鲁迅研究月刊》1997 年第 1 期。

② 李君：《优美忧郁与悲凉深沉——〈爱之路〉与〈野草〉的艺术比较》，《河北师范大学学报》（社会科学版）1993 年第 3 期。

③ 卢洪涛、公炎冰：《影响与超越——鲁迅〈野草〉与屠格涅夫散文诗比较论》，《陕西师范大学学报》（哲学社会科学版）1999 年第 2 期。

④ 同上。

⑤ 王同坤：《鲁迅、屠格涅夫散文诗的审美倾向》，《中国比较文学》1996 年第 2 期。

具体‘细节’的发掘和解析上”[1]，并引入表格形式，对《散文诗》中的《蔷薇》与《野草》中的《腊叶》等若干组相关的散文诗进行平行比较，形式上确实令人耳目一新。相关的论文，还有陶镕的《〈野草〉与〈爱之路〉的对比》等。这里，李君、王同坤、陶镕等人的平行研究是这一时期比较研究论文中的亮点，后来的一些研究者也不断使用这一研究方式。他们确实突出了平行研究重在“论”的功能。

鲁迅《野草》与法国波特莱尔散文诗之间的比较研究。就鲁迅的《野草》与波特莱尔的《巴黎的忧郁》这一比较的整体而言，研究者把握了两部文本的思想深邃性和艺术独特性。李铁军的《惨白与忧郁：在“废驰的地狱”边沿》一文将《野草》与《巴黎的忧郁》二书的思想主调、讽喻、象征、梦幻等内容进行比较并提出：鲁迅与波特莱尔在相同的“艺术感应期”内，虽然有着相同的创作倾向，却显示出不同的艺术个性。[2] 波特莱尔是法国现代主义颓废派代表诗人，虽然蔑视资产阶级的价值观和道德观，但其思想尚未发展到作为马克思主义文学家的鲁迅的思想高度。与李铁军同样使用平行研究方式的，还有罗嘉慧、丁力、钱林森等研究者。罗嘉慧的《论鲁迅与西方现代派》[3]，论及了《野草》与《巴黎的忧郁》中的部分散文诗篇。尤其是对生存危机的探讨，鲁迅和西方现代派作家都认识到了人生世界的多艰、矛盾、焦灼、无奈等。研究者对类似悖论的把握可谓是准确的。丁力的《绝望的抗争与绝望的沉沦》，从《野草》与《巴黎的忧郁》二书表现出的情感倾向和主体态度的层面进行了比较，并深入研究了两书的独特蕴含。[4] 鲁迅在《野草》中突出了反抗性，波特莱尔在书中流露了消沉意识。研究者分别讨论了二者各不相同的情绪反应。钱林森的《孤独灵魂的拷问与生存体验的求证——鲁迅与波特莱尔》[5] 一文，关注了《野草》与《巴黎的忧郁》体裁、主题和形象创造的相似性，以及生存本质的痛苦、忧郁和探寻的密切联系等。较多的研究者都看到了鲁迅更具进取心，而钱林森等少数研究者对波特莱尔的评

① 王同坤：《鲁迅、屠格涅夫散文诗的审美倾向》，《中国比较文学》1996 年第 2 期。

② 李铁军：《惨白与忧郁：在“废驰的地狱”边沿——〈野草〉与〈巴黎的忧郁〉比较研究》，《阴山学刊》（哲学社会科学版）1991 年第 3 期。

③ 罗嘉慧：《论鲁迅与西方现代派》，《鲁迅研究月刊》1996 年第 1 期。

④ 丁力：《绝望的抗争与绝望的沉沦——〈野草〉与〈巴黎的忧郁〉》，《广东民族学院学报》（社会科学版）1995 年第 2 期。

⑤ 钱林森：《孤独灵魂的拷问与生存体验的求证——鲁迅与波特莱尔》，《中国比较文学》1998 年第 4 期。

价偏低，认为："从鲁迅留下的文字来看，波特莱尔这位来自西方的象征主义鼻祖似乎没有赢得鲁迅多少青睐，相反倒是招来了不少的微词。"①不管波特莱尔的生活方式如何，也不论他对资产阶级价值观和道德观的反叛程度如何，有些研究者对此总会发出褒贬不一的评论，这是很正常的文学研究现象，毫不足怪的。卢洪涛、张瑾超等②与钱林森有着明显的不同。洪涛为此说："这并不意味着鲁迅对波特莱尔及其作品的根本否定和排斥，也不应只看作鲁迅对波特莱尔的'深刻批判'和厌恶反感，更不能说明鲁迅与波特莱尔的思想根本对立，乃至于'毫无共同之处'。"③ 站在不同角度看问题，自然会有不同结论。这里不乏各说各话的片面性。笔者认为，波特莱尔个人的生活方式是应该受到批判的，《巴黎的忧郁》一书虽以忧郁为主调，但其中不乏批判现实、对现实充满不满和反抗之情的散文诗，如《凌晨一点钟》《把穷人击倒吧》等。而《野草》虽涉及苦闷、空虚等消极情绪，但是以战斗、生存、追求为主脑组织文本的。显然，两书之间有同有异。

《野草》与德国尼采 *Also Sprach Zarathustra* 比较的研究。王本朝的《诗化哲学：鲁迅〈野草〉与尼采〈查拉斯图拉如是说〉之比较》是一篇质量上乘较为深邃的关于平行比较研究的论文，围绕"人的现实存在——人生""人生的价值——反叛与创造""悲剧意识与悲剧精神""诗与思结合的文体形式"等内容展开论述，并打破微观研究现状，力求"从整体思想艺术倾向上去把握它们"。④ 研究者抓住了两书的类同点，对它们之间的异同进行比较和分析等，所突出的"诗化哲学"及所论述的孤独分类还是很有见地的。"孤独有两种：弱者的孤独和强者的孤独，鲁迅和尼采都是强者的孤独，他们不是依靠别人的施舍而赋予'我'之意义，而是自己主宰自己，最后超越自己的孤独。"⑤ 研究者划定的孤独种类对读者是有启示意义的。以往，一般读者尚未注意到孤独还有强弱之

---

① 钱林森：《孤独灵魂的拷问与生存体验的求证——鲁迅与波特莱尔》，《中国比较文学》1998 年第 4 期。

② 卢洪涛：《〈野草〉与波特莱尔》，《理论导刊》1995 年第 3 期。张瑾超：《波特莱尔〈秋之歌〉与鲁迅〈死火〉之比较》，《福建论坛》（文史哲版）1998 年第 4 期。

③ 洪涛：《影响与超越——〈野草〉与波特莱尔散文诗比较论》，《咸阳师范专科学校学报》（双月刊）1999 年第 2 期。

④ 王本朝：《诗化哲学：鲁迅〈野草〉与尼采〈查拉斯图拉如是说〉之比较》，《湖北大学学报》（哲学社会科学版）1990 年第 1 期。

⑤ 同上。

分，而王本朝发掘了这一点，这对研究鲁迅与尼采的强者孤独心理可以提供参照物。还有一些研究者也强调了这种强者的孤独。如王立世《从〈野草〉看鲁迅对尼采的理解与吸收》、黄水源的《〈野草〉与Zarathustra》、万军的《简论尼采对鲁迅的影响》等[①]，在《野草》与*Also Sprach Zarathustra*的比较中，他们都论及了强者或强者孤独等内容。笔者坚信：鲁迅与尼采在散文诗中表现出来的强者孤独，是读者和研究者都应该重视的关节点。因为他们的精神境界是常人难以企及的，很少有人能与其产生思想上的共鸣，自然显出“高处不胜寒”的孤独。

《野草》与丹麦克尔凯郭尔文学作品比较的研究。姚万生在《克尔凯郭尔与鲁迅〈野草〉》一文中采用影响研究方式，论述了克尔凯郭尔从思想内容到艺术形式对《野草》的全面影响。其中所论及的“人的孤独虚无以至于绝望这种走投无路的悲剧性”[②] 观点，是姚万生与上文罗嘉慧的“生存危机”意识、王本朝的“孤独”意识发生的共鸣。研究者们都从人的精神深处挖掘出了个体存在的困惑不安、忧思愁虑等。在克尔凯郭尔、尼采的影响下，姚万生所论及的《野草》思想与艺术的独创性与现代性，实际上反映了鲁迅大胆“拿来”，且“融合新机”，将东西方相关文学作品恰到好处地应用于《野草》文本中的自觉创作原则。

②中国古典文学对《野草》深刻影响的研究

中国古典文学作品是鲁迅《野草》强大的背景资源。贾玉民、肖剑南等一些研究者认识到了这一点，并采取影响研究方式予以论述。贾玉民的《〈野草〉的构思与古代笔记小说》一文，主要将《野草》与古代笔记小说进行对比举例，如《影的告别》与《邓无影》、《死火》和“萧秋寒焰”、《狗的驳诘》与《猫言》、《墓碣文》与《述异记·周氏婢》、《死后》与《元稚宗》等死而复生的故事，等等。在这种从微观角度采取影响研究的方式中，经过比较，我们看到鲁迅的《野草》不论是在思想内容还是艺术基调方面，都远远超越了古代笔记小说。研究者肯定了这一点，但“所反对的只是一味强调它的外国影响，而贬低和否认其民族文

---

① 王立世：《从〈野草〉看鲁迅对尼采的理解与吸收》，《山西大学师范学院学报》（综合版）1991年第4期。黄水源：《〈野草〉与Zarathustra》，《湛江师范学院学报》（哲学社会科学版）1993年第1期。万军：《简论尼采对鲁迅的影响》，《绍兴文理学院学报》1997年第3期。

② 姚万生：《克尔凯郭尔与鲁迅〈野草〉》，《宜宾师范高等专科学校学报》1999年第3期。

化渊源的片面论断，而且这种态度并不只是表现于《野草》的研究中”。[①]在一些谈论《野草》古代艺术渊源的研究论文中，贾玉民的成就有三：一是《野草》借鉴中国古代笔记小说的具体表现。二是较为集中地引入大量的古代笔记小说资料进入《野草》研究中，这超越了此前此类论题的相关研究成果。三是一分为二地指明了在重视《野草》艺术渊源外来影响的同时，也要考虑中国本土古典艺术资源的现实背景。肖剑南的《观澜索源：〈野草〉与中国古典散文诗》一文“把《野草》的文体——散文诗溯源到中国古典散文诗，论证了中国古代存在着不少优秀散文诗，从精神实质上追寻了《野草》与古典散文诗的内在联系”，认为，“《野草》多方面接受中国古典文学的滋养，写出了具有中国风神的境界之美、梦幻之美和丑怪之美”，并重点论述了“《野草》对中国古典文学的超越”等[②]。这一十分新颖的观点，不同于20世纪30年代对《野草》散文诗文体的争鸣，将“散文诗”概念的提出上溯到中国公元前的古代社会，从而打破了“散文诗”是舶来品的说法。笔者认为，由于中国古代的文体主要分为散文和韵文两大类，其中的散文为无韵之文，韵文讲究押韵，而鲁迅笔下的散文诗多以押韵形式出现，因而说“散文诗”源于中国古代社会的观点是不成立的。因为，第一，在屠格涅夫出版相关作品时，最早使用“散文诗”名称的是一位编辑。这位编辑为屠格涅夫的作品定题为“散文诗”。第二，受明清小品和外来“Essay”的影响，“五四”时期任性而谈的闲适体文类出现了。鲁迅说：“杂文中之一体的随笔，因为有人说它近于英国的Essay，有些人也就顿首再拜，不敢轻薄。”[③]这里的“Essay”即散文诗或小品文。此外，唐寿泉对鲁迅的《雪》与岑参的《白雪歌送武判官归京》进行了平行研究，认为鲁迅散文诗的境界远比岑参诗歌境界高。[④]可见，中国古典文学作品对鲁迅思想与《野草》等创作的影响是深刻而不易被察觉，又是事实存在的。

总之，与此前十余年时间相比，此时，《野草》与中外文学作品间进行比较研究的范围有所扩大。从上面的论述中，我们能看出丹麦的作家作品和中国的古典文学都不同程度地影响着《野草》。其中，研究者所论述的《野草》深受中国古代笔记小说影响的事实，以及严谨的考证、生动

---

① 贾玉民：《〈野草〉的构思与古代笔记小说》，《鲁迅研究月刊》1994年第5期。

② 肖剑南：《观澜索源：〈野草〉与中国古典散文诗》，《龙岩师专学报》1999年第4期。

③ 鲁迅：《鲁迅全集》第6卷，人民文学出版社2005年版，第301页。

④ 唐寿泉：《读鲁迅的〈雪〉与岑参的〈白雪歌〉》，《吴中学刊》1998年第2期。

的笔法、洒脱的行文风格等，令人耳目一新，给读者留下了难忘的印象。另外，著述形式有所变化。关于《野草》的比较研究问题，此时出现了专门的著作，如闵抗生的《鲁迅的创作与尼采的箴言》、薛伟的《野草新论》等。从一定意义上说，这是《野草》比较研究深入发展的表现。

4. 孙玉石的“现实的与哲学的”思考

重视比较研究，这是《现实的与哲学的——〈野草〉重释》的一个特色。主要包括以下几方面：一是《野草》内部作品进行比较。如在《关于〈死后〉》一文中，有《死后》与《立论》的比较；在《关于〈聪明人和傻子和奴才〉》一文中，有《聪明人和傻子和奴才》与《影的告别》《复仇》之间的比较等。二是《野草》与鲁迅其他形式作品间的比较。如《复仇》与《摩罗诗力说》《狂人日记》《阿Q正传》《明天》《示众》《祝福》等文中看客的比较，《风筝》与《我的兄弟》、《死火》与《火的冰》、《野草》与《两地书》等文本的比较等。三是部分《野草》研究著作间的比较。这主要集中在冯雪峰的《论〈野草〉》、李何林的《鲁迅〈野草〉注解》、孙玉石的《〈野草〉研究》、许杰的《〈野草〉诠释》、片山智行的《鲁迅〈野草〉全释》、李欧梵的《铁屋中的呐喊——鲁迅研究》等著作，根据需要作出相应的比较。四是对鲁迅与中外作家作品之间关系进行的比较。如《我的失恋》与张衡《四愁诗》，《聪明人和傻子和奴才》与厨川白村《聪明人》《呆子》《改造国民性》等的比较。有了比较研究之后，才能鉴别出质量的高下。孙玉石重视运用比较研究方法重释《野草》，一方面能鉴别出各种解读孰优孰劣，另一方面能便于读者理解散文诗文本内涵。能对各种材料与《野草》之间作出十分娴熟的异同比较，这足以表明孙玉石对《野草》以及相关作品的透彻理解和全面把握。

（三）21世纪以来的新机遇

1. 21世纪初《野草》与少数民族及外国文学作品关系的比较研究

除继续发展原有比较研究成果外，与20世纪八九十年代相比，21世纪初以来，《野草》与中外文学作品间比较研究的疆域，又有所拓宽，出现了与《画梦录》《神曲》等之间的比较，特别是关于耶稣的与众不同的材源考，可以说是此时比较研究论文的力作。

（1）《野草》对张承志作品影响的研究

在少数民族作家中，张承志受鲁迅影响较大。对“夜”主题的思考，对“人的处境究竟如何”的拷问等，张承志创作的《静夜功课》《渡夜海记》《午夜的鞍子》《对奏的夜曲》等，明显受到了《野草》的启发。马丽蓉的《“冥冥中信任的只有鲁迅”——〈野草〉与张承志的散文创作》认为作家对散文文体的认同，“既是鲁迅对张承志散文创作基质的深层召唤，也是张承志对鲁迅大散文遗产的文体彻悟，更是彼此心灵的默契与精神的共鸣”①。从“入于心”的角度看，鲁迅在《野草》中无情面地解剖了自己的灵魂，甚至赤裸裸地露出了自己心灵深处的阴暗面，也毫不掩盖。从心理学角度透视《野草》对后人创作的影响，这说明研究者抓住了鲁迅探索人性世界实质的特点。很显然，张承志的心灵受到了鲁迅《野草》的影响。但需要说明的是，研究者的研究立场必须客观、公允。用较多的笔墨论述张承志散文创作的贡献、成就等也无可厚非，虽然研究者有审美选择的权利，但抑“鲁”扬“张”，掺杂进研究者个人的偏颇认识，显然是不可取的。在中国现当代文学史上，因为张承志不可能取代鲁迅，所以马丽蓉用鲁迅作为配角来衬托张承志是不妥的。此外，白草的《试论张承志对〈野草〉〈故事新编〉的解读》，同样反映了《野草》对张承志心灵的“秘密”影响，即其初读《野草》时的“感性简直是可怖的”②。这表明：张承志是在用“心”研究《野草》，把“心”写在自己的散文创作中。

在张承志的散文中，笔者认为《汉家寨》人物形象的设计，明显受到鲁迅散文诗剧《过客》的影响。《汉家寨》中的三位主角，简直就是《过客》中的过客、老翁、女孩这三人的翻版。

(2)《野草》与《苦闷的象征》《十夜梦》的比较研究

①《野草》与《苦闷的象征》的比较研究

先看影响研究。曾经留学日本的鲁迅，不可能不关注日本文学。特别是那些与鲁迅心灵发生共鸣的作家作品，常常成为鲁迅阅读和研究的对象，如厨川白村、夏目漱石等人的作品。日本文学影响鲁迅的创作，同样是很自然的事情。“鲁迅曾翻译过厨川白村对中国新文学影响最大的文艺心理学著作《苦闷的象征》、随笔集《出了象牙之塔》等，使厨川白村在中国的传播与影响达到高潮。同时，鲁迅的文艺观和文学创作也受到了厨川白村的深刻影响。”③ 在《苦闷的象征》中，厨川白村揭露了日本人的微温、中和、虚伪、自私等劣根性。在某种程度上，这切合了鲁迅当时所

---

① 马丽蓉：《“冥冥中信任的只有鲁迅”——〈野草〉与张承志的散文创作》，《宁夏大学学报》（人文社会科学版）2002 年第 6 期。

② 白草：《试论张承志对〈野草〉〈故事新编〉的解读》，《回族研究》2003 年第 4 期。

③ 黄德志、沈玲：《鲁迅与厨川白村》，《鲁迅研究月刊》2000 年第 10 期。

思考国民性问题的需要。后来，许寿裳回忆他和鲁迅等人在日本学习经历时曾说，1902年2月，鲁迅“由江南督练公所派赴日本留学，入东京弘文学院。课余喜读哲学与文艺之书，尤注意于人性及国民性问题”[①]。此中，已经露出了鲁迅喜爱《苦闷的象征》的端倪：中国国民性问题与厨川白村笔下揭露的日本国民性有着惊人的相似性。

再看平行研究。《互文性：鲁迅的〈野草〉与〈苦闷的象征〉的译介》一反惯常的影响研究，对《野草》与《苦闷的象征》进行平行比较研究。赵小琪为此说：“对于鲁迅翻译的《苦闷的象征》与鲁迅创作的《野草》在翻译意图与创作意图、翻译策略与创作策略、翻译风格与创作风格的互文性关系却一直没有人涉及。”[②] 此前的相关研究，确实多集中于鲁迅与厨川白村或《野草》与《苦闷的象征》的影响研究方面。这里，赵小琪从互文性角度对《野草》与《苦闷的象征》进行的平行研究，主要是以相似性为着眼点而展开论述的。

②《野草》与《十夜梦》的比较研究

夏目漱石是鲁迅最喜爱的日本作家之一。留学日本时，鲁迅也常阅读夏目漱石的文章。逝世之前，鲁迅还在积极购买《漱石全集》。研究者就《野草》与《十夜梦》的内容与形式进行了较为广泛而深入的比较研究。一是内容方面的比较研究。王吉鹏、刘娇陈主要围绕寂寞心路、死亡意识、原罪意识、虚无意识等方面，重点比较了《野草》与《十夜梦》之间的差异。[③] 在对“意识”的广泛论述中，鲁迅是明显高于夏目漱石的。这不难看出研究者对鲁迅的偏爱。卢洪涛侧重于鲁迅“由执着抗生而终于新生”，而夏目漱石“由期待忍从而致幻灭”[④] 的比较研究。一“生”一“死”的比较，我们看出鲁迅对夏目漱石的这种超越，是一种在生命意义上的超越。这是一种对人生价值积极追求的表现。这样的比较是更深刻的。以“爱与死”为主题，陈占彪认为：《野草》是向死而爱，而《十

---

① 许寿裳：《鲁迅先生年谱》，载《我所认识的鲁迅》，人民文学出版社1981年版，第118页。

② 赵小琪：《互文性：鲁迅的〈野草〉与〈苦闷的象征〉的译介》，《社会科学辑刊》2007年第4期。

③ 王吉鹏、李春林等：《鲁迅及中国现代文学散论》，吉林人民出版社2001年版，第286—309页。

④ 卢洪涛：《鲁迅〈野草〉与夏目漱石〈十夜梦〉比较论》，《咸阳师范学院学报》2002年第5期。

夜梦》是因死见爱;[①] 在坚持李天明《野草》情爱说观点时，又有所选择，仅将《影的告别》《死火》《腊叶》《我的失恋》作为爱情诗处理。陈占彪认识到了《野草》文本内容的丰富性与复杂性。所以说，陈占彪对爱情诗的处理方式是符合《野草》文本实际的。二是形式方面的比较研究。陈占彪在《〈野草〉与〈十夜梦〉形式论》中，认为:《野草》和《十夜梦》两部作品最显著的外在特征在于它们形式上的相似性，这表现在一“暗”一“明”两方面，所谓“暗”，即“我做梦”般隐约模糊的表现形式，所谓“明”，即如“讲故事”般清楚明了的表现形式。[②] 翻阅这两部作品，它们确实存在这“明”与“暗”两方面的形式特征。抓住这样的特点，是可以对不同文本进行共性比较的。

(3)《野草》与《巴黎的忧郁》《神曲》等之间关系的比较研究

①《野草》与《巴黎的忧郁》《神曲》等的宏观比较研究

从形式上看，《野草》受到了外国散文诗创作的影响，这已成定论。但在内容选择上，《野草》中的部分散文诗也留下了一些外来影响的印痕。周怡从人生悲剧、人道主义的破灭、心灵的自我解剖等方面对《野草》与《巴黎的忧郁》进行的比较研究,[③] 是稳妥深入、富含哲理的。而王吉鹏、李红艳围绕抗争黑暗现实、思索人类命运、倾诉个人情感等问题对《野草》与《神曲》进行的比较研究,[④] 是扎实有序、立场分明的。在香港大学举行的“华文文学国际学术研讨会”上，朱崇科、叶瑞莲、司徒国健、向明四位教授对梁敏儿教授的论文《散文诗的艺术形式：鲁迅的〈野草〉与佩特的〈文艺复兴〉》作出有针对性的中肯评议后，梁敏儿适时在论据并不充足的情况下作出了“艰难”的应辩。陈思和对这一“评议”再次进行了评议，即总结和综述了《野草》与《文艺复兴》的关系、《文艺复兴》对《野草》的影响、《野草》的体裁、梁敏儿教授论文的论证方法等问题。[⑤] 这里的评议，实际上是一种既尊重史实又加以

---

① 陈占彪:《爱与死——〈野草〉与〈十夜梦〉比较之一》,《绍兴文理学院学报》(社会科学版) 2005 年第 5 期。

② 陈占彪:《〈野草〉与〈十夜梦〉形式论》,《吉首大学学报》(社会科学版) 2005 年第 4 期。

③ 周怡:《战士的苦闷与叛逆者的忧郁——〈野草〉与〈巴黎的忧郁〉比较》,《鲁迅研究月刊》2002 年第 12 期。

④ 王吉鹏、李红艳:《鲁迅〈野草〉与但丁〈神曲〉之比较》,《辽宁师范大学学报》(社会科学版) 2004 年第 5 期。

⑤ 陈思和:《草心集》，广东教育出版社 2004 年版，第 290—295 页。

客观判断具有史论性质风格的研究。在学术研究中，我们无法回避那种主观臆断式的论述，这样的论断也常常是捉襟见肘的。因此，坚持客观公正从事学术研究的方法和态度便显示了难能可贵的价值。

②《野草》与宗教文化关系的比较研究

在《野草》中，《复仇（其二）》《风筝》《死火》《失掉的好地狱》等散文诗不同程度地具有宗教色彩。就此，有人研究《野草》与佛教的关系，有人研究《野草》与基督教的关系等。周楠本围绕《复仇（其二）》中的历史事件、人类的先知、关于"人子"的解释、基督的最后精神等问题而撰写的《谈耶稣受难的故事》，史料翔实，论述周密。在搜集到的《野草》研究资料中，笔者认为这是目前解读《复仇（其二）》最好的一篇研究论文。"对于基督教历史传说进行一些探讨，对于有关史实做一些必要的说明是有意义的，这既有助于文学欣赏和比较文学的研究，也有利于历史的借鉴。"[①] 对诸多历史资料严谨有序的梳理，非一日之功所能做到。尤其是周楠本指出了《复仇（其二）》"是用没有进行总结、未得到澄清的一种贬抑犹太人的流行观念作为思想的参照"[②]，这着实是一个创新，清洗了我们头脑中一贯的思维定式。但有人由此就会认为这是鲁迅创作的致命伤。其实不然。鲁迅曾说过："散文的体裁，其实是大可以随便的，有破绽也不妨。"[③] 作为创作的文学作品，是允许虚构的。《复仇（其二）》属于散文诗作品，可以虚构，可以想象，这是文学创作规律范畴内的事情。因此鲁迅并未违背这一规律，自然无可厚非。此外，齐宏伟的《〈野草〉与基督教》认为基督教是《野草》哲学的构成因素之一。[④] 这个观点同样是很新颖的，既丰富了《野草》哲学的内涵，也开阔了研究者进行哲学研究的思维。

总之，关于《野草》与中外文学文化间的比较研究，带给我们的启示是多方面的。一是对不同作品进行精神实质的比较，需要研究者深入研究有关文本，把握文本精髓。二是在最大化范围中追求客观态度和客观方法研究，尽可能地避免研究者的主观色彩进入比较研究中。三是以微观研究为主，以宏观研究为辅。这样的比较研究，对研究者而言，切实可行，

---

① 周楠本：《谈耶稣受难的故事——以鲁迅散文〈复仇（其二）〉为中心》，《鲁迅研究月刊》2006 年第 11 期。

② 同上。

③ 鲁迅：《鲁迅全集》第 4 卷，人民文学出版社 2005 年版，第 25 页。

④ 齐宏伟：《〈野草〉与基督教》，《南京理工大学学报》（社会科学版）2009 年第 4 期。

收效显著。四是选择普及性的文本，有益于扩大比较研究成果的影响范围。五是在继承前人比较研究成果的基础上，又有所发展、创新和超越，有的研究者能提出自己的独特认识。像这样的一些认识，恰恰推动了《野草》比较研究的发展，鼓励积极探索勇于创新的学术成果，为《野草》的可持续发展发挥了榜样的作用。

2. 21 世纪前十年之后《野草》的比较研究

《野草》的比较研究，自新世纪以来持续发酵。在这里，“21 世纪前十年之后”的时间界定，是指 2011—2016 年。

先看影响研究和平行研究。周氏兄弟在阅读《苦闷的象征》时，看到其中波特莱尔的散文诗《窗》的概要，看不到文章的全貌，读得不过瘾，便结合德、日、英文版的波特莱尔散文诗集，翻译《窗》。由此可以推出：波特莱尔的散文诗影响了周氏兄弟的散文诗。日本学者小川利康基于此指出：通过周氏兄弟的译文分析，可以证明周作人借用鲁迅收藏的德文版《波特莱尔全集》，而且可能是在鲁迅的帮助下翻译的。从此可以证明鲁迅很早就接触过厨川白村、波特莱尔，却因反对颓废派而避讳，到了 1924 年才接受波特莱尔的。[①] 保加利亚学者 D. 加布拉科瓦以“地火”“野草”及亚洲的现代性为对比点[②]，分析了鲁迅的《野草》和与谢野晶子的诗歌之间的异同。汪卫东以“虚无”为对比点，对《野草》与《查拉图斯特拉如是说》进行了深度比较，指出了两书之间的异同。认为：《野草》抗击虚无的方式，与《查拉图斯特拉如是说》殊途同归，“都是以肯定性、确定性的方式重新发现现实生存的价值”，而“二者的超越路径又是不同的，基于二元对立的西方传统，尼采是通过彻底放弃彼世的方式来为此世注入新价值，而在一元秩序的传统中，鲁迅是通过自我的分裂与旧我的蝉蜕来寻找自我生存价值”[③] 的。影响研究关注的是模仿、借鉴和接受，讲究的是同源性。小川利康的上述研究较好地体现了这一点。而平行研究强调对比，通过对比，从未必有事实联系的材料中发现异同。汪卫东从文本分析中得出尼采、鲁迅反抗虚无并重视现实的结论，是抓住尼

---

① 小川利康：《周氏兄弟的散文诗——以波特莱尔的影响为中心》，《中山大学学报》（社会科学版）2015 年第 1 期。

② D. 加布拉科瓦：《鲁迅和与谢野晶子的“地火”与“野草”及亚洲的现代性》，史国强译，《鲁迅研究月刊》2012 年第 2 期。

③ 汪卫东：《“虚无”如何面对，如何抗击？——〈野草〉与〈查拉图斯特拉如是说〉的深度比较》，《中国现代文学研究丛刊》2015 年第 1 期。

采与鲁迅之间神似关系的表现，也体现了“深度比较”的意图。还有研究者将鲁迅《过客》与贝克特《等待戈多》、鲁迅《墓碣文》与波特莱尔《腐尸》中的死亡意象进行比较的，但分析仍停留于表面，不够深入。

再看鲁迅与中国作家作品之间的比较研究。日本学者秋吉收认为：《野草》模仿《将来之花园》是有迹可循的，从主题、内容、意象、写作技法、语言表述等方面都是可以对比出来的。他说：“散文诗集《野草》中却随处可见‘徐玉诺的痕迹’。”[①] 但围绕着《自言自语》和《彷徨》，秋吉收又说，“鲁迅是极早地开始从事散文诗创作，而集大成于《野草》只不过是重温以前的构想，这一可能性也是不小的”，“徐玉诺作品里向不分明的生死之界阔步的‘鬼’，是怎样冲进鲁迅的内心的啊”等[②]，显然出现了或否定或怀疑自己的论调的情况。且在行文中流露了主观臆测的倾向，显然不足取。翟业军将胡适的《上山》与鲁迅的《过客》进行了对照分析，追问“在登山或者跋涉的过程中，两位文化巨匠的行走姿态到底有哪些相契处，又有哪些本质上的疏离处”[③] 的问题，是对二文的异同点的辨析。通过层层细腻的剖析，最后得出鲁迅与胡适本质上的不同的结论。唐诗诗将穆旦的存在主义诗思与鲁迅《野草》精神放在一起比较，力求寻找它们之间精神联系的做法，是妥当的。当然，也有将张衡《四愁诗》与鲁迅《我的失恋》、徐志摩《快乐的雪花》与鲁迅《雪》等进行了形式化的比较，尚未碰触到作家作品的精神实质。这种流于形式的比较，是不足取的。还有十分明显的问题，如有的研究不仅文题不符，不清楚“研究”和“研究之研究”的区别，甚至提出：《野草》与中国现当代作家作品之间存在影响研究、平行研究的关系。专业的外国文学研究者一看便知：这样的提法是不符合客观逻辑的。

鲁迅作品内部之间的比较研究。张梦阳通过对《自言自语》《野草》和《且介亭杂文》的比较，认为鲁迅笔调上经历了平直—婉曲—幽深，色调上经历了平白—绚烂—淡然，节奏上经历了急板—行板—缓板，形成了鲁迅所独有的文体。[④] 有人说，鲁迅晚年作品的笔调、格局、艺术构思

---

① 秋吉收：《鲁迅与徐玉诺——围绕散文诗集〈野草〉》，《汉语言文学研究》2016 年第 1 期。

② 同上。

③ 翟业军：《行者的姿态——胡适〈上山〉与鲁迅〈过客〉对照记》，《鲁迅研究月刊》2013 年第 6 期。

④ 张梦阳：《论鲁迅散文语言的艺术发展——〈自言自语〉、〈野草〉和〈且介亭杂文〉的比较》，《中国现代文学研究丛刊》2011 年第 8 期。

等，均随着鲁迅的年老而衰退，大不如前。张梦阳在行文中批评了这种论调，明确地指出鲁迅晚年的文章是“老熟的佳作”。陈杰就鲁迅将《我的兄弟》改写成《风筝》一文，指出，“《我的兄弟》中的叙述较简单，只是对故乡发生事件的回忆”，而“《风筝》写明了叙述地点是北京，并且首尾呼应，在地点、时间上都设置为双层：北京—故乡、冬季—春季”等①，是为了反映鲁迅深入思考儿童的问题。此外，也有将《过客》与《起死》《颓败线的颤动》与《孤独者》等②放在一起互读的，并概括出：虽然文体不同，但表达的主旨、流动的情绪和内在的精神气质是一致的。

3.《过客》与中外作家作品的微观比较研究

（1）《过客》与中国作家作品的比较研究

如崔玉香对余华《十八岁出门远行》和鲁迅《过客》之间的比较研究，指出了它们之间的异同及其差异的原因，在于文本作者的精神取向③不同而造成的。

（2）《过客》与外国作家作品的微观比较研究

就鲁迅的《过客》与尼采及其作品而言，一些研究者展开了平行研究。鲁雪莉围绕孤独、“走”、危机与焦虑等内容，坚持下述客观态度，对《过客》与《查拉图斯特拉如是说》进行异同的比较研究。“鲁迅与尼采都是极具社会使命感的伟大作家。鲁迅的焦虑意识是与中国人民摒弃旧习、追求自由解放的道路紧紧联系在一起的，尼采的焦虑意识却与整个20世纪尤其是西方世界人的生存发展相辅相成，两者并无高低优劣之分。”④ 较之想当然的做法，这种严谨认真的研究态度是值得提倡的，得出的结论可信度是高的。而有的观点是值得商榷的，如：“不独是《过客》，其实整部《野草》都蕴有更为突出的现代主义特点，我们甚至可以直呼之为现代主义作品了。《野草》所展现的完全是人的内心世界，所唱

---

① 陈杰：《鲁迅在教育部的儿童美育工作与〈风筝〉的改写》，《中国现代文学研究丛刊》2016年第1期。

② 朱卫兵：《荒诞的象征与怪诞的表现——谈谈鲁迅的两部戏》，《名作欣赏》2013年第5期。徐续红：《此恨绵绵无绝期——〈颓败线的颤动〉与〈孤独者〉互读》，《名作欣赏》2011年第17期。

③ 崔玉香：《远行路上的寻觅者与漂泊者——余华〈十八岁出门远行〉与鲁迅〈过客〉比较》，《语文建设》2005年第11期。

④ 鲁雪莉：《漫漫荒芜路——从文化哲学视角分析鲁迅〈过客〉与尼采〈查拉图斯特拉如是说〉之异同》，载绍兴文理学院等《鲁迅：跨文化对话》（纪念鲁迅逝世七十周年国际学术讨论会论文集），大象出版社2006年版，第165—170页。

出的是人的个体生命的全副痛苦的体验。”① 在这里，“整部”“完全”“全副”等表示程度或范围的副词有过于绝对化的嫌疑。实际上，有人认为《野草》是浪漫主义作品，也有人认为《野草》是现实主义作品，还有人取折中态度认为兼而有之。笔者认为“兼而有之”的观点，更适合于《野草》文本的艺术实际。鲁迅关注现实，表现现实，所写的各种形式的作品以写实为主，这是不争的事实。还有，檀柯将《过客》和《查拉图斯特拉如是说》、王丽将《过客》与《精神的三种变形》② 等进行了平行比较研究，显示了鲁迅与尼采精神思想方面的相通，进而表现了研究者可贵的探索勇气。此外，赵山奎、马啸、张文娜等研究者进行了影响方面的比较研究。“从情节设置、思想意蕴、美学特征等方面揭示尼采的作品尤其是《查拉斯图拉如是说》对《过客》的影响，以深化我们对鲁迅在创作这一作品时的思想状态的理解。”③ 张文娜看到了尼采 *Also Sprach Zarathustra* 中的超人基督对鲁迅《过客》的影响。④ 这里，笔者认为尼采对鲁迅的影响是很大的。我们知道，鲁迅分别用文言文和白话文翻译了 *Also Sprach Zarathustra* 的序言，加之对尼采及其作品的辩证分析，因而受其影响自然是很正常的。

就鲁迅的《过客》与外国其他作品而言，较多的研究者展开了平行研究。王吉鹏、常崇娟从时代背景、思想基础、象征手法等方面对《过客》与《等待戈多》进行了平行比较研究，并总结了下述一些创作规律。“首先，作家要有敏感的神经和较强的社会责任感。既要清醒地认识到所处时代的潮流，又要以一种‘先天下之忧而忧’的心态去提醒世人。艺术第一准则在于为人生。其次，作家应该能不断超越自己固有的理论思想，而向现实多靠近，这种靠拢不应是迁就或适应，而是应带着现实一起飞。再次，艺术家要善于寻找合适的表达方式，既要把思想传达出来，又

---

① 李春林：《鲁迅与世界现代主义文学》，《社会科学辑刊》2000 年第 5 期。

② 檀柯：《轮回、意志与解救——比较〈过客〉和〈查拉图斯特拉如是说〉》，《社会科学论坛》2004 年第 10（B）期。王丽：《守望童心——〈过客〉与〈精神的三种变形〉的比较》，《乐山师范学院学报》2005 年第 3 期。

③ 赵山奎、马啸：《鲁迅的〈过客〉与尼采》，《阜阳师范学院学报》（社会科学版）2006 年第 1 期。

④ 张文娜：《鲁迅的救世精神与尼采的“超人”基督——兼论〈过客〉与〈Also Sprach Zarathustra〉》，《安徽文学》（下半月）2007 年第 8 期。

不脱离读者，而陷入为艺术而艺术之中，不能自拔。”[①] 这反映了鲁迅的创作思想：为人生的艺术。具体说即为文艺是关注现实的，是为大众服务的。鲁迅作品过去是经典，现在是经典，将来还将是经典，其原因，笔者认为就在这里。王吉鹏、鲁春梅从相似的人生经历、文化背景和思想渊源使鲁迅和卡夫卡二人形成了共同的创作动因和思想倾向，并以此为依据对《过客》和《城堡》进行了平行比较研究。[②] 但笔者认为过客与《城堡》主人公 K 之间在性格上有明显的差异是不容忽视的：前者是积极的“走”，后者是荒谬地等待。《希望》中裴多菲的名言是：“绝望之为虚妄，正与希望相同！”这诗句中包含只要行动就有希望的意思。所以，鲁迅笔下过客的“走”，是在追寻“前方的声音”希望。而 K 在“等待”中等待希望，给人的感觉是消极和被动。“卡夫卡的希望也许可以用他在日记中反复出现的一个词语来表述：等待。”[③] 可见，与 K 相比，过客是有主见的，其行动也是有人生意义的。还有，卜绍先将弗罗斯特的《雪夜林边停马》与鲁迅《过客》、王雨海将鲁迅的《过客》与歌德的《流浪人》、陈玲玲将鲁迅的《过客》与易卜生的《凯蒂林》[④] 等所做的平行比较研究，都较为关注作者的思想情感，确切把握不同文本之间的内部异同，进而扩大《过客》的思想与艺术等多种角度的研究视野。

（3）将较多的中外作家作品较为广泛地纳入研究视野中，并与《过客》进行比较的研究。王凡在从屈骚精神看鲁迅《野草》的蕴含中，针对性极强地指出了尼采之“颓”、屈原之“悲”和鲁迅之“苦”的认识[⑤]。王伟力从对加缪、鲁迅、史铁生笔下的命运抗争者形象分析开始，提炼出生命的意义即在过程中完成超越生命的困境。[⑥] 如前所述，鲁迅笔

① 王吉鹏、李春林等：《鲁迅及中国现代文学散论》，吉林人民出版社 2001 年版，第 318 页。

② 同上书，第 321 页。

③ 格非：《鲁迅和卡夫卡》，《当代作家评论》2001 年第 1 期。

④ 卜绍先：《“Promises to keep”与“前面的声音”——弗罗斯特的〈雪夜林边停马〉与鲁迅〈过客〉的比较研究》，《攀枝花大学学报》2001 年第 2 期。王雨海：《我愿为孤独而生——鲁迅〈过客〉与歌德〈流浪人〉比较研究》，《江汉论坛》2004 年第 3 期。陈玲玲：《鲁迅的〈过客〉与易卜生的〈凯蒂林〉》，《枣庄师范专科学校学报》2004 年第 6 期。

⑤ 王凡：《“屈原”与“过客”——从屈骚精神看鲁迅〈野草〉的蕴涵》，《江西教育学院学报》2008 年第 2 期。

⑥ 王伟力：《命运困境中永不停息的前行者——加缪、鲁迅、史铁生笔下的命运抗争者形象分析》，《长春理工大学学报》（高教版）2009 年第 3 期。

下的过客，其实是指现实生活中某一类人物形象的范型，而非具体实指的某一个人。基于此，能抓住类型特点予以抽象意义上的概括，便于微观研究中折射着宏观研究的指导价值。这比将过客指实为某一个人的研究方法更为可取。

所以说，从当下立场来看，上述关于《过客》的研究论文，其重要性主要不在于论述了什么内容，而在于研究者究竟选取了什么样的方式来论述或解读。很明显，研究者在论述中表现了思维意识和研究意识的深刻变化。这和《过客》的研究积累有关，和研究者的认识有关，也和21世纪看问题的新眼光有关。但不管怎么说，《野草》的微观研究是其宏观研究的基础。要想《野草》的宏观研究可持续健康发展下去，那么，其微观研究就需要有条不紊、扎实有序地进行下去。所以，这种微观研究不仅必要而且十分重要，将其视为基础研究是较为妥当的。它毕竟是一个不可忽略的前提和条件。

第二节　“难于直说”带来的分歧
——持续不断的《野草》争鸣的研究

关于《野草》的争鸣，从1925年到2016年，本书以90年的发展历程为脉络，以意识形态的变化、研究观念的变化为背景，对《野草》的争鸣进行分析。在《〈野草〉英文译本序》中，鲁迅阐明了《我的失恋》《复仇》《希望》《这样的战士》《腊叶》《淡淡的血痕中》《一觉》《失掉的好地狱》等八篇代表性散文诗的主旨，其意在表达“因为那时难于直说，所以有时措辞就很含糊了”的意思。而另外十六篇散文诗不在鲁迅列举范围，实际上在写序言时，也不可能篇篇都列举。这为其他研究者提供了广阔的研究空间。鲁迅基于写序言的需要，便举例说明。而研究者在探索“难于直说”或“含糊”的《野草》世界时，因理解不同，而多有争议。就《野草》的文体、表达的情感、“人类”何指、国民党的本质等，以及《题辞》《雪》等具体文本，一些研究者进行了讨论。本文借助于文献法、比较法、讨论法等研究方法，就研究者们之间的争鸣而展开相关的分析和探讨。

一　《野草》体裁的争鸣

在20世纪30年代，一些研究者已经开始注意《野草》的艺术性问题了。他们研究《野草》时，关注到了《野草》的体裁之争。大家熟知，鲁迅是文体家，是创造新形式的先锋。《野草》的创作，是鲁迅进行文体改革的一种尝试。这种尝试，丰富了中国现代文学文体的大花园。但是，研究者在研究《野草》的文体时产生了不小的争鸣。这些争鸣主要有以下几种情况。

（一）散文说

赵艳如的《讽刺性十足的〈野草〉》[①]、王哲甫的《中国新文学运动史》[②]、周作人的《关于鲁迅》[③]、毕树棠的《鲁迅的散文》[④] 等，均一致认为《野草》是散文。

（二）小品文、散文混合说

钱杏邨在《鲁迅——〈现代中国文学论〉》[⑤] 中认为：《野草》是散文集；而在《现代十六家小品》中则认为："鲁迅的小品文，要拿因袭的小品文的观点来论断，那么，《野草》可说是一部最典型的最深刻的人生的血书——小品文集。"[⑥] 李素伯在《小品文研究》中认为，《野草》是"具有讽刺情趣的杂感文，和神秘的象征的诗的散文（指《野草》），也还没有第二个人能及"[⑦]，是"作者不多赐予的珍贵的赠品，极其诗质的小品散文集"[⑧]。王文奇在《略论鲁迅》中认为：《野草》是一部小品文字。[⑨] 此时小品文是较为流行的一种文体。

（三）"东西"说

《雪》中有这样的文字："连续的晴天又使他成为不知道算什么。"有的研究者，面对《野草》的文体，竟然也是"不知道算什么"的，十分茫然。沈从文在《鲁迅的战斗》中认为："《野草》有人说是诗，是散文，

---

① 赵艳如：《讽刺性十足的〈野草〉》，《中国新书月报》1932 年第 6 号。

② 王哲甫：《中国新文学运动史》，傑成印书局 1933 年版，第 176 页。

③ 周作人、周建人：《关于鲁迅》，《年少沧桑——兄弟忆鲁迅（一）》，河北教育出版社 2000 年版，第 235 页。

④ 毕树棠：《鲁迅的散文》，《宇宙风》（半月刊）1937 年第 34 期。

⑤ 钱杏邨：《鲁迅——〈现代中国文学论〉》（第二章），《拓荒者》（月刊）1930 年第 2 期。

⑥ 阿英：《现代十六家小品》，光明书局 1935 年版，第 413 页。

⑦ 李素伯：《小品文研究》，江苏教育出版社 1996 年版，第 66 页。

⑧ 同上书，第 85 页。

⑨ 王文奇：《略论鲁迅》，《河南政治》（月刊）1935 年第 3 期。

那是并无多大关系的。《野草》比其他杂感稍稍不同，可不是完全任性的东西。”[①] 而张翼人在《对照》中则说：“今天我读了你的三篇东西，（因你这一种体裁，有的人说是随笔，又有的说是散文，但也有证之为试笔的，真有点分不清楚，倒不如自己给它名一个‘东西’）。”[②] 根据《野草》的内容，其体裁有时确实难于把握。无独有偶，稍后李长之出版的《鲁迅批判》里也说，“在鲁迅的作品里，形式略为奇特，含义较为深邃，使一般人多少认为难懂的，是《野草》。在我觉得，本书的形式是很不纯粹的”[③]。显然，鲁迅对旧文体的挑战，对文体的创新，对多种文体的涉猎，让同时代那些墨守成规的旧文学家或旧式文人感觉既不适应，又不舒服，便施攻击的伎俩，或做出不恰当的批评。

（四）诗或散文诗说

上遂的《怀旧》[④]、陈紫秋的《谈鲁迅先生的诗》[⑤]、蒋锡金的《鲁迅与诗歌》[⑥] 等文，一致认为《野草》的体裁是散文诗。但李长之在《鲁迅批判》中说：“我不承认《野草》是散文诗集，自然，散文是没有问题的，但乃是散文的杂感，而不是诗。因为诗的性质是重在主观的，情绪的，从自我出发的，纯粹的审美的，但是《野草》却并不如此，它还重在攻击愚妄者，重在礼赞战斗，讽刺的气息胜于抒情的气息，理智的色彩几等于情绪的色彩，它是不纯粹的，它不是审美的，所以这不是一部散文诗集。——要说有一部分是‘诗的’，我当然没有话说。”[⑦] 李长之认为《野草》是散文，其中一部分是诗，这不错，但他没能看到散文与诗的交叉部分。散文诗的本质是什么？它既是散文，又是诗，同时具有散文和诗共同的质素。散文诗是主观情感的流动，既是抒情的，富于深刻的哲思，同时具有美感。在当时，研究者对散文诗的争论不一，有这样那样的理解是情有可原的。当时的一些研究者，能将《野草》界定为散文诗，可以说得上是有先见之明的。

（五）鲁迅、许广平等人对《野草》体裁的定评

在《一觉》与《〈野草〉题辞》的写作之间，于 1926 年 7 月，台静

---

① 沈从文：《沈从文全集》第 16 卷，北岳文艺出版社 2002 年版，第 167 页。

② 张翼人：《给鲁迅》，上海经纬书局民国 24 年版，第 12 页。

③ 李长之：《鲁迅批判》，北京出版社 2003 年版，第 108 页。

④ 上遂：《怀旧》，《新苗》（月刊）1937 年第 13 期。

⑤ 陈紫秋：《谈鲁迅先生的诗》，《国民公论》（半月刊）1939 年第 8 号。

⑥ 景宋、巴人等：《鲁迅的创作方法及其他》，重庆读书出版社 1939 年版，第 78 页。

⑦ 李长之：《鲁迅批判》，北京出版社 2003 年版，第 112 页。

农编写了《关于鲁迅及其著作》这本书。此书收录了由许广平执笔、鲁迅校订的《鲁迅先生撰译书录》一文，并把《野草》划归到“小品”目下。[①] 而写于1931年11月5日的《〈野草〉英文译本序》称《野草》为“小品”。《集外集拾遗补编》中的《鲁迅自传》、《南腔北调集》中的《〈自选集〉自序》、《三闲集》中的《鲁迅著译书目》等则称《野草》为散文诗或散文小诗等。鲁迅与许广平的观点是具有定论性质的，因此是值得我们重视的。

（六）从散文诗这种边缘文体的特点看，《野草》确实是散文诗集

我们从《野草》文本自身表现形式出发，对之可以做出如下分类。有的是以写景为主的散文诗，如《雪》《好的故事》《腊叶》等；有的是以叙事为主的散文诗，如《秋夜》《风筝》《失掉的好地狱》《颓败线的颤动》《死后》《聪明人和傻子和奴才》《淡淡的血痕中》《一觉》等；有的是以说明为主的散文诗，如以“我梦见自己”开头的那七篇说明自己梦境的文章；有的是以议论为主的散文诗，如《求乞者》《影的告别》《题辞》等；有的是以阐发哲理为主的散文诗，如《我的失恋》《复仇》《复仇（其二）》《希望》《这样的战士》等；还有散文诗剧《过客》等。

《野草》所写的内容符合散文诗的特点。一是内容的抒情性。即使偏于叙事的《淡淡的血痕中》也表达了鲁迅强烈的爱憎之情，如“叛逆的猛士出于人间”等诗句，突出了猛士对黑暗统治的憎恨。说明梦境的如《死后》一文，表达了鲁迅对无聊看客的深恶痛绝之情。二是内容的诗意性。《我的失恋》自不必说，单说以剧本形式出现的《过客》，同样充满诗意。在翁客的对话中，老翁接连问了过客诸如你是谁、你从哪里来、到哪里去等一系列富于思索的问题，而过客总是用“我不知道”作答，这一回答构成了读者无限大的诗意想象空间。三是内容的深邃性。如对《影的告别》《希望》《墓碣文》等散文诗内容的争鸣，即可看出《野草》的深奥。四是内容的哲理性。如《野草》中的复仇哲学、希望哲学、辩证哲学、反抗哲学、“走”的哲学、奴才哲学等都充满哲理，启发研究者的哲学思考等。

《野草》所选用的表现形式符合散文诗的特点。一是篇幅短小，结构灵活。篇幅最长的《过客》也不超过3000字，最短的《狗的驳诘》不到200字，全书以短文居多长文则较少。二是广泛运用象征手法，这是整部《野草》的显著特点。在《野草》研究文献中，如老翁、战士、地火等意

---

① 台静农：《关于鲁迅及其著作》，北新书局1926年版，第116页。

象，都有不同的象征含义。用象征手法表达深邃难解的内容，这有助于读者理解《野草》。三是使用场景描写。如鲁迅对《秋夜》室内与室外两个场面的描写，两个求乞者求乞场面的描写，看客围观场面的描写，踏毁小兄弟风筝的场景描写，死火跃出冰谷等有关梦境的场景描写等，都借场景描写间接地表达了某种“难于直说”的情绪。四是使用大量意象表达某种寓意。意象是散文诗必不可少的组成部分，《秋夜》《好的故事》《死后》等散文诗，包含丰富的意象。所以，《野草》简直是一个意象大世界。五是使用长短交错的语言，表达言简义丰的内容。如《复仇（其二）》中有这样一个长句：“他在手足的痛楚中，玩味着可悯的人们的钉杀神之子的悲哀和可咒诅的人们要钉杀神之子，而神之子就要被钉杀了的欢喜。”这句话的主干是：他玩味着悲哀和欢喜。《野草》中出现这种欧化语言风格的句式，很可能与鲁迅翻译外国文学作品有关。而短句则短到一两个字。《死后》中路人们围观死者时说的话便是如此。“死了？……”“嗡。——这……”“哼！……”“啧。……唉！……”话虽短，但路人们的无聊空虚冷漠的表情则神形毕肖地展现出来。

所以《野草》是散文诗集，如今这已成为不争的事实。

二　《野草》心理与情绪的争鸣

许钦文、别尔查·克列布索娃、胡炳光等研究者，关于《野草》蕴含的心理因素、情绪变化等进行的深入而广泛的争鸣，给读者带来诸多思考。

（一）《野草》与《呐喊》二书是面向内心还是面向世界

这个争鸣主要是许钦文的《〈野草〉初探》一文针对捷克学者别尔查·克列布索娃在《鲁迅和他的〈野草〉》中提出的有关观点而展开的争论。

克列布索娃评价鲁迅时说：“如果拿《野草》与《呐喊》相比较，骤看上去，会觉得这两个集子毫不相同，不论在形式上也好，在内容上也好。《呐喊》所包括的是现实主义的故事，描写的是他周围的那个世界，‘他的所见和所闻’。《野草》所包括的则多半是象征性的素描和富有诗意的形象，通过这些素描和形象，可以看到他的内心世界。用一种比喻的说法，人们很可以把这两部作品当作当时的鲁迅的两面：一面是面向世界，观察并分析外界的现实；一面是面向内心，探讨自己内心所存在的问题——这一面是他极其熟悉的，是他自己个人的。要是从这一点来看，这两部作品就是一个不可分割的整体，因为它们所证明的，是鲁迅当时在两个方面所作的斗争：一方面是向外界现实作斗争，向社会上存在的罪恶与不良制度作斗争；一方面是向他自己的内心作斗争，向他自己，向他自己的悲观主义、缺乏信心和消极失望作斗争。”① 很明显，克列布索娃认为《野草》是面向内心的，《呐喊》是面向世界的，二书是不相协调的。对此，许钦文不仅提出与之相反的观点，“有些人以为《野草》的格调悲观、怀疑，同《呐喊》很不协调。他们把这两部作品认作当时鲁迅先生的两面：一面是面向世界，观察并分析外界的现实；一面是面向内心，探讨自己内心存在的问题。这种看法，我以为是不恰当的”②，而且具体论证之。许钦文认为，除《题辞》外，《野草》中的——《我的失恋》《复仇》《希望》《这样的战士》《腊叶》《淡淡的血痕中》《一觉》《失掉的好地狱》《狗的驳诘》《立论》《聪明人和傻子和奴才》《死后》——“大半的篇幅都是‘面向世界’而不是‘面向内心’的”，而《呐喊》中的《一件小事》就是“面向内心”的。③ 许钦文的观点表明：《野草》与《呐喊》是协调一致的。后来，许钦文在《〈野草〉再探》中重申了这一观点。“《野草》大半的篇幅‘面向世界’，而不是‘面向内心’的；《呐喊》也有好些篇‘面向内心’，两者并非不协调。”④ 曾华鹏认为鲁迅“面向内心”的更根本的目的，是为了“面向世界”。⑤ 秦德林在《革命风云和艺术家的苦闷》一文中也呼应了许钦文的观点，认为：“许钦文先生反对将《野草》说成写内心的，对我们全面理解《野草》的意义是有价值的。”⑥《野草》时期，面对鲁迅思想上存在的问题，周绍曾则认为，用“面向世界”或“面向内心”的说法是不能给出令人满意的解释的⑦。之所以出现这种争鸣，就在于研究者划分标准不统一，各说各话，各人持各人的立场而造成的。

我们知道，科学研究适合于采用标准分明的研究方法，与之不同的是，文学的研究更适于采用模糊的研究方法。只不过小说集《呐喊》中“面向世界”的文字多一些罢了，但也有自我解剖和自我批判的文字，如

---

① ［捷克］别尔查·克列布索娃：《鲁迅和他的〈野草〉》，《文艺报》1956 年第 20 期增册（总 166 期）。

② 许钦文：《〈野草〉初探》，《文艺报》1959 年第 24 期。

③ 同上。

④ 许钦文：《〈野草〉再探》，《文艺报》1962 年第 10 期。

⑤ 华鹏：《释〈墓碣文〉——〈野草〉初探之一》，《扬州师院学报》1961 年第 11 期。

⑥ 秦德林：《革命风云和艺术家的苦闷——论二十年代的鲁迅和他的〈野草〉》，《南京大学学报》（人文科学版）1963 年第 1 期。

⑦ 周绍曾：《从鲁迅前期思想发展看〈野草〉》，《河北大学学报》1962 年第 2 期。

《一件小事》。而散文诗集《野草》中虽有许钦文列出的“大半的篇幅都是‘面向世界’”的诗篇，但其“面向内心”的文字也不少，高长虹认为鲁迅的《秋夜》是“入于心”的，实际上是一针见血地抓住了鲁迅内心苦闷的这一面。在文学研究中，作品内部和作品外部能截然分离吗?

（二）从《呐喊》到《彷徨》，鲁迅的思想是否有过消极变化

这是胡炳光《关于〈呐喊〉〈彷徨〉和〈野草〉——和许钦文先生商榷》同许钦文《〈野草〉初探》之间展开的争鸣。这两文在以下争鸣三和争鸣五中也将谈到。

这个争鸣点在于鲁迅思想的消极与否。许钦文认为：“《彷徨》写在《呐喊》以后，重在对资产阶级和小资产阶级缺点的暴露。当时鲁迅先生还不是阶级论者，没有完全站在无产阶级的立场来发掘资产阶级的病根，不如在写《呐喊》时对于封建思想暴露得彻底。可能因此使他觉得‘战斗的意气却冷得不少’。”[①]《彷徨》时期，虽然“战斗的意气却冷得不少”了，但仍有战斗的意气。在许钦文看来，《彷徨》就是鲁迅战斗思想的表现。为了进一步印证自己的观点，许钦文找出了鲁迅作品中革命的一面。“为着‘催人留心，设法加以疗治’而暴露旧社会的病根，就是要唤醒民众起来革命。这从《呐喊》到《野草》，是一直贯串着的。……我总觉得，鲁迅先生的作品里，处处流露着这样的呼声：社会已经坏到这个样子，谁也没有出路了，还可以不就起来革命么!”[②]这里，如果说“从《呐喊》到《野草》，是一直贯串着”革命精神，是毫无问题的，但在“我总觉得……还可以不就起来革命么!”这一句话中，研究者流露出了个人的主观推断和人为评判的色彩，力图把尚未发生将要发生的“还可以不就起来革命么!”想象成一个已经发生的既定的事实，这违背了论文的真实性、有效性的原则。不仅如此，研究者还进一步强化了《彷徨》的革命性。“鲁迅先生的作品，由《呐喊》而《彷徨》，是由主要反帝反封建进而也揭露资产阶级的软弱性。这在作品思想内容的革命性上，可以说是逐步提高的。”[③]即是说，《彷徨》思想内容的革命性是高于《呐喊》思想内容的革命性的。而研究者同时也说：“《彷徨》写在《呐喊》以后……不如在写《呐喊》时对于封建思想暴露得彻底。可能因此使他觉

① 许钦文：《〈野草〉初探》，《文艺报》1959年第24期。

② 同上。

③ 同上。

得‘战斗的意气却冷得不少’。”[①] 在这里，《彷徨》的战斗气息是不如《呐喊》的战斗气息强烈的。因此在同一篇研究论文中，出现了前后矛盾的问题。但许钦文的观点很明确：《彷徨》是战斗的。

孙龙父还有一种观点，是和许钦文有同有异的。他批评了许钦文“只取一端”的极端做法，并在批评中表达了自己面对鲁迅作品时的价值取向，因此也值得注意。孙龙父说：“《彷徨》中的某些作品如《孤独者》《伤逝》等诚然都有比较浓厚的感伤情调，但更多的作品也还是锋芒四射，不减当年的斗志的。”[②] 他认为《彷徨》的主体内容的战斗性是不减当年的。而许钦文“只取一端”，即只看到了“《野草》的创作构思一般在《彷徨》以后”[③]，却忽视了构思写作较早的《热风》《坟》等杂感集中存在的《野草》部分诗篇的主题和意境[④]，等等。所以，研究《野草》时，我们把这部散文诗集放在鲁迅作品中、鲁迅思想中、具体社会环境中、中外作家作品中才能做到较为全面地把握，也有效地防止了以偏概全的问题。

胡炳光则认为，从《呐喊》到《彷徨》，鲁迅的思想是有过消极变化的。胡炳光以《呐喊》和《彷徨》中的部分作品为例，论述了《呐喊》的主调是积极的，而《彷徨》的主调则是更消极的。“这些都表现出《呐喊》具有积极战斗的精神和乐观主义精神。自然由于世界观的局限，《呐喊》也流露出一些悲凉消极的情绪，但它远不如后来写的《彷徨》那样浓重，虽然《彷徨》的基本精神仍是革命的、战斗的。”[⑤] 由此即知，《彷徨》中鲁迅的消极悲凉的情绪是远比《呐喊》要浓重的。

笔者认为，鲁迅“在写《呐喊》时对于封建思想暴露得彻底”的原因，一是鲁迅生活在封建社会中，深受封建思想的毒害，受到的毒害越厉害，反抗起来也就越厉害。哪里有压迫，哪里就有反抗。哪里压迫得越厉害，哪里反抗得就越厉害。二是反封建是五四新文化运动的核心。《呐喊》从第一篇《狂人日记》于1918年5月发表在《新青年》起，到《社

---

① 许钦文：《〈野草〉初探》，《文艺报》1959年第24期。

② 孙龙父：《如何理解鲁迅〈野草〉的思想性、战斗性》，《扬州师院学报》1961年第11期。

③ 许钦文：《〈野草〉初探》，《文艺报》1959年第24期。

④ 孙龙父：《如何理解鲁迅〈野草〉的思想性、战斗性》，《扬州师院学报》1961年第11期。

⑤ 胡炳光：《关于〈呐喊〉〈彷徨〉和〈野草〉——和许钦文先生商榷》，《文艺报》1962年第10期。

戏》为止，经历了这一场新文化运动的风暴，自然就会体无完肤地暴露和抨击封建思想。而写《彷徨》时，鲁迅“对资产阶级和小资产阶级缺点的暴露”不够彻底的原因，主要是鲁迅对资产阶级和小资产阶级的思想意识、生活方式、风俗习惯了解得少，不像揭批封建思想那样能立即触及关节点。而将两种不同思想意识的结果放在一起比较，是不是有一种比较的标准不统一的嫌疑呢？

在辨析《野草》研究中有争议的问题时，论及《呐喊》与《彷徨》，研究者意在说明《野草》中寓有鲁迅的情绪变化。

（三）《彷徨》中是否存在某些悲观和消极的情绪

许钦文在《〈野草〉初探》中，认为《彷徨》中不存在某些悲观和消极情绪。“在这里，我们还得认定，鲁迅先生写《彷徨》的时候，并非彷徨于前进还是后退，也不是怀疑到了要不要继续战斗。他并不消极，也不悲观。”[①] 由此可知，在《彷徨》中，鲁迅的不彷徨、不怀疑、不消极，不悲观的情绪是明显的。而胡炳光《关于〈呐喊〉〈彷徨〉和〈野草〉——和许钦文先生商榷》一文认为，在《在酒楼上》《孤独者》《伤逝》中，鲁迅表达了对悲惨遭遇的同情。“作者的悲观、消极情绪也在作品中有所流露。”[②] 即是说，《彷徨》中存在某些悲观和消极情绪。

但笔者认为，《彷徨》中流露了某些悲观和消极的情绪，然而鲁迅很快跳脱出来，反抗悲观反抗虚无追求亮色的生命世界。小说中与祥林嫂、吕纬甫等人物形象有不同的人生道路的“我”，隐藏着抗争意识，寄托着鲁迅的积极理想。在《野草》里，《颓败线的颤动》中的老妇人于无言中两手举向天空、过客不停息地走下去、战士不断地举起投枪等，都表明了他们的一种反抗精神，进而努力地求索着自己未来的人生道路。

《彷徨》与《野草》的创作时间基本一致。鲁迅在《彷徨》中流露的情绪，不可能不渗透在《野草》中。

（四）《彷徨》是战斗的还是彷徨的

许钦文认为，《彷徨》是战斗的，这在上文就已经论述过了。且鲁迅先生写《这样的战士》，除“有感于文人学士们帮助军阀而作”[③] 外，许

---

① 许钦文：《〈野草〉初探》，《文艺报》1959 年第 24 期。

② 胡炳光：《关于〈呐喊〉〈彷徨〉和〈野草〉——和许钦文先生商榷》，《文艺报》1962 年第 10 期。

③ 鲁迅：《鲁迅全集》第 4 卷，人民文学出版社 2005 年版，第 365 页。

钦文认为是“更有提倡这种战士，希望有志青年起来这样战斗的意思”[①]的。这里，鼓舞激励、号召作战的目的是很明显的。而胡炳光坚持《彷徨》既是战斗的也是彷徨的。鲁迅的《题〈彷徨〉》写道：“寂寞新文苑，平安旧战场。两间余一卒，荷戟独彷徨。”[②] 这首诗的大意是：于新文苑中寂寞，于旧战场上平安。于新文苑中和旧战场上剩余一士卒，于独彷徨中荷戟。此诗表明即使独自彷徨但依然战斗。但在《从〈好的故事〉看〈野草〉》中，许钦文说，“并非彷徨于要不要战斗，只是因为敌众我寡，一时彷徨于先对付哪一方面的敌人，要继续战斗是无疑的”[③]。最后的分句，研究者想要强调《题〈彷徨〉》诗的战斗性，却先说了“并非彷徨于要不要战斗”一句，即彷徨于要战斗或彷徨于不要战斗，这并不主要，也不是所要强调的。前后的不一致，只能降低论证的可信度，让读者对这一论证产生怀疑。所以，胡炳光在《关于〈呐喊〉〈彷徨〉和〈野草〉——和许钦文先生商榷》中对此提出了批评。“这是模棱两可，抹煞战斗与彷徨的界限，表面上似乎在强调鲁迅的战斗精神，实际上是在贬低它。因为按照许先生的说法，鲁迅的战斗方向是不明确的，他的战斗也是没有力量的。”[④] 科学研究论文的论述应保持前后照应相互一致，而不是互相抵牾，这样才能保证议论的严谨，更具说服力。

这些争鸣，看似是研究者围绕《彷徨》而争论不休，其实质仍在指向《野草》文本，用《彷徨》的争鸣来衬托《野草》的争鸣，确证《野草》蕴含战斗精神的气息。

(五)《野草》到底有没有悲观消极的情绪

这是在胡炳光《关于〈呐喊〉〈彷徨〉和〈野草〉——和许钦文先生商榷》和许钦文《〈野草〉初探》两文之间展开的争鸣。

许钦文认为：《野草》没有悲观消极情绪。分析完《影的告别》《过客》等诗篇的消极思绪后，许钦文说：“我们不应该就此认定，作者鲁迅先生自己，是在怀疑什么，甚而至于悲观、消极。这同在《呐喊》和《彷徨》上写的没有什么两样，也是为着‘催人留心，设法加以疗

---

① 许钦文：《关于〈这样的战士〉》，《文学知识》1960 年第 6 期。

② 鲁迅：《鲁迅全集》第 7 卷，人民文学出版社 2005 年版，第 156 页。

③ 许钦文：《从〈好的故事〉看〈野草〉》，《新港》1960 年第 10 期。

④ 胡炳光：《关于〈呐喊〉〈彷徨〉和〈野草〉——和许钦文先生商榷》，《文艺报》1962 年第 10 期。

治'。"[①] 这表明，鲁迅在《野草》中不怀疑、不悲观、不消极的情绪，和《呐喊》《彷徨》中的不怀疑、不悲观、不消极的情绪是一样的。但实际上，"没有什么两样"的说法是值得怀疑的。因为，一是体裁不同；二是写作时间不尽完全相同，表达的思想也就有相应的变化。而胡炳光在承认《野草》战斗性的同时，又提出了与许钦文相反的意见，在《关于〈呐喊〉〈彷徨〉和〈野草〉——和许钦文先生商榷》中举出鲁迅相关作品的具体实例后，认为：《野草》有悲观消极情绪。"我们承认《野草》的基本精神是革命的、战斗的，但也不能否认其中某些作品的确流露出较为浓重的彷徨、悲观、消极以至于虚无的情绪；这种不健康的情绪，又主要表现在1924年至1925年，和创作《彷徨》同时的某些作品中。"[②] 胡炳光能一分为二地认识《野草》，这是可取的做法。这样，我们才能看到《野草》中的地火、枣树、影、战士、过客、死火、傻子、猛士、"魂灵被风沙打击得粗暴"的青年，等等，他们都前赴后继，勇于战斗，奉献牺牲，在"似路非路的痕迹"上抛头颅洒热血地战斗生活，同时也能看到两个孩子这样的求乞者、失恋者的爱呀死呀、旁观者的冷漠无情、老翁的因循守旧、聪明人的花言巧语、奴才的奴性十足等。与胡炳光遥相呼应的曾华鹏，也提出了和许钦文相异的观点，认为许钦文的"论断也是不够确切的，它离开了作品的社会背景，忽视了作家思想的变化，同时也离开了作品的实际"[③]。可见，社会背景、作家思想、作品本身等都是评价作品时不可忽略的重要因素，否则容易导致偏颇。

总之，笔者虽用了一些笔墨引述、分析《野草》争鸣中出现的《呐喊》和《彷徨》的争鸣情况，但主要用意却是要以此衬托《野草》心理与情绪的争鸣，更好地评论《野草》心理与情绪的争鸣，以便于读者更好地理解《野草》心理与情绪的争鸣状况。

三 《失掉的好地狱》的争鸣

1985年，李何林油印了《〈野草〉研究中的几个分歧意见》。1990年，王瑶、李何林合作出版了《中国现代文学及〈野草〉〈故事新编〉的争鸣》一书。其中，李何林论及了关于《野草》的一些争鸣。如对《失

---

① 许钦文：《〈野草〉初探》，《文艺报》1959年第24期。

② 胡炳光：《关于〈呐喊〉〈彷徨〉和〈野草〉——和许钦文先生商榷》，《文艺报》1962年第10期。

③ 华鹏：《释〈墓碣文〉——〈野草〉初探之一》，《扬州师院学报》1961年第11期。

掉的好地狱》一文，李何林与石尚文、邓忠强就某些理解存在分歧意见，他们之间就此展开了争鸣。他们的争鸣点有二：一为“人类”是不是指当时的国民党反动派？二为在 1925 年 6 月时鲁迅能否预见到未来的国民党反动的本质？这里，我们以 1975 年的《鲁迅〈野草〉注解》与 1982 年石尚文、邓忠强的《〈野草〉浅析》中相关内容为范本，对之作以具体分析。

（一）李何林的“人类”内涵

李何林明确了“人类”即国民党右派，并预见了他们上台后将比魔鬼般的北洋军阀政府更凶残。《失掉的好地狱》“试解”一文的开头认为：“‘我’梦见自己‘在荒寒的野外，地狱的旁边’。——这是旧社会的形象，勿论是北洋军阀的统治，还是即将到来的国民党右派统治，都是这样。作者当时见了一些‘还未得志’的国民党右派‘英雄们’，通过了他们的‘夸夸其谈’的‘雄辩’和对人对事的狠辣手段（辣手），以及他们一旦得志的‘脸色’和‘语气’（譬如自私自利的、狂妄自大的，等等），预感到将来他们的统治和北洋军阀的统治一样是地狱，都同样应该‘失掉’。”[①] 即是说，魔鬼象征北洋军阀，失败了，塌台了；人类象征国民党右派，而作为英雄形象的人类终于得志了，战胜魔鬼了，取得了地狱的统治权。而人类统治地狱后，其残暴、凶狠的程度远远超过了魔鬼统治地狱时的状况。《失掉的好地狱》“试解”一文的结尾进一步印证道：“当时作者所在的北方军阀统治，确实是一个人间地狱；有些绅士、学者、正人、君子则在维护它，反对改革，反对不满现状，岂不是说是一座好地狱吗？但对于当时已开始和北洋军阀在争夺这地狱的统治权的国民党右派，作者也预感到将来他们的统治，不会比军阀们更好。这预感是惊人的！”[②] 即是说，国民党右派在国民党内部不断制造分裂，一方面反对国共两党之间的合作，另一方面反对孙中山制定的某些国策；鲁迅预见他们上台后，只能比北洋军阀更糟糕。孙中山逝世后，国民党右派确实暴露了异常丑恶的嘴脸。李何林同意鲁迅的这一预见。《失掉的好地狱》“注解”一文的“注释①”写道：“《〈野草〉英文译本序》，‘所以，这也可以说，大半是废弛的地狱边沿的惨白色小花（指《野草》23 篇——何林），当然不会美丽。但这地狱也必须失掉。这是由几个有雄辩和辣手，而那时还未得志的英雄们的脸色和语气所告诉我的。我于是作《失掉的好地狱》’。‘废

① 李何林：《鲁迅〈野草〉注解》，陕西人民出版社 1975 年版，第 144 页。

② 同上书，第 147 页。

弛的地狱’是指当时北洋军阀统治的中国，废弛，是松懈、败坏的意思。‘英雄们’是指当时还未取得统治权的国民党反动派的有些人，例如右派冯自由派在孙中山北上（1924年冬）和逝世（1925年3月12日）之际，在北京另立党部，造谣挑拨，进行破坏活动。在南方则有反动的戴季陶主义，也影响北方。右派‘西山会议派’（谢持、邹鲁、张继、林森等）很早就反对国共合作，反对孙中山的联俄、联共、扶助农工的三大政策和新三民主义；孙逝世后他们更猖獗。西山会议虽然到1925年11月才在北京西山召开，但他们的党徒在这之前业已到北京了。”① 所以，“人类”即国民党右派。

（二）石尚文、邓忠强的“人类”内涵

他们明确了1927年“四一二”之后的“人类”即蒋介石，但不同意1927年“四一二”之前的“人类”即国民党反动派这一说法。同时，他们根据鲁迅的有关文章，认为鲁迅是肯定和赞许孙中山领导的国民党所从事的进步的革命运动；且1925年6月时，鲁迅不可能预见到未来的国民党能表现出反动的本质。在《〈野草〉浅析》一书中，《捣毁地狱的深沉呐喊》一文的结尾说：“关于本文内容的理解，有的认为诗中的‘人类’是指国民党反动派，诗的第一段写的地狱景况，是‘即将到来的国民党反动统治’中国的景况，‘人类’战胜魔鬼，就是国民党反动派战胜军阀。并且指出‘对于已开始和北洋军阀在争夺这地狱的统治权的国民党反动派，作者也预感到将来他们的统治，不会比军阀们更好。这预感是惊人的！’这种理解离开了作者的原意。写作此文的时间是一九二五年六月，这时的国民党是孙中山先生领导的（鲁迅写作此文在孙中山先生逝世后三个月）。孙中山先生在中国共产党的帮助下，于一九二四年一月召开了国民党第一次全国代表大会，改组了国民党，确立了联俄、联共、扶助农工的三大政策，使革命形势迅速发展。鲁迅对孙中山领导的国民党革命运动深为赞许。一九二六年三月，曾作《中山先生逝世后一周年》一文，称赞孙中山先生的革命精神；一九二七年四月八日，还应邀到黄埔军校做了题为《革命时代的文学》的著名讲演。在这次讲演中，曾热情洋溢地说：‘中国现在的社会情状，止有实地的革命战争，一首诗吓不走孙传芳，一炮就把孙传芳轰走了。’蒋介石的反革命面目是一九二七年‘四一二’叛变才完全暴露出来的。说一九二五年的鲁迅，就识破了当时还并没有表现出来的国民党反动派，显然违反了唯物主义的认识论，是缺乏

① 李何林：《鲁迅〈野草〉注解》，陕西人民出版社1975年版，第141—142页。

事实根据的。"[1] 石尚文、邓忠强认为李何林的理解是错误的，是背离鲁迅原意的。

李何林与石尚文、邓忠强之间产生的争鸣，笔者认为如下一些原因不可忽视。(一) 他们切入问题的角度不同，观点和结论自然不同。李何林认为"人类"或"未得志的英雄们"指国民党右派：上文刚提到的右派冯自由派、南方的反动的戴季陶主义、右派"西山会议派"(如谢持、邹鲁、张继、林森等)，但未提及蒋介石。而石尚文、邓忠强认为 1927 年"四一二"之后的"人类"即蒋介石，但不包括李何林所说的右派冯自由派……林森等。研究者们都看到了这一点：国民党内部是派别林立、争权夺利、内讧纷起的；尤其是孙中山逝世之后，这种派系斗争加剧了。但更应该注意到：国民党右派是以蒋介石为首的。事实上，蒋介石千方百计，终于控制了国民党的军权，为进一步控制国民党的政权铺平了道路。如果既不加区分党派之间的关系也不注意党派内部的联系，自然就会看法不同的。鲁迅从现实生活中，注意到了没有取得统治权的国民党右派表现出来的种种劣迹，才做出了《〈野草〉英文译本序》中相关的判断。据此，李何林圈定了他所认定的国民党右派的范围。而石尚文、邓忠强忽视了李何林笔下所指的国民党右派的范围，只注意到了 1927 年"四一二"之后的"人类"专指蒋介石。于是，他们之间便自然地产生了争鸣。而鲁迅笔下的"未得志的英雄们"即指国民党右派的全体，或广泛地说成国民党反动派也可，但并不包括宋庆龄等国民党左派人士。因此，笔者认为李何林的观点是较为妥当的。(二) 蒋介石发动"四一二"反革命政变和"四一五"大屠杀，是需要一个较长时间的准备过程的。蒋介石的反革命政变或大屠杀可能在瞬息之间完成，但蒋介石为实施这些反革命活动必须制订万无一失的周密计划，这是瞬息之间无法完成的。能不能注意到"四一二"之前蒋介石秘密准备反共的情况，也就决定了 1925 年 6 月时鲁迅能不能预见到未来的国民党反动的本质。(三) 石尚文、邓忠强看重的是积极改革、勇于创新、谋求发展的孙中山领导的国民党，而不是蒋介石领导的国民党，因没注意到国民党右派就更谈不上国民党右派领导的国民党。忽视了这些原因，就很容易引起争鸣的。

四 《题辞》的争鸣

散文诗《题辞》写于充满血腥气味的 1927 年 4 月 26 日。而对于

---

① 石尚文、邓忠强：《〈野草〉浅析》，长江文艺出版社 1982 年版，第 112—113 页。

《题辞》在《野草》出版时由谁抽掉这一问题的研究，研究者们各执一词。20世纪40年代雪苇的《〈野草〉的〈题辞〉》先后发表于1942年延安出版的《文艺月报》和1946年2月27日重庆的《新华日报》上。经过十年，于1952年1月10日，《文艺报》第一期发表了孙机的《对雪苇〈野草〉的〈题辞〉的意见》和雪苇的《写在孙机同志的批评之后》两文。两位研究者之间的观点截然相反，遂产生争论。雪苇认为，《野草》中的《题辞》是鲁迅先生自己抽掉的①，并对之进行了相应的论述与评价；而孙机则认为，雪苇"所叙述的情况和他所加给《题辞》的评价，是极不符合历史事实的一种对鲁迅先生的荒唐的曲解"②。实际上，鲁迅在写给邱遇、夏传经的信中对抽掉《题辞》的事曾做过交代。"《野草》的题词，系书店删去，是无意的漏落，他们常是这么模模糊糊的——，还是因为触了当局的讳忌，有意删掉的，我可不知道。"③ 之后不到三个月的时间，鲁迅对此做了进一步的说明。"《竖琴》的前记，是被官办的检查处删去的……《野草》的序文，想亦如此，我曾向书店说过几次，终于不补。"④ 书店为了继续经营而不被查封，自然不敢违背官办的检查处，只好被迫删除《题辞》。就此，二人在这三篇论文中围绕以下几个主要问题展开了争鸣。

（一）关于《题辞》写作动机的争鸣

雪苇仅看到了《题辞》中光明的一面，便认为"鲁迅先生写这《题辞》的时候，是曾经饱满地、热情地从如是信念出发：（一）革命快冲倒一切，大时代快来了；（二）所以，自己在黑暗里的战斗，也将成为过时的了，那种战争，将再无'生存'的必要；（三）为此，即令自己底这些过去单身为大革命在异地苦斗的功绩被革命所忽视，也不在乎"⑤。雪苇的笔下，革命似乎马上就要成功，于此认为此时的鲁迅便也一定会盲目乐观起来的。但孙机发现鲁迅《题辞》的写作动机并非如此，认为事实同雪苇"所说的完全两样！"，鲁迅先生绝不像雪苇"所描写的那样'天真'，在政治生活上那样迟钝和无知"，其"目光是犀利的"⑥。因为鲁迅

---

① 雪苇：《〈野草〉的〈题辞〉》，《新华日报》1946年2月27日。

② 孙机：《对雪苇〈野草〉的〈题辞〉的意见》，《文艺报》1952年第1期。

③ 鲁迅：《鲁迅全集》第13卷，人民文学出版社2005年版，第589页。

④ 鲁迅：《鲁迅全集》第14卷，人民文学出版社2005年版，第32—33页。

⑤ 雪苇：《〈野草〉的〈题辞〉》，《新华日报》1946年2月27日。

⑥ 孙机：《对雪苇〈野草〉的〈题辞〉的意见》，《文艺报》1952年第1期。

“看透了造化的把戏”，看透了当时国民党反动派的丑恶面目，写下的《题辞》是“对于反动派统治的暴行的愤怒的抗议。……但对于革命的力量，他仍然吐出了诚挚的热情的言语”[①]。对于同一篇《题辞》而言，研究者们对鲁迅写此文的动机的认识却如此不同。毕竟，鲁迅的写作动机应该是固定的。而从他们的研究来看，笔者认为孙机的研究更接近鲁迅的本意。

（二）关于鲁迅写作《题辞》时所处社会环境的争鸣

雪苇在分析《题辞》的内容时说：“‘地火’即将冲出地面，烧尽这一切！虽然那时‘野草’也会同时失去其现实的作用，因为既然已在摧毁了一切黑暗统治的新社会里，自毋须‘野草’式的战斗了。然而自己也同样是愿意的，因为新的时代终于到来，毁灭了那般‘僵尸的统治’。……现在自还不是大时代，但大时代就快来到，现刻正是过渡的时候。”[②] 这里，雪苇热情洋溢地预见了《野草》存在的未来美好社会，描绘了一个极端光明的社会环境。但雪苇忽又转笔，让鲁迅便变得沉重起来。“鲁迅先生的这一团高兴，乐观，显然是立即便上了一个大当：‘地火’并未作烧尽的喷出，而是给出卖了！过去的高兴，只显得是可笑的。对于这次的上当，他感到极端的沉痛。”[③] 但孙机在论文中，分明地勾勒了《题辞》是以国民党反动派制造的白色恐怖和血腥屠杀为社会背景的。我们知道，这时的国民党反动派为实行独裁统治，排斥异己，开始清党。革命遭封杀，同伴的星散，理想的破灭，个人的孤独奋战，鲁迅在《题辞》中怎能不对此流露出愤怒和痛苦？鲁迅曾说：“住了两月，我就骇然，原来往日所闻，全是谣言，这地方，却正是军人和商人所主宰的国土。”[④] 广州并非鲁迅当初想象的——革命烈火如火如荼，青年豪情气冲云霄——那么美好，其现实令鲁迅极端失望。这样的局面，鲁迅哪能会有快乐而言呢？

（三）关于《题辞》中鲁迅内心情感反映的争鸣

雪苇认为：“《野草》的风格，便是轻快的、热情的外露，这在鲁迅先生历来的作品中，也极少有。”[⑤] 这只看到了《题辞》中所反映的轻快

---

① 孙机：《对雪苇〈野草〉的〈题辞〉的意见》，《文艺报》1952 年第 1 期。

② 雪苇：《〈野草〉的〈题辞〉》，《新华日报》1946 年 2 月 27 日。

③ 同上。

④ 鲁迅：《鲁迅全集》第 4 卷，人民文学出版社 2005 年版，第 98 页。

⑤ 雪苇：《〈野草〉的〈题辞〉》，《新华日报》1946 年 2 月 27 日。

与热情，这也只是鲁迅一种心境的外化，而且有其生成的相应的特殊历史环境；在某一个时期内看，这似乎当然不错。而孙机与此相反，认为：《野草》中鲁迅的内心情感是“悲愤，憎恶，反抗而痛苦的”①。孙机从《题辞》中论及了雪苇所忽视的另一面，即恨而生反的思想情感。笔者认为，《题辞》中所反映的鲁迅的情感，乐观热情为次，“悲愤，憎恶，反抗而痛苦”则是《题辞》的主导内容，写鲁迅的热情，有烘托鲁迅内心异常痛苦、苦闷之意。而雪苇于《写在孙机同志的批评之后》一文中引用《鲁迅先生年谱》的相关文字是：“四月（一九二七）十五日，赴中山大学各主任紧急会议，营救被捕学生，无效，辞职。”② 这引用是有某种用意的，其意在说明，一是鲁迅以积极姿态营救进步学生，二是说明雪苇自己比孙机较早地使用这句引文。

（四）因《野草》删除了《题辞》而引出了是否与《路》有某种内在联系的争鸣

孙机认为：《路》是鲁迅批判那些“变节投降甘于给国民党做文艺特务来删书的鹰犬”③。而雪苇的《写在孙机同志的批评之后》则认为：《路》“批判的对象是那时一部分自号为‘无产阶级革命文学家’的、小资产阶级出身的革命知识分子们”④。看过《三闲集》中的《路》之后，大家便和雪苇一样有同感：这是鲁迅批判某些革命文学家的一篇杂感。正如雪苇所说，把《路》与《致夏传经》的信“拉扯在一起”是不合适的。

关于《野草》中《题辞》被删于何时何版，雪苇和孙机的观点都值得商榷。雪苇认为：“不始自四版，定始自五版。”⑤ 而孙机认为：“至一九二八年初，《野草》在上海印行第四版的时候，《题辞》却不见了。”⑥ 实际并非如此。“当我们逐版检查《野草》的时候，发现从一九二七年七月北京北新书局初版，到一九三〇年五月六日上海北新书局第六版，各版《野草》都是有《题辞》的，只是到了一九三一年五月上海北新书局第七版时才没有《题辞》。”⑦ 由此可见，雪苇和孙机的看法自然都站不住

① 孙机：《对雪苇〈野草〉的〈题辞〉的意见》，《文艺报》1952 年第 1 期。

② 同上。

③ 同上。

④ 同上。

⑤ 雪苇：《〈野草〉的〈题辞〉》，《新华日报》1946 年 2 月 27 日。

⑥ 孙机：《对雪苇〈野草〉的〈题辞〉的意见》，《文艺报》1952 年第 1 期。

⑦ 红耘：《〈野草·题辞〉被抽的时间和背景》，《齐鲁学刊》1980 年第 1 期。

脚了。

《题辞》的内容蕴藏着鲁迅鲜明的政治立场。国民党的书报检察机关时刻窥视着鲁迅的一举一动，自然不会放过这篇《题辞》的，当然强令删除它。雪苇和孙机虽都站在进步立场上，但对《题辞》做出截然不同的阐释，意在说明他们认识问题的方法和角度有很大差异。雪苇偏重《题辞》中鲁迅外露的政治热情，孙机则强调《题辞》内心的政治苦闷与阶级反抗意识。虽然雪苇的《〈野草〉的〈题辞〉》还有一些不足之处，但其勇于求知、积极探索的精神是可贵的，并且给我们带来了有益的启示：不要偏颇片面认识问题，而应全面完整地分析问题，这样得出的结论才能较为可靠。

五 《雪》的争鸣

和此前宏观研究、微观研究发展呈现趋同态势的是，20 世纪 80 年代的《野草》微观研究，与鲁迅百周年诞辰、改革开放、研究者的自觉研究意识等同样密不可分。关于散文诗《雪》文本内容、形式等方面的激烈争鸣，在本时期《野草》研究中影响较大。窥一斑而见全豹，虽然有时存在片面性的认识，但 20 世纪 80 年代前期人们对《雪》的研究，各执一词，激烈纷争。这固然和研究者认识问题选取的视角有关，但足以说明《雪》文本充满丰富的含义。正因为有了这多义的内涵，才使得研究者在各自理解的层面上择取所需，针对相关问题而有所评论。

（一）对《雪》的意象与文体议论不一

1. 研究者对“江南的雪”与“朔方的雪”意象等问题理解方面的矛盾与分歧

同一研究者自身存在着理解上的分歧。如曲辰最初在《谈鲁迅的散文诗〈雪〉》中认为：“鲁迅直接写‘江南的雪’笔墨并不算多，大量的文字倒是写了儿童塑雪罗汉的情景。”① 而后的《再谈〈雪〉答李允经金钦俊二同志》不同意那种赞美“朔方的雪”的观点：“标题是《雪》而不是《朔方的雪》，作者写的是两种雪，而且写‘江南的雪’占了全文篇幅的大半，这些全成为陪衬，恐怕太多了一点。”② 曲辰这两文的观点完全相反。面对《雪》中江南的雪景，能够看出鲁迅对其描写所用笔墨力度的多少，这是不错的。无论如何，描写江南雪的文字

---

① 曲辰：《谈鲁迅的散文诗〈雪〉》，《破与立》1979 年第 3 期。

② 曲辰：《再谈〈雪〉答李允经金钦俊二同志》，《齐鲁学刊》1982 年第 5 期。

量是固定的。面对南雪，既说“不算多”又说“占了全文篇幅的大半”，则见出前后论证情形是不一致的。对于有争议的问题进行辩论是必要的，不断地辩论将使得模糊的问题日益明朗化，但前后的论证保持一致同样是必要的。

不同研究者之间存在着理解上的分歧。振甫的《读鲁迅的〈雪〉》与曲辰的共鸣之处，是对南雪的详加赞美。“鲁迅为什么怀念南方的雪呢？因为江南的雪，‘那是还在隐约着的青春的消息’，是在怀念‘青春的消息’，所以写了江南雪里的各种色彩鲜艳的花。”[①] 与曲辰的不同之处在于以“青春的消息”的有无，作为判断详细写南雪略写北雪的标准，这是振甫分析《雪》的特点，也是其不足之处。与上述观点相反的是对北雪的歌颂，认为：“这篇作品的重心也并不在赞美江南的雪，而在于讴歌那不畏严寒蓬勃奋飞的‘朔方的雪’。”[②] 很明显，金钦俊等研究者颂扬北雪的奋飞是与鲁迅个人的战斗精神、研究者本人所处当时社会的风气等因素有密切联系的。

2. 关于雨和雪、南雪和北雪之间关系的争鸣

雨和雪之间的关系，南雪与北雪之间的关系，常常被研究者放在一起来论述。陈根生的《读鲁迅散文〈雪〉》认为：“标题是《雪》，作品就是写的雪嘛，写的两幅雪景，江南的艳美雪景，北方的壮美雪景，二者在思想上并无多少有机联系。”[③] 如果按照这种“并无多少有机联系”的说法进行判断，那么鲁迅笔下的南雪与北雪则可能是割裂的，或许是各自独立的。实际上并不然。对南雪与北雪的描述，鲁迅确实是有轻有重、有详有略的。但笔者认为绝非那种以文字量多少就能判断出鲁迅的倾向性的。李允经显然是不同意陈根生将两幅雪景等量齐观的。“如果说‘暖国的雨’的单调，衬托了‘江南的雪’的‘滋润美艳’；那么柔美的南国之雪，不正又是壮美的北国之雪的陪衬吗？”[④] 这种回应在一定程度上否定了那种认为南雪与北雪关系不密切的观点，进而突出了衬托关系，即鲁迅笔下的南北雪景是有主有次的。而陈根生在坚持自己从前观点的基础上，再次反驳了李允经的衬托说。“仅仅凭一句写实的‘在凛冽的天宇下’，

---

① 振甫：《读鲁迅的〈雪〉》，《中学语文教学》1979 年第 6 期。

② 金钦俊：《〈野草〉论辩》，《中山大学学报》（哲学社会科学版）1982 年第 1 期。

③ 陈根生：《读鲁迅散文〈雪〉》，《北京师范大学学报》（社会科学版）1979 年第 2 期。

④ 李允经：《也谈鲁迅的散文诗〈雪〉》，《北京师范大学学报》（社会科学版）1979 年第 5 期。

就断言反衬出朔方雪的‘战斗精神’，这说法未免牵强！”[①] 但笔者认为，这说法并不牵强。曲辰和陈根生忽视了古已有之的卒章显志的写法。卒章显志的文字并不多，甚至仅仅一两句话，但道出了文章的中心，而成为文章的重点。其前的文字笔墨虽然很多，却都是为此“志”服务的。因此对于《雪》的研究，有的研究者有重表象轻实质的嫌疑，出现矛盾产生分歧自然在所难免。但是，“不满足于表面的感受，不同意简单化的判断，那么，怎样才能恰到好处地透过‘雪’花的折光，去把握作品的更多更深的内容，去咀嚼更醇厚的滋味呢？我以为，这里需要提出的是：联想”[②]。这种合理的联想与推测，有助于研究者提出逻辑范围内的假设与判断，并得出可信度较高的结论。但是，联想不能漫无边际。

3. 散文诗的文体特点介入《雪》的研究中

面对曲辰的《谈鲁迅的散文诗〈雪〉》和陈根生的《读鲁迅散文〈雪〉》两文中的分歧观点，李允经在探究存在分歧的具体原因时，重点批评了前文，简略批评了后文，其中所论述的内容忽视了散文诗抒情的特点[③]，是一些研究者的症结所在。而在散文诗中，鲁迅不可能不抒情。“作者透过北国雪景的挥洒，不正寄寓了他那种对于冷酷现实的憎恶和战斗之情吗？”[④] 这明白地示意给我们：李允经是不同意曲辰和陈根生的观点的，而其论述旨在赞美北雪的潇洒风景和抒发战斗情怀。后来，高起祥在《把握散文诗的特点正确理解〈雪〉和〈风筝〉》一文中，也认为雪是《雪》的抒情重点。[⑤] 但曲辰与这种抒情说观点的分歧所在是：“李允经同志认为鲁迅散文诗的特点在抒情，因此分析《野草》，他重情趣，而我重意象。”分析意象，研究文本的散文诗体裁的特点，这在《雪》的研究中，都是正确的。但问题在于，执其一端并以此为准，不可能不出现分歧。

---

① 鲁迅研究学会《鲁迅研究》编辑部：《鲁迅研究》第9辑，中国社会科学出版社1985年版，第323—324页。

② 王蒙：《〈雪〉的联想》，《甘肃文艺》1979年第7期。

③ 李允经：《也谈鲁迅的散文诗〈雪〉》，《北京师范大学学报》（社会科学版）1979年第5期。

④ 同上。

⑤ 北京市社会科学研究所文学研究室：《作家与作品》，中国展望出版社1984年版，第65页。

（二）对《雪》的主题的激烈争鸣

1. 闵抗生和李彩章之间的争鸣

前者认为《雪》的主题是："反对粘连、依恋，主张无挂碍的战斗。"① 后者认为："从完整的江南雪的艺术形象和南北雪景的关系入手分析，实在看不出作者是在否定江南的雪，是在反对它的'粘连、依恋'。"② 从李彩章的观点中，我们可以看出鲁迅回忆南雪的美好，表达一种悲哀之情。笔者认为：这实则和《好的故事》的意旨有着内在的联系，即回忆过去的美好，是为了反衬现实的不美好。此二人争鸣的焦点：在于对南雪态度的不同理解上。但他们的共鸣之处，在于北雪的战斗精神，这是闵抗生一贯坚持的观点，应该是自有其道理的。雪的一生犹如鲁迅的战斗的一生，不停地奋飞和拼搏。闵抗生在回应李彩章时说："受粘连、依恋之累，不能勇猛地战斗，正是许多小资产阶级出身的革命知识分子的弱点，这在当时也是难免的。鲁迅先生的伟大之处，正在于他能深刻地看到这个弱点……"③ 这里，将鲁迅圈定在"小资产阶级出身的革命知识分子"的范围里，显然是不明智之举。鲁迅前期生活于封建社会行将瓦解、封建大家庭名存实亡的历史过渡时期，且曾说过自己是破落户的子弟，其祖父又是典型的封建士大夫。因此"小资产阶级出身"的称呼是难合其身的。此外，与闵抗生同持战斗观点的研究者还有顾圣皓、唐建笔、黄首翔、谢鸣福④等人。

2. 李允经与陈安湖之间的争鸣

与闵抗生和李彩章的论述虽有一些共鸣之处，但李允经和陈安湖之间仍以较多的笔墨和篇幅进行了尖锐的论争。"以《雪》为例，作者所抒发的那种憎恶黑暗现实和追求光明未来的战斗豪情，正表现了作者反帝反封建反军阀统治的战斗精神。"⑤ 而陈安湖在《说〈雪〉》一文中认为：《雪》的"主题也不是歌颂美好事物或广东革命策源地，而是表现作者对

---

① 闵抗生：《〈野草·雪〉主题探索》，《南京师院学报》（社会科学版）1979年第2期。

② 李采章：《〈《野草·雪》主题探索〉的探索》，《南京师院学报》（社会科学版）1981年第1期。

③ 闵抗生：《关于〈野草·雪〉的主题——答李采章同志》，《徐州师范学院学报》（哲学社会科学版）1981年第3期。

④ 顾圣皓、唐建笔、黄首翔、谢鸣福：《鲁迅散文诗〈雪〉笔谈》，《语文学习》1980年第4期。

⑤ 李允经：《也谈鲁迅的散文诗〈雪〉》，《北京师范大学学报》（社会科学版）1979年第5期。

自己过去某些现实境遇的愤懑心情”①。特别是对《雪》选入中学语文教材，陈安湖坚信教材编写者和一些研究者未能理解该文主题，更认识不到其中的“颓唐心情”对青少年学生的消极影响。在接下来的几篇争鸣论文②中，虽有旁骛，但大体上围绕着“《雪》的主题思想是什么？这种思想感情是怎样形成和酿就的”③ 等主要问题进行争鸣。陈安湖重视南雪轻视北雪，重视《雪》文本中消极的一面，忽视其积极的一面等，是不能让人接受的。而李允经赞美北雪的战斗精神，之所以能为更多研究者所认可，笔者认为与时代影响、社会风气、鲁迅精神等不无联系。

3. 周锡贤和郭锡悌之间的争鸣

前者在教学实践中认识到：“这‘雨’是‘春风化雨’的意思，是革命大好形势的象征。这是作者感情的寄托，也是全文主题思想之所在。”④后者从鲁迅当时思想实际、《野草》基本倾向、鲁迅对《野草》的评价、《雪》文本内容⑤等方面对前者进行了全面否定。将“雨”作为《雪》的主题思想，这是认识方面表现出来的明显错误。仅看《雪》文本的构成形式，占据全文笔墨较少的雨并不是作者大肆渲染的客体，且居于文章开头，作为引入话题的由头则未尝不可。这完全不同于卒章显志的写法。但仅以笔墨多少作为衡量文章内部构成的主次标准是不确切的，关键要看作者意欲何为。那么，这种判定标准究竟是什么？鲁迅作出了有说服力的回答：“不过我总以为倘要论文，最好是顾及全篇，并且顾及作者的全人，以及他所处的社会状态，这才较为确凿。要不然，是很容易近乎说梦的。”⑥ 研究者之所以能进行有力的论争，这与其把握《雪》文本，了解鲁迅其他形式的作品不可能没有联系。

4. 《雪》的主题的主次说

“对美好的追求，对光明的向往，执着于现实斗争，是《野草》的主导方面；毋庸讳言，也流露出一点苦闷、彷徨、孤独的情绪。散文诗

---

① 陈安湖：《说〈雪〉》，《中国现代文学研究丛刊》1981 年第 2 辑。

② 李允经：《〈说《雪》〉质疑》，《中国现代文学研究丛刊》1981 年第 3 辑。陈安湖：《关于〈雪〉的论辩》，《中国现代文学研究丛刊》1984 年第 1 辑。

③ 李允经：《〈关于《雪》的论辩〉的论辩》，《中国现代文学研究丛刊》1984 年第 2 辑。

④ 周锡贤：《谈〈雪〉中的“雨”》，《江苏教育》（中学版）1981 年第 2 期。

⑤ 郭锡悌：《读鲁迅散文诗〈雪〉——和周锡贤同志商榷》，《江苏教育》（中学版）1982 年第 2 期。

⑥ 鲁迅：《鲁迅全集》第 6 卷，人民文学出版社 2005 年版，第 444 页。

《雪》的思想内容也要从这一总的倾向去把握"[1]。这里，研究者从美学角度论述《雪》时表现出强烈的整体意识。我们知道，文本中写北雪的笔墨虽然不多，却是鲁迅表意的重点，即表现其在寒冬冷风中积极奋飞与勇猛抗争的一面，暗示了鲁迅与论敌之间、与黑暗社会之间坚决进行到底的战斗精神。但南雪有柔美的一面，却不是鲁迅的表意重点。由此可见孰重孰轻。这一视域下的《野草》研究，有主有次泾渭分明。与从事上述主题做出探讨的相关的研究者，还有吴国群、邓元煊、高启祥[2]等人。

除此之外，研究者对《雪》的创作动机、雨、"幸与不幸"等内容也进行了深入的分析与论证，多给人留下有益的启示。

六　《野草》争鸣原因的分析

之所以出现上述诸多争鸣，这与《野草》文本内容的深奥难解关系密切。鲁迅在《〈野草〉英文译本序》中明言："因为那时难于直说，所以有时措辞就很含糊了。"鲁迅与长辈人、与平等辈分人、与朱安、与周作人、与高长虹、与萧军、与许广平等人之间的关系，与当局统治者、与北京女子师范大学师生、与教育部同仁、与新青年团体等之间的关系，其中有些关系有些事情可以说，但也存在不好说不便说的情况，所以用象征用曲笔的方式表达。如《野草》中的"我"是鲁迅，是第一人称，还是另有所指？两棵枣树是实指还是虚指？人和影的依存与诀别各有什么意义？墓碣文正面的刻辞及其后面残存的文字各有什么含义？等等，都存在着巨大的阐释空间。直至今天，并没有谁敢说自己的解读或研究就是《野草》的本意，我们只能是不断地接近其真义而已。加之鲁迅深厚的国学功底，精熟于古今中外东西方文化的内涵，都使其作品博大精深难以理解，因而在研究者那里可能产生诸多歧义。

也与研究者能不能回到鲁迅那里有密切关系。黄乔生说："回到鲁迅，还原真实的鲁迅，努力理解鲁迅生平思想的历史文化背景。"[3] 当然，回到历史的现场是一件很困难的事情，但尊重历史是学术研究的客观选

---

① 李彪：《试评鲁迅散文诗〈雪〉中的异议问题》，《九江师专学报》（哲学社会科学版）1982 年第 1 期。

② 吴国群：《关于〈雪〉的主题》，《台州师专学报》（社会科学版）1981 年第 1 期。邓元煊：《〈雪〉的主题探索》，《四川师院学报》1981 年第 1 期。北京市社会科学研究所文学研究室：《作家与作品》，中国展望出版社 1984 年版，第 65 页。

③ 黄乔生：《重读鲁迅：客观态度与同情理解》，《广东社会科学》2006 年第 4 期。

择，我们能不能用这样的理性思维来思考问题，这不仅十分关键，而且决定着我们能不能公正地理解鲁迅作品文本。需要指出的是，研究者有鲁迅的思维且能运用这样的思维研究《野草》，有鲁迅的知识与能力且能灵活应用这样的知识与能力来研究《野草》，得出的分析与认识才有可能更接近鲁迅，产生的分歧可能少一些。而现实生活中的研究者很少有能达到鲁迅的知识与修养的，出现众多分歧便是自然的。因此，我们有必要致力于研究鲁迅生活的那个时代，熟悉那个时代的文化背景，了解那个时代的政治经济社会概况。对于鲁迅研究者而言，我们更应该学习鲁迅曾经学习过的内容，更应该研究鲁迅曾经研究过的学问。有了如此的视野，我们在回望鲁迅时，就可能会少一些偏差，多一些认同，认同后继续深思且有所得，在鲁迅研究的高原上再迈出坚实的一步。

还与意识形态影响关系密切。《野草》文本产生于社会思想意识混杂的 1924 年到 1926 年间。此时，虽然封建统治阶级退出历史舞台，资产阶级革命兴起，但封建社会的思想意识仍然控制着刚刚兴起的资产阶级意识形态，后者常常成为外壳，前者时时发挥作用。而无产阶级领导的社会主义革命取得胜利后，众多研究者用马克思主义思想研究《野草》，这和《野草》诞生之初的社会意识形态之间有了明显的差别，毕竟认识问题的出发点和立脚点是不一样的，所以自然而然就产生了争鸣。

关于《野草》争鸣的研究，有助于推动《野草》研究、鲁迅研究、学术研究的可持续发展。研究者的争鸣，是为了阐明自己的感受和认识，达到摆道理讲事实去伪存真的目的，因为真理越辩越明。《野草》的争鸣带有极强的论辩色彩，往往能引发人们深刻的思考。

结　　论

从所属范围看，分析《野草》研究发展历程的成果，即多维视野中的《野草》研究概论，最直接地联系着“《野草》学”的学科范畴，并直接作用于“《野草》学”。当然，也渐次地联系着《野草》研究、鲁迅研究、中国现当代文学研究、文学研究、文学批评等。更多的读者、研究者，或可能就是将其作为鲁迅研究或《野草》研究的一部分内容来看的。

本研究的创新之处。任何一门学问，要想成其为学科，必须具备作品、作品研究的相关著述、作品研究史、作品研究史论等四要素。从“《野草》学”学科的建设方面看，就目前已有的文献史料看，前三个要素都已经具备了，而作为四要素之一的学理要素，即“史论”，目前尚无相关的研究著作。多维视野中的《野草》研究概论将承担“史论”的角色，促成要素完备的“《野草》学”学科的建立。当然，新生事物的出现，是存在于旧事物当中、吸收旧事物中有益的成分，而逐渐发展起来的，是符合事物由简单到复杂的发展规律的。

一、多维视野中的《野草》研究概论来自众多的《野草》研究文献史料。

从直观联系看，读者、研究者的理解是不错的。从本质联系看，多维视野中的《野草》研究概论的出现，其实是符合事物发展的客观存在规律的。自1924年9月15日《野草》中的第一篇散文诗《秋夜》发表以来，直至现在，在90多年的历程中，研究者发表了数量众多的《野草》研究著述，其中也包括《野草》研究史述。这自然为《野草》研究概论的出现提供了可能。

据不完全统计，目前，《野草》研究论文超过4000篇，《野草》研究著作54部（含以《野草》为主的论文集）。从众多的研究文献史料看，围绕着哲学、社会政治学、诗学、美学、心理学、比较研究等视野中的《野草》研究著述十分丰富。早期卫俊秀、冯雪峰、闵抗生、孙玉石等的社会学解读，后来孙玉石、钱理群、王乾坤、解志熙、汪晖等的哲学解读，李天明、胡尹强、邹范平、余放成等的婚恋道德、爱情伦理方面的解读，以及同一视角内又各有不同，等等，都能看出研究者们的立足点的不同。除此之外，与解读《野草》直接相关的各种视角方面的知识（同样属于文献史料），如何与鲁迅及其《野草》文本很好地融合于一体的问题，是非常关键的。因此要找到一个恰当妥帖的“点”，再寻找支撑这个“点”的具体支柱，并对每一个“支柱”进行翔实的分析，从而达成凝练、融合的目标。

可见，丰富的文献史料是史论得以形成的关键基础。

二、多维视野中的《野草》研究概论受制于鲁迅及其《野草》文本的情感、意蕴。

从鲁迅及其《野草》文本看，作家作品自身丰富、深邃的意蕴，尤其是鲁迅自身的情感，以及表现在作品文本中的鲁迅的情感，有时是存在着矛盾和对立的，或承载着忧国忧民的民族大义，或承载着个人忧愤和郁闷的情绪等。鲁迅在写给许广平的原信中说：“而我正相反，同我有关的活着，我就不放心，死了，我就安心，这意思也在《过客》中说过：都与小鬼的不同。其实，我的意见原也不容易了然，因为其中本有着许多矛盾，教我自己说，或者是‘人道主义’与‘个人的无治主义’的两种思想的消长起伏罢，所以我忽而爱人，忽而憎人；做事的时候，有时确为别人，有时却为自己玩玩，有时则竟因为希望将生命从速消磨，所以故意拼命的做。此外或者还有什么道理，自己也不甚了然。但我对人说话时，却总拣择光明些的说出，然而偶不留意，就露出阎王并不反对，而小鬼反不乐闻的话来。总而言之，我为自己和为别人的设想，是两样的。”① 从信中完全可以看出：鲁迅的思想情感存在着矛盾的状况。这种矛盾表现在《野草》中，就是影为什么向人告别、过客为什么离开老翁、死火为什么跳出冰谷等。有时，作者本人的矛盾出现在作品中，结果导致读者的不解。而当读者站在内心充满矛盾的作家的位置看作品时，就可能理解了，也可能避免类似问题的再次出现。除鲁迅本人外，冯雪峰在解读、讨论《野草》时，也抓住了鲁迅情感矛盾的一面进行研究。他说：“我现在想对这些作品进行一些解释和分析。这不仅因为其中有的作品意思隐晦，需要一些解释；而且因为这些作品是诗，作者的思想感情是通过诗的形象表现出来的，我们也只有通过诗的形象去了解作者的思想感情。同时，我还

① 鲁迅、许广平：《鲁迅景宋通信集》，湖南人民出版社 1984 年版，第 69 页。

想就其中所反映的作者思想上的矛盾进行一些研究。”① 很显然，作家的情感直接影响着研究者的解读。

因为《野草》文本意蕴丰富，存在着巨大的艺术思维空间，所以才可能出现多维视角，甚至承认其内部存在密切联系的同时，也可能出现矛盾、对立、歧义等多种解读。竹内好说：“《野草》当中虽然也有作为整体的统一，但在紧密程度上却不像《朝花夕拾》这样是有意识的，各篇都有着很强的独立性。惟其如此，各篇之间也就呈现着鲜明的对立关系。”② 丸尾常喜说：“我认为《野草》就是以丰富多彩的意象来表现鲁迅内部的这种冲突与苦闷，反映出他原先的思想的崩溃、向着新思想再生过程的连续性很强的诗篇。”③ 两位日本学者虽然都承认矛盾、对立的关系，但对文本之间联系是否紧密的认识方面，还是大不一样的。

所以说，鲁迅思想情感的矛盾、挣扎、纠结，《野草》文本意蕴的丰富、深厚，都让文献史料众多成为可能。

三、研究者自身学养以及意识形态的合力作用，共同促成了众多的《野草》研究成果。

鲁迅的伟大，不仅表现在他批判国民劣根性、提倡立人思想、讲究韧战精神、“横眉冷对千夫指，俯首甘为孺子牛”的爱憎分明的性格等抽象思维方面，更表现在他的实实在在的白话文的创作、翻译、美术、木刻、书法、古籍整理、学术研究、培养青年作家、无私帮助进步人士等诸多十分具体的事情方面。尤其是他的学识，令我们今人敬仰不已。当有人问钱理群在研究鲁迅过程中深感困惑的是什么时，钱理群说自己的学识根本就无法与鲁迅的知识结构相比，差距巨大。也有人问过张梦阳类似的问题，张梦阳说自己永远强不过鲁迅，比鲁迅差远了。

我们无法否认鲁迅的伟大，也承认钱理群、张梦阳“强不过”鲁迅的事实。面对伟大的鲁迅，面对晦涩难解的《野草》，众多的研究者并没有回避、躲闪、退缩，而是知难而进，立足于不同的历史时期，选择多维视角，从不同侧面展示《野草》的内涵。就研究者而言，他们不仅要熟悉鲁迅作品，尤其是《野草》文本，更要充分发挥自己的聪明才智，调

① 冯雪峰：《雪峰文集》，人民文学出版社 1985 年版，第 273 页。

② ［日］竹内好：《近代的超克》，孙歌编，李冬木、赵京华、孙歌译，生活·读书·新知三联书店 2005 年版，第 92 页。

③ ［日］丸尾常喜：《耻辱与恢复——〈呐喊〉与〈野草〉》，秦弓、孙丽华译，北京大学出版社 2009 年版，第 375 页。

动自己大脑中蕴藏的各种可能信息，以便更好地解读文本。在解读《野草》文本的过程中，除运用多种知识与能力共同参与解读外，他们使用的研究方法，做出个体情感、态度与价值观的选择，进行具体的分析过程，都是有所考量的。在各种书刊等媒介上面，不断发表的《野草》研究文献史料，就是研究者们不断探索的明证、最好的贡献。就研究分期而言，1925 年到 1949 年，无论是只言片语式的心理的、哲学的解读，还是点到为止式的佛学的、爱情的解读，那些文献史料中不同程度地弥漫着五四新文化运动、北洋军阀政府内讧、“四一二”、“四一五”、国共两党之间的分分合合、抗日战争等的信息。1949 年到 1978 年，“十七年”，极“左”的政治氛围，无产阶级文化大革命，林彪、江青反革命集团等信息，都较为鲜明地流露在《野草》研究文献中。1978 年以来，一直到当下，由于思想大解放、学术禁区的解禁，《野草》研究成果不仅数量急剧增多，而且解读的深度、视野的广度、研究的质量等方面均显著提高。研究者个体对文本的认识，必须与政治形势、意识形态保持一致，在此基础上，诞生了众多的《野草》研究著述。

对比前两个时段，从这一期间的文献史料看，《野草》研究发展历程显示的规律有：一是由感性认识明显上升到理性认识；二是研究成果由数量众多逐渐向研究质量不断提高发展；三是研究角度日益增多。《野草》研究发展历程带给我们多方面的启示：一是《野草》的意蕴是深广丰富的；二是《野草》研究明显受社会意识形态影响；三是自然而然地融入激变的时代是《野草》研究的主动选择。

本研究存在的问题。由于目前尚无出版的《野草》研究概论或《野草》研究史论方面的书籍，本研究无法参照这样的文献，因此最终表现出来的文本形态，可能存在不同的文献史料的筛选、使用不当的问题。也由于研究《野草》的视角众多，本研究未能将更多的研究视角纳入实际撰写的过程中，致使“多维视野”不一定十分地“多维”。当然，本研究的题目当中还有“概论”二字，权且让“概论”二字来抵消不能“十分地‘多维’”的不足吧。同时，笔者个人的认识水平、整合文献史料的能力、驾驭全书的能力等方面，可能也存在自己意识不到的问题。

后续研究。有人说，鲁迅研究已经处于高原期，想要创新是十分困难的。基于此，我们显然不应该一直徘徊于高原期，而应该想方设法来突破这瓶颈，继续勇攀高峰，哪怕仅仅提升一厘米的高度呢？（一）就《野草》文本研究而言，如朱崇科所思考的：如何认知《野草》的繁复性和立体性，如何真正理解《野草》的转型性、跨越性乃至经典超越性特征等问题，是步步推进《野草》跨时空性的关键。（二）就《野草》研究史而言，围绕《野草》主题学视角下的研究史、单篇散文诗的研究史、解读方式的研究史、意象的研究史等，很少有研究者关注，基本上是一片空白，都有广阔的研究前景。这方面单独成篇的成果，笔者目前仅见曾令霞的《一个文本的阐释史——〈过客〉研究综述》①，田建民的《野草》单篇解读中也有所涉猎。（三）就多维视野中的《野草》研究概论而言，如何能将更多的研究视角纳入本研究当中？如何能将更多的文献史料展示在本研究中？如何构建一个新的研究体系？如何把研究者分析《野草》时的意识深处的思维挖掘出来、反映出来？“多维视野”不可能仅仅局限于目前已有的视野，还有哪些可能的“视野”？这一系列问题，或毫无关联的、无人研究过的、各种关于《野草》的问题，都是需要我们不断思考、解决的问题。但毫无疑问的是，已有的各种研究视角还会有人继续使用，诸如哲学的探讨将是永恒的，婚恋说不会因为遭到抨击而消失，不同于以往的研究视角还会继续增加。一个视角所展示的内容可能不够多，但多维视角总能让人看得相对全面一些，认识多一些，获得的启发也就会多一些。

鲁迅投射到《野草》里的情绪和哲理，对于培养人的道德情操、思想品质、理性等是大有帮助的，对于培养人的诗之思考的情怀是大有好处的。诸多的《野草》研究著述中的精彩的表达，给我们带来的是情感触动、睿智的思考。《野草》研究史尽管不多，但已有的研究史给我们梳理了清晰的发展历程，对我们了解、熟悉部分相关的重要文献，起到了积极作用。从构建学科的意义方面看，在《野草》《野草》研究著述、《野草》研究史基础上形成的多维视野中的《野草》研究概论，无疑促成了“《野草》学”学科建设，拓展了《野草》研究的思路和领域。这对于《野草》研究的发展而言，显然具有重要的意义。

① 曾令霞：《一个文本的阐释史——〈过客〉研究综述》，《社会科学研究》2003 年第 5 期。

参 考 文 献

［加拿大］李天明：《难以直说的苦衷——鲁迅〈野草〉探秘》，人民文学出版社2000年版。

［日］片山智行：《鲁迅〈野草〉全释》，李冬木译，吉林大学出版社1993年版。

［日］藤井省三：《日本鲁迅研究精选集》，林敏洁主译，中央编译出版社2016年版。

［日］丸尾常喜：《耻辱与恢复——〈呐喊〉与〈野草〉》，秦弓、孙丽华译，北京大学出版社2009年版。

曹清华：《词语、表达与鲁迅的“思想”》，中山大学出版社2009年版。

曹文轩、戴清：《现代散文名篇导读》，山西教育出版社1994年版。

陈安湖：《〈野草〉释义》，人民出版社2013年版。

陈德锦：《中国现代乡土散文史论》，中国社会科学出版社2004年版。

陈方竞：《鲁迅与中国现代文学批评》，北京大学出版社2011年版。

陈根生：《鲁迅名篇问世以后……》，复旦大学出版社1986年版。

陈红旗：《1927—1937中国左翼文学的演进与嬗变》，中国社会科学出版社2015年版。

陈辽、曹惠民：《百年中华文学史论》，华东师范大学出版社1999年版。

陈南先：《告别乌托邦——当代文学与文学文本研究》，当代中国出版社2004年版。

陈少华：《20世纪90年代以来中国散文现象》，广东高等教育出版社2013年版。

陈少华：《人格判断：多维的视角》，暨南大学出版社2013年版。

陈漱渝：《五四文坛鳞爪》，中国文史出版社1998年版。

陈思和、李平：《二十世纪中国文学精品》（上、下册），学林出版社1999年版。

程国赋：《中国古典小说论稿》，中华书局2012年版。

邓国伟：《回到故乡的荒野》，广东人民出版社1998年版。

董大中：《高鲁冲突——鲁迅与高长虹论争始末》，中国工人出版社2007年版。

董之林：《热风时节：当代中国“十七年”小说史论（1949—1966）》，上海书店出版社2008年版。

杜文远、常士功：《中国随笔小品鉴赏辞典》，山西人民出版社、山西古籍出版社1996年版。

范美忠：《民间野草》，中央广播电视大学出版社2012年版。

范培松：《散文通典》，解放军文艺出版社1999年版。

方长安：《选择·接受·转化——晚清至20世纪30年代初中国文学流变与日本文学关系》，武汉大学出版社2003年版。

冯光廉、刘增人、谭桂林：《多维视野中的鲁迅》，山东教育出版社2002年版。

冯雪峰：《论“野草”》，新文艺出版社1956年版。

冯至：《十四行集》，解放军文艺出版社2000年版。

傅德岷、包晓玲：《鲁迅诗文鉴赏辞典》，长江出版社2006年版。

傅瑛：《昨夜星空（中国现代散文研究）》，安徽大学出版社2004年版。

郜元宝：《鲁迅六讲》，上海三联书店2000年版。

郜元宝：《鲁迅精读》，复旦大学出版社2005年版。

葛涛：《鲁迅文化史》，东方出版社2007年版。

葛新：《鲁迅诗歌译注》，学林出版社1993年版。

郭沫若：《女神》，人民文学出版社2000年版。

郭志刚、孙中田：《中国现代文学史（修订版）》（上、下册），高等教育出版社1999年版。

郭志刚：《中国现代文学史论》，高等教育出版社1996年版。

哈迎飞：《五四作家与佛教文化》，上海三联书店2002年版。

何其芳：《画梦录》，人民文学出版社2000年版。

胡风、萧军等：《如果现在他还活着——后期弟子忆鲁迅》，河北教育出版社2000年版。

胡适：《尝试集》，人民文学出版社2000年版。

胡尹强：《鲁迅：为爱情作证——破解〈野草〉世纪之谜》，东方出版社2004年版。

皇甫晓涛：《现代中国新文学与新文化》，山西人民出版社1997年版。

黄科安：《现代散文的建构与阐释》，海峡文艺出版社2001年版。

黄乔生：《采蘋集》，福建教育出版社1999年版。

黄乔生：《鲁迅：战士与文人》，大象出版社2013年版。

黄乔生：《八道湾十一号》，生活·读书·新知三联书店2015年版。

纪念鲁迅110周年诞辰学术讨论会·学术组：《空前的民族英雄——纪念鲁迅110周年诞辰学术讨论会论文选》，陕西人民教育出版社1996年版。

靳丛林：《竹内好的鲁迅研究》，北京大学出版社2012年版。

解志熙：《生的执著》，人民文学出版社1999年版。

解志熙：《现代文学研究论衡》，河南大学出版社2005年版。

孔繁荣：《鲁迅诗歌诠释》，百花洲文艺出版社1997年版。

孔范今：《悖论与选择》，明天出版社1992年版。

李标晶：《二十世纪中国散文诗论》，中国社会科学出版社2004年版。

李国涛：《〈野草〉艺术谈》，山西人民出版社1982年版。

李何林：《〈野草〉研究中的几个分歧意见》（油印资料），1985年版。

李何林：《鲁迅〈野草〉注解》（修订本），陕西人民出版社1975年版。

李何林：《鲁迅散文诗注析》，天地图书有限公司1977年版，

李林展：《中国现代主义文学史论》，中国书籍出版社2004年版。

李平、陈林群：《20世纪中国文学作品选》，上海三联书店2004年版。

李伟江：《鲁迅粤港时期史实考述》，岳麓书社2007年版。

李希凡：《一个伟大寻求者的心声》，上海文艺出版社1982年版。

李新宇：《愧对鲁迅》，上海三联书店2004年版。

李永鑫、陈华建、周幼涛：《鲁迅的世界　世界的鲁迅——纪念鲁迅诞辰120周年学术讨论会论文集》，远方出版社2002年版。

李玉明：《“人之子”的绝叫：〈野草〉与鲁迅意识特征研究》，北京大学出版社2012年版。

李玉明：《拷问灵魂——鲁迅〈野草〉新释》，济南出版社 1998 年版。

李宗英、张梦阳：《六十年来鲁迅研究论文选》（上、下册），中国社会科学出版社 1982 年版。

林非、刘再复：《鲁迅传》，中国社会科学出版社 1981 年版。

林贤治：《人间鲁迅》（上、下），花城出版社 1998 年版。

林贤治：《反抗者鲁迅》，复旦大学出版社 2011 年版。

林贤治：《鲁迅思想录》，广西师范大学出版社 2015 年版。

刘锡庆：《散文新思维》，河北教育出版社 1998 年版。

刘彦荣：《奇谲的心灵图影——〈野草〉意识与无意识关系之探讨》，百花洲文艺出版社 2003 年版。

刘勇：《中国现代文学的多维阐释》，北京师范大学出版集团、安徽大学出版社 2013 年版。

刘雨：《写作心理学》，东北师范大学出版社 1990 年版。

刘雨：《艺术经验论》，东北师范大学出版社 1998 年版。

刘雨：《多元矛盾中的个性选择——中国现代作家的生命体验与创作》，吉林教育出版社 2003 年版。

刘中树：《鲁迅的文学观》，吉林大学出版社 1986 年版。

刘中树：《〈呐喊〉〈彷徨〉艺术论》，吉林大学出版社 1999 年版。

刘中树：《刘中树文学论集》（一）（二）（三），吉林出版集团有限责任公司 2008 年版。

刘中树：《刘中树文学评论集》，吉林出版集团有限责任公司 2008 年版。

刘玉凯：《鲁迅钱钟书平行论》，河北大学出版社 1998 年版。

刘再复：《鲁迅传》，人民日报出版社 2010 年版。

龙子仲：《怀揣毒药　冲入人群——读〈野草〉札记》，广西师范大学出版社 2007 年版。

鲁迅、许广平：《鲁迅景宋通信集》，湖南人民出版社 1984 年版。

鲁迅：《〈朝花夕拾〉〈野草〉新课标导读版》，浙江文艺出版社 2000 年版。

鲁迅：《鲁迅全集》第 1—16 卷，人民文学出版社 1981 年版。

鲁迅：《鲁迅全集》第 1—18 卷，人民文学出版社 2005 年版。

鲁迅：《鲁迅译文全集》第 1—8 卷，福建教育出版社 2008 年版。

鲁迅博物馆、鲁迅研究室、《鲁迅研究月刊》：《鲁迅回忆录：散篇》

（上、中、下三册），北京出版社 1999 年版。

鲁迅博物馆、鲁迅研究室、《鲁迅研究月刊》：《鲁迅回忆录：专著》（上、中、下三册），北京出版社 1999 年版。

丁帆、杨九俊：《鲁迅作品选读》，江苏教育出版社 2005 年版。

蒋静：《鲁迅作品选讲》，广西教育出版社 1987 年版。

马云：《中国现代散文的情感与交流》，河北人民出版社 2003 年版。

孟瑞君：《〈野草〉的艺术世界》，花山文艺出版社 1994 年版。

闵抗生：《地狱边沿的小花——鲁迅散文诗初探》，陕西人民出版社 1981 年版。

闵抗生：《鲁迅的创作与尼采的箴言》，陕西人民教育出版社 1996 年版。

倪墨炎：《鲁迅旧诗新解》，世纪出版集团、上海书店出版社 2002 年版。

裴毅然：《二十世纪中国文学人性史论》，上海书店出版社 2000 年版。

彭定安：《走向鲁迅世界》，辽宁教育出版社 1992 年版。

彭小燕：《存在主义视野下的鲁迅》，北京大学出版社 2007 年版。

朴宰雨、金英明：《韩国鲁迅研究精选集》，中央编译出版社 2016 年版。

齐宏伟：《文学·苦难·精神资源》，江西人民出版社 2008 年版。

钱谷融：《艺术·人·真诚——钱谷融论文自选集》，华东师范大学出版社 1995 年版。

钱理群、王得后：《鲁迅散文全编》，浙江文艺出版社 1991 年版。

钱理群：《鲁迅作品十五讲》，北京大学出版社 2003 年版。

钱理群：《心灵的探寻》，河北教育出版社 2005 年版。

钱理群：《与鲁迅相遇》，生活·读书·新知三联书店 2003 年版。

钱理群：《走进当代的鲁迅》，北京大学出版社 1999 年版。

钱少武：《庄禅艺术精神与京派文学》，中国社会科学出版社 2009 年版。

邱运华：《文学批评方法与案例》（第二版），北京大学出版社 2006 年版。

全国政协文史资料委员会办公室：《五四运动亲历记》，中国文史出版社 1999 年版。

任访秋：《中国近现代文学研究论集》，河南人民出版社 1992 年版。

任广田:《论鲁迅艺术创造系统》,陕西人民教育出版社 1996 年版。

山西省盂县政协《高长虹文集》编委会:《高长虹文集》(上、中、下),中国社会科学出版社 1989 年版。

上海辞书出版社文学鉴赏辞典编纂中心:《学生现代诗文鉴赏辞典》(上、下册),上海世纪出版股份有限公司、上海辞书出版社 2006 年版。

申霞艳:《消费记忆与叙事:新世纪文学研究》,中国社会科学出版社 2011 年版。

沈阳师范大学中国现当代文学学科组编:《中国现代文学论集》,中国社会科学出版社 2004 年版。

沈尹默等:《回忆伟大的鲁迅》,上海新文艺出版社 1958 年版。

石尚文、邓忠强:《〈野草〉浅析》,长江文艺出版社 1982 年版。

寿永明:《中国文学名作欣赏》,浙江大学出版社 2005 年版。

宋剑华:《前瞻性理念:三维视角中的中国现代文学史论》,文化艺术出版社 2005 年版。

宋剑华:《"娜拉现象"的中国言说》,人民文学出版社 2016 年版。

孙宝灵:《隐藏于语言迷阵中的旷世孤独——〈野草〉研究》,中国经济出版社 2016 年版。

孙伏园、许钦文等:《鲁迅先生二三事——前期弟子忆鲁迅》,河北教育出版社 2000 年版。

孙玉石:《〈野草〉研究》,中国社会科学出版社 1982 年版。

孙玉石:《现实的与哲学的——鲁迅〈野草〉重释》,上海书店出版社 2001 年版。

孙郁:《灯下闲谈》,福建教育出版社 1999 年版。

孙中田:《色彩的诗学》,经济日报出版社 2002 年版。

谭桂林:《20 世纪中国文学与佛学》,安徽教育出版社 1999 年版。

汤奇云:《中国现代浪漫主义文学思潮史论》,广东高等教育出版社 2007 年版。

陶方宣、桂严:《鲁迅的圈子》,东方出版社 2014 年版。

田建民:《鲁迅、钱钟书论稿》,人民出版社 2015 年版。

汪晖:《死火重温》,人民文学出版社 2000 年版。

汪晖:《反抗绝望——鲁迅及其文学世界》,河北教育出版社 2000 年版。

汪晖、钱理群等:《鲁迅研究的历史批判》,河北教育出版社 2000 年版。

汪卫东：《鲁迅前期文本中的“个人”观念》，人民文学出版社 2006 年版。

汪卫东：《探寻诗心：〈野草〉整体研究》，北京大学出版社 2014 年版。

王彬彬、王晴飞：《十年论鲁迅——鲁迅研究论文选（2000—2010）》（上、下册），南京大学出版社 2015 年版。

王得后：《世纪末杂言》，福建教育出版社 1999 年版。

王富仁：《中国鲁迅研究的历史与现状》，福建教育出版社 2006 年版。

王吉鹏、李春林：《鲁迅及中国现代文学散论》，吉林人民出版社 2001 年版。

王吉鹏、于九涛：《民族性的定位——鲁迅与中国文化比较研究史》，吉林人民出版社 2005 年版。

王吉鹏：《〈野草〉论稿》，春风文艺出版社 1986 年版。

王吉鹏、张娟、赵月霞：《穿越伟大灵魂的隧道——鲁迅〈野草〉〈朝花夕拾〉研究史》，吉林人民出版社 2002 年版。

王吉鹏、李萍、藏文静：《注目伟大存在的时空——鲁迅杂文、诗歌研究史》，吉林人民出版社 2002 年版。

王建周：《鲁迅爱情世界探秘》，漓江出版社 1993 年版。

王景山：《悲凉悲壮的心音——〈野草〉心读》，首都师范大学出版社 2002 年版。

王景山：《孤独的战士——〈彷徨〉心读》，首都师范大学出版社 2002 年版。

王景山：《古人复活的时候——〈故事新编〉心读》，首都师范大学出版社 2002 年版。

王景山：《鲁迅名作鉴赏词典》，中国和平出版社 1991 年版。

王景山：《鲁迅仍然活着——纪念鲁迅逝世 60 周年诞生 115 周年》，中国和平出版社 1996 年版。

王景山：《青葱可爱的水横枝——〈朝花夕拾〉心读》，首都师范大学出版社 2002 年版。

王景山：《铁屋子里的叫声——〈呐喊〉心读》，首都师范大学出版社 2002 年版。

王乾坤：《一路“洋葱皮”》，福建教育出版社 1999 年版。

王乾坤：《鲁迅的生命哲学》，人民文学出版社 1999 年版。

王士菁：《鲁迅创作道路初探》，中国社会科学出版社 1981 年版。

王姝懿：《〈野草〉的哲学》，吉林人民出版社 2011 年版。

王卫平：《中国现当代文学及其名家论》，中国社会科学出版社 2004 年版。

王晓明：《无法直面的人生——鲁迅传》，上海文艺出版社 1993 年版。

王学谦：《自然文化与 20 世纪中国文学》，吉林大学出版社 1999 年版。

王瑶、李何林：《中国现代文学及〈野草〉〈故事新编〉的争鸣》，知识出版社 1990 年版。

王瑶：《润华集》，中国社会科学出版社 1992 年版。

王瑶：《中国现代文学史论集》，北京大学出版社 1998 年版。

王雨海：《生命的呐喊与个性的张扬——鲁迅〈野草〉的文化解读》，吉林人民出版社 2003 年版。

王岳川：《尼采文集》，青海人民出版社 1995 年版。

卫俊秀：《卫俊秀学术论集》，北京大学出版社 2002 年版。

卫俊秀：《鲁迅"野草"探索》，上海泥土社 1954 年版。

魏洪丘：《鲁迅〈野草〉解读》，江西人民出版社 2003 年版。

温如敏：《中国现代文学批评史》，北京大学出版社 1993 年版。

吴奔星、范伯群：《鲁迅名篇鉴赏辞典》，广西教育出版社 1992 年版。

吴海勇：《枭声或曰花开花落两由之——鲁迅的生命哲学与决绝态度》，花城出版社 2006 年版。

吴家荣：《新时期文学思潮史论》，安徽大学出版社 1998 年版。

吴景明：《蒋锡金与中国现代文艺运动》，东北师范大学出版社 2006 年版。

吴俊：《鲁迅个性心理研究》，华东师范大学出版社 1992 年版。

吴小美、张建生、肖同庆：《鲁迅与东西方文化》，兰州大学出版社 1999 年版。

吴小美：《虚室集》，青海人民出版社 1986 年版。

吴中杰：《吴中杰评点鲁迅诗歌散文》，复旦大学出版社 2006 年版。

伍世昭：《民族灵魂的建构：中国现当代文学批评》，人民出版社 2013 年版。

西安地区纪念鲁迅诞生一百周年大会：《西安地区纪念鲁迅诞生一百

周年文集》，陕西人民出版社 1984 年版。

夏甄陶：《人是什么》，商务印书馆 2000 年版。

肖国栋：《鲁迅及其周边》，黑龙江教育出版社 2009 年版。

肖向明：《“幻魅”的现代想象——鬼文化与中国现代作家研究》，光明日报出版社 2007 年版。

萧新如：《〈野草〉论析》，辽宁教育出版社 1987 年版。

萧新如：《略论〈野草〉（油印本）》，东北师大中文系 1980 年。

谢有顺：《散文的常道》，广东人民出版社 2014 年版。

谢昭新、吴尚华：《中国现当代文学作品选》（上、下册），安徽教育出版社 2003 年版。

谢昭新：《理念、创作与批评——20 世纪中国文学综论》，安徽教育出版社 2004 年版。

谢昭新：《中国文学名著欣赏》，科学出版社 2000 年版。

徐麟：《鲁迅：在言说与生存的边缘》，山东文艺出版社 1997 年版。

许道明：《插图本中国新文学史》，世纪出版集团、上海古籍出版社 2005 年版。

许杰：《〈野草〉诠释》，百花文艺出版社 1981 年版。

薛伟：《野草新论》，安徽文艺出版社 1995 年版。

薛毅：《无词的言语》，学林出版社 1996 年版。

阎桂生：《鲁迅〈野草〉表现手法浅探（鲁迅百周年学术讨论会论文选油印本）》，吉林大学中文系 1981 年。

阎庆生：《鲁迅创作心理论》，陕西人民教育出版社 1996 年版。

晏红：《鲁迅》，四川人民出版社 2000 年版。

扬州师范学院中文系现代文学教研室：《〈野草〉赏析》，福建人民出版社 1982 年版。

杨义：《鲁迅作品综论》，人民出版社 1998 年版。

姚国军：《中国经典诗词品鉴》，中国文史出版社 2016 年版。

殷克琪：《尼采与中国现代文学》，洪天富译，南京大学出版社 2000 年版。

余放成：《“难于直说”的爱情——〈野草〉主题探微》，华中师范大学出版社 2011 年版。

袁国兴：《1898～1948 中国文学场态》，广东人民出版社 2005 年版。

曾繁仁：《中国新时期文艺学史论》，北京大学出版社 2008 年版。

曾令存：《学科视野中的 40—70 年代文学研究》，上海文艺出版总社

2014 年版。

张恩和：《鲁迅诗词解析》，吉林文史出版社 1999 年版。

张福贵：《“活着”的鲁迅：鲁迅文化选择的当代意义》，社会科学文献出版社 2010 年版。

张福贵：《文学史的命名与文学史观的反思》，北京大学出版社 2014 年版。

张闳：《黑暗中的声音——鲁迅〈野草〉的诗学与精神密码》，上海文艺出版社 2007 年版。

张洁宇：《独醒者与他的灯——鲁迅〈野草〉细读与研究》，北京大学出版社 2013 年版。

张均：《中国现代文学与儒家传统》，岳麓书社 2007 年版。

张丽军：《“当下现实主义”的文学研究》，北京大学出版社 2014 年版。

张梦阳：《鲁迅全传：苦魂三部曲之二 · 野草梦》，华文出版社 2016 年版。

张梦阳：《鲁迅学：在中国，在东亚》，广东教育出版社 2007 年版。

张梦阳：《中国鲁迅学通史》，广东教育出版社 2005 年版。

张宁：《无数人们与无穷远方：鲁迅与左翼》，复旦大学出版社 2006 年版。

张效民：《鲁迅作品赏析大辞典》，四川辞书出版社 1992 年版。

张枣：《张枣随笔选》，颜炼军编选，人民文学出版社 2012 年版。

赵冰波：《鲁迅诗说》，河南人民出版社 2003 年版。

赵金钟：《中国新诗的现代性与民间性》，宁夏人民出版社 2007 年版。

浙江鲁迅研究学会：《鲁迅研究论文集》，浙江文艺出版社 1983 年版。

郑心伶：《鲁迅诗浅析》（修订本），花山文艺出版社 1985 年版。

郑心伶：《鲁迅学论稿》，东西文化事业公司 1992 年版。

郑子瑜：《诗论与诗纪》，友谊出版公司 1983 年版。

中国社会科学院文学研究所鲁迅研究室：《1913—1983 鲁迅研究学术论著资料汇编第一卷（1913—1936）》，中国文联出版公司 1985 年版。

中国社会科学院文学研究所鲁迅研究室：《1913—1983 鲁迅研究学术论著资料汇编第二卷（1936—1939）》，中国文联出版公司 1986 年版。

中国社会科学院文学研究所鲁迅研究室：《1913—1983 鲁迅研究学术

论著资料汇编第三卷（1940—1945）》，中国文联出版公司 1987 年版。

中国社会科学院文学研究所鲁迅研究室：《1913—1983 鲁迅研究学术论著资料汇编第四卷（1945—1949）》，中国文联出版公司 1987 年版。

中国社会科学院文学研究所鲁迅研究室：《1913—1983 鲁迅研究学术论著资料汇编第五卷（1949—1983）》，中国文联出版公司 1989 年版。

中国社会科学院文学研究所鲁迅研究室：《鲁迅与中外文化的比较研究》，中国文联出版公司 1986 年版。

仲红卫：《云门宗源流述略》，暨南大学出版社 2014 年版。

周楠本：《我注鲁迅》，福建教育出版社 2006 年版。

周卫忠：《双重性　对话　存在——巴赫金狂欢诗学的存在论解读》，陕西人民出版社 2007 年版。

周晓明、王又平：《现代中国文学史》，湖北教育出版社 2004 年版。

周振甫：《鲁迅诗全编》，浙江文艺出版社 1991 年版。

朱崇科：《〈野草〉文本心诠》，人民出版社 2016 年版。

朱寿桐：《酒神的灵光》，延边大学出版社 1991 年版。

朱晓进、唐纪如：《鲁迅概论》，苏州大学出版社 1999 年版。

邹范平：《新发现的鲁迅：读几本鲁迅著作的札记》，黑龙江人民出版社 2005 年版。

章衣萍：《古庙杂谈（五）》，《京报副刊》1925 年 3 月 31 日。

茅盾：《鲁迅论》，《小说月报》1927 年第 11 期。

刘大杰：《呐喊与彷徨与野草》，载《寒鸦集》，上海启智书局 1928 年版。

钱杏邨：《鲁迅——〈现代中国文学论〉第二章》，《拓荒者》1930 年第 2 期。

赵艳如：《讽刺性十足的〈野草〉》，《中国新书月报》1932 年第 6 期。

东亚病夫：《病夫日记》，《宇宙风》1935 年第 1 期。

毕树棠：《鲁迅的散文》，《宇宙风》1937 年第 34 期。

聂绀弩：《略谈鲁迅先生的〈野草〉》，《野草》1940 年第 3 期。

杜子劲：《鲁迅先生的〈野草〉》，《学习生活》1943 年第 1 期。

荃麟：《鲁迅的〈野草〉》，《国文杂志》1944 年第 4 期。

雪苇：《初论〈野草〉》，《新华日报》1946 年 2 月 6 日。

冯雪峰：《〈野草〉》，《文艺报》1955 年第 19、20 期。

［捷克］别尔查・克列布索娃：《鲁迅和他的“野草”》，《文艺报》

1956 年第 20 期增册。

陈鸣树:《论鲁迅的抒情散文——关于“野草”和“朝花夕拾”》,《新港》1958 年第 8、9 期合刊。

许钦文:《“野草”初探》,《文艺报》1959 年第 24 期。

徐文斗:《略论〈野草〉的思想意义》,《山东大学学报:中国语言文学版》1961 年第 3 期。

孙龙父:《如何理解鲁迅〈野草〉的思想性、战斗性》,《扬州师院学报》1961 年第 11 期。

章石承:《试论〈野草〉的艺术特色及其渊源》,《扬州师院学报》1961 年第 11 期。

胡炳光:《关于〈呐喊〉〈彷徨〉和〈野草〉——和许钦文先生商榷》,《文艺报》1962 年第 11 期。

王瑶:《论鲁迅的〈野草〉》,《北京大学学报》1961 年第 5 期。

李何林:《略论〈野草〉的思想和艺术》,《新港》1963 年第 10 期。

吴小美:《论鲁迅〈野草〉的思想》,《兰州大学学报》(人文科学版)1963 年 1 期。

一白:《〈野草〉讲析》,《辽宁大学学报》1973 年第 2 期。

李允经:《也谈鲁迅的散文诗〈雪〉》,《北京师范大学学报》(社会科学版)1979 年第 5 期。

李标晶:《从〈野草〉看鲁迅的思想发展》,《杭州师范学院学报》(社会科学版)1980 年第 1 期。

陈学超:《鲁迅〈野草〉的意境》,《西北大学学报》(哲学社会科学版)1981 年第 4 期。

胡炳光:《漫谈〈野草〉集外的鲁迅散文诗》,《昆明师范学院学报》(哲学社会科学版)1982 年第 3 期。

李何林:《鲁迅〈希望〉的主题究竟是什么?》,《鲁迅研究月刊》1983 年第 7 期。

温儒敏:《以历史和美学的眼光看〈野草〉》,《中国社会科学》1984 年第 1 期。

殷国明:《闪烁在夜幕中的心灵之光——对〈野草〉的心理美学分析》,《华东师范大学学报》(哲学社会科学版)1985 年第 1 期。

黄健:《〈野草〉与屠格涅夫的散文诗》,《江西社会科学》1985 年第 2 期。

锡金:《关于〈死火〉和鲁迅与许广平的爱情》,《长春师院学报》

1986 年第 3 期。

王光明：《散文诗：〈野草〉传统的中断——简论中国现、当代散文诗》，《当代文艺思潮》1987 年第 5 期。

钱理群：《“于一切眼中看见无所有”》，《鲁迅研究月刊》1988 年第 3 期。

罗嘉慧：《论〈野草〉与〈巴黎的忧郁〉的危机意识》，《广州师院学报》（社会科学版）1989 年第 3 期。

解志熙：《彷徨中的人生探寻（上）——论〈野草〉的哲学意蕴》，《鲁迅研究月刊》1990 年第 9 期。

解志熙：《彷徨中的人生探寻（下）——论〈野草〉的哲学意蕴》，《鲁迅研究月刊》1990 年第 10 期。

李欧梵：《〈野草〉：希望与绝望之间的绝境（上）——〈铁屋子里的声音〉第五章》，《鲁迅研究月刊》1991 年第 1 期。

李欧梵：《〈野草〉：希望与绝望之间的绝境（下）——〈铁屋子里的声音〉第五章》，《鲁迅研究月刊》1991 年第 2 期。

孙郁：《探索者的精神形象——〈野草〉论》，《社会科学辑刊》1992 年第 5 期。

任国权：《论〈野草〉的朦胧美》，《鲁迅研究月刊》1993 年第 2 期。

吴小美、肖同庆：《反抗死亡：牺牲与拯救——论鲁迅生死观的个性色彩》，《兰州大学学报》（社会科学版）1994 年第 3 期。

薛毅：《无词的言语——论〈野草〉》，《文艺理论研究》1995 年第 1 期。

徐麟：《论鲁迅的生命意志及其人格形式》，《文艺理论研究》1996 年第 5 期。

黎乔桂：《“刑天”式的美学新精神：从“野草”所见的鲁迅美学》，《广东鲁迅研究》1997 年第 2 期。

王光明：《论当代中国散文诗》，《郑州大学学报》（哲学社会科学版）1998 年第 3 期。

钱理群：《生命的两次相遇——我与鲁迅的〈腊叶〉》，《文艺争鸣》1999 年第 3 期。

郑家建：《传统的影响：在误读与契合之间——从文学史角度重识鲁迅与庄子之关系》，《文艺理论研究》2000 年第 1 期。

肖国栋：《论〈野草〉爱与憎的悖论语境》，《北方论丛》2001 年第 2 期。

张梦阳：《论孙玉石的〈《野草》研究〉及〈重释〉》，《绍兴文理学院学报》2002年第4期。

曾令霞：《一个文本的阐释史——〈过客〉研究综述》，《社会科学研究》2003年第5期。

郜元宝：《从舍身到身受——略谈鲁迅著作的身体语言》，《鲁迅研究月刊》2003年第4期。

鲍昌宝：《论左翼文学的人生与人性关怀》，《深圳大学学报》（人文社会科学版）2004年第5期。

汪卫东：《鲁迅的又一个“原点”——1923年的鲁迅》，《文学评论》2005年第1期。

彭小燕：《存在主义视野下的〈野草〉：鲁迅超越生存虚无，回归“战士真我”的“正面决战”》（上），《中国现代文学研究丛刊》2006年第5期。

彭小燕：《存在主义视野下的〈野草〉：鲁迅超越生存虚无，回归“战士真我”的“正面决战”》（下），《中国现代文学研究丛刊》2006年第6期。

赵小琪：《现象学视野中〈野草〉的意义生成》，《广东社会科学》2007年第4期。

刘骥鹏：《郁结与释放——从作者的人生困境与心理语境中把握〈野草〉意蕴》，《鲁迅研究月刊》2008年第5期。

张鑫：《论〈野草〉的晦涩》，《鲁迅研究月刊》2009年第11期。

汪卫东：《“渊默”而“雷声”——〈野草〉的否定性表达与佛教论理之关系》，《中国现代文学研究丛刊》2010年第1期。

汪卫东：《〈野草〉的“诗心”》，《文学评论》2010年第1期。

张洁宇：《审视，并被审视——作为鲁迅“自画像”的〈野草〉》，《文艺研究》2011年第12期。

王本朝：《“然而”与〈野草〉的话语方式》，《贵州社会科学》2012年第1期。

靳丛林、刘颖异：《寻找“鲁迅创造的鲁迅”——木山英雄〈野草〉研究的启示》，《中国现代文学研究丛刊》2013年第3期。

任毅、陈国恩：《〈野草〉：焦虑及反抗哲学的实现形式》，《中国现代文学研究丛刊》2013年第8期。

李有智：《〈野草〉研究中的“课虚坐实”问题——试以张洁宇〈独醒者与他的灯〉为例》，《中国图书评论》2014年第12期。

汪卫东：《“虚无”如何面对，如何抗击？——〈野草〉与〈查拉图斯特拉如是说〉的深度比较》，《中国现代文学研究丛刊》2015 年第 1 期。

刘骥鹏：《〈野草〉与“失乐园”原型》，《中国现代文学研究丛刊》2015 年第 10 期。

钱理群：《鲁迅杂文》，《南方文坛》2015 年第 4 期。

彭小燕：《“虚无”的意味——一份具有特定倾向的〈野草〉解读报告》，《天津师范大学学报》（社会科学版）2015 年第 1 期。

罗福林：《永久的对立：鲁迅〈野草〉的接受史及其修正》，孙静译，《中国图书评论》2015 年第 4 期。

顾农：《鲁迅二题》，《新文学史料》2016 年第 3 期。

孙郁：《略谈朱崇科的〈野草〉研究》，《粤海风》2016 年第 3 期。

宋剑华：《哀莫大于心死——重读〈野草〉》，《文艺研究》2016 年第 5 期。

田建民：《〈野草·题辞〉新解》，《中国现代文学研究丛刊》2016 年第 7 期。

赵学勇：《新世纪以来〈野草〉比较研究的三种倾向》，《中国现代文学研究丛刊》2016 年第 9 期。

后　　记

先谈文献史料的来源。2006 年 9 月开始，一直到 2007 年 8 月末，我用了一年的时间，以手动的方式翻阅了长春市四家图书馆中的相关馆藏。回想起来，在那一段天天晚上（白天上班）、周六周日泡图书馆的日子里，我所浏览过的图书，虽然仅仅是翻阅，根本就没有精读或深度阅读（《野草》研究著述除外），但确实让我大开眼界。在当时计算机检索非常方便的情况下，还选择手动查阅文献史料的方式，一定会被认为是很笨拙的做法。但使用十分原始的手动查阅资料的原因，我有自己的考虑，就是希望找到的史料比较齐全，或者尽可能地齐全。因为并不是所有的书报刊物都上传到互联网上，而且即使上传到网上了，还有少数作者选择保密，不希望以电子版的形式发表。所以我不在乎他人对这种原始方式的忽略，他人如何认为是他人的事情，让他人认为就是了，那是他人的权利，我无权干涉，能搜集到可靠、齐全的文献史料，则是最主要的目标。还有一点，就是图书馆的图书流动性比较大。所以在东北师范大学校本部图书馆（有时也到净月校区图书馆）查阅资料时，我选择了图书存放相对稳定的教参保存本阅览室、过刊阅览室、工具书阅览室、旧报纸阅览室。这四个阅览室的资料，也有一些读者不断翻阅，但是不能外借。每天下班后就来翻查资料、复印。翻查的关键词就是 25 个：《野草》及其 24 篇散文诗的题目。一张一张地翻查，一页一页地翻查，一本书一本书地翻查。用了四个月，将近一个学期的晚间，查找并复印了东北师范大学图书馆这四个阅览室的所有相关资料。寒假期间，依次到长春市新民广场附近的吉林省图书馆二楼阅览室、同志街与同光路交汇处附近的长春市图书馆一楼阅览室翻查资料。2007 年 3 月初，到吉林大学前旧校区图书馆新中国成立前书库翻查。其间，在东北师范大学校本部图书馆，我无意中丢失了手写版的《野草》研究目录索引，非常着急，第二天急忙联系图书馆工作人员，他们按我提示的指定地点找到后，我才松了一口气。这样翻查的结果，就是得到了一部分在互联网上根本找不到的文献史料。当然，我也充分地利用了互联网上的文献资源。

撰写《多维视野中的〈野草〉研究概论》的感受。表面看《多维视野中的〈野草〉研究概论》，就是在分析《野草》研究史而已。这看似正确，没有什么问题。但在实际写作过程中，并非“表面看”的那样。即便搜集到了较为齐全的研究资料，也不一定能很好地完成《多维视野中的〈野草〉研究概论》的撰写任务。搜集丰富的史料，仅仅是其中的环节之一。为了完成《多维视野中的〈野草〉研究概论》，一些基本环节是无法省略的，读相关的背景材料，如《五四运动亲历记》，陈少廷编著的《五四新文化运动的评价》和《五四新文化运动的意义》；细读了周氏三兄弟的相关原典，如《鲁迅全集》《鲁迅译文全集》《鲁迅景宋通信集〈两地书〉的原信》，周作人的《鲁迅的青年时代》《雨天的书》《苦雨斋谈》，周建人的《回忆鲁迅》；读王士菁、王晓明、刘再复的《鲁迅传》，阅读中国社会科学院文学研究所鲁迅研究室编写的《1913—1983 鲁迅研究学术论著资料汇编》中的相关文献；读中国现当代文学方面的史论书籍，其他学科的史论书籍等。外围的基本工作完成后，开始介入《野草》。反复阅读《野草》文本，在自己理解的范围内，能读“懂”是至为关键的环节。重看部分相关论文，因为在没细读《野草》之前，我已经看了一部分《野草》研究论文，但是没能“完全”看懂，甚至是看不懂。在反复细读《野草》后，基本能看懂解读或研究《野草》的论文、论著了，而且阅读速度也有所提升。在研读过程中，需要用到哲学知识，就补哲学知识，需要用什么，就补什么。在《多维视野中的〈野草〉研究概论》撰写过程中，如何将鲁迅、《野草》、研究者、《野草》研究著述、研究视角、不同历史时期的社会意识形态等因素较为合理地“捏合”在一起，是必须要解决的问题。因此要找到恰当的“捏合点”，再给“捏合点”寻找不同的支撑点，进行详细分析。按我自己的理解，实际上这一步完成的是《多维视野中的〈野草〉研究概论》中的“论”。

《多维视野中的〈野草〉研究概论》内容的简介。从诗学角度分析《野草》研究发展历程时，主要围绕着《野草》的诗性色彩、诗学内涵而展开。从美学视角分析《野草》研究历程时，围绕 1925—1949 年、1949—1978 年、改革开放以来等不同时间段的《野草》美学研究来展开的。从哲学视角分析《野草》研究发展历程时，主要围绕最初的《野草》哲学探索、《野草》哲学研究的曲折发展、继承、创新、启示等方面展开。从心理学视角分析《野草》研究历程时，围绕早期的《野草》心理学研究、《野草》中的矛盾心理及转化研究、改革开放以来的《野草》心理学研究等方面而展开的。从文化学角度分析《野草》研究发展历程时，主要围绕着外来文化、中国传统文化、五四新文化、佛教文化等方面而展开。从政治伦理学视角分析《野草》研究历程时，围绕《野草》爱情主题研究著作、研究论文、启示等展开。从比较方式分析《野草》研究历程时，围绕比较方式视野中的《野草》研究、《野草》争鸣辨析研究等展开。

本书是2014年度国家社会科学基金后期资助项目“多维视野中的《野草》研究概论”（批准号：14FZW048）的最终成果。在这里，我十分感谢国家社科基金办公室负责科研项目的工作人员，他们发现我提交的申报材料缺少相关的支撑材料，及时联系我补交。我当时正在出差中，好在U盘在手，于是打印相关材料，及时补交。国家社科基金办公室的工作人员认真、负责，再次衷心感谢他们。我还要感谢五位匿名评审专家给出的修改意见、建议，十分具体，针对性强，可操作性强，指正得十分到位。尤其要说的是，在提交结题材料之前，刘中树教授、肖新如教授、薛伟教授、刘雨教授、伍世昭教授、吴景明教授、张丽军教授等分别从不同角度提出修改意见，令我受益匪浅。我不仅愿意接受各位专家、读者等的意见或建议，而且衷心感谢他们。只有改正了存在的问题，才能让自己的结题材料少一些漏洞，才能更好地反思自己的不足。鲁迅曾说，只知责人不知反省的人的种族，实在是灾祸呀，也说他的确时时解剖别人，然而更多的是更无情面地解剖自己等，这些自省之语，都给我留下了深刻印象。还有曾子所说的“吾日三省吾身”，对我们自身思想品质、道德修养的提高，都是很有益处的。可见，这种自剖、反省的精神是很有价值的，能不断地激励我们前进。否则我们只能守旧，只能在原地踏步，只能像《过客》中的老翁一样，认为天、土、风才是世界上好看的风景。

当然，既因为《野草》自身的晦涩难解，也由于笔者自身的积累、储备、理论素养等的不足，都使本书在具体论述过程中可能会出现认识肤浅、分析不到位等问题，诚望各位专家、学者、读者批评指正，不吝赐教。

崔绍怀

2018年1月28日